BASTEI LÜBBE
TASCHENBUCH

Weitere Titel der Autorin:

Die verborgene Königin

Titel in der Regel auch als E-Book erhältlich

Über die Autorin:

Alma Alexander wurde 1963 in Jugoslawien geboren und wuchs in Afrika auf, wo ihr Vater für verschiedene Hilfsorganisationen arbeitete. Sie ging in England zur Schule und studierte Mikrobiologie an der Universität Kapstadt. Danach arbeitete sie als Herausgeberin und Lektorin in Südafrika und Neuseeland. Heute wohnt sie auf einer Farm an der amerikanischen Ostküste nahe der kanadischen Grenze.

Alma Alexander

DIE RÜCKKEHR DER KÖNIGIN

Roman

Aus dem Englischen von
Edda Petri

BASTEI
LÜBBE
TASCHENBUCH

BASTEI LÜBBE TASCHENBUCH
Band 20 644

1. Auflage: April 2012

Dieser Titel ist auch als E-Book erschienen

Vollständige Paperbackausgabe

Bastei Lübbe Taschenbuch in der Bastei Lübbe GmbH & Co. KG

Deutsche Erstausgabe

Titel der Originalausgabe: »Changer of Days«
Originalverlag: Voyager, an Imprint of HarperCollins Publishers, New Zealand

Titelillustration: © Martha Dahlig, Warschau
Umschlaggestaltung: Guter Punkt, München
Satz: Urban SatzKonzept, Düsseldorf
Gesetzt aus der Goudy
Druck und Verarbeitung: CPI – Ebner & Spiegel, Ulm
Printed in Germany
ISBN 978-3-404-20644-5

*Für die große einstige und zukünftige Gemeinschaft
der Schriftsteller – von den Legenden bis zu all jenen,
deren Namen noch unbekannt sind, die mich inspirierten,
mich unterhielten, und die mich schließlich zu einer
der ihren gemacht haben.*

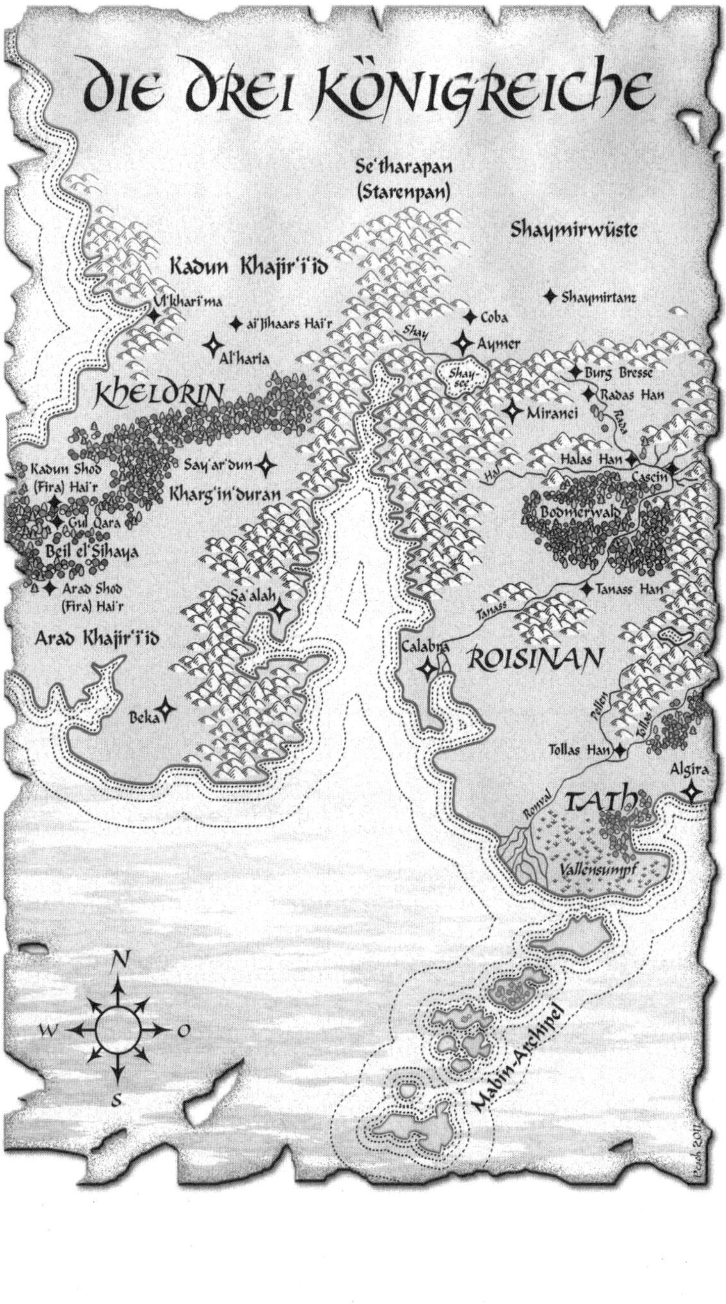
Die drei Königreiche
Se'tharapan
(Starenpan)
Shaymirwüste
Kadun Khajir'i'id
Ul'khari'ma
ai'Jihaars Hai'r
Coba
Shaymirtanz
Shay
Aymer
Al'haria
Shay-see
Burg Bresse
Radas Han
KHELDRIN
Miranei
Raba
Halas Han
Kadun Shod
(Fira) Hai'r
Say'ar'dun
Kharg'in'duran
Hal
Cascin
Bodmerwald
Gul Qara
Beil el'Sihaya
Arad Shod
(Fira) Hai'r
Tanass Han
Sa'alah
Tanass
Arad Khajir'i'id
Calabra
ROISINAN
Pellen
Beka
Tollas
Tollas Han
Algira
Romval
TATH
Vallensümpf
N
W
O
S
Mabin-Archipel
Pesch 2011

Was bisher geschah

Als der Rote Dynan, König von Roisinan, in der Schlacht fällt, überträgt Fodrun, Dynans General, Dynans außerehelichem Sohn Sif den Oberbefehl über die Streitmacht und die Krone. Als Sif mit seinen Truppen siegt, erkennt Rima, Dynans verwitwete Königin, dass ihre neunjährige Tochter, Prinzessin Anghara, in Lebensgefahr schwebt. Heimlich schickt die Königin das Mädchen nach Cascin, ins Haus ihrer Schwester Chella, während sie selbst versucht, Angharas Anspruch auf den Thron zu sichern. Rimas Ängste sind berechtigt. Sie stirbt bei Sifs Eroberung von Roisinan – doch nicht, ehe sie das Fundament für Angharas Thronfolge gelegt hat.

Im Herrenhaus Chellas bleibt Angharas echte Identität verborgen. Aus Sicherheitsgründen wird sie Brynna genannt. Doch der Tutor der Familie, Feor, erkennt, dass Anghara die Gabe des Zweiten Gesichts besitzt, dass sie Ereignisse sieht, die normalen Augen verborgen sind. Feor hat selbst das Zweite Gesicht und beginnt Anghara darin auszubilden und sie gleichzeitig darauf vorzubereiten, ihren Thron zurückzuerobern.

Aber bald erweist es sich als unmöglich, Anghara zu verbergen. Nicht ausgebildet in der Anwendung des Zweiten Gesichts stellt sie eine Gefahr für sich und andere dar. Es kommt zu einem tragischen Zwischenfall mit Kieran, einem weiteren Ziehsohn auf Cascin, mit dem Anghara eine besondere Beziehung hat, und Ansen, dem ältesten Sohn ihrer Tante. Der Streit kommt Ansen teuer zu stehen; er verliert ein Auge. Angharas wahre Identität ist enthüllt, und Ansen, verbittert und wütend, verschließt dieses Wissen in sich, bis die Blutschuld bezahlt wird. Chella schickt das Mädchen nach Schloss Bresse, einem sicheren Ort, wo sie ihr Können im Gebrauch ihrer Gabe vervollkommnen soll.

Bresse wird für knapp drei Jahre zu einem Zufluchtsort für Anghara, bis Ansen sie verrät. Ihre Ausbildung ist noch längst nicht abgeschlossen, aber den Schwestern gelingt es, sie unbemerkt aus dem Schloss zu schmuggeln, ehe der vor Wut schäumende Sif seinen maßlosen Zorn gegen alle richtet, die das Zweite Gesicht besitzen. Er verkündet, dass in seinem Reich für Zauberei kein Platz sei und brennt Bresse nieder. Alle Schwestern kommen in den Flammen ums Leben.

Anghara reist allein weiter und begegnet einer blinden Bettlerin, die sich als eine *an'sen'thar* aus Kheldrin entpuppt, eine Priesterin aus einem fremden Land. Die Einwohner Kheldrins sind keine Menschen, sondern verfügen über uralte und starke Kräfte. Die Priesterin spürt ein außergewöhnliches Potenzial in dem jungen Mädchen, bricht mit jahrhundertealten Traditionen und bittet Anghara, sie nach Kheldrin zu begleiten. Die Priesterin wird Angharas Lehrerin, und die nächsten zwei Jahre verbringt das Mädchen damit, die Techniken der Kheldrini-*sen'en'thari* zu erlernen und im Umgang mit ihrer eigenen Gabe anzuwenden.

Nachdem Anghara die letzte Prophezeiung eines sterbenden und von allen verehrten Orakels tief in der Wüste Kheldrins empfangen hat, gelingt es ihr, sich al'Khur, dem Kheldrini-Herrscher über den Tod, zu widersetzen und ein Leben zurückzufordern, das er genommen hat. Er beugt sich ihrem Willen und nennt sie »Schicksalwandlerin«. Er enthüllt ihr, dass sie eine große Zukunft vor sich hat, aber ihre Begegnung vergessen muss, bis sie bereit ist, ihr Schicksal in die eigenen Hände zu nehmen. Mithilfe von Anghara wird ein neues Orakel errichtet, um das zu ersetzen, dessen letzte Worte ihr galten – und die erste Prophezeiung des neuen Orakels lautet, dass sie in ihr Königreich zurückgerufen wird.

Die Prophezeiung von Gul Khaima

»Aus dem Dunkel das blutende Land flehend drängt.
Ein Freund und ein Feind auf deine Rückkehr warten.
Denen, die hassen, Liebe wird geschenkt.

In Feuern, vor langer Zeit entzündet, die Unschuldigen brennen.
Ein gebrochener Geist soll liegen geöffnet,
um ein bitteres Geheimnis zu erkennen.

Unter einer uralten Krone die Ungeborenen sterben.
Der Jäger wird erlegt von der Beute, die er hetzt.
Und dann die blinden Augen wieder sehen werden.«

Teil eins

Kieran

1

Es regnete in Roisinan.

Das Kheldrini-Schiff glitt in der Abenddämmerung in den Hafen von Calabra, als die Fackeln angezündet wurden unter den schützenden Dächern, von denen in Strömen das Wasser floss. Die Luft war kühl, feucht und voll von den scharfen Düften des Herbstes. In Angharas Kopf öffnete der Geruch die Schleusentore der Erinnerung und ein Strom kleiner, schmerzhafter Erinnerungssplitter schoss hervor. Noch vor Kurzem war es ihr schwergefallen zu glauben, dass es hinter den Bergen, welche die Wüste vom Meer trennten, etwas anderes als den gelben Wüstensand der Arad Khajir'i'id gab. Jetzt fiel es ihr ebenso schwer zu glauben, dass es außer diesem feuchten Abend am Strand von Roisinan noch irgendetwas anderes auf der Welt gab. Als sie von Bord ging, steckte in ihrer Kehle ein Kloß, den sie nicht herunterschlucken konnte. Sie war in der Landestracht Roisinans gekleidet und trug den Umhang, der einmal Kieran gehört hatte. Sie hatte ihn aus Cascin mitgenommen und während der Jahre in Bresse und im Land des Zwielichts wie einen Schatz gehütet – ihre kostbaren Kleider aus Kheldrin trug sie in einem Bündel in der Hand. Zu Hause. Sie war zu Hause. Sie kannte alles an diesem Ort, alles hier war in ihre Seele eingebrannt. Vor Freude vergaß sie für einen Moment, weshalb sie aus Roisinan geflohen war, und den Käfig, den sie damals über einer Straße in eben dieser Stadt hatte hängen sehen.

Einen Herzschlag lang stand Anghara reglos da und hob ihr Gesicht in den feinen Regen, wie es Kieran früher in Cascin stets gemacht hatte, und aus dem gleichen Grund wie er – in den letzten zwei Jahren hatte sie nicht oft Wasser gesehen, ganz zu schweigen von Regen. Die wenigen heftigen Stürme, die sie in der Wüste erlebt hatte, waren etwas völlig anderes als was sie jetzt genoss – sie hatte beinahe vergessen, wie sich Regentropfen auf der Haut anfühlten. Verzückt schloss sie die Augen. Wäre sie etwas aufmerksamer gewesen, so hätte sie bemerkt, dass ihr Gesicht im Licht einer nahen Fackel deutlich erkennbar war. Die Kapuze verbarg nur wenig. Ein Mann stand einige Schritte entfernt und unterhielt sich mit dem Kapitän eines anderen Schiffs, welches fast gleichzeitig mit ihrem in den Hafen eingelaufen war und neben ihnen festgemacht hatte. Wie beiläufig streifte sein Blick die Passagierin, die gerade das Kheldrini-Schiff verlassen hatte. Dann musterte er sie wieder, diesmal schärfer und interessierter. Ehe Anghara die Augen wieder öffnete und den Kai verließ, beendete der Mann abrupt das Gespräch mit seinem Freund und wartete im Schatten. Als Anghara weiter in Richtung Calabra ging, um sich ein Dach über dem Kopf und etwas zu essen zu besorgen, folgte er ihr in klugem Abstand.

Anghara wählte nicht die Herberge, wohin sie ai'Jihaar bei ihrem letzten Aufenthalt hier geführt hatte. Dort waren zu viele Erinnerungen, selbst für sie; und es war eine Herberge, in der die Händler aus Kheldrin oft übernachteten, wenn sie nach Roisinan kamen. Anghara wollte nach Roisinan zurückfinden und nicht in Erinnerungen an Kheldrin schwelgen. Sie entschied sich für eine solide roisinische Pension gleich am Kai. Sie hatte sogar vor, sich eine Zeit lang in die Schankstube zu setzen und dem Klang ihrer Muttersprache zu lauschen, die sie nicht gehört hatte, seit sie Calabra vor zwei Jahren verlassen hatte – abgesehen von ai'Jihaar ganz am Anfang und al'Jezraals überraschenden Sprachkenntnissen aus Shaymir. Doch kaum hatte die füllige Frau des Wirts ihr das Zimmer gezeigt, war die Verlockung des schmalen Betts zu groß. Anghara hatte gar nicht gemerkt, wie müde sie war und wie viel Kraft ihre Gefühle sie kosteten. Seit ihrer Abreise aus Sa'alah, hatte sie fast nur von Gefühlen gelebt, die heute Abend ihren Höhepunkt erreichten. Sie hatte Zeit – Zeit für alles. Jetzt aber erinnerte sie ein kräftiges Gähnen daran, das es am besten sei, wenn sie eine Nacht gut schlief. Sie schickte sich darein und verschob einen Besuch in der Schankstube auf ein andermal.

Ihre Träume waren seltsam, gespickt mit eigenartigen Vorahnungen, an die sie sich, als sie am nächsten Morgen aufwachte, nur vage aber nicht vollständig erinnern konnte. Noch beim Ankleiden dachte sie darüber nach, bis sie hinaustrat und begann, Roisinan zurückzuerobern. Sie schloss die Tür und ließ die Träume hinter sich. Eine milchige Sonne schien von einem blassblauen Himmel. Die Luft war frisch und kühl nach dem Regen der vergangenen Nacht. Der Tag war vielversprechend. Anghara atmete tief ein, als sei die Luft süßer Wein. Doch dann richtete sie ihre grauen Augen entschlossen auf das, was vor ihr lag.

Der erste Punkt auf ihrer Tagesordnung war der Kauf eines Pferdes. Anghara gestattete sich einen kurzen, reumütigen Gedanken an den grauen dun, auf dem sie nach Sa'alah geritten war – sein Besitzer, der junge Mann mit den gelben Augen aus Kharg'in'dun'an hatte gesagt, dass nichts, was sie danach reiten würde, seinem edlen Tier gleichen könnte. Sie ging in die Richtung, in der laut Auskunft des Wirts ein Mietstall stand und wo man immerhin ganz gewöhnliche Pferde kaufen konnte.

Die dunklen Vorahnungen hatte sie hinter sich im Zimmer gelassen, aber dennoch vermochte sie an diesem hellen frischen Morgen das Prickeln zwischen ihren Schulterblättern nicht abzuschütteln. Etliche Male bog sie scharf ab, sah jedoch nie jemanden, der sie verfolgte. Sie hasste sich, weil sie so misstrauisch war.

Was, wenn jemand sie erkannte?

Dummkopf, schalt sie sich, nachdem sie schon wieder zurückgeschaut hatte. *Die Jahre in Kheldrin und zuvor die Jahre in Bresse ... Wer sollte sie nach so langer Zeit erkennen?*

Doch das ungute Gefühl blieb. Vielleicht war sie deshalb viel zu erpicht darauf, den Pferdehandel abzuschließen – und diesen Ort voll unsichtbarer Augen zu verlassen. Der Stallbesitzer spürte, dass sie es eilig hatte, und erzielte weit mehr, als wenn Anghara sich ganz auf das Feilschen konzentriert hätte. Schließlich verließ sie den Stall mit einer ruhigen braunen Stute. Diese hatte aber am Vortag ein Eisen verloren. Man einigte sich, dass die Stute nach dem Beschlagen beim Schmied zu Angharas Herberge geliefert würde.

Draußen verdichtete sich das unerklärliche Gefühl der Bedrohung. Zitternd stand Anghara einen Moment lang an der Tür des Stalls und suchte die Straße mit bangen Augen ab. Immer noch nichts, immer noch niemand.

»Sobald ich die Stute habe, kann ich weiterreiten«, murmelte sie vor sich hin, hauptsächlich, um sich durch den Klang ihrer Stimme zu beruhigen. »Inzwischen ... ist es wohl am besten, wenn ich zur Herberge zurückgehe ... und warte.«

Sie trat über die Schwelle auf die Straße und war mit wenigen schnellen Schritten um die Ecke gebogen. Doch die Furcht in ihr bremste sie. Sie musste unbedingt ihre Angst überwinden, sonst würde sie sich verdächtig machen. Immer wieder drehte sie sich um wie ein entlaufener Dieb, der Angst hatte, erwischt zu werden. »Da ist niemand!«, erklärte sie sich entschieden. »Niemand!«

Nicht hinter ihr, aber vor ihr. Als sie die Lider hob, erkannte sie den jungen Burschen, der auf der anderen Straßenseite stehen geblieben war und sie anschaute. Ihr Herz setzte einen Schlag aus, als sie ihn erkannte.

Adamo! Oder war es Charo ... Sie hatte die Zwillinge nie auf den ersten Blick unterscheiden können.

Als sie mit großen Augen die Hand zum Gruß heben wollte, war es schon zu spät. Ein leiser Schritt hinter ihr war die einzige Warnung. Gerade als sie sich umdrehen wollte, legte sich eine Hand um ihre Mitte und zerrte sie in einen Bogengang, der auf die Straße führte. Eine andere Hand presste ihr einen Lappen, der mit beißender Flüssigkeit getränkt war, über Nase und Mund. Alles ging so schnell – sie hatte keine Chance, die Kräfte zu mobilisieren, die sie hätten retten können. Ehe sie das Bewusstsein verlor, spürte sie noch, wie jemand ihr unsanft die Nase zuhielt und ihr eine bittere Flüssigkeit zwischen die Lippen schüttete. Krampfhaft schluckte sie und rang nach Luft, ehe sie sich wehren konnte. Die Droge – es musste eine Art Droge sein – war stark und wirkte beinahe sofort. Wie langsames flüssiges Feuer lief sie in ihren Blutkreislauf.

Irgendwo tief in ihrem Inneren lachte etwas hysterisch. *Hama dan ar'i'id* sang leise eine Stimme. In der Wüste bist du nie allein. Und mit diesem geflügelten Wort im Kopf war sie durch die Straßen Calabras gegangen. Aber sie war nicht mehr in der Wüste, und deshalb musste sie jetzt für ihren Leichtsinn bezahlen. Sie glaubte, mit sterbender Stimme ein paar Silben zu formen – *Adamo ... Charo ... helft mir!* Doch der Hilferuf blieb in ihrem Kopf. Sie wurde schlaff und brach in den Armen ihres Entführers zusammen, als sie ohnmächtig wurde.

Sie hatten leise und professionell gearbeitet und keinerlei Aufmerksamkeit auf sich gezogen – fast hatte es so ausgesehen, als sei Anghara selbst in den Bogengang getreten. Aber sie waren zu sechst; Adamo hatte sie alle gesehen, und er war allein. Ein Versuch, sie zu befreien, wäre töricht gewesen, besonders hier auf den Straßen von Sifs Hafenstadt, wo die Soldaten unter den Umhängen Sifs Farben trugen. Aber es war eindeutig Anghara. Die unbarmherzige Suche nach seiner Ziehschwester war der Kern, um den sich Kierans kleine Rebellenschar gebildet hatte. Sif hatte an ihnen eine harte Nuss zu knacken, schlichtweg, weil er sie nie aufspüren konnte. Es war gefährlich, hier auf der Straße herumzustehen und zu zeigen, dass er gesehen hatte, was geschehen war. Damit würde Adamo nur ungebetene Aufmerksamkeit auf sich ziehen und damit auch auf Kierans kleine Gruppe – Angharas einzige Chance auf Rettung. Deshalb zog er die Schultern hoch, senkte die Augen und eilte weiter. Er brauchte den Häschern nicht zu folgen, die Anghara entführt hatten. Es gab nur einen Ort, an den sie sie bringen konnten.

Der Mietstall um die Ecke schien ihm der wahrscheinlichste Ort, von dem sie gekommen war. Nach kurzem Zögern trat Adamo ein. »Jemand hier?«

Der Stallbesitzer schaute aus einer Box und wischte sich die Hände an den bereits schmutzigen Hosen ab. »Kann ich Euch helfen, junger Master?«

»Mein Lord braucht ein Pferd«, sagte Adamo und benahm sich ganz wie ein arroganter junger Aristokrat. »Ein ruhiges Tier. Es ist für seine Lady. Ihres lahmt, und sie müssen dringend heimreiten. Hast du eines zu mieten oder zu verkaufen?«

»Naja, eigentlich habe ich keine Reittiere für Ladys«, sagte der Stallbesitzer und kratzte sich den Kopf. »Vielleicht der Graue dort drüben?«

Adamo betrachtete den Wallach mit kritischem Blick. »Der Rücken ist krumm. Er sieht aus, als würde er die Knochen meiner Lady ordentlich durchschütteln«, beschwerte er sich. Er schaute sich um. Es konnte nur einen Grund geben, weshalb Anghara in diesem Stall gewesen war: sich ein Reittier zu verschaffen. Aber welches? ... »Was ist mit dem Braunen?«

»Die ist gerade verkauft worden. Ist kaum ein paar Minuten her«, erklärte der Stallbesitzer nicht ohne Reue. Wahrscheinlich hätte er von diesem arroganten grünen Jungen einen noch besseren Preis erzielen können, als bei dem leicht zerstreuten Mädchen, das gerade fortgegangen war.

»Der jungen Lady, die ich gerade aus dem Stall habe kommen sehen?«

»Genau dieser.« Der Stallbesitzer nickte. »Die Stute soll ihr ins King's Inn gebracht werden, sobald ich den Schmied dazu bringen kann, ihr ein neues Eisen zu verpassen.«

Adamo schnalzte ungeduldig mit der Zunge. »Aber nichts, was ich hier sehe, kommt auch nur annähernd in Frage ... das King's Inn, sagst du? Mein Lord ist sehr ungeduldig und in Eile. Vielleicht könnte ich mit der jungen Lady sprechen ...«

»Das ist nicht meine Sache.« Der Stallbesitzer zuckte mit den Schultern. »Das Pferd wird an sie geliefert. Sie hat mich nach Fug und Recht bezahlt, und wenn du das Pferd haben willst, musst du mit ihr reden. Aber sie schien mir wegen des Tieres recht sicher zu sein. Ich bezweifle, dass sie es verkauft ...«

»Sind noch andere Ställe in der Nähe?«, fragte Adamo der Form halber und hörte sich ungeduldig die Litanei von Antworten an, die seine Frage auslöste. Sobald er sich verdrücken konnte, eilte er den Weg zurück, den er gekommen war. Neugierig lugte er in die Nische, wohin die beiden Männer Anghara verschleppt hatten, und in welche die vier Häscher gefolgt waren, wie Adamo mit eigenen Augen gesehen hatte. Es war ein Torbogen, der zu einem Hof mit Kopfsteinpflaster führte, aber sowohl der Hof als auch der Eingang waren leer. Adamo suchte alles mit den Augen ab, aber es gab keine weiteren Spuren. Sifs Männer mussten mit ihrer Beute hinter einer der geschlossenen Türen verschwunden sein. Leise fluchend machte er kehrt und eilte die Straße hinab zum Hafen und zum King's Inn. Welcher Teufel hatte Anghara nur geritten, eine Herberge mit einem derart unheilvollen Namen zu wählen, dachte er wütend und völlig irrational. Und wo hatte sie die ganze Zeit über gesteckt? Es war ein Schock gewesen, das vertraute Gesicht so unerwartet zu sehen, nachdem er – wie viele andere – schon beinahe die Hoffnung aufgegeben hatte, Anghara jemals wiederzufinden. Einen kostbaren Moment lang war er wie gelähmt gewesen. Diesen hatten Sifs Männer zu ihrem Vorteil genutzt. Wenn er nur … wenn er nur …

Die Möglichkeiten, was er hätte tun können, schwirrten in seinem Kopf wie zornige Bienen. Noch als er zum King's Inn lief, verfluchte er sich, weil er die Entführer nicht verfolgt hatte. Vielleicht würden sie noch einen Tag in ihrem Versteck in der Stadt bleiben, und einige von Kierans Männern hätten hier in Calabra eine Befreiung versuchen können. Aber es wäre schwierig, Sifs Soldaten zu überraschen, und wenn schon sechs an dieser Aufgabe beteiligt waren, dann gab es mit Sicherheit noch mehr von ihnen dort, wo diese hergekommen waren, möglicherweise sogar in Hörweite. Und in Adamos kleiner Schar waren sie zu fünft, wenn er sich selbst mitzählte. Sie waren nicht als Kampfeinheit hergeschickt worden. Und Kieran … er musste Kieran benachrichtigen …

Adamo wünschte, Charo wäre hier, denn sein Bruder verstand sich weitaus besser auf Täuschungsmanöver als er. Trotzdem gelang es ihm, die Wirtin des King's Inn mit seinem Charme zu überzeugen, dass er der Halbbruder ihres neuesten Gastes sei. Er habe diesen eigentlich gestern treffen wollen, sei aber aufgehalten worden. Nach ein oder zwei halbherzigen Ablehnungen willigte sie schließlich ein, ihn in Angharas Zimmer auf deren Rückkehr warten zu lassen.

Eine schnelle Durchsuchung ergab keinerlei Hinweise, dafür aber ein neues Rätsel. Das Päckchen mit Angharas Kheldrinikleidung verwirrte ihn. Wäre die Wirtin nur ein wenig unsicherer gewesen, hätte er geglaubt, dass sie ihn ins falsche Zimmer geführt hatte. Da Adamo mit grimmiger Gewissheit wusste, dass Anghara nicht wiederkommen und die Sachen holen konnte, die sie hier zurückgelassen hatte, packte er die seltsamen Dinge ein, schlug einen großen Bogen um die Wirtin und verließ die Herberge.

In ihrer Unterkunft traf er nur einen seiner Männer an. Als Adamo eintraf, legte er gerade aus ziemlich mitgenommenen Karten eine Patience. Beim Geräusch der sich öffnenden Tür blickte er mit geduldiger Langeweile auf. Doch ein Blick auf Adamos Miene und die Langeweile war wie weggeblasen. Der Mann sprang so eilig auf, dass der kleine Tisch vor ihm umkippte, und die Karten in alle Richtungen flogen. »Was in der Welt ist geschehen?«, fragte er. »Du siehst aus, als hättest du ein Gespenst gesehen.«

»Habe ich. Und sie ist sehr lebendig ... und in großen Schwierigkeiten«, antwortete Adamo und warf Angharas Päckchen auf sein Bett. »Wo sind die anderen? Wir brechen noch heute auf. Kieran hat davon gesprochen, den Stützpunkt demnächst zu verlassen. Wenn er nicht mehr dort ist, müssen wir ihn finden. Das hier duldet keinen Aufschub.«

Der andere Mann wurde blass und erriet sofort die Identität von Adamos »Gespenst«. »Bist du sicher?«, stieß er hervor.

»Es besteht kein Zweifel«, antwortete Adamo grimmig. »Komm, Javor, beweg dich! Sie werden gleich heute losreiten. Mit dieser Beute werden sie nicht warten. Unsere einzige Chance besteht darin, rechtzeitig zu Kieran zu gelangen und ihnen den Weg abzuschneiden, ehe sie Miranei erreichen.«

Es dauerte aber noch über eine Stunde, die restlichen drei der Gruppe zusammenzutrommeln, und bis dahin hatte Adamo seine Meinung geändert und einen neuen Plan geschmiedet.

»Javor, du, Helm und Merric, ihr reitet querfeldein zu den Furten des Hal; sorgt dafür, dass ihr vor Sifs Gruppe dort seid. Das dürfte nicht zu schwierig sein, da ihr nur zu dritt seid, und nur die Götter wissen, wie viele sie sind, obendrein haben sie eine Gefangene, die ihr Tempo verlangsamt. Wenn ihr könnt, verwickelt sie in ein Scharmützel – aber tut nichts Törichtes. Bleibt bei den Furten. Ich reite mit Ward und suche Kieran oder, wenn es nicht anders geht, hole ich Verstärkung. Wir treffen euch bei den Furten. Sollten wir rechtzeitig kommen, können wir ihnen auflauern. Wenn nicht … müssen wir auf Schnelligkeit und Glück vertrauen.«

Kieran hatte Adamo das Kommando über diese Gruppe übertragen, und die Männer teilten sich gemäß seinem Befehl. Er und Ward, der ergraute, schweigsame alte Veteran, ließen ihre drei Kameraden an Calabras Nordtor zurück und schlugen den Weg nach Osten zum Fluss ein. Sie ritten wie der Teufel zu den Tanassa Hügeln und dem zerstörten Tanzkreis – damit waren sie einem der wichtigen Wendepunkte in Angharas Leben ganz nahe. Einer von Kierans geheimen Stützpunkten befand sich in einer Höhle kaum einen Steinwurf entfernt von dem Steinkreis, wo Anghara schon einmal eine Freundin gefunden hatte.

Sie ritten die Tiere fast zuschande und erreichten nach drei Tagen die Tanassa Hügel. Adamo schwang sich fast direkt vor dem Höhleneingang von seinem zitternden Ross und wankte hinein. Vor Erschöpfung konnte er kaum klar sehen. »Kieran? Ist Kieran hier?«

»Er müsste vor Einbruch der Dunkelheit zurück sein«, sagte jemand, dessen Gesicht sich außerhalb seines Gesichtsfeldes befand. »He! Cair! Wein! Was ist dir denn in der Stadt passiert? Ihr Götter, du siehst ja völlig erschöpft aus! Das müssen ernste Neuigkeiten sein.«

Vor Einbruch der Dunkelheit waren die einzigen Worte, die Adamo hörte. Er blickte durch den Höhleneingang hinaus in den diesigen Herbsttag. »Welche Stunde haben wir jetzt?«

»Es ist beinahe Mittag«, lautete die verblüffte Antwort.

Vor Einbruch der Dunkelheit. Das war zu spät. Adamo raffte sich auf. »Wohin ist Kieran geritten?«, fragte er heiser. »Kann mir jemand helfen, ihn zu finden?«

Über seinen Kopf hinweg wurden Blicke getauscht. »Willst du nicht lieber warten? Du verpasst ihn vielleicht, wenn du jetzt hinausreitest und er zurückkommt.«

»Dazu ist keine Zeit«, erklärte Adamo. *Jede Stunde, die ich warte, ist vertan, jede Stunde bringt ihnen Vorteile ...*

»Ich komme mit dir«, sagte ein junger Mann und legte sich schon den Umhang über die Schultern. »Kann dein Pferd noch weiter? Es sieht völlig fertig aus. Nimm ein ausgeruhtes Tier.«

Nicht einmal Kieran konnte mit Sicherheit sagen, wie ausgerechnet er der anerkannte Anführer einer engagierten Rebellentruppe geworden war, die dafür berüchtigt war, ein ständiger Dorn in Sifs Seite zu sein. Alles hatte damit begonnen, dass Feor ihn ausgeschickt hatte, Anghara zu suchen – und dann hatte Sif mit der systematischen Vernichtung aller Menschen mit dem Zweiten Gesicht begonnen. Kieran musste nur mehrmals zum richtigen Zeitpunkt am richtigen Ort sein, damit sich die Heimatlosen, die Land oder Gatten oder Kinder verloren hatten, zum Kern seiner Anhängerschaft formierten. Jetzt, es waren noch keine zwei Jahre, in denen er diejenigen schützte, die hilflos und gnadenlos Sifs Säuberung ausgesetzt waren, hatten sich ihm ganze Dörfer verpflichtet. Und das war gut so, denn inzwischen kannte Sif seinen Namen und hätte viel darum gegeben, ihn zu vernichten. Aber für Kieran Cullen aus Shaymir gab es mehr Schlupflöcher in Roisinan als sogar Sif aufspüren konnte. Sif konnte nur hoffen, dass der junge Bursche eines Tages einen größeren Bissen in den Mund nahm, als er schlucken konnte, und er ihn in ein Scharmützel verwickeln konnte, in dem er unterliegen musste. Nur so könnte er ihn besiegen. Entweder das oder es fand sich ein Verräter, der die geheimen Stützpunkte Kierans verriet, sodass man ihn finden und töten konnte, indem man ihn ins Freie ausräucherte und Sif ihm auflauerte. In der Zwischenzeit wuchs Kierans Schar schnell – zwar war Sif noch imstande, seine Männer mit Herz und Seele zu gewinnen. Er wusste genau, dass sie auf sein Wort hin für ihn durch die Hölle gehen würden, und dennoch hatte ai'Jihaar mit ihren Worten Recht behalten. Zu viele in seinem Land hassten ihn wegen dem, was er auf sein Volk losgelassen hatte. Und Kieran hatte die Führung übernommen, um dagegen etwas zu tun, und außerdem nie die Hoffnung aufgegeben, dass Anghara lebte – und die Hoffnung, die ihr Name in ihrem Volk auslöste, war zweifellos Kierans unerschütterlichem Glauben zuzuschreiben.

An dem Tag, als Adamo mit seiner Neuigkeit eintraf, war er ausgeritten, um sich außerhalb eines Dorfes in einer Talsenke am Rand des Bodmer Waldes mit einem Informanten zu treffen. Es gab viele Dörfer, in die er offen hätte hineinreiten können, wo man ihn freudig willkommen geheißen hätte. Dieses Dorf gehörte nicht dazu, deshalb wartete er im Schutz der Bäume auf den Mann.

Hier fanden ihn Adamo und sein Gefährte. Kieran stand ein wenig abseits, den dunkelgrünen Umhang über die Schultern zurückgeschlagen, sodass man die Rüstung schimmern sah, und er jederzeit das Schwert zücken konnte, das an seinem Gurt hing. Beim Klang der Hufe und Schritte drehte er sich mit leisem Lächeln um, da er den Mann aus dem Dorf erwartete. Doch das Lächeln verflog sofort, als er erkannte, wer seine Besucher waren.

»Adamo!«, sagte er, trat schnell einen Schritt vor und griff nach dem hängenden Zügel von Adamos Pferd. Mit der anderen Hand stützte er seinen Ziehbruder im Sattel. »Was machst du hier?«

Adamo glitt aus dem Sattel und packte Kierans Arm mit der Stärke eines Wahnsinnigen, was man bei einem Mann, der offensichtlich am Rand völliger Erschöpfung war, nicht erwartet hätte. »Anghara, Kieran. Ich habe sie in Calabra gesehen.«

Kieran erbleichte und packte Adamo ebenso kräftig an der Schulter. »Wo ist sie?«

Jetzt knickten Adamo die Beine weg. »Sie haben sie. Sifs Männer. Ich habe es gesehen, konnte aber nichts machen ... sie waren sechs, ich allein.«

»Inzwischen dürften sie auf halber Strecke nach Miranei sein«, sagte Kieran mit blutleeren Lippen.

»Ich habe Javor mit den beiden anderen losgeschickt ... um sie bei den Furten aufzuhalten, wenn sie können ...«, stieß Adamo leise hervor. Dann brach er in Kierans Armen bewusstlos zusammen.

Kieran stand einen Moment lang still da und hielt Adamo fest. *O ihr Götter*, dachte er, *hat sie nur dafür überlebt ... habe ich dafür all die hoffnungslosen Monate nach ihr gesucht, dass ich dann nicht da war, als sie mich am dringendsten brauchte ...*

Doch er gestattete sich nur diesen kurzen Augenblick des Bedauerns. Dann drehte er sich um. Seine blauen Augen waren Splitter aus hartem Stahl, die Stimme angespannt. »Kel, du bleibst hier ... wenn unser Freund kommt, entschuldige dich für mich und sage ihm, ich wurde dringend abberufen.«

»Sag ihm die Wahrheit, Kieran«, entgegnete Kel. In seinen Augen blitzten Abscheu und Begeisterung gleichermaßen.

Kieran ballte die Faust. »Ja«, meinte er entschlossen. »Sag ihm die Wahrheit, verdammt! Er wird begreifen, was es bedeutet. Sag ihm, er soll es auf dem Dorfplatz verkünden, wenn er muss. Je hartnäckiger sich das Gerücht hält, dass Anghara lebt und Sif sie gefangen genommen hat, desto mehr wird es ihm schaden. Ich muss fort. Wenn Sifs Männer gleichzeitig mit Adamo aufgebrochen sind und schnell reiten, dann ist es höchst unwahrscheinlich, dass wir sie bei den Furten abfangen können, aber ich werde es versuchen. Wenn er sie erst in seiner Festung hat ...«

»Mögen die Götter dir Schnelligkeit schenken, Kieran«, sagte Kel. Er hatte Kieran von Anfang an begleitet und wusste, dass Anghara für ihn weit mehr war als die verloren gegangene Königin von Roisinan, die Sif ablösen und dem Reich Frieden und Segen bringen würde. Sie war das alles – aber vor allem war sie ein kleines Mädchen, das einst in Kierans Armen geweint hatte und das bereit gewesen war, auf Kosten des eigenen Lebens jeden zu bekämpfen, der die Hand gegen ihn erhob.

Die beiden Männer umfingen jeweils den Arm des anderen und blickten sich kurz in die Augen. Dann wandte Kieran sich ab. Adamo hatte einigermaßen das Bewusstsein wiedererlangt, und jemand hatte ihm aufs Pferd geholfen. Schwankend saß er im Sattel. »Reite ohne mich«, sagte er mit letzter Kraft. »Ich kann nicht mithalten mit dir. Ich komme nach … sobald ich kann.«

»Der Umweg über die Höhle würde zu viel Zeit kosten«, sagte Kieran. »Reite zurück und hole die Männer. Befiehl ihnen, mir sofort zu folgen. Wir treffen uns auf der Ebene.«

»Wird gemacht«, flüsterte Adamo und drehte sein Pferd mit müdem Schenkeldruck.

»Pass auf, dass er im Sattel bleibt«, sagte Kieran zu dem Mann, der mit Adamo hergekommen war.

»Ich bring ihn sicher zurück und gebe den Befehl weiter«, sagte der Mann. »Halt auf der Ebene nach uns Ausschau.«

Gleich darauf waren sie zwischen den Bäumen verschwunden. Kieran schwang sich auf sein Ross. »Wer von euch überbringt eine andere Meldung?«, fragte er den Rest der Männer, die bei ihm waren, alle im Sattel und wartend.

»Ich«, erklärte einer nach kaum wahrnehmbarem Zögern. Sie alle hatten verstanden, was die Frage bedeutete – ein wilder Ritt in die Gegenrichtung, fort von dem bevorstehenden Kampf. Aber Charo hielt sich an einem anderen geheimen Stützpunkt in der Nähe von Cascin auf, und er war ebenfalls Angharas Vetter und Ziehbruder, der sich nicht weniger eifrig an der Suche beteiligt hatte. Er würde es wissen und mit ihnen reiten wollen, obwohl er für Sieg oder Niederlage zu spät kommen würde.

»Sag ihm, was wir wissen«, befahl Kieran, ohne unnötige Einzelheiten zu wiederholen, weil ihm klar war, dass der Bote sie kannte. »Sag ihm, dass wir eine Botschaft bei den Furten hinterlassen, falls er uns dort verpasst …«

»Wird erledigt«, sagte der Mann, drückte dem Pferd die Fersen in die Flanken und drehte das Tier fast in einer Pirouette. Dann galoppierte er zu dem Weg, der ihn durch den Bodmer Wald führte.

Kieran blickte ihm einen Moment nach, wo das Gebüsch, in dem er verschwunden war, noch schwankte. Dann zog er die Zügel an. »Der Rest – folgt mir!«

Sie rasten über die Ebene wie die Adler, verfolgten jedoch einen Feind, der einen Vorsprung und Grund hatte, schnell zu reiten. Kierans Herz war wie ein Stein in der Brust. Wenn er jetzt versagte, wäre es fast unmöglich, noch etwas fur Anghara zu tun. Nicht einmal er hatte Sif jemals im Schatten der Festung von Miranei herausgefordert. Das hatte niemand je gewagt.

Kierans Vision brannte mit großer Kraft in seinen Männern, sodass der Großteil seiner Truppe innerhalb von zwei Tagen auf der Ebene zu ihm stieß. Alle ritten grimmig entschlossen vorwärts. Aber Kieran wollte die Furten nicht ausgerechnet zu dem Zeitpunkt erreichen, da die Männer hinnehmen müssten, dass Sifs Soldaten seine erschöpfte Truppe niedermachte. Deshalb hinderte er sie daran, kopfüber loszupreschen. Die Ebenen Roisinans verschwanden unter den fliegenden Rossen von Kierans Truppe. Sie beklagten sich über die Stunden der Dunkelheit, wenn sie Halt machen mussten, um den Tieren ein paar Stunden Ruhe zu gönnen.

Es war eine Verfolgung aus edlen Motiven, aber es blieb immer nur eine Hoffnung, und schließlich stellte sich diese als vergeblich heraus. Als sie nahe dem Ziel eine dünne Rauchsäule sahen, schickte Kieran zwei Späher aus, um alles zu erkunden. Einer kehrte bald mit grauem und grimmigem Gesicht zurück.

»Es ist Adamos Mann, Javor«, meldete er und zügelte sein Pferd neben Kieran.

»Nur Javor?«, fragte Kieran scharf.

»Die anderen sind tot.« Es war eine knappe Feststellung, aber das hier waren erfahrene Männer. Sie wurden nicht zum ersten Mal mit dem Tode konfrontiert.

»Was ist geschehen?«

»Sie waren nur zu dritt«, antwortete der andere mit düsterer Miene. »Vielleicht lässt du dir lieber von Javor berichten.«

Als Kieran das Lager erreichte, entfernte man Javor einen nicht besonders sauberen Verband von einer tiefen Schulterwunde. Der zweite Späher war bei ihm geblieben, um seiner Pflicht als Heiler nachzukommen, so gut er vermochte. Er schaute auf, als Kieran mit seiner Truppe eintraf.

»Das sieht übel aus«, meinte er. »Wo ist Madec? Die Wunde sollte ordentlich gesäubert und verbunden werden. Außerdem hat er – glaube ich – Fieber.«

Kieran glitt aus dem Sattel und kniete neben Javor nieder. »Was ist geschehen?«, wiederholte er ruhig.

»Adamo hat uns befohlen, sie in ein Scharmützel zu verstricken«, stieß Javor zwischen den Zähnen hervor. Vor Schmerzen zitterte er am ganzen Leib. »Aber drei Männer können nur so viel tun ... Wir waren vor ihnen da ... aber es waren über fünfzig ... wir konnten sie sehen ... sie war in ihrer Mitte ...«

Kieran biss sich auf die Lippe. »Was habt ihr gemacht?«

»Wenn wir nur mehr gewesen wären ...«, sagte Javor.

Madec, Kierans Heiler, kam jetzt herbei und kniete sich auf der anderen Seite neben Javor hin. Dann legte er ihn behutsam auf einen sauberen Umhang, den er auf dem Boden ausgebreitet hatte.

»Er ist nahe am Delirium, Kieran«, erklärte Madec.

»Du kannst ihn in einer Minute betäuben. Ich muss wissen ...«

Javor wollte sich auf einen Ellenbogen aufstützen, aber er hatte den verletzten Arm gewählt und fiel sofort wieder auf den Rücken. Madec beugte sich mit besorgter Miene über ihn, aber Javor griff mit der heilen Hand nach Kierans Ärmel.

»Wir haben versucht sie aufzuhalten ... aber sie waren zu stark ... Sie waren hier ... erst gestern ... gestern Morgen ...«

Er holte scharf Luft, als Madec mit den Fingern die Wunde betastete. Dann rollten seine Augen zurück und seine Hand fiel von Kierans Arm.

»Tut mir leid«, sagte Madec. »Er hat das Bewusstsein verloren. Auf den Rest musst du warten. Ich brauche Zeit, um das Fieber zu senken.«

»Gestern!«, sagte Kieran und stand abrupt auf.

»Wir können sie immer noch erwischen«, meinte jemand. Jemand, der nicht abgestiegen war.

»Wir können nicht gegen fünfzig Männer kämpfen, nicht jetzt«, erwiderte Kieran nachdrücklich. »Wir würden nur unsere Kräfte verschwenden und nichts erreichen. Aber gestern! O ihr Götter!«

»Offensichtlich reiten sie so schnell sie konnen«, sagte einer von Kierans Hauptmännern. Er hieß Rochen. »Sie müssen ebenso müde wie wir sein. Sie hatten keinerlei Scheu, drei Männer niederzumachen, aber vielleicht hält eine so große Truppe, wie wir es sind, sie von einem Kampf ab.«

»Besonders wenn sie wissen, wen sie bei sich haben, und anscheinend tun sie das«, meinte ein anderer Mann.

»Kieran, wir haben eine Chance sie einzuholen«, sagte Rochen. »Ich sage, wir sollten es versuchen.«

Heftiges Murmeln entstand bei den Männern. Derjenige, der zuvor gesprochen hatte, war nicht als Einziger noch im Sattel. Kierans Blick schweifte mit großem Stolz über seine Männer und er nahm seine Zügel auf. »Sechs von euch bleiben hier bei Madec und Javor«, sagte er. »Madec, such sie dir aus.« Nach Freiwilligen zu fragen, war, als würde man jemanden fragen, ob er sich einen Zahn ziehen lassen wolle. »Der Rest folgt mir. Wir werden versuchen, ihnen die Suppe zu versalzen.«

Lauter Jubel. Müdigkeit schien von ihnen wie ein weggeworfener Mantel abzufallen. Selbst die Pferde spitzten die Ohren. Einige wieherten sogar trotzig und laut. Die Männer lachten.

Madec wirkte fast so, als würde er sechs Freiwillige aussuchen, die zurückbleiben mussten, während er selbst mit Kieran davonritt. Er traf seine Wahl, als wolle er um Entschuldigung bitten, als er die Namen der Männer nannte. Diese entfernten sich mit gemurmelten Flüchen von der Haupttruppe.

»Gestern«, sagte Kieran leise, immer noch tief bestürzt über die winzige Zeitspanne, die zwei seiner Männer das Leben gekostet hatte. Dann trieb er sein schwarzes Ross voran. »Wir können sie einholen«, sagte er, bereit es zu glauben, damit auch seine Männer daran glaubten. »Los!«

Mit Jubelrufen folgten sie ihm, Rochen neben ihm, mit einem unpassenden Grinsen übers ganze Gesicht. Doch gleich darauf wurde ihre Begeisterung durch eine einfache, aber wirkungsvolle List schlagartig gedämpft. Seit dem vorigen Tag hatte keine andere Gruppe die Furten des Hal durchquert. Die breite Spur, die das Gemetzel hinterlassen hatte, war deutlich sichtbar. Doch plötzlich hielten die Verfolger inne, als nicht zu übersehende Spuren von Sifs Männern in mehrere unterschiedliche Richtungen führten. Die Soldaten hatten sich in mindestens vier oder fünf kleinere Gruppen aufgeteilt. Eine davon war offenbar als Erste in schnellem Galopp aufgebrochen. Eine andere war nach links von der Ebene in Richtung der nahen Berge geritten. Dieses Vorgebirge war Vorbote des großen Gebirgszuges, der dem Thron von Miranei seinen uralten Namen verliehen hatte. Eine dritte Abteilung war nach Osten geritten, zurück zum Wald. Verärgert zügelte Kieran sein Pferd.

Auch Rochen hielt an und beugte sich vor, um die Stelle zu mustern, wo sich die Spuren teilten. »Sie scheinen Verwundete zu haben«, erklärte er. »Schau, dort drüben – Blutspuren. Vielleicht haben sie angehalten, um ihre Männer zu verarzten. Helm und Merric haben ihr Leben nicht billig verkauft.«

»Aber welche Gruppe hat die Königin?«, fragte Cair, stieg vom Pferd und ging in die Hocke, um die Spuren genauer zu betrachten.

»Wahrscheinlich die schnellste«, sagte Rochen und richtete sich auf. »Sie wollen direkt nach Hause.«

»Vielleicht ist es genau das, was wir denken sollen, wenn es nach ihnen geht«, meinte Kieran. »Vielleicht schicken sie nur zwei Männer voraus, um jemand vor dem zu warnen, was droht, und die anderen haben sie ...«

»Teilen wir uns?«, fragte Cair und stand auf.

»Das können wir nicht«, antwortete Rochen und blickte Kieran an.

»Wenn wir uns teilen, gehen wir das gleiche Risiko ein, das Javor und die anderen so teuer zu stehen kam«, sagte Kieran. »Zum Beispiel ist es durchaus möglich, dass diejenigen von uns, welche die Gruppe verfolgen, die in die Berge reitet, mehr finden, als wir geglaubt haben.«

»Ein Hinterhalt?«, fragte Cair. »Für wen? Sie wissen doch nicht, dass sie verfolgt werden.«

»Wirklich nicht?«, sagte Kieran und rieb sich erschöpft mit der Hand die Schläfe. »Und zu wem, glauben sie, haben die drei Männer an den Furten gehört?«

»Sie hätten ihre Karten nicht aufdecken sollen«, meinte Rochen mit Bedauern.

»Das hat Adamo ihnen mehr oder weniger gesagt. Aber das hätte bedeutet, dass sie einfach dagestanden und zugeschaut hätten, wie die Soldaten sie in aller Ruhe durch die Furt führen.«

»Das hätte keiner von uns fertiggebracht«, erklärte Rochen und lächelte überraschend. »Die Götter mögen Helm und Merric Ruhe schenken, aber sie waren tapfere, wenngleich auch törichte Männer, Kieran ...«

»Vergiss den Rest«, unterbrach ihn Kieran, nachdem er kurz nachgedacht hatte. »Wir verfolgen die Vorhut. Die Chancen stehen gut, dass sie dort ist. Wenn nicht, werden sie sie durch irgendein Hintertürchen hineinbringen ... und ich habe weder die Männer noch die Ortskenntnis von Miranei, um jedes Tor zu belagern. Lasst uns versuchen, diese Gruppe zu erwischen. Wenn Anghara nicht bei ihr ist, wissen sie, wo sie ist, und wir vergeuden keine Zeit, ein Phantom zu jagen. Los, Bewegung!«

Aber im Donnern der Hufe hörte Kieran noch immer das eine Wort: Gestern! Sifs Männer waren gestern hier gewesen. Gestern hätten sie die Chance gehabt, Angharas Häschern auf ihrem wilden Ritt nach Miranei Einhalt zu gebieten. Kieran hatte das an Verzweiflung grenzende, niederschmetternde Gefühl, dass es heute schon zu spät war.

2

Für Anghara vergingen die Stunden und Tage nach ihrer Entführung in Calabra in nichtssagendem gleichmäßigen Grau – ihre Häscher hatte die Dosis der Droge sehr gut berechnet, und eine neue Dosis kam, sobald sie sich von der vorigen zu erholen begann. Ihr Kopf schmerzte, und wenn es nach ihr ginge, würde sie sich nur wünschen, in Ruhe gelassen zu werden, damit sie sich an einem dunklen Ort zusammenrollen und schlafen konnte. Doch der Schlaf kam nicht zu ihr, und in Ruhe ließ man sie schon gar nicht. Stattdessen registrierte sie schwach den Tumult um sich – geschäftige, menschenähnliche Schemen; übergroße, undeutliche, vierfüßige Schemen. Man hievte sie in die Arme eines Reiters hoch zu Ross. Das Pferd preschte wie durch einen Nebel über die Straße in Calabra, dann durchs Stadttor hinaus ins freie Gelände. *Das ist nicht das Pferd, das ich gekauft habe*, dachte sie benommen und klammerte sich an das Wissen, dass das schwere graue Armeepferd, das sie trug, überhaupt nicht ihrer gerade gekauften braunen Stute glich. Aber sie hatte nicht die Kraft, sich über all das den Kopf zu zerbrechen. Immer wieder verlor sie das Bewusstsein und blieb nur durch die starken Arme des Reiters, der sie hielt, im Sattel. Ein oder zwei Mal versuchte sie, nach der Kraft des Zweiten Gesichts zu greifen, aber die Erfahrung war zu schmerzhaft. Bei jedem Versuch spürte sie einen feurigen Stab, der ihren Kopf zu spalten schien. Deshalb gab sie ihre Versuche auf. Es war leichter, sich zurückzulehnen, an den Soldaten, der sie hielt, und an gar nichts zu denken.

Ihre Eskorte ritt, als wären Furien hinter ihr her. Nur kurz und selten waren die Rastpausen. Die Erschöpfung verstärkte Angharas Symptome. Da sie sicher an den Reiter festgebunden war, der sie hielt, verbrachte sie den Großteil der Reise in einer Art grauer

Benommenheit, weit genug von Schlaf entfernt, um ihr Ruhe zu verwehren, aber nah genug, um sie fast völlig der Wirklichkeit zu entrücken. Gelegentlich hörte sie Stimmen, wenn die Wirkung der Droge abklang und man ihr die neue Dosis noch nicht eingeflößt hatte. Einige klangen triumphierend, andere ziemlich gleichgültig und murrend. Seltsam war, dass der Triumph gedämpft war, mit leiseren Stimmen gesprochen, entfernt von der Haupttruppe der Männer. Die Klagen waren laut und lärmend.

»... der König wird uns bestimmt belohnen ...«

»... wenn ich Leil das in der Unterkunft erzähle, beißt der sich in ...«

»... du lieber Himmel! Ist nicht mal jemand anderes an der Reihe? Mein Pferd ist fast ...«

»... wer ist das Mädchen eigentlich? Wir riskieren unseren Hals für jemanden, den wie gar nicht kennen ...«

»... du glaubst doch nicht etwa, dass jemand versuchen wird, sie zu befreien ...«

»... sie kommt wieder zu sich. Wer hat das *tamman?*«

Und dann wurde ihr die Droge ... *tamman?* ... mit Gewalt in die Kehle geflößt, und sie versank wieder in ihrem grauen Nebel.

Später – viel später – würde sie sich erinnern, dass es irgendwann auf dem Wege ein Scharmützel gegeben hatte, würde sich an Geschrei und Gebrüll und Blut erinnern und dass ein Mann in dem Tumult ihren Namen gerufen hatte. Es würde eine schwache und unscharfe Erinnerung sein, aber sie glaubte, dass sie den Kopf gehoben hatte, als sie ihren Namen hörte – und keineswegs behutsam zurück in die Falten des Umhangs ihrer Eskorte gedrückt worden war, in den Staub und den Schmutz und den Schweißgestank bei einem harten Ritt. Sie hatte nicht die Kraft gehabt, den Kopf ein zweites Mal zu heben, sondern war eine Zeit lang bewusstlos geworden. Als sie wieder einigermaßen klar war, spürte sie, dass sie auf demselben oder einem ähnlichen Umhang auf der Erde lag, er roch gleich und fühlte sich gleich an. Ringsum nahm sie Bewegung wahr; Schemen liefen umher, gelegentlich ein Stöhnen, vielleicht vor Schmerzen.

»... ich sage dir, mit Sicherheit verfolgt ...«

»... teilt euch und lass sie ein Phantom jagen ...«

»... mit den schnellsten? Sie rechnen gewiss damit, dass sie ...«

»... glaube ehrlich, dass es nur die drei waren ...«

»... eine Hintertür. Sie können nicht jedes Tor in Miranei bewachen ...«

»... Zeit loszureiten. Jemand soll sich um sie kümmern. Wo ist das *tamman?*«

Berge ... steile Hänge voll mit duftendem Berggras ... Hufe auf Fels ... einmal eine Wiese mit bunten Blumen, die Anghara zunickten, als sie sich bemühte, alles deutlicher zu sehen. Ein weiterer Tag und dann noch einer ... noch eine Nacht ... ein goldener Sonnenuntergang ... und dann plötzlich hohe Mauern, wo zuvor freie Natur gewesen war. Flackernde Fackeln anstelle von Tageslicht; der abgestandene Mief eines Ortes, der die Sonne seit dem Tag nicht erblickt hatte, an dem er gebaut worden war, keine frische kühle Bergluft mehr.

Diesmal war die Erinnerung nicht verschwommen, als sie auftauchte – dies war der Ort, den sie gesehen hatte, als al'Jezraal die Vision von Kerkern in den Katakomben von Al'haria heraufbeschworen hatte. Diesmal war alles echt. Dieses Wissen traf sie tiefer und schmerzlicher als irgendein anderer Gedanke, seit sie den Stall in Calabra verlassen hatte. Endlich ließ sie ihre Eskorte allein, irgendwo in der lautlosen Dunkelheit der Kerker von Miranei. Anghara hörte – wie in ihrer Vision – das dumpfe, Böses verheißende Geräusch, als sich in der Ferne eine Tür mit grausamer Endgültigkeit schloss. Alle waren gegangen, und sie war allein in der Dunkelheit.

Das *tamman* hatte Anghara an einen Punkt gebracht, wo diese Erkenntnis nicht mehr für sie bedeutete, als dass man sie in dieser gesegneten Dunkelheit zurückließ, wo sie sich zusammenrollen konnte, ohne ständig auf dem Rücken eines galoppierenden Pferdes durchgerüttelt zu werden und endlich schlafen zu dürfen. Es spielte keine Rolle, dass ihr Bett ein Haufen stinkendes Stroh auf den Steinplatten des Bodens war, oder dass die Luft in ihre winzige

Zelle durch ein kleines Gitterloch in der dicken Eichentür kam – ein Gitter, das so aussah, als könne man es leicht verschließen. Sie sehnte sich nach Schlaf – einem langen, guten Schlaf, ohne die Schmerzen und Benommenheit, die unterwegs ihre Gefährten auf den langen Tagen und Nächten gewesen waren. Und ohne *tamman* konnte sie endlich schlafen – den letzten unschuldigen Schlaf, den sie für eine lange Zeit haben würde, was sie jedoch nicht wusste, noch unbeeinträchtigt von dem Grauen einer Erkenntnis, zu der sie am nächsten Morgen aufwachen würde.

Als sie tatsächlich aufwachte, war sie so schwach, dass es ihr nicht einmal gelang, sich aufzusetzen. Dazu kam die noch andauernde Übelkeit, die noch schlimmer war als zuvor. Trotz dieser Schwäche war sie bei vollem Bewusstsein, zum ersten Mal seit Tagen, vielleicht Wochen – und plötzlich wurde ihr klar, dass sie keine Ahnung hatte, wieviel Zeit verstrichen war, seit sie für die braune Stute im Stall in Calabra bezahlt hatte. Sie stöhnte und presste die Finger gegen die Schläfen. Ihr Kopf fühlte sich an wie eine Schmiede an der Straße, wo ein Bataillon Pferde beschlagen wurde. Sie versuchte aufzustehen, um die wenigen Schritte zu dem Loch im Boden zu gehen, das als Latrine diente. Ihre Beine trugen sie nicht; schließlich kroch sie auf Händen und Knien dorthin und übergab sich heftig.

Danach fühlte sie sich ein wenig besser, als hätte sie Gift ausgespuckt, das sie langsam tötete. Auf dem Boden neben dem Bett stand ein Tonkrug, halbvoll mit Wasser; sie griff danach, spülte sich den Mund aus und nahm einige Schlucke. Es schmeckte abgestanden und merkwürdig, als hätten sich dort während der langen Standzeit Dinge eingenistet, von denen sie lieber nicht wissen wollte – aber es war sauber. Anghara wischte sich mit dem Handrücken den Mund ab und machte sich erst jetzt daran, ihre Umgebung genauer zu betrachten.

Sie befand sich in einer Einzelzelle, die gerade so lang war, dass sie sich auf dem Strohhaufen, der ihr als Bett diente, ausstrecken konnte, und nicht breiter als fünf kurze Schritte von Wand zu Wand. Direkt über dem Stroh hing eine alte rostige Halterung in der Wand. Anghara musste sie eine Zeit lang anstarren, ehe ihr klar wurde, dass man daran eine Kette befestigen konnte. Es hatte ein Pendant dazu gegeben – nachdem Anghara wusste, wonach sie suchte, entdeckte sie das Loch in der Wand. Aber sie war entweder vor langer Zeit entfernt worden oder war schlichtweg herausgefallen. Die beiden Halterungen waren in genau der richtigen Entfernung voneinander, um einen Gefangenen mit ausgebreiteten Armen an der Wand zu befestigen.

»Ich sollte dankbar sein, dass sie mich nicht in solche Ketten gelegt haben«, murmelte sie schaudernd vor sich hin.

Abgesehen von diesen schrecklichen Einrichtungsgegenständen, dem Strohhaufen, dem Wasserkrug und dem Latrinenloch, war die Zelle leer, die Wände kahl, die Decke niedrig und finster. Es war nicht stockdunkel – von einer Fackel draußen auf dem Gang drang schwacher Lichtschein durch das Gitterfenster und so konnte Anghara ihre Umgebung mustern. Ihr Mund kräuselte sich zu einem bitteren Lächeln.

»Aber die Götter geben immer das, worum man sie gebeten hat«, flüsterte sie leise und erinnerte sich an ihre Wünsche auf der Reise – einen dunklen Ort zum Schlafen, wo man sie in Ruhe ließ. All das war ihr gewährt worden. »Wie lang, frage ich mich? Wie lang, ehe du mich ganz vergisst, Sif ... oder bis du ein loyales Schwert schickst, um alles zu beenden?«

Es war nicht richtig. Sie wäre niemals so vorgegangen. Die Drogen ... der Kerker ... es war nicht richtig. Es besudelte den Namen Kir Hama, die stolze Linie des uralten königlichen Blutes.

Plötzlich drang Kierans Stimme zu ihr, aus früheren Jahren – von dem Tag am Ufer eines Baches in Cascin, wo er zum ersten Mal erfahren hatte, wer sie war. *Sif ist dein Bruder ...*

Und dann die ihrer Mutter, aus noch früherer Zeit, aus dem Nebel der Erinnerungen, die im Kopf eines Kindes hängen geblieben waren, das vielleicht drei oder vier Jahr alt war: *Er sieht aus wie du*, hatte Rima gesagt, als sie am Fenster gestanden und den jungen Sif unten im Hof betrachtet hatte. Hinter ihr lächelte schemenhaft die Gestalt ihres Gemahls. Er hatte es vorgezogen, die Bitterkeit in

Rimas Stimme stets zu überhören, jedes Mal wenn sie über seinen Sohn sprachen.

Ihr Bruder. Der Sohn ihres eigenen Vaters.

All das spielte keine Rolle. Er war König in einem Land, das er der Hand eines kleinen Mädchens entrissen hatte. Dass sie für die Krone geboren worden war, dass sie diese vor ihm getragen hatte, war alles ohne Bedeutung. Dynan war tot, und Sif war König. Auf dem Thron unter dem Berge war nur Platz für einen Monarchen, der über Roisinan herrschte. Und es war sein Land ebenso wie ihres.

Mit dem, was ai'Jihaar ihr in den letzten Jahren beigebracht hatte, hätte Anghara die Kerkertür mühelos aufzaubern können – wenn sie nur die Kraft anzapfen könnte, ohne dass es dabei ihren Verstand mit vergifteten Klauen zerriss. Vielleicht war es die Droge, dachte sie hoffnungsvoll. Jetzt, da sie sie sicher verwahrt hatten, würden sie vielleicht das *tamman* vergessen und ihr eine Chance geben, sich zu erholen. Vielleicht. Sie konnte nur warten – worauf wusste sie nicht genau, nur, dass sie warten musste.

Aber man hatte sie noch nicht ganz vergessen, denn sie wurde aus einem leichten Schlummer durch das Rasseln einer kleinen Falltür gerissen, die sie zuvor nicht entdeckt hatte. Sie öffnete sich im Boden in der Nähe der Zellentür und war gerade groß genug, um einen verbeulten Zinnteller hindurchzulassen.

»Abendessen«, erklärte eine mürrische Stimme. »Und wenn du frisches Wasser willst, reich den Krug mit dem Teller heraus, wenn du fertig bist.«

Anghara war von ihrem Lager aufgesprungen – aber ihr wurde immer noch schwindlig, wenn sie sich zu schnell bewegte. Es dauerte nur einen kurzen Moment, bis sie einigermaßen ihr Gleichgewicht wiederfand, und doch war die Chance schon vorüber. Sie stand auf Zehenspitzen neben der Tür und versuchte auf den Gang hinauszulugen.

»Warte!«, rief sie. »Komm zurück!« Doch Schweigen war die einzige Antwort.

Entmutigt sank sie neben dem Teller mit dem Essen auf die Knie.

Es sah fettig und erstarrt aus – und was noch schlimmer war: es war kalt. Aber sie war halb verhungert. Ihr Verstand wehrte sich, aber ihr Magen nahm es an – es war Essen, und nach dem ersten Moment, in dem sie den ekligen Brei schmeckte, spielte es keine Rolle mehr, was ihr Verstand von diesem Mahl hielt. Sie aß alles auf und schlug mit dem leeren Teller an die Tür, in der Hoffnung, den Wärter zurückzulocken. Niemand kam. Anghara schob den leeren Teller und den Wasserkrug gegen die kleine Falltür und stellte sich erwartungsvoll neben die Tür. Sie war wild entschlossen, sich nicht wieder im Schlaf überraschen zu lassen.

Als sie erwachte, fror sie und war steif aufgrund der Haltung, in der sie auf dem Steinboden am Fuß der Zellentür zusammengesunken war. Die Kopfschmerzen waren zurück und auch die Übelkeit. Offenbar hatten sie *tamman* ins Essen getan. Der Teller war verschwunden, und der Krug stand mit Wasser gefüllt neben der Falltür. Anghara war wieder allein.

Sie werden mich nie wieder mit jemandem sprechen lassen, dachte sie verbittert und lehnte die Stirn an die kalte Steinmauer. Sie kämpfte das Verlangen nieder, mit dem Kopf dagegen zu schlagen. Wieder versuchte sie, das Zweite Gesicht zu rufen, bezahlte aber dafür, indem ihr wieder hundeelend wurde. Diesmal erreichte sie das Loch der Latrine rechtzeitig. Sie beugte sich über die eklige Öffnung und würgte immer wieder, bis nichts mehr übrig war, das herauskommen konnte. Wenn sie jetzt genau nachdachte, war im Essen ein Hauch vom Geschmack der Droge gewesen, aber sie hatte geglaubt, es sei nur eine nachhängende Erinnerung an die Ereignisse zuvor – und selbst wenn sie es erkannt hätte – was hätte sie tun können? Die einzige Wahl für sie bestand darin, entweder das *tamman* zu erleiden oder aufzuhören zu essen und damit Sif die Mühe zu ersparen, sie zu töten, indem sie sich zu Tode hungerte.

»Ich will leben«, murmelte sie vor sich hin, aber ihre Stimme klang jämmerlich, als sie die tapferen Worte aussprach. Sie wählte nicht das Leben – nicht dieses, nicht hier. Für jemand, der jeden wachen Moment mit einer mächtigen Kraft verbracht hatte, war das Fehlen dieser Kraft eine grausame Folter, was sie jetzt langsam zu begreifen begann. Sie war sich nicht mal sicher, ob die Grausamkeit absichtlich geschah oder aus Achtlosigkeit, lediglich eine Nebenwirkung, die sie daran hinderte, dass sie mithilfe des Zweiten Gesichts entfloh. Und woher wussten sie überhaupt, dass sie das Zweite Gesicht hatte?

Die Antwort kam schnell. Bresse, wo sie nach ihr gesucht hatten und wo sie ohne das Zweite Gesicht nie gewesen wäre. Und Ansen, der sie beinahe versehentlich dorthin geführt hatte – vielleicht hatte er auch Sif dorthin gebracht und einen hohen Preis dafür bezahlt.

Bald schon vermochte sie nicht mehr die Tage zu zählen und gab es auf zu spekulieren, warum Sif so lange brauchte, um sie zu töten. Sie wusste nicht, dass der Herbst in den Winter übergangen und auf den Bergen schon der erste Schnee gefallen war, auch nicht, dass Schneestürme den Schnee mannshoch um Miranei aufgetürmt hatten. Ebensowenig wusste sie, dass am Morgen ihres siebzehnten Geburtstages Sif sie im Schlaf betrachtete, als ihr helles Haar zerzaust und verfilzt war, und die Knochen an ihrem grazilen Handgelenk wie die eines Vögelchens aussahen.

»Wie lautet Euer Befehl, Mylord?«, hatte der Wärter unterwürfig gefragt.

»Das werde ich zu gegebener Zeit entscheiden«, hatte Sif geantwortet, noch einen letzten Blick auf sie geworfen und war gegangen. Ihm war bewusst, dass er sie schon vor Wochen hätte töten lassen sollen, aber er fand es eigenartig schwierig, dieses Wissen in die Tat umzusetzen. Nichts hatte seine Gefühle für Anghara Kir Hama geändert – sie stand ihm immer noch im Weg und so würde es sein, solange sie atmete, aber ihr Geist schien leichter erträglich, solange er in einem lebenden Körper war, den er beobachten konnte. Sie zu töten, würde diesen Geist freisetzen. Das Ziel war dasselbe wie in Bresse: *Ich habe getan, was getan werden musste*. Aber Bresse war nicht aus seinen Gedanken verschwunden, nur weil es ihm gelungen war, die Zerstörung rational umzusetzen, und er wusste, dass Anghara ein Geist sein würde, der sehr viel schwieriger zu beseitigen wäre. Selbst als er sie jetzt betrachtete – abgemagert, schmutzig und ungepflegt – war in ihr etwas Königliches, und die Kinnlinie, zwar zweifellos weiblicher und zarter, erinnerte Sif zwangsläufig an den Mann, der sie beide gezeugt hatte. *Ich hätte sie lieben können*, dachte Sif und war selbst über diese Vorstellung verblüfft. *Eine jüngere Schwester ... aber nein, sie ist nicht meine Schwester. Sie könnte mir immer noch den Thron entreißen ...*

Die Gedanken ließen seine Lippen zittern. Näher als je zuvor war er daran, sie auszusprechen, aber er sagte nichts. Abrupt wandte er sich ab und ging fort, der mit Juwelen besetzte Schwertknauf blitzte im düsteren Licht der Fackeln. »Sorg nur dafür, dass sie sicher untergebracht bleibt«, sagte er barsch zum Wärter.

»Jawohl, Mylord.«

Und Sif stieg die Treppe hinauf, fort von diesem Ort, und versuchte, alles zu vergessen, aber es gelang ihm nicht. Angharas Name rollte immer wieder in seinen Gedanken umher wie eine Glasmurmel.

Es war nicht das erste Mal gewesen, dass er gekommen war, um seine Gefangene zu sehen – auch nicht das letzte. Anghara hatte davon keine Ahnung, aber sie zog ihn zu sich, wie eine Wunde unter einem Verband, die ständig juckte, die man aber nicht berühren konnte. Er war auf dem Rückweg von Keruns Tempel an Chanoch, dem Fest des Neuen Feuers, in den Kerker gegangen. Vielleicht hätte er sich dazu durchgerungen, sie zu töten, wäre er früher gegangen, als die alten Feuer gelöscht wurden und alles im Schatten des Todes stand. Doch jetzt spürte er eine abergläubische Furcht, es nach den neuen Feuern zu tun, denen der Auferstehung, die gerade erst vom Tempel gebracht worden waren.

Beim Wintergericht, dachte er. Beim Wintergericht werde ich etwas tun. Aber in diesem Jahr erwies sich das Gericht als besonders widerspenstig, und Favrin Rashin wählte den Winter, um eine neue Offensive im Süden zu beginnen. Sif war zu abgelenkt und zu sehr mit anderen Dingen beschäftigt, um darüber nachzudenken. Der Gedanke an Anghara war irgendwie wieder verdrängt worden.

Spät nachts vor dem lodernden Feuer und mit einer Wache

vor der Tür, um ungebetene Lauscher fernzuhalten, besprach Sif das Thema mit dem einzigen Mann in seinem Gefolge, der alles wusste – mit Fodrun, dem General, der ihm Miranei verschafft hatte.

»Ich habe dir Macht verliehen«, erklärte Sif am Ende des Winters eines Abends kurz und knapp. Er saß in seinem königlichen Gewand aus grauem Wolfspelz am Kamin und streckte die langen Beine in Richtung Feuer aus. »Würdest du den Befehl geben, sie zu töten?«

Fodrun holte tief Luft und wartete auf die Kraft, sich diesem Mann, den er zum König erhoben hatte, zu widersetzen. Doch Sifs Augen galten nicht mehr dem Feuer, sondern ruhten auf seinem Kanzler. In ihnen glitzerte eine Art wilde Freude. »Nein, keine Angst, alter Freund. Wenn, dann tue ich das selbst. Ansonsten geschieht gar nichts. Aber ... in Bresse war ich bereit, es zu Ende zu bringen, so bereit, dass die gesamte Gemeinschaft an ihrer Stelle gestorben ist. Und jetzt, da ich sie in der Hand habe, zögere ich von Tag zu Tag und warte.«

»Mylord ...«, begann Fodrun vorsichtig. Sif gebot ihm mit der Hand zu schweigen.

»Ich weiß das alles«, erklärte er. »Jedes Argument, und alles sagt mir, dass ich ein Narr bin. Es steht nicht zu befürchten, dass sie je befreit wird; eines Tages wird sie in diesem Kerker sterben, aber auch das wird ein Tod von meiner Hand sein. Doch zumindest habe ich nicht ihr Blut daran. Und dennoch ...«

»Euer eigener Vater hatte Gefangene, die im Kerker gestorben sind«, bemerkte Fodrun zutreffend. »Und Euer Urgroßvater ...«

»König Garen, seine Erinnerung sei gesegnet, hatte mehr Verräter als Kerker, selbst wenn Miranei noch einen weiteren Turm gehabt hätte«, sagte Sif. »Und mein Vater – es gab nur wenige Verräter meines Vaters. Es gab wohl mehr, als ich damals gewusst habe, als ich mit Duldung des Königs am Hof lebte, ein unehelicher Bastard, der keinen Zugang hatte zu den Geheimnissen der Gemächer des Rates. Ich kann mich nur an vier Männer erinnern, deren Verbrechen schrecklich genug waren, um sie lebendig zum Tode zu verurteilen.«

»Und keine Frauen«, meinte Fodrun ohne nachzudenken.

Sif warf ihm einen zornigen Blick zu. »Kann ich etwas dafür, dass meine Nemesis ein Weib ist?«, fragte er.

»Sif«, sagte Fodrun und schlug jegliche Vorsicht und Ehrfurcht vor dem Königtum in den Wind. »Mylord, wenn Ihr meinen Rat sucht, lautet dieser schlicht und einfach: Vergiftet nicht Euer Leben und den Rest Eurer Herrschaft, indem Ihr die Tochter Eures Vaters für immer stehen lasst zwischen Euch und dem, was Ihr habt. Beendet es. Irgendwie. Und dann lasst es zurück und schreitet voran.«

»Wäre ich in Miranei gewesen, als man sie herbrachte, so hätte ich wohl nicht gezögert«, meinte Sif nachdenklich. »Aber je mehr ich mich Miranei näherte, nachdem mich in Shaymir die Nachricht von ihrer Festnahme erreicht hatte, desto unklarer wurden die Dinge für mich. Zum Beispiel – wo ist Dynans Siegel?«

»Wisst Ihr genau, dass sie es hat?«

»Wir haben die Festung von oben bis unten durchsucht«, antwortete Sif. »Es war nicht bei meinem Vater, als wir ihn beerdigt haben, und ich kann beschwören, dass es nicht in seiner Festung war, und als Anghara gefangen genommen wurde, trug sie es nicht bei sich.«

»Woher wussten die Männer eigentlich, dass es Anghara war?«, fragte Fodrun neugierig. »Für die Leute aus Miranei war es doch gewiss schwierig, sie zu erkennen – das letzte Mal, als sie hier gesehen wurde, war sie nur neun Jahre alt ... und jetzt ist sie was ... sechzehn?«

»Siebzehn«, antwortete Sif knapp. Ein Bild von Anghara an ihrem Geburtstag stieg unaufgefordert in seinem Kopf auf. Verärgert presste er die Lippen zu einem schmalen Strich zusammen. Dann nahm er schnell einen Schluck Wein und blickte starr ins Feuer. »Und du hast Recht – es war kein Mann aus Miranei, der sie erkannt hat – die Abteilung, der sie ins Netz ging, wird von einem Mann befehligt, der früher auf Cascin unter Lyme gedient hat, ehe Lyme das Herrenhaus aufgegeben hat. Dieser Mann war in Cascin, als Anghara dort auftauchte – und ihr Gesicht ist eines, das man nicht so schnell vergisst. Er hat sie erkannt. Und dann sind noch ein paar Männer aus Cascin in seiner Abteilung – ich verschwende keine Resourcen – als sie zu mir kamen, habe ich sie eingestellt. Von diesen etwas über fünfzig Männern, wussten nur etwa fünf, was sie in den Händen hatten, Fodrun. Die anderen hatten keine Ahnung, weshalb so große Eile geboten war, das Mädchen nach Miranei zu bringen.« Er grinste, ein wölfisches Grinsen. »Ich hatte Glück, dass der Hauptmann sie selbst auf dem Kai gesehen hat. Aber ... ich wusste schon immer, dass großes Potenzial in ihm steckt.«

»Auf dem Kai? Was hat sie dort gemacht?«

»Sie haben sich erkundigt – drei Schiffe hatten an diesem Tag angelegt, zwei ziemlich spät. Eines davon kam aus Kheldrin.«

»Und die anderen beiden?«

»Nichts besonderes«, erklärte Sif. »Beide haben geschworen, keine Passagiere mitgebracht zu haben. Meine Männer haben versucht, die Khelsies auszuquetschen, aber sie konnten niemanden finden, der ihrer verfluchten Sprache mächtig war.«

»Aber gewiss war doch irgendein Händler an Bord«, meinte Fodrun. »Und Händler müssen ein wenig roisinanisch sprechen können, wenn sie in Calabra Geschäfte machen wollen.«

»Mag sein.« Sif zuckte mit den Achseln. »Sie haben keinen gefunden.« Er machte eine Pause und musterte Fodrun scharf. »Du glaubst doch nicht etwa ...«

Beide dachten einen Moment lang darüber nach, aber dann schüttelte Sif den Kopf. »Niemals. Sie muss mit fast nichts aus Bresse geflohen sein. Wie konnte sie dort überleben – kein Geld, keine Möglichkeit sich verständlich zu machen? Außerdem ... die Khelsies ... nein. Es muss eins der anderen Schiffe gewesen sein.«

»Vielleicht hat sie einen Weg aus Calabra heraus gesucht und nicht hinein«, schlug Fodrun vor.

»Vielleicht«, sagte Sif, der vergessen hatte, dass ihm sein Hauptmann auch berichtet hatte, dass Anghara ihm deshalb aufgefallen war, weil sie so strahlte – die Freude über die Rückkehr.

Beide saßen eine Zeit lang schweigend, dann lachte Sif – ein trockenes, heiseres Lachen, ohne viel Freude. »Wir scheinen vom Thema abzuschweifen«, meinte er wie beiläufig. »Was sollen wir nun mit Anghara Kir Hama tun?«

Inzwischen hatte Fodrun seine Fassung wiedergefunden. »Mylord«, sagte er. »Es gibt keinen anderen Weg. Wenn Ihr nicht den Befehl gebt, sie zu töten, ist die einzige Alternative, sie im Kerker zu lassen.«

Sif unterdrückte einen Wutausbruch und rang sich ein Lächeln ab. »Ich schätze, du hast mir soeben deinen Rat erteilt«, sagte er. »Das Wintergericht ist schon lang vorbei; aber dafür brauche ich keinen zeremoniellen Anlass, oder? Es wäre doch ganz leicht, es jetzt still und unauffällig zu machen ... da ist Senenas Kind – das wird schon bald zur Welt kommen. Ich muss einen klaren Kopf haben für andere Dinge ... und der Thron muss wirklich frei von Angharas Schatten sein ... für meinen Erben.« Mit gerunzelter Stirn betrachtete er die lodernden Flammen im Kamin und sammelte seine Gedanken. Dann schüttelte er den Kopf und kippte den Rest Wein aus dem Becher hinunter. »Verlass mich jetzt«, befahl er. »Ich muss darüber nachdenken.«

»Mylord.« Fodrun stand auf und verneigte sich, ehe er den Raum verließ. Sif hatte ihn wahrscheinlich nicht mehr gehört. Der König hatte den Kopf an die hohe Lehne des Sessels gelegt und die Augen geschlossen. »Was immer ich tue ... du wartest auf mich, Anghara Kir Hama, Königin des Kerkers.« Sif sprach leise und müde in dem leeren Gemach vor sich hin. »Ich würde die Aussicht auf Glas Coil mitsamt des ewigen Lebens aufgeben, wenn ich nur die Dinge ändern könnte, sodass du nie existiert hättest ...«

In düsterer Stimmung saß er vor den Flammen, die im Kamin tanzten, und bereitete sich innerlich darauf vor, es zu Ende zu bringen. Ehe er in einen unruhigen leichten Schlaf fiel, stand sein Entschluss fest. Er würde in aller Stille den Befehl erteilen, noch bevor er am Morgen das Fasten brach.

Doch wieder einmal brachten die Umstände eine elfstündige Galgenfrist. Ehe Sif Zeit fand, diejenigen zu sich zu rufen, die wissen mussten, dass der Kir Hama Prinzessin keine weitere Gastfreundschaft gewährt werden sollte, galoppierte ein Bote auf einem schaumbedeckten Pferd in Miranei ein. Seine Botschaft war dergestalt, dass alles andere aus Sifs Gedanken verschwand.

»Wie konnten sie durchkommen? Ich habe meine halbe Armee dortgelassen, um sie zu schützen!«, wütete er, als der erschöpfte Bote die Nachricht hervorstieß, dass Favrin Rashin ein waghalsiger Überfall auf Torial geglückt war, dem Herrensitz im Südosten, den Sif erst kürzlich seiner Mutter, Lady Clera, geschenkt hatte.

»Mylord ... es war nur eine Handvoll ... sie sind hereingekommen, weil sie unsere Uniformen trugen ...«

»O ihr Götter ...« Sif stöhnte und schlug die Hand vors Gesicht.

»Sie haben sehr wenig geraubt ... es war, als wollten sie uns nur zeigen, wozu sie fähig sind ... aber Eure Mutter, Lady Clera, bestand darauf, auf die Verteidigungsanlagen zu gehen ... es war ein Unfall, Mylord, ein fehlgeleiteter Pfeil ...«

»Sattelt mein Pferd! Ich werde sofort losreiten«, rief Sif grimmig und straffte die Schultern. »Sammelt alle Männer nördlich des Hal, die in keinen Dienst eingeteilt sind. Sie sollen mir so schnell folgen, wie sie können. Diese Beleidigung darf nicht unbeantwortet bleiben.«

Fodrun persönlich brachte Sifs Pferd in den Hof der königlichen Residenz und wartete, mit den Zügeln in der Hand, bis Sif aus dem Turm kam. »Mylord«, begann er, »Winterfeldzüge ...«

»Der Winter ist vorbei, Fodrun. Schau von den Verteidigungsanlagen – der Schnee ist von den Mooren fast verschwunden. Es ist Frühling; und im Frühling hat ein Kir Hama immer Glück.«

»Und das Kind ... und ... diese andere Sache ...«

»Bis zu Senenas Entbindung bin ich wieder hier«, antwortete Sif mit einem wölfischen Lächeln. »Sobald ich dem jungen Favrin die längst überfällige Lektion erteilt habe. Und was das andere betrifft ... Dafür wird noch genug Zeit sein, wenn ich zurück bin. In den paar Wochen, die ich brauche, um diesen Feldzug ein für allemal zu beenden, wird sich nichts verändern.«

Sif ritt aus seiner Festung und glaubte seine eigenen Worte.

Doch sobald er und sein Gefolge nach Süden ritten, veränderte sich die Lage in der Festung, die er zurückließ.

Der erste Keim der Veränderung war schon in Sifs eigenem Schlafgemach gesät worden. In der Nacht, als er mit Fodrun offen über Anghara gesprochen hatte, glaubten sie, allein zu sein. Das war ein Irrtum. Und das, was sie besprochen hatten, war nicht länger ein Geheimnis zwischen den beiden Männern in jenem Raum und den fünf, die Anghara in Calabra entführt hatten.

Da Sif die kleine Galerie für die fahrenden Spielleute nie benutzte, die in einer Nische unter den Dachbalken des königlichen Schlafgemachs versteckt war, erinnerte sich kaum daran. Dynan hatte oft Musikanten dort gehabt, die durch ein geschnitztes Gitterwerk diskret abgeschirmt waren. Rima war gern zu den leisen Klängen einer einzelnen Flöte oder Harfe eingeschlafen, entspannt nach den Liebkosungen ihres Gemahls. Doch keine von Sifs Ehen war eine Liebesheirat gewesen, und er dachte nie an liebevolle, zärtliche Verführung. Es gab nur einen Zugang zu der Galerie – eine niedrige, unauffällige Tür in einem selten genutzten Korridor im Geschoss über dem königlichen Schlafgemach. Durch sie konnten die Musiker kommen und gehen, ohne den König zu stören. Diese Tür war verschlossen und der Schlüssel im Besitz des Kämmerers. Sif hatte ihre Existenz völlig aus seinem Bewusstsein gestrichen.

Aber Senena, seine kindliche Königin, brauchte oft ein ruhiges, privates Plätzchen, wo sie sich vor einem aufdringlichen und neugierigen Hof und ihrem ganzen scheinheiligen Leben verstecken konnte.

Nur wenige an Sifs Hof stammten noch aus der Zeit seines Vaters in Miranei – etliche hatten sich diskret aufs Land zurückgezogen, andere hatte Sif selbst fortgeschickt. So blieb nur ein Hof mit mehr als dem üblichen Anteil an Speichelleckern, die Senena umgarnten, in der Hoffnung, damit Sifs Gunst zu erlangen. Mit Colwen, seiner ersten Königin, hatten sie es ebenso gehalten. Statt dieser Gesellschaft zog Senena den Kammerherrn als Freund vor, der schon Dynan gedient hatte – ein freundlicher und einfühlsamer

Mann, der keinerlei Erwartungen an sie stellte. Er hatte Töchter in ihrem Alter und ließ sich nicht täuschen von der Rolle, die sie für Sifs feine Lords spielte. Er hatte ihr die Galerie der fahrenden Sänger als Zuflucht angeboten und ihr den Schlüssel dazu gegeben.

In den letzten Monaten, als das Kind in ihr immer größer wurde, schätzte Senena diesen Zufluchtsort zunehmend. Colwen war von Sif verstoßen worden und war eine Vernunftehe mit einem Herzog aus dem Grenzland eingegangen. Nun war sie nach Miranei zurückgekehrt, offenbar nur um ihren ebenfalls anschwellenden Bauch vorzuführen. Augenscheinlich hatte der Herzog Erfolg gehabt, wo Sif versagt hatte, und ihr ein Kind gemacht. Obwohl Senena ihr Kind vor Colwen zur Welt bringen würde, wollte die verschmähte Königin dabei sein, wenn bei Senena die Wehen einsetzten – nur für den Fall, dass Senena ein Mädchen zur Welt brachte. Colwen verpasste keine Gelegenheit allen zu sagen, dass die Hebammen ihr einen Knaben vorausgesagt hätten. Sif ignorierte die giftigen Anspielungen und die Frau; Senena hatte eine dünnere Haut. Die Galerie war ihre Rettungsinsel.

Dort war sie gewesen, als Sif Fodrun hereingebracht hatte. Sie wollte nicht lauschen, aber sie war in dem bequemen Sessel, den ihr Freund, der Kammerherr, für sie hatte hereinstellen lassen, eingeschlafen. Als sie aufwachte, war das Gespräch in vollem Gange und wenn sie sich bewegte, würde sie mit dem Geräusch sowohl ihren wie auch den Hals des Kammerherrn riskieren. Deshalb saß sie ganz still da und hoffte, die beiden würden ihre Angelegenheiten schnell besprechen und dann hinausgehen. Aber sie konnte nicht überhören, was die Männer unten sprachen. Als sie schließlich begriff, dass Anghara Kir Hama nicht seit acht Jahren in der Familiengruft begraben lag, wie alle angenommen hatten, war der Schock so groß, dass sogar das Kind in ihr sich drehte und um sich trat.

Anghara ... am Leben ... das bedeutete, Sifs Anspruch auf den Thron konnte nur auf Verrat gründen ...

Am nächsten Morgen herrschte nach dem Eintreffen des Boten aus Torial totales Chaos. Sif brach fast augenblicklich auf. Senena war froh, dass sie jetzt getrennt waren, zumindest, bis sie dieses neue Wissen richtig verarbeitet hatte. Sif hatte aber Fodrun als Verweser und ihren Schatten zurückgelassen. Als dieser irgendwo beschäftigt war, warf sie sich einen weiten Umhang über die Schultern und machte sich auf den Weg zu den großen Türen im Untergeschoss der Festung. Sie waren mit Eisenbändern beschlagen und vom Rauch der Fackeln, die ständig in zwei Halterungen zu beiden Seiten des Eingangs brannten, im Laufe der Jahrhunderte geschwärzt. Zwei Soldaten standen mit blanken Schwertern vor dem Tor in die Unterwelt Wache.

»Halt!«, rief einer mit tiefer und dem Ort angemessen feierlicher Stimme. »Wer da?«

Senena hatte die Verblüffung eingeplant und wurde reich belohnt durch den Anblick der Gesichter der Soldaten, als sie die Kapuze des Umhangs zurückstreifte. »Die Königin«, sagte sie. Ihre Stimme klang voll Selbstvertrauen und Autorität, die sie nie fühlte, auch nicht als Sifs Gemahlin; aber das wussten diese Männer nicht. »Lasst mich passieren.«

»Mylady«, begann einer und sank auf ein Knie. »Es ziemt sich keiner Frau, dass Ihr dorthinuntergeht ...«

»Ich gehe aber um einer Frau willen dorthin«, unterbrach ihn Senena. »Allerdings muss ich nicht hinabgehen, wenn ihr sie mir herbringt. Ich möchte mit ihr sprechen. Gibt es einen Ort, wo ich das ungestört tun kann?«

Die beiden wechselten Blicke. »Eine Frau, Mylady?«

»Mylady, wir können nicht ... Euer Gemahl ... der König ...«

»Der König ist nicht hier«, erklärte Senena. »Ich sitze neben ihm auf dem Thron unter dem Berge. Tut, was ich befehle.«

Die Soldaten zögerten noch immer, aber in Senenas hellen Augen blitzte etwas wie Stahl auf, unerbittlich. Teilweise ahmte sie Sifs königliche Art nach, aber teilweise kam es auch ganz aus ihr. Sie war zwar jung, schüchtern und empfindlich, aber sie verfügte über einen Kern der Stärke und des Adels, der sie auch ohne Krone auf dem Haupt hervorgehoben hätte. Sif hatte seine Königin nur allzu gut gewählt.

»Tut, was ich sage!«, wiederholte sie. Und in diesem Augenblick überstimmte die unmittelbar bevorstehende Strafe, die die Soldaten in ihren Augen lasen, die unklaren Möglichkeiten, was Sif tun würde, wenn er nach Miranei zurückkam.

»Hier entlang, Mylady«, sagte der eine Soldat und führte sie durch das dunkle Tor in einen Wachraum, wo ein helles Feuer in einem vom Rauch geschwärzten Kamin loderte. Dort lagerten zwei weitere Männer, die aber sofort aufsprangen, als Senena hereinkam. Ihre Eskorte befahl ihnen barsch, sofort in die unteren Geschosse zu gehen und die Gefangene zu holen.

Sie bekamen unerwartet Ärger, als der Wärter, den Sif abgestellt hatte, um Anghara zu bewachen, sich weigerte, sie ohne ausdrücklichen Befehl Sifs zu übergeben. Als der Soldat, den sie hinuntergeschickt hatten, keuchend mit der Meldung über die Weigerung zurückkam, nahm Senena ruhig den Ring ab, in dem das Wappen Roisinans mit Juwelen eingearbeitet war und den Sif ihr zur Hochzeit geschenkt hatte.

»Gib ihm das als Zeichen«, sagte sie. »Und frag ihn, ob er lieber den Zorn seines Herrn in Kauf nimmt, wenn dieser erfährt, dass ich persönlich in den Kerker hinuntersteigen musste.«

Es war zwar nicht Sifs eigener Ring, aber selbst der Wärter musste sich der Tatsache geschlagen geben, dass es ein königlicher Ring war. Nicht ohne Murren suchte er den Schlüssel aus dem Schlüsselring an seinem Gürtel.

Anghara hatte längst die Hoffnung aufgegeben, dass sich ihre Zellentür jemals öffnete – offenbar hatte man sie selbst ebenfalls durch die Falltür im Boden hereingeschafft, durch die Essen, Wasser und ab und zu frisches Stroh geschoben wurde. Sie kauerte zusammengesunken auf dem Strohhaufen und blickte wie hypnotisiert auf den Lichtstrahl, der beim Öffnen der Tür immer breiter wurde.

»Komm«, sagte der Wärter mürrisch. »Man will dich sprechen.«

Noch ein erstes Mal. Seit Monaten hatte niemand direkt mit ihr gesprochen. Sie saß wie erstarrt da. Als sie keinerlei Anstalten traf, sich zu bewegen, packte er sie und stellte sie auf die Beine.

Es war ein weiter Weg bis nach oben. Steile Treppen. Und Anghara war seit Langem nicht mehr als fünf Schritte gegangen. Senena hatte mit vielem gerechnet, nicht aber mit diesem bleichen Gespenst eines Mädchens mit riesigen Augen, in einem schmutzigen Kleid, das sein früheres Aussehen nur erahnen ließ, das ihr nun im Wachraum gegenüberstand. Stofffetzen hingen an der abgemagerten Gefangenen – die zarten Knochen der schmalen Hände und Handgelenke waren durch die Haut beinahe sichtbar.

Die Augen der beiden Mädchen trafen sich und hielten den Blick.

»Senena ...«, flüsterte Anghara durch aufgesprungene Lippen. Sie schien sich gar nicht bewusst zu sein, dass sie sprach.

»Helft ihr auf diesen Stuhl«, befahl Senena. »Und dann lasst uns allein.« Irgendwie kam es ihr nicht eigenartig vor, dass dieses Mädchen, das sie noch nie zuvor im Leben gesehen hatte, sie auf den ersten Blick erkannte.

Die Soldaten gehorchten, und Senena kniete sich neben Angharas Stuhl, nahm die dünnen, kalten Hände in ihre und versuchte sie durch Reiben zu erwärmen. Ihre Augen waren riesengroß und erschrocken. »O ihr Götter ...«, murmelte sie und blickte in das ausgemergelte Gesicht unter dem verfilzten rotgoldenen Haar. »Sif, was hast du nur getan?«

3

Anghara wusste nicht, ob sie Senena verfluchen oder segnen sollte.

Ihr erstes Treffen war nicht besonders ergiebig verlaufen – nachdem Anghara Senenas Namen hervorgestoßen hatte, setzte anscheinend ihr Verstand aus, und sie konnte nichts mehr sagen. Stattdessen starrte sie einfach in das errötete Gesicht der jungen Königin. Senena blieb bei diesem ersten Besuch nicht lang, hinterließ aber eindeutige Befehle. Nachdem sie gegangen war, bereiteten die Soldaten ein lauwarmes Bad vor, das erste für Anghara, seit sie in Calabra das Schiff aus Kheldrin verlassen hatte, und frische Kleidung. Nichts Großartiges, aber alles war besser als die Fetzen, zu denen ihr Kleid in den langen Monaten der Gefangenschaft geworden war. Sie hatte gewaschene Haare und saubere Kleidung – selbst ihr Essen war in der Qualität um eine oder zwei Kerben gestiegen, und – am besten von allem – seit Senena Interesse an ihr bekundet hatte, war kaum noch *tamman* darin. Bei dem zweiten Zusammentreffen und den anschließenden begann Anghara sich zu erinnern, wie man mit einem anderen menschlichen Wesen Umgang pflegte. Anfangs waren es nur ein paar Worte, aber als Senena darauf bestand, fing Anghara langsam an, einen weiten und weglosen Ozean zu überqueren, zurück zu den Ufern, die sie einst kannte.

Das Gute daran war, dass sie langsam ihre eigene Menschlichkeit wieder spürte; ein Nachteil war natürlich, dass sie jedes Mal, wenn Senenas Besuch vorüber war, ihre Gefangenschaft umso bitterer empfand. Und sie wusste mit schmerzlicher Sicherheit, dass das alles aufhören würde – so oder so, sobald Sif nach Miranei zurückkam. Wenn Sif herausfand, was Senena in seiner Abwesenheit tat – und das würde er unweigerlich – lag es an ihm, sich an Senena ebenso grausam zu rächen wie an Anghara. Es war durchaus möglich, dass er die kleine Königin nur so lang am Leben ließ, bis sie Sifs Erben geboren hatte.

Nichts hatte Anghara auf die Tatsache vorbereitet, dass sie und das Mädchen, das das lebendige Siegel für Sifs Thron im Leibe trug, Freundinnen sein könnten. Senena war zu Anfang selbst verwirrt, was ihre eigenen Motive betraf – schließlich schloss sie Freundschaft mit einem Geist, den der König erfolgreich »beerdigt« hatte und dessen Auferstehung für ihren Gemahl nur ein Desaster bedeuten konnte. Aber sie schien die komplizierteren Fragen weit aus ihrem Kopf zu verbannen – vielleicht war ihr erster Impuls gewesen, sich selbst zu überzeugen und den Wahrheitsgehalt dieser wilden Geschichte zu prüfen, die sie auf der Galerie der fahrenden Musiker belauscht hatte; doch dann wurde daraus schnell eine Art Zuneigung. Sie traf sich fast täglich mit Anghara und wusste genau wie diese, dass ihre gemeinsame Zeit sich schnell dem Ende näherte.

Von Senena erfuhr Anghara, wieviel Zeit in der Welt da draußen verstrichen war. Als Senena feststellte, dass Anghara ihren Geburtstag ganz allein im Kerker verbracht hatte, entwickelte sie ein beinahe kindliches Vergnügen daran, ein verspätetes Geburtstagsfest auszurichten, welches sie in der Wachstube feierten. Anghara konnte nicht viel essen – ihre spartanische Ernährung und das *tamman* schienen ihren Appetit zu hemmen; aber sie gab sich alle Mühe, Senenas Feststimmung nicht durch schlechte Laune und Undankbarkeit zu ruinieren.

»Was hättest du gern als Geburtstagsgeschenk gehabt?«, fragte Senena und saß am Rand des Kamins wie ein Bengel von der Straße. Ihre Brokatgewänder hingen fast in die Asche.

Es hatte eine Zeit gegeben, in der Anghara eine Menge Dinge hätte aufzählen können, aber ihre Welt war auf den Kerker von Miranei geschrumpft, mit keiner anderen Aussicht als den Tod, der auf sie wartete – ein schneller Tod oder einer durch Verhungern, ganz nach Sifs Laune. Größter und brennendster Wunsch in ihrem Herzen war, wieder den Teil in ihr zu berühren, der ihre Kraft war – wieder das Zweite Gesicht zu spüren. Aber das lag jenseits von Senenas Macht. Anghara blickte nach oben, ihre Augen füllten sich unerwartet mit Tränen, aber sie sah nur mehr mitleidlose Steine. Und dabei kapitulierte selbst das Zweite Gesicht unter dem Gewicht dieses Mauerwerks.

»Den Himmel sehen«, flüsterte Anghara. »Und wieder den Wind auf meinem Gesicht spüren. Es ist so lang her, dass ich im Sonnenschein gegangen bin ...«

»Das ist eine sehr bescheidene Bitte«, sagte Senena langsam.

Anghara blickte zu Boden, der Anflug eines Lächelns huschte um ihre Lippen. »Nein, nicht einmal du, Senena, könntest das erreichen. Sie haben über all das hier ein Auge zugedrückt, aber nur, weil ich nicht durch diese Türen gegangen bin ... oder je werde. Wenn jemand mich dort oben sieht, wird er das nicht für sich behalten ... und dann wartet dort oben der sichere Tod auf mich.«

»Nicht mehr als hier unten«, erklärte Senena stur und biss sich sofort auf die Lippe, als ihr klar wurde, was sie soeben gesagt hatte. Um Entschuldigung bittend legte sie die Hand auf Angharas Arm. »Es tut mir leid ... gerade heute hätte ich das nicht sagen dürfen ... Aber es muss einen Weg geben – du bittest ja nicht um einen Bergführer. Es kann doch niemanden verletzen, wenn ich dich ein paar Minuten auf die Festungsmauer geleite.«

Angharas Augen blieben traurig. »Mach mir keine Hoffnungen, Senena. Ich habe gelernt, auf nichts mehr zu hoffen, das ist weniger schmerzlich.«

Das zu sagen, schien völlig falsch gewesen zu sein. Senenas Augen glitzerten, wild entschlossen hob sie das Kinn. »Ich werde dafür sorgen, dass es geschieht«, schwor sie.

So wie Senena früher dagesessen hatte und ein Gespräch belauscht hatte, von dem der König und sein Kanzler glaubten, es unter vier Augen zu führen, wurde jetzt das Gespräch in der Wachstube von einem Paar Ohren mitgehört, für die es nicht bestimmt war. Schon als Anghara zurück in ihre Zelle geführt wurde und Senena den Wachraum verließ, um so schnell als möglich

Angharas Wunsch zu erfüllen, lief eine Nachricht durch die Korridore der Festung, über die Schneehaufen im Hof in die kalten, leeren Straßen der Stadt zu einer schäbigen Herberge dicht neben einem Stadttor. Der Junge, der sie brachte, war ein drahtiges verwahrlostes Kind von ungefähr acht Jahren. Er musterte den Schankraum mit einem schnellen Blick. Dann ging er zielstrebig auf zwei junge Männer zu, die in düsterem Schweigen am Kamin saßen. Er zog an seiner Stirnlocke mit der uralten Geste des Respekts, aber in seinen Augen stand pure Bewunderung, als er in das Gesicht des Dunkelhaarigen, des Älteren der beiden, dem mit den durchdringenden blauen Augen blickte. Der Junge übergab ihm ein mehrmals gefaltetes Pergament, zog wieder an seiner Stirnlocke, und ging wortlos davon. Der junge Mann öffnete das Pergament und saß dann schweigend da. Schließlich stand er auf, zerknüllte das Pergament beinahe achtlos und ballte die Fäuste.

»Das ist es«, erklärte Kieran. Seine Stimme klang ausdruckslos und kalt, wie Stahl, aus der Scheide gezückt. »Sif kommt in wenigen Tagen zurück, und dann wird es keine zweite Chance geben. Morgen gehen wir hinein.«

Kierans Männer hatten tatsächlich den Trupp eingeholt, dem sie gefolgt waren. Aber Anghara fanden sie nicht; schlimmer noch, in dieser Gruppe war auch keiner der fünf Männer, von denen Sif gesprochen hatte, die wussten, wer Anghara war. Diese Gefangenen konnten Kieran wenig berichten, und freuten sich stattdessen hämisch über die Tatsache, dass er dem falschen Köder gefolgt und seine Beute jetzt für ihn fast unerreichbar war. Vielleicht hätte er eine vernünftige Entscheidung treffen können, wenn auch nur einer der Männer den Hauch einer Ahnung gehabt hätte, was sie verbrochen hatten. Aber stattdessen frohlockten sie vor Freude über einen Erfolg, der ihnen kaum etwas bedeutete, abgesehen vielleicht davon, dass sie nun wussten, wer sie verfolgte, und es ihnen gelungen war, einen mit Kierans Ruf zu übertölpeln. Als schließlich einer von Kierans Männern die Geduld verlor und einen grinsenden Soldaten mit einem Fausthieb zu Boden schlug, mischte sich Kieran nicht ein, Rochen auch nicht; danach lag Totschlag in der Luft. Wenn es um das Leben von Feinden ging, war Kieran schon lange nicht mehr besonders empfindlich, aber das hier war Töten aus Rache, mit kaltem Vorsatz ausgeführt. Er war nicht stolz auf seine Männer, auch nicht auf sich, weil er sich im Hintergrund hielt und jegliche Verantwortung ablehnte. In Wahrheit war er zornig, krank vor Wut und Hilflosigkeit. Das entschuldigte nicht, was er getan hatte, aber es machte es leichter, alles zu verarbeiten – es war, als würde ein wenig des Stachels herausgezogen, wenn er die Sünde beim Namen nannte.

»Ich gebe nicht auf«, hatte er gesagt und geriet in eine gefährliche, beinahe entrückte Stimmung. Wenn Anghara erst in Miranei hinter dicken Mauern saß, wären seine Anstrengungen so unwirksam wie ein Moskitostich, der durch eine Ritterrüstung dringen wollte. Das wusste er. Das Wissen brannte wie ein vergifteter Pfeil in seinem Herzen.

Zu dieser Zeit waren Adamo und Charo bei ihm, und die Brüder, die sich genau an Cascin und das kleine Mädchen erinnerten, das sie als Brynna Kelen vor vielen Jahren gekannt hatten, redeten ihm leidenschaftlich zu, ihre königliche Cousine zu befreien.

»Lass uns nach Miranei reiten«, hatte Charo ihn wild angefeuert. »Dort finden wir die genaue Anzahl der Wachen heraus, und wir können doppelt so viele, wie wir sind, besiegen. Das haben wir schon oft bewiesen …«

»Ja«, hatte Adamo ihm beigepflichtet, nicht weniger unerbittlich, aber dennoch eine Stimme der Vernunft in einem Ozean turbulenter Gefühle. »Das haben wir bewiesen … aber immer mit einer klaren Rückzugsmöglichkeit und der Option, an einem anderen Tag zurückzukommen. Ich habe die Kerker von Miranei nie gesehen, aber ich bezweifle, dass wir sie ohne Ärger nehmen können – und selbst wenn es uns gelingt, können sie die Festungstore schließen. Danach können sie uns wie die Hasen hetzen und aufspießen. Keine Armee hat Miranei je erobert. Jemals. Und wir … wir sind nicht einmal eine Armee.«

»Schlägst du vor, dass wir einfach wegreiten?«

»Nein«, widersprach Adamo. »Aber ich bin auch nicht dafür, dass wir unser Leben für etwas wegwerfen, dass eindeutig unmöglich ist. Wir werden nach Miranei reiten – aber wir werden warten. Und ich werde versuchen, mit einem oder zwei der Wachen Freundschaft zu schließen.«

Inzwischen hatte Kieran seine Lethargie abgeschüttelt und übernahm wieder das Kommando. »Ja, wir werden warten. Solange wir wissen, dass sie lebt, gebe ich weder die Hoffnung noch die Chance auf, sie zu retten. Aber eine große Schar wird Aufsehen erregen.«

»Und eine Handvoll wird nicht imstande sein, etwas zu unternehmen, wenn die Zeit kommt«, gab Rochen zu bedenken.

»Wir bleiben in Verbindung«, erklärte Kieran. »Ich hatte nicht die Absicht, alle Bindungen zu kappen.« Darüber brach raues Gelächter aus; Kieran blickte in den Kreis strahlender Augen. »Zehn«, sagte er. »Nicht mehr als zehn.«

»Ich«, erklärte Charo schlichtweg. Keine Frage, eine Feststellung. Adamo brauchte nicht einmal zu sprechen; seine Augen sprachen für ihn. Kieran nickte.

»Adamo, Charo, ich selbst ... und sieben andere. Ich werde nicht auswählen. Wir verlassen das Lager morgen früh bei Tagesanbruch – ich nehme die sieben, die auf mich warten.« Er erspähte noch ein Auge, strahlend und entschlossen, schüttelte jedoch kaum sichtbar den Kopf. *Du nicht, Rochen. Ich brauche jemanden, um die zu führen, die draußen bleiben.*

Rochen wirkte plötzlich sehr jung; seine Miene wurde abrupt finster. Doch dann hellte sich seine Stirn auf, er hob den Kopf und nickte Kieran zu. Danach wandte er sich ab, weil seine Gefühle immer noch stärker waren als er.

Als die drei Ziehbrüder am nächsten Morgen vom Lager aufbrachen, warteten sieben Männer mit gesattelten Pferden auf sie. Kieran, bereits hoch zu Ross, zügelte sein Tier und musterte die Schar aus harten blauen Augen. »Es ist die bitterste Aufgabe, die ihr gewählt habt«, sagte er leise. »Das Warten kann lang dauern ... und vielleicht warten wir auf eine Katastrophe.«

»Aber vielleicht auch auf ein Wunder«, murmelte einer der Männer.

»Sie haben Strohhalme gezogen«, erklärte Adamo mit gespielter Freundlichkeit. »Jeder der Männer, der zurückbleibt, ist hellwach und hört uns aufbrechen. Dabei verflucht er den langen Strohhalm, den er gestern Abend gezogen hat.«

»Für Anghara«, sagte Charo. »Und für dich. Du hast den Traum am Leben erhalten. Wenn jemand sie aus diesem schrecklichen Kerker von Miranei befreien kann – dann du.«

»Aber ich muss nur ein einziges Mal Pech haben«, sagte Kieran. »Dann war alles umsonst. Vielleicht hat Sif bereits den Befehl erteilt ...«

»Sif ist nicht in Miranei«, unterbrach ihn Adamo. »Und viele Dinge können geschehen, ehe er zurückkehrt.«

Er hatte Recht und Unrecht. Sif war in Shaymir, aber während seiner Abwesenheit geschah nichts, was Anghara betraf, und auch nicht nach seiner Rückkehr. Chanoch, Angharas Geburtstag kam und ging, ebenso das Wintergericht. Kierans Handvoll mischte sich unter die Wachen und fand heraus, dass Anghara noch lebte. Und als der Winter beinahe vorüber war – kam der Morgen, an dem Sif wie ein Wirbelwind aus Miranei fortritt, um für seine verwundete Mutter Rache zu nehmen. Und dann, gleich darauf ... Senena.

Sif hatte keine Ahnung, dass einer der Wachen, die er zurückgelassen hatte, um in Miranei ihren Dienst zu tun, keineswegs ein einfacher Soldat war. Er war es, der Kieran in der Herberge aufsuchte. Ein Mann mit grauen Augen und aschbraunem Haar, der in Körperbau und Haltung dem Manne glich, der einst Erster General des Roten Dynan gewesen war.

»Ich weiß, wer du bist«, sagte er einfach und stellte sich neben die Bank im Schankraum der Herberge, wo Kieran mit Charo saß. Kieran hörte ein doppeltes Zischen neben sich – Charos tiefer Atemzug und das Lösen des Schwertes aus der Scheide – und hob schnell die Hand, um einen Kampf zu verhindern.

»Setz dich«, lud Kieran den Mann ein. Seine Augen wichen nicht von dem anderen. Er war misstrauisch.

Der junge Mann glitt auf die Bank gegenüber von Kieran und vermied Charos Blick. »Du hast nichts zu befürchten«, sagte er leise. »Ich weiß seit geraumer Zeit Bescheid. Ich werde euch nicht verraten. Ich ... weiß, weshalb ihr hier seid.«

Draußen schneite es; vielleicht war es der kurze Windstoß, der hereingewirbelt war, als jemand die Tür der Herberge öffnete, weshalb Kieran erschauderte – aber es ging tiefer. Der Hauch einer Vorahnung vielleicht. »Wer bist du?«, fragte Kieran.

»Melsyr, der Sohn von Kalas, der König Dynans General war.«

»Ich dachte, er sei in derselben Schlacht gestorben, in der der König fiel«, meinte Charo und erinnerte sich schwach an die wenigen Sätze von Feor in glücklicheren Zeiten.

»Nicht ganz«, sagte Melsyr. »Er lebte lange genug, um Fodrun zu verfluchen, den er selbst ausgewählt und zum König gebracht hatte, damit dieser ihn als Zweiten General einsetzte. Er hat nie wirklich geglaubt, dass Anghara tot ist. Für ihn war Sif ein Thronräuber, der sich den Thron unter die Nägel gerissen hat, als er eine Chance dazu sah, und Fodrun nicht mehr und nicht weniger als ein Verräter.«

»Trotzdem dienst du in der Garde des Thronräubers«, stellte Kieran ohne Umschweife fest.

»Ich war schon in der Garde, als Dynan noch König war«, erwiderte Melsyr heftig. »Wegzulaufen, als Sif kam ... damit hätte ich für meinen Vater das Todesurteil unterzeichnet.«

»Aber er ist tot«, sagte Charo.

»Ja. Verbittert, zornig ... aber ungestört. Und bei seinem Tode ... ja, ich bin geblieben. Ich habe eine junge Frau und einen kleinen Sohn. Und ich kann nichts, außer Soldat zu sein.«

»Und jetzt?«, meinte Kieran. »Was hat sich verändert, dass du zu mir gekommen bist?«

»Die Königin meines Vaters und meine eigene sind gefangen in Sifs Kerkern«, erklärte Melsyr knapp.

»Ich höre«, sagte Kieran, und seine Stimme hatte sich kaum

merklich verändert. Melsyr hielt die Augen auf den geschrubbten Tisch zwischen sich und Kieran gesenkt. Jetzt hob er sie und blickte in Augen, die nicht länger wie kalter blauer Stahl aussahen.

Sie waren immer noch zu wenige, aber von Melsyr bekamen sie Informationen, die ihnen bisher nicht zur Verfügung gestanden hatten. Kieran erfuhr Einzelheiten über Angharas Gefangenschaft; Charo hatte blitzschnell seine Meinung geändert und sah jetzt in Melsyr einen Boten der Götter. Doch seine Illusionen zerschlugen sich schnell, ebenso einige wilde Pläne, die er vorgebracht hatte, da sie jetzt einen Mann in ihren Reihen hatten, der sich in der Festung auskannte.

»Das wäre Selbstmord«, erklärte Melsyr schlicht. »Vielleicht gibt es einen oder zwei der Wachen, die umgedreht werden könnten – besonders jetzt, wo Sif nicht hier ist. Wenn er aber da ist ... ich weiß nicht, was er an sich hat, aber die Männer folgen ihm in den Tod. Wäre er hier ... ich bin nicht einmal sicher, ob ich den Mut aufgebracht hätte, mich gegen ihn zu stellen ... selbst jetzt ... mit dem Wissen, dass die Zeit gegen uns ist und dass ihr ihre einzige Chance seid.«

»Aber wir könnten die Wachen am Tor überwältigen und dann könnten wir ...«, meinte Charo stur.

»Ich bezweifle nicht euren Mut«, sagte Melsyr. »Aber die Wachen am Tor sind euer kleinstes Problem. Sie wechseln jede Stunde; ihr würdet einen Führer brauchen, um euch in das vierte Untergeschoss des Labyrinths der Katakomben zu bringen. Dort befinden sich die Kerker von Miranei. Es müsste euch nur einer ein wenig aufhalten ... nur ein wenig. Die nächste Wachabteilung würde kommen und die Leichen finden, die ihr am Tor zurückgelassen habt. Selbst wenn ihr die junge Königin befreien könntet, würdet ihr die Tore verriegelt und besetzt finden, wenn ihr zurückkommt. Dann hätten sie euch genau dort, wo sie euch haben wollen – in den Kerkern. Und ihr würdet alle – auf die eine oder andere Art – sterben.«

Schließlich war auch Charo überzeugt, aber er hatte sich so in Fahrt geredet, dass er aufstehen, hinausgehen und seine Frustration im Schnee abkühlen musste. Adamo trat an seine Stelle, und die besonneneren Köpfe verabredeten mit Melsyr, dass er in der Festung Augen und Ohren offen halten und ihnen Nachricht zukommen lassen würde, sobald sich etwas änderte … falls sich je etwas änderte.

Nun war der Tag gekommen. Senena hatte es geschworen. Unmöglich, unglaublich – sie bekamen ihre Chance. Kieran stand mit Tränen in den Augen im Schankraum der Herberge, wo er so lange gewartet hatte. Er erinnerte sich an einen Regentag – jetzt viele Jahre zurückliegend –, als er in der Halle in Cascin mit Feor die Nässe abgeschüttelt hatte, während andere Arme Anghara in ein Frauengemach trugen, um ihr einen Heiltrank zu geben, damit sie sich nicht erkältete.

Sie wird einen Freund brauchen.

»So sei es«, hauchte er, wie er es damals getan hatte, und erneuerte den Schwur. *Ich werde dich dort herausholen oder bei dem Versuch sterben. Ohne dich … hat nichts, was ich in den langen Jahren getan habe, eine Bedeutung.*

Einer oder zwei von Kierans Männern schlüpften unauffällig in die Festung. Er ging mit Charo als Letzter. Sie sammelten sich hinter den Ställen, die fast ganz leer waren, da die Bewohner mit Sif in den Krieg gezogen waren. Dort ließen sie sich nieder und warteten auf Melsyrs Signal.

»Wer garantiert uns, dass sie es schafft?«, meinte einer der Männer, wickelte sich in seinen Umhang und legte sich auf einen Haufen loses Stroh. »Fodrun wird wohl kaum seine Erlaubnis dazu geben. Und das vor ihm geheim zu halten … ich frage mich, ob die kleine Königin dazu imstande ist.«

»Das ist sie«, antwortete Kieran. Er sprach, als wisse er es genau, als hätte er nie daran gezweifelt.

»Hast du das Zweite Gesicht?«, fragte ein Skeptiker in der Dunkelheit.

Am Morgen tauchte wie ein Schatten Melsyrs Sohn auf. Er

brachte einen Korb mit Essen und die Nachricht, dass noch nichts bekannt sei. Keiner von ihnen konnte viel essen, aber Kieran bestand darauf – die Warterei war schrecklich, vor allem, weil etwas so Großes vor ihnen lag. Diese Männer waren zwar daran gewöhnt, schwierige Situationen gemeinsam zu meistern, aber zum Reißen gespannte Nerven waren keine angenehme Gesellschaft. Essen würde sie ablenken und ihnen die Zeit vertreiben. Außerdem hatten sie auf die harte Art gelernt, angebotenes Essen niemals zurückzuweisen – sie wussten nie, was sie hinter der nächsten Ecke erwartete.

Gegen Abend kam Melsyr in Uniform zu ihnen. Aber selbst in dem trüben Netz aus Lichtstrahlen, das durch die Dachsparren fiel, konnte man das Strahlen auf seinem Gesicht deutlich sehen. Kieran stand auf.

»Sie hat es geschafft«, flüsterte Melsyr. »Morgen. Nur für eine halbe Stunde, auf der nördlichen Brustwehr, wo die Berge fast bis an die Festung reichen. Es ist der abgelegenste Ort. Zehn Wachen werden bei ihr sein, vier weitere am Fuß der Treppe, und Fodrun persönlich führt den Oberbefehl.«

Einen Moment lang konnte keiner sprechen, weil ihre Herzen so stark schlugen. Dann erhob Kieran die Stimme. Er sprach leise, aber fest, obgleich in seinen Augen blaue Flammen loderten. »Und du?«

»Ich soll einer der vier sein, die die Nachhut bilden«, antwortete Melsyr. Seine Zähne blitzten weiß im düsteren Licht, seine Absichten waren klar. Kieran erkannte das und legte dem Mann die Hand auf die Schulter.

»Allein die Götter wissen, ob oder wann wir dich wieder brauchen«, sagte er als Warnung. »Errege keinen Verdacht. Und vor allem – hilf uns nicht. Am besten wäre es, wenn es dir gelänge, gar nicht dabei zu sein.«

In dem Dämmerlicht konnten sie einander kaum ins Gesicht sehen, aber was zwischen ihnen ablief, brauchte kein Licht. Es waren Dankbarkeit und Stolz; es war eine wilde Freude und eine Liebe, die sich aus einer kommenden engen Freundschaft entwickeln konnte. Melsyr löste sich zuerst, bedeckte kurz Kierans Hand mit seiner und verneigte sich dann.

»Dein Wunsch sei mir Befehl, Mylord«, sagte er. »Ich werde morgen mit jemandem den Dienst tauschen … obwohl es mich schon ärgert, nicht dort zu sein und mit eigenen Augen zu sehen, wie du die Prinzessin von hier fortbringst. Vielleicht wäre es besser, wenn ich ein Seitentor bewache.« Er grinste. »Doch keine Angst; sollten wir uns an einem Tor treffen, werde ich euch die Passage so weit erleichtern wie ich kann, und du hast mein volles Einverständnis, mit mir so zu verfahren, wie du es zu diesem Zeitpunkt für richtig hältst. Etwas sagt mir, dass du zurückkommen wirst; ich werde hier auf dich warten, bis der Tag kommt. Es wird noch genügend Zeit bleiben«, wiederholte er unwissentlich Sifs Worte.

Dann war er verschwunden. Kieran stand einen Moment lang ganz still, die Hand fiel an seine Seite; dann schlossen sich die Finger um den Dolchknauf, dass die Knöchel weiß hervortraten. Als er sich seinen Männern zuwandte, die in der Dunkelheit warteten, sprach Entschlusskraft aus seiner Haltung und seinem Auftreten. Sie mussten den Impuls herunterschlucken, in Jubelgeschrei auszubrechen, denn das wäre trotz Kierans Entschlossenheit und Mut verfrüht gewesen.

»Wir warten auf den Mondaufgang«, erklärte Kieran knapp. »Dann gehen wir los. Wir müssen vor Ort sein, wenn sie kommen.«

Wieder warteten sie; aber diesmal waren sie wie gespannte Federn, die auf den Moment ihrer Auslösung warteten. Als die von Kieran festgelegte Stunde kam, schlichen sie im Gänsemarsch aus den Ställen. Zehn Schatten, zehn Eindringlinge, die ungebeten ins Herz des Reichs von Sif Kir Hama vordrangen und darauf warteten, den größten Schatz aus seiner Festung zu stehlen. Auf leisen Sohlen überquerten sie das Pflaster der Innenhöfe. Sie hielten sich an die Ränder, wo die Schatten am tiefsten waren und sich noch schmutzig graue Schneeberge an den feuchten Steinmauern auftürmten. Einen Moment gönnte sich Kieran, um mit grimmiger Freude darüber nachzudenken, ob Sif, der sich irgendwo im Süden rastlos im Griff seiner Träume umherwarf, wusste, was am nächsten Morgen in seiner Festung geschehen würde.

Ohne eine andere lebende Seele zu treffen, fanden sie den Weg zum nördlichen Wehrgang. Die Festung ringsum schlief und war in die unschuldigen Träume versunken, die in der Dunkelheit vor Tagesanbruch kommen. Die zehn Manner waren hellwach und standen stoisch in der bitteren Kälte der Bergnacht, die zeigte, dass der Winter immer noch bei ihnen weilte und der Frühling nur ein Versprechen schwach erinnerter Wärme war. Es war nicht das erste Mal, dass sie in kalter Dunkelheit auf die Morgenröte warteten. Sie hatten gelernt, sich in beinahe eingestellte Lebenskraft zu versetzen, dabei aber wach zu bleiben, voller Erwartung, was kommen würde, bereit auf ein geflüstertes Wort zuzuschlagen, aber wie eine aus Stein gehauene Statue dazustehen, bis das Flüstern kam. Und es kam nicht lange nach Tagesanbruch, als die blasse Morgensonne die Berge hinter der Festungsmauer mit einem glänzenden goldenen Saum verzierte.

Die zehn Wachen, die Melsyr versprochen hatte, schritten misstrauisch aus; drei bildeten die Vorhut, mit blanken Schwertern, die Augen wachsam; dann zwei an jeder Seite, hintereinander, die zwei Seiten eines Quadrats bildeten, das von den drei Männern in der Nachhut geschlossen wurde. Innerhalb dieses lebenden Vierecks gingen … zwei weibliche Gestalten in Umhängen, die Kapuzen tief herabgezogen, um die Gesichter zu verbergen.

Kieran brauchte eine kostbare Sekunde, um zu begreifen, wer die zweite Gestalt sein musste. *O ihr Götter, es ist Senena.*

Aber alles war geplant; sein Arm war als Signal schon gefallen, ehe er im Kopf den Gedanken richtig begreifen konnte. Und danach gab es keine Zeit mehr nachzudenken. Er konnte gerade noch Adamo eine schnelle Warnung zurufen, der mit gezücktem Schwert in der Hand hinter ihm wartete. »Die andere ist Sifs Königin! Vorsicht!«

Charo hatte bereits lautlos einen Mann der Nachhut niedergemacht und drehte mit tödlicher Anmut eine Pirouette, um den nächsten aufzuspießen. Verblüfft drehte der Mann sich um und starrte ihn an. Die vier auf den Seiten wurden von je einem Mann angegriffen, aber Charo hatte einen Wimpernschlag zu früh losgeschlagen. Die Wachen hatten keine Zeit, um nach Verstärkung zu rufen, aber der Klang des Stahls, als Sifs Männer sich verteidigten, war in der Morgenstille der Berge so laut wie eine Kriegsfanfare.

Schlamperei, dachte Kieran grimmig, als er die Klinge seines Gegners parierte und den Dolch in die bloßliegende Kehle stieß. *Wir waren eindeutig im Vorteil. Es hätte schnell und leise vorbei sein müssen.* Er hob die Augen, und das Blut in seinen Adern gefror.

Fodrun hatte zwei Stufen auf einmal genommen und führte nicht nur die restlichen vier Wachen, von denen Melsyr gesprochen hatte, sondern zehn. Drei oder vier waren offenbar in Eile zusammengerufen worden, denn sie trugen anstatt der Rüstungen nur leichte Lederwamse und hatten lange Stäbe anstatt Stahlklingen, aber der Rest wirkte grimmig und im Kriegshandwerk erfahren. Es war klar, dass sie jederzeit töten würden, aber ihre Hauptsorge war, möglichst schnell eine der Frauen innerhalb des zerstörten Vierecks zu ergreifen und zurück in den dunklen Kerker zu schaffen. Und Kieran war noch zu weit entfernt, als er Anghara an den gefesselten Händen erkannte. Sie schleuderte ihre Kapuze nach hinten. Irgendwie gelang es ihr, über die Kämpfe rings um sie hinweg Kierans Blick zu erhaschen. Sie erkannte ihn und sagte ihm Lebwohl.

Irgendetwas verlieh ihm Kraft. Er sprang über einen gefallenen Gegner und überließ es Adamo, allein gegen die zwei Wachen zu kämpfen, die ihn angegriffen hatten – einer von der ursprünglichen Wachmannschaft und einer von der Verstärkung, der mit einem Sprung herbeigeeilt war, um seine Hilfe anzubieten. Charo hatte die Situation richtig erkannt und wollte zu Fodrun laufen, wurde aber von einem der Männer mit den Stöcken aufgehalten. Fodrun erreichte Anghara einen Herzschlag früher als Kieran und presste sie mit dem linken Arm an seine Seite, sein Schwert in der anderen Hand schimmerte gefährlich.

»Würdest du mir glauben, dass ich nie ihren Tod wollte?«, fragte er. »Aber jetzt … ist es zu spät.«

»Es ist nie zu spät«, stieß Kieran zwischen den Zähnen hervor.

»Ich muss wahnsinnig gewesen sein, das zu erlauben«, sagte Fodrun – mehr zu sich selbst als zu dem Feind vor ihm.

Kieran war so geistesgegenwärtig, dieses Geständnis mit einem grimmigen Lächeln zu quittieren; Fodruns Augen verdunkelten sich, seine Lippen wurden zu einer fast unsichtbaren Linie, als er sein Schwert fester griff und sich für Kierans Attacke bereit machte.

Doch da schrie Senena auf, und alles ging auf einmal sehr schnell.

Kieran sah ganz deutlich, aber als würde er die Dinge gleichzeitig im Schnelldurchlauf und in grausamer Zeitlupe beobachten, wie ein Ausdruck tiefster Qual über Angharas Gesicht huschte, bevor sie bewusstlos in Fodruns Armen zusammensank. Für Fodrun war sie plötzlich eine Last, und er ließ sie vor seine Füße gleiten, dann wandte er sich wieder Kieran zu. Gleichzeitig hörte Kieran Charos Jubelschrei, als dieser seinen Gegner oben am Treppenende zum Stolpern brachte, sodass dieser das Gleichgewicht verlor, sich auf dem Absatz drehte, wobei ihm der Stab aus den Händen fiel, und er rücklings kopfüber die Treppe hinunterstürzte. Das Ende des Stabs versetzte Senena einen Schlag auf den Bauch. Sie krümmte sich vor Schmerzen. Dabei verlor auch sie den Halt. Schützend hielt sie die Hände über ihren gewölbten Bauch, als sie gegen die Wand des Wehrgangs fiel. Daran rutschte sie nicht gerade anmutig zu Boden. Kierans Schwert schien sich eigenständig bewegt zu haben. Als er die Waffe wieder anschaute, triefte Blut von ihr. Er blinzelte und sah sich nach dem Opfer um – Fodrun lag mit dem Gesicht nach unten vor seinen Füßen. Die Klinge des Generals war eine Armeslänge weit weggeflogen und lag gefährlich schwankend auf der obersten Stufe. Unter ihm hatte sich eine große Blutlache gebildet, die langsam auf den dunklen weichen Umhang zulief, den sie Anghara gegeben hatten.

Sie lag reglos einige Schritte entfernt, die Augen immer noch geschlossen. Die Schmerzen hatten eine tiefe Linie in ihre Stirn gefurcht.

Kieran ließ sein Schwert fallen, ohne sich um seine Umgebung zu kümmern, und kniete neben ihr nieder. Ihr Kopf rollte beinahe leblos gegen seine Schulter, als er sie hochhob und an sich drückte. Dann strich er ihr behutsam einige Strähnen ihres hellen Haars aus dem Gesicht. In diesem Moment schnürte es ihm die Kehle zusammen – nach so langer Zeit, nach all den Jahren, war sie hier in seinen Armen – war alles vergebens gewesen?

Aber nein! Sie atmete. Kieran schloss kurz die Augen und schickte jedes Dankgebet, das er je gelernt hatte, an sämtliche Götter, die bereit waren, sie anzuhören. Sein eigener Dolch war verloren; Fodruns war an dessen Gürtel befestigt, nahe genug um ihn zu greifen. Kieran streckte die Hand danach aus. Er war zu benommen von diesem Augenblick, um die Ironie schätzen zu können, dass ausgerechnet Fodruns Dolch das Werkzeug war, mit dem er die Fesseln um Angharas Hände durchschnitt.

»Anghara«, sagte er leise. Jetzt, als er sie wieder betrachtete, war er nicht darauf vorbereitet, wie fremd der Name noch immer für die kleine Ziehschwester aus Cascin war. Aber diese hagere, blasse junge Frau war nicht mehr das kleine Mädchen, das er zurückgelassen hatte. Es war Anghara Kir Hama, die er heute hielt, nicht das Kind, das er als Brynna kannte. »Kannst du mich hören?«

Sie öffnete die Augen, gerade als ein Finger des Sonnenlichts seinen Weg um die Türme fand und sich auf den Wehrgang ergoss, auf dem so viele Tote und Sterbende lagen. Die Schmerzen waren noch da, die Schmerzen, die sie vor seinen Augen kurz zuvor getroffen hatten, aber sie gingen zurück. Einen langen Moment starrte sie ihn an, dann füllten sich ihre grauen Augen mit Tränen. »Kieran ...«

Er musste zweimal schlucken, ehe er sprechen konnte. »Kannst du gehen? Es wird Zeit, dass wir von hier wegkommen ... ehe sie alles ausschicken, was von der Garnison noch da ist.«

»Hilf mir auf.« Ihre Stimme war schwach, brüchig, kaum verständlich. O *Götter*, dachte Kieran, unwillkürlich tief erschrocken. Er legte den Arm um ihre dünne Mitte und half ihr auf die Beine. *Was hat er dir angetan?*

Aber die körperliche Strafe war nichts verglichen mit dem Schmerzgespenst, das in ihren Augen wohnte. Das sah er. In ihr war etwas zerbrochen – etwas, das sehr viel mehr Heilung erforderte als die Auswirkungen von Einzelhaft und Hunger.

Charo war neben ihnen, seine wilden Kriegeraugen waren plötzlich voller Tränen. Anghara erblickte ihn und streckte die Hand aus. Er umklammerte sie mit beiden Händen und war zum ersten Mal sprachlos. Ausnahmsweise blieb es Adamo, dem Schweiger, überlassen, den Kokon der Stille zu brechen, der um Anghara gewoben war – doch wie üblich sagte er alles Wichtige mit den Augen, Teiche der Liebe und der Zuneigung, als er Anghara anschaute. Die Worte, die er schließlich fand, waren vernünftig und praktisch. »Es wird Zeit aufzubrechen«, meinte er. Daraufhin übernahm Kieran wieder das Kommando.

Er blickte umher und sah, wie seine Männer die Überbleibsel der Garde erledigten. Der Rest der Festung war immer noch verdächtig still. Wenn sie eine Chance hatten, die Sache durchzuziehen, dann jetzt. Die Festung konnte jeden Moment erwachen.

»Adamo, trommle sie zusammen«, sagte er leise und schnell. »Zu zweit und zu dritt, wie zuvor. Wir haben noch eine kleine Chance, dass sie die Stadttore öffnen, ehe sie das hier entdecken. Dann strömen Leute in die Stadt, mischt euch unter die Menge. Wenn nötig, lasst eure Waffen zurück – niemand wird uns als Eindringlinge enttarnen, wenn wir ruhig hinausgehen. Charo, hilf mir. Du und ich bleiben bei Anghara. Ich kann dich tragen.« Damit wandte er sich an das Mädchen, das er immer noch mit einem Arm um die Mitte aufrecht hielt. »Aber wir würden weniger auffallen, wenn du gehen könntest. Meinst du, du schaffst das?«

Anghara nickte, doch dann glitten ihre Augen über seine Schulter zur Treppe, die mit Leichen übersät war, und das Bündel mit weizenfarbenem Haar, ausgestreckten Gliedmaßen und dickem Bauch, das Senena war. Es verschlug ihr den Atem. Kieran drehte sich um und sah, was sie sah. Er presste sie ein wenig enger an sich.

»Ich muss zu ihr gehen ...«, stieß Anghara hervor und löste ihre Hand aus Charos Griff. Ihre zerbrechliche Gestalt zeigte erstaunliche Kraft, als sie von Kieran fortging und zur Treppe und der reglosen Senena stolperte. Kieran wechselte mit den anderen Blicke. Auf ein Nicken hin entfernte sich Adamo und sammelte die Männer. Kieran und Charo folgten Anghara.

Das Gewand der kleinen Königin war mit Blut getränkt, und ihre Hände waren im Todeskampf zu Fäusten geballt. Anghara bedeckte ihre Beine mit ihrem eigenen Umhang und nahm die kleinen Hände der Kindkönigin in ihre. Tränen strömten ungehemmt über ihre Wangen. »Sie war sehr freundlich zu mir«, sagte Anghara leise.

Kieran kniete sich neben sie und legte ihr die Hand auf die Schulter. Charo beugte sich herab und berührte Senenas Stirn.

»Es ist das Kind«, murmelte Charo leise. »Sie hätte es ohnehin schwer gehabt – sie ist so klein und zart. Sie ist noch am Leben, aber kaum noch. Der Tod wird eine Gnade sein ...«

Senena öffnete trotz der unaussprechlichen Schmerzen mühsam die Augen und starrte in Angharas Gesicht. »Zu gehen ... im Sonnenschein«, flüsterte sie. »Den Himmel ... sehen.«

»Senena ...«

Doch Senenas Augen waren hell, eigenartig triumphierend. »Ich gehöre ihm nicht«, sagte sie und schien schließlich die Motive zu verstehen, die sie dazu gebracht hatten, mit Anghara Freundschaft zu schließen. »Er wird nicht mit einem Sohn aus meinem Körper eine Dynastie begründen ... Komm zurück nach Miranei, Anghara ... Herrsche für mich über Roisinan ...«

Ihre Augen blieben offen, aber ihre Seele war unvermittelt gegangen – sie waren leer, Fenster aus milchigem Glas. Wieder streckte Anghara ihre Sinne aus, nach etwas, an das sie sich erinnerte – etwas, das sie einst getan hatte, als stünde es ihr zu – nach der Gegenwart eines Gottes und der Herrlichkeit seiner Gaben. Aber es war nichts da, nichts außer Leere und scharfen Schmerzen, sodass sie sich über Senenas Leichnam krümmte.

Komm jetzt zu mir, al'Khur! Ich bin eine an'senthar ... ich trage dein Gold ...

Durch einen Schleier der Schmerzen hörte sie noch einmal seine Stimme: *Noch jemand, den du vielleicht vor mir retten wolltest, wird zu mir kommen, ehe wir uns wieder treffen ... ich sehe Leiden ...*

Und eine andere Stimme, aus viel späteren Jahren, die Stimme des Orakels, welche ihr die rätselhaften Zeilen in Gul Khaima gegeben hatte: *Unter einer uralten Krone die Ungeborenen sterben.* Die Krone unter dem Berge. Senenas ungeborener Sohn. Und Angharas Hilflosigkeit.

»Ich bin blind«, flüsterte sie. Es war eigenartig, dass sie in der Stunde des Todes von Senena den Mut hatte, etwas auszusprechen, das sie seit Langem wusste, aber gescheut hatte, sich einzugestehen. »Er hat mir das Zweite Gesicht genommen. Ich bin blind.«

4

Anghara schluchzte und weinte, als würde ihr das Herz brechen, als sei das gesamte Leid der Welt in diesem Leichnam enthalten, der vor ihr lag – gebrochene Versprechen, verratenes Vertrauen, zerstörte Leben. Als Kieran seinen Arm um Angharas Schultern legte und sie mit sanftem Druck aufforderte, aufzustehen, schaute sie ihn mit tränenüberströmtem Gesicht an und schüttelte heftig den Kopf.

»Wir können sie doch nicht einfach zurücklassen!«, sagte sie heiser.

»Wenn sie uns hier finden, können wir alle ihr heute in Glas Coil Gesellschaft leisten, ehe es Mittag wird«, erklärte Kieran. »Sobald wir können, werden wir in einem Tempel ein Räucherstäbchen für ihre Seele anzünden, da sie für dich eine Freundin und eine großartige Frau war ... aber jetzt komm, Anghara, es ist höchste Zeit, dass wir diesen Ort verlassen. Sonst war alles umsonst. Und Senena hätte auch gewollt, dass du frei bist. Komm!«

Er glaubte, sie würde weiterhin Widerstand leisten, als er ihr aufhalf, denn ihre Schultern waren unter seinen Händen starr, aber sie schluckte ihr Leid herunter und hielt es schonungslos in Schach, als er sich hinabbeugte und behutsam Senenas Augen schloss. Charo hatte die kleine Königin unter dem gnädig bedeckenden Umhang besser zurechtgelegt. Jetzt murmelte Kieran ein Gebet für ihren Weg in die Nachwelt und zog die Kapuze über Senenas Gesicht. Anghara hielt die Augen geschlossen, Tränen quollen unaufhaltsam unter ihren Lidern hervor, perlten über die langen Wimpern über die Wangen. Als Charo ihren Arm nahm, und Kierans Hand sie auf die erste Stufe der Treppe geleitete, die nass vom Blut der getöteten Männer war, folgte Anghara gehorsam und beugte sich ihrem Willen.

Sie hatten das Unmögliche vollbracht – und im Nachhinein betrachtet schien sich alles in wahnsinnig kurzer Zeit abgespielt zu haben. Das Glück blieb ihnen treu, als sie die Stätte des Gemetzels verließen. Als Kieran und Charo mit Anghara zwischen sich über die Innenhöfe schlichen, spürten sie das Gefühl einer Entweihung der Festung, doch in dieser wusste noch niemand von der schrecklichen Tat oder wer sie begangen hatte. Allerdings waren mehr als die übliche Zahl Wachen am offenen Tor, und diese schienen irgendwie beunruhigt zu sein. Kieran hielt an, als sie noch außer Sichtweite waren, hinter einer Ecke, tief im Morgenschatten. Er und Charo beobachteten mit grimmigen Mienen, wie zwei Wachsoldaten eine Handvoll Diener auf dem Weg zu den Märkten in der Stadt aufhielten und ihre Beutel durchsuchten.

»Die lassen uns nie und nimmer durch«, sagte Charo.

Aber Kieran erinnerte sich an etwas – leichthin gesprochene Worte, in der heraufziehenden aufregenden Nacht gestern schnell vergessen, bei den Ställen gemurmelt. Melsyrs schnelles Grinsen in der Dunkelheit … ein Aufblitzen weißer Zähne … *Ich tausche den Dienst mit einem anderen. Vielleicht wäre es besser, wenn ich ein Seitentor bewache …*

»Das Seitentor«, sagte Kieran schnell. »Es ist unsere einzige Chance. Los!«

Sie machten kehrt und liefen den Weg zurück, den sie gekommen waren. An der nächsten Ecke zögerte Kieran. Charo beugte sich zu ihm. »Weißt du, wohin wir laufen?«, zischte er.

»Ich weiß von außen, wo Miraneis Seitentor ist«, zischte Kieran zurück. »Hier kann ich wohl kaum nach dem Weg dorthin fragen. Adamo hat es von einem seiner Freunde erfahren und er hat gesagt … gib mir einen Moment Zeit …«

»Nach links«, ertönte eine schwache Stimme unerwartet. »Von diesem Innenhof führt ein Gang dorthin.«

Kieran blickte verblüfft auf Anghara hinunter. Er hätte daran denken müssen, dass sie hier aufgewachsen war. Er nickte. »Komm, Charo.«

Er sah den Torbogen, der zu dem Gang führte, den sie erwähnt hatte. Doch dann mussten sie sich an die Mauer pressen, als fünf Soldaten daraus auftauchten und im Sturmschritt vorübergingen. Auf ihren Gesichtern lag Sorge, beim jüngsten fast Panik. Ohne die Köpfe zu drehen marschierten sie vorbei. Kieran wartete einen beklemmenden Moment, ob noch mehr auftauchten, dann zog er sein Schwert aus der Scheide. »Ich gehe zuerst«, flüsterte er. »Du folgst, Charo. Hilf, Anghara. Sei vorsichtig.«

Charo nickte, verschwendete keine Worte, lockerte nur die eigene Waffe. Vorsichtig ging Kieran weiter. Der enge Torbogen wich einem breiten Gang – ursprünglich ein Tunnel. Fackeln flackerten auf beiden Seiten. Dann kamen sie plötzlich in einen Kreuzgang, mit einem grasbewachsenen Innenhof und einem Springbrunnen in der Mitte.

»Halte dich links.« Angharas Stimme ertönte hinter Kieran, nur so laut, dass er sie gerade noch verstehen konnte. »Direkt vor dir kommt noch ein Torbogen.«

So war es. Kieran trat hinein. Ein plötzliches Geräusch ließ ihn die Hand heben und den anderen beiden Schweigen gebieten. Aber die Schritte verhallten in der Ferne, und Kieran schlich vorsichtig weiter.

»Am Ende dieses Ganges musst du nach rechts gehen«, lautete die Anweisung, als eine kahle Wand vor ihnen den Gang zu verschließen schien. Es war eine T-Kreuzung. Nach rechts und links verlief ein enger Gang. Kieran spähte in beide Richtungen, dann betrat er den Gang nach rechts.

»Am Ende dieses Ganges ist eine Tür«, flüsterte Anghara. »Der Riegel ist innen, aber es könnte draußen eine Wache stehen. Wir kommen am Fuß des Westturmes heraus, das Seitentor befindet sich im Sockel des Turms.«

»Moment mal«, sagte Kieran leise. »Der Westturm? Das ist nicht das Seitentor, das ich kenne. Das führt in die Stadt. Dieses hier aber ...«

»Das hier führt in die Vorberge«, sagte Charo mit einem Hauch Begeisterung in der Stimme. »Gut gemacht, Cousine. Wenn sich in der Stadt Unruhe ausbreitet, sind wir zumindest draußen und ...«

»In den Bergen, zu Fuß, ohne Proviant und am Ende des Winters«, meinte Kieran. »Aber die Vorstellung ist nicht übel. Wenn man sieht, dass wir Miranei erst nach all dieser Aufregung zum ersten Mal betreten, dürfte es leichter sein, die Stadt wieder zu verlassen, als wenn wir versuchen uns hinauszuschleichen, wenn erst einmal bekannt wird, was heute Morgen passiert ist.«

Am Ende des Ganges war kein Posten aufgestellt, aber drei Mann bewachten eine kleine Tür, die im Westturm eingelassen war. Einer der Soldaten trug die Abzeichen eines ranghohen Hauptmanns. Er lehnte lässig an der grausigen Fratze eines Wasserspeiers, die aus angelaufenem Metall gefertigt war und durch die weiten Nasenlöcher einen schwarzen Eisenring hatte.

»Ist das hier das Seitentor?«

»Ja«, erklärte Anghara. Ihre Stimme war kaum lauter als ihr Atem. »Die Tür ist aus Stein. Von draußen kann man sie nicht sehen. Sie sieht wie ein Teil des Mauerwerks aus ...«

Plötzlich herrschte völlige Stille. Als Kieran sich umdrehte, sah er, wie Anghara lautlos zusammenbrach und von Charo aufgefangen wurde. »Aus«, erklärte Charo. »Wie eine Kerze. Es war einfach alles zu viel.«

Kieran blieb kurz stehen, dann wandte er seine Aufmerksamkeit wieder dem Gespräch der Soldaten bei der Tür zu. Seine Lippen wurden zu einer schmalen Linie. »Setz sie hier hin und bete, dass niemand kommt, bis wir fertig sind. Schnell, Charo! Wenn wir heute in Miranei noch mehr Lärm machen, kommen wir hier nie mehr raus. Ich übernehme den Hauptmann.«

Charo nickte. »Die beiden anderen gehören mir.«

Die Überraschung glückte perfekt. Der kurze Moment, in dem die Soldaten nichts anderes tun konnten, als mit offenem Mund die beiden Gestalten anzuglotzen, die aus dem Schlund der Festung auftauchten, reichte Kieran und Charo. Der Hauptmann hatte noch Zeit, den mit Juwelen besetzten Dolch aus der Scheide zu ziehen, blickte dann aber umher, als wisse er nicht, was er damit anstellen sollte. Ganz offensichtlich ein Höfling aus dem Bilderbuch. Nur wenige Männer in Sifs Armee hatten Führungspositionen durch Hofämter anstatt aufgrund ihrer Verdienste. Der Hauptmann, der an diesem Morgen am Seitentor Wache hatte, war einer davon. Kieran hatte keine Skrupel, ihn zu erledigen. Als er sich aufrichtete, kam ihm sogar der Gedanke, dass er Sif womöglich einen Gefallen getan hatte. Er drehte sich um und sah Charo, der sich über einen zweiten Soldaten beugte, den er soeben besiegt hatte. Kieran sah, wie sich die Brust des Mannes in schnellen aber flachen Atemzügen bewegte.

Charo schien seltsam zu zögern, ihm den Todesstoß zu versetzen.

»Was ist?«, fragte Kieran und trat einen Schritt näher.

»Der andere ist tot, aber dieser hier, das ist Melsyr«, sagte Charo. »Ich habe ihm nur die Schulter durchbohrt. Er wird ordentlich bluten, sodass es überzeugend so aussieht, als habe er gekämpft. Aber sein Leben war nie in Gefahr.« Charo lächelte das gefährliche, wölfische Lächeln eines Mannes, der soeben getötet hatte – eines Mannes, der den Sieg roch. »Er hat ein großes Herz«, sagte er. »Sollte ich ihn je wiedersehen, werde ich mich vor ihm verneigen. Das schwöre ich.«

»Hole Anghara!«, sagte Kieran und wischte seine Klinge am Umhang des toten Wachsoldaten ab. Dann steckte er sie wieder in die Scheide. Charo lief zurück und seine Ziehschwester lag schlaff in seinen Armen.

»Sie wiegt nicht mehr als eine Gans auf Cascin«, sagte er. Die Respektlosigkeit seiner Bemerkung stand ganz im Kontrast zu der Sorge in seiner Stimme. »Sie ist immer noch bewusstlos. Das gefällt mir ganz und gar nicht.«

»Sie wird sich erholen«, sagte Kieran liebevoll. »Wie schade, dass du Melsyr so schwer getroffen hast ... er hat gesagt, er gäbe viel dafür mit eigenen Augen zu sehen, wie wir Anghara herausholen.«

Als er auf Melsyr hinabschaute, sah er ein schwaches Abbild von Charos Grinsen auf dessen Gesicht. Seine Augen waren offen und blitzten. »Geht«, stieß er hervor. »Ich habe alles gesehen. Die Götter mögen euch segnen.«

Kieran kniete neben ihm nieder und drückte ihm die heile Schulter als Ausdruck seiner Dankbarkeit, was lauter sprach als tausend Worte.

»In dem Wäldchen etwas abseits vom Weg steht ein Pferd mit ein paar Decken.« Melsyr verzog vor Schmerzen das Gesicht. »Ich habe es dort hingeschafft, falls ihr diesen Weg kommt. Mehr konnte ich nicht tun.«

»Du hast genug getan«, sagte Kieran. »Mehr als genug. Schaffst du es alleine?«

»Niemand wird mich verdächtigen«, sagte Melsyr. »Geht!«

Kieran erhob sich. »Wir werden uns wiedersehen«, sagte er. »Erhole dich.«

Er zog an dem Ring, der durch die Nase des Wasserspeiers gezogen war. Ächzend protestierten die Angeln des Seitentors, Teil von Miraneis Verteidigungsanlagen, und es schwang langsam auf. Als die dicke Steintür so weit offen war, dass Kieran einen Blick auf Bäume und Berge erhaschen konnte, ließ Kieran den Ring los und blickte umher. »Von draußen können wir die Tür nicht schließen«, sagte er. »Sobald sie hier sind, wissen sie genau, welchen Weg wir eingeschlagen haben. Komm, wir brauchen einen Vorsprung. Sie werden schnell genug hinter uns her sein.«

Charo schob sich als Erster hinaus, Anghara immer noch in seinen Armen. Kieran folgte. Mühelos fanden sie das Wäldchen und die Dinge, die Melsyr dort für sie deponiert hatte. Er hatte ein gutes Pferd ausgesucht – vielleicht war es sein eigenes.

»Wenn sie entdecken, wo wir entkommen sind, suchen sie in den Bergen nach uns«, meinte Kieran nachdenklich und rieb das weiche Maul des Pferdes, um seine Freundschaft zu gewinnen. »Dann sollten wir so weit wie möglich weg von hier sein.«

»Die anderen wissen nicht, wo wir sind«, sagte Charo. »Und mit einem Pferd, zwei Decken und einer Satteltasche voll Proviant kommen wir nicht weit.«

»Du musst zurück in die Herberge gehen«, sagte Kieran. »Der Rest wird dorthin kommen, falls es ihnen gelingt, aus der Festung zu fliehen. Lass zumindest eine Nachricht dort, dass wir versuchen die Moore zu durchqueren und uns zu Rochen durchschlagen wollen.«

»Vielleicht müssen wir alle viel länger in der Stadt bleiben, als wir wollen«, meinte Charo grimmig. »Und wenn sie in unseren Geschichten zu tief graben ... dann wird keiner von uns Rochen je wiedersehen.« Doch dann klärte sich sein Blick und er strahlte begeistert. »Aber wir haben es geschafft!«, rief er und schlug sich mit der Faust auf den Schenkel. »Wir haben es geschafft, Kieran! Und jetzt ... jetzt fängt die Arbeit erst richtig an.«

»Ja, denn Sif wird das ganze Land nach uns absuchen, mit noch größerer Inbrunst als bisher. Ich weiß nicht, weshalb er sich so lang zurückgehalten hat. Aber wenn er erst herausfindet, was jetzt in Miranei passiert ist, dann macht er denselben Fehler nicht noch einmal. Wir haben unsere Karten aufgedeckt; er weiß, dass wir mit Anghara nur ein Ziel haben: sie an seine Stelle zu setzen. Und er wird sich nicht zurücklehnen und das geschehen lassen.«

Anghara stöhnte leise und drehte den Kopf. Beide junge Männer wandten sich ihr zu. Ihre Lider flatterten und öffneten sich.

»Ist Rochen in Lucher?«, fragte Charo knapp, ohne die Augen von Anghara abzuwenden. Sie war sehr blass, und ihre Haut war so fest über die Wangenknochen gespannt, dass diese wie aus Glas wirkten.

Kieran nickte stumm. Charo hob die Hand, um die Schließe seines Umhangs am Hals zu befestigen. »Bring sie dorthin«, sagte er. »Ich weiß nicht, was der Teufel ihr angetan hat, während sie in seinen Klauen war, aber ich werde es ihm heimzahlen. Schau sie dir nur an!«

Kieran hatte die Augen nicht von Anghara gelassen, seit er sie in der Morgendämmerung auf dem Wehrgang zum ersten Mal erblickt hatte, abgesehen davon, als er den Weg durch die labyrinthartigen Innenhöfe Miraneis gesucht hatte und das Schwert führte, um den Weg zu klären. Er stimmte Charos Worten von ganzem Herzen zu.

»Sie sieht zu zerbrechlich aus, um echt zu sein«, sagte Charo.

»Wir treffen uns in Lucher«, sagte Kieran. »Geh jetzt!«

Ohne ein weiteres Wort drehte sich Charo um und verschwand im gefleckten Schatten der Bäume.

Anghara sah immer noch unglaublich zerbrechlich aus, aber ihre Augen blickten wieder klar, so wie früher. Es war der erste deutliche Hinweis, dass die Worte, die er immer wieder seit ihrer Befreiung wiederholt hatte, vielleicht wahr werden könnten: *Sie wird wieder gesund.* Bis jetzt hatte nicht einmal er selbst wirklich daran geglaubt.

»Wir haben noch einen oder zwei Momente«, meinte er. »Willst du dich noch ein bisschen länger ausruhen? Ich glaube, Melsyr hat einen Weinschlauch hiergelassen ...«

Sie nickte; er nahm die Geste als Antwort auf beide Vorschläge, Ruhe und einen Schluck Wein. Er holte den Weinschlauch aus der Satteltasche, kniete neben ihr nieder und reichte ihn ihr. Sie hob den Schlauch an die Lippen und nahm mit geschlossenen Augen ein paar Schlucke. Dann legte sie ihn in ihren Schoß und blickte ihn an. Ihre Augen waren wieder mit Tränen gefüllt. »Du hast mir gefehlt«, sagte sie sehr leise.

»Ich habe Feor versprochen, dich zu finden«, erklärte Kieran. »Ich habe ganz Roisinan mindestens sieben Mal durchkämmt. Feor haben wir letzten Sommer begraben. Er ging ins Grab mit dem Gedanken, dass du für immer verloren warst. Wo warst du, Anghara?«

»Kheldrin«, antwortete sie leise und senkte den Blick.

Die Direktheit ihrer Antwort überraschte ihn.

»*Kheldrin?*«, wiederholte er, als er wieder atmen konnte. Beinahe konnte sie seine Gedanken lesen – Schock, Zweifel, das Gefühl, ein unverrückbares Verbot sei verletzt worden. Schließlich stammte Kieran aus Shaymir, und von al'Tamar wusste Anghara, dass Händler aus Kheldrin immer wieder den Weg von den nördlichen Rändern der Kadun Khajir'i'id nach Shaymir fanden. Die Bewohner Shaymirs hatten mehr »Khelsies« gesehen als der Durchschnittsroisinaner. Aber selbst in Shaymir fürchtete man die Kheldrini und misstraute ihnen, und wenn man nicht gerade um deren Silber oder Bernstein feilschte, dann ging man ihnen aus dem Weg. Das war nicht besonders überraschend, denn die Shaymiri bekamen etliche der obskuren Aspekte der kheldrinischen Kultur eher zu Gesicht als jeder andere. Kieran war schon längere Zeit nicht mehr in seinem Heimatland gewesen, nicht, seit man ihn als Ziehkind nach Cascin geschickt hatte. Aber dennoch war er ein wahrer Sohn Shaymirs. Und jetzt nannte Anghara, die er so viele Jahre lang unerschütterlich in den Ländern gesucht hatte, die er für zivilisiert hielt, als ihren Zufluchtsort ein Land, welches ihm von Kindesbeinen an als dunkel und gefährlich eingedrillt worden war.

»Warum Kheldrin, um aller Götter willen?«, wollte er wissen. »Du hättest zu uns kommen können – zu mir; du musst doch gewusst haben, dass wir dir Zuflucht geboten hätten. Ich hätte dich schützen können ...«

»Ich war ein Kind, und du warst auch noch jung; du hattest keinen Stützpunkt, von dem aus du hättest kämpfen können, wie heute – damals nicht. Und erinnere dich, woher ich geflohen bin – erinnere dich auch an den letzten Ort, der mir Zuflucht gewährt hat ...«

»Wie hast du Bresse überlebt?«, fragte er mit heiserer Stimme. »Feor hat dich gesucht, aber nur eine Nachricht gefunden. *Die junge Königin lebt.* Damals hat er mich losgeschickt, um dich zu suchen. Bis zum Fluss habe ich deine Spur verfolgt ... aber der Fluss schien dich verschluckt zu haben. Und dennoch ... ich war sicher, dass du lebst und irgendwo wartest.«

»Ich war in Sicherheit«, sagte sie und griff nach seiner Hand. »Ich war in Sicherheit und ... es gab Zeiten, da ... war ich sogar glücklich. Und ich habe viel gelernt ... sehr viel.«

»Khelsie-Magie!«, stieß er hervor, zu schnell; seine Reaktion instinktive Abwehr.

Schmerz huschte über ihr Gesicht. »Sie unterscheidet sich nicht so sehr von unserer«, murmelte sie. »Aber Bresse, Kheldrin ... es spielt keine Rolle mehr. Es ist alles vergangen, Kieran. In mir ist eine große Leere, wo Sif mir etwas herausgerissen hat. Ich kann nicht einmal mehr das Zweite Gesicht erreichen. Ich habe es versucht, auf dem Wehrgang, um dir zu helfen ... es wäre leichter gewesen, weniger blutig, weniger grausam ... aber du hast gesehen, was geschehen ist.«

»Weiß Sif das?«

»Ich glaube ... Senena hat es gewusst.« Ihre Stimme klang bitter. Um sie von diesen Gedanken abzulenken, half ihr Kieran auf die Beine.

»Komm, es wird Zeit, dass wir aufbrechen. Inzwischen sind sie uns bestimmt auf den Fersen. Ich möchte lieber nicht hier sein, wenn sie das offene Seitentor entdecken.«

Sie ließ sich von ihm aufs Pferd heben, dann schwang er sich in den Sattel hinter ihr und hielt sie mit dem linken Arm fest. Schweigend ritten sie dahin. Kieran wollte sich so lange es ging am Rand der Vorberge halten, bis die mächtige Festung fast nicht mehr zu sehen war. In seinem Schweigen spürte er den Frieden, endlich die Ziehschwester zu halten, die er vor so langer Zeit verloren hatte, und die zu finden und zu schützen er geschworen hatte. Weiter überlegte er, wie er Anghara am besten nach Lucher bringen konnte, dem loyalen Dorf. Außerdem spitzte er stets die Ohren und wartete auf Hufschlag der Verfolger. Anghara dagegen betrachtete die graue Weite des Moorlandes, welches sich zu ihrer Linken erstreckte. Plötzlich setzte sie sich in Kierans Umarmung auf und deutete auf einen fernen Fleck am Horizont.

»Dort drüben«, sagte sie. »Was ist das?«

Kieran zügelte das Pferd und kniff in der Sonne, die schon fast ihren Zenit erreicht hatte, die Augen zusammen. Dann fuhr er sich über das Gesicht, eine Geste unaussprechlicher Müdigkeit. »Sif«, sagte er. »Es muss Sif sein. Er ist zu früh dran, verdammt! Wir sind noch viel zu nah an Miranei. Noch ist es nicht vorbei.«

»Vielleicht hätten wir in der Festung bleiben und uns gegen ihn verbarrikadieren sollen«, meinte Anghara.

»Du hast nicht genügend Männer oder Waffen, um die Festung zu halten«, widersprach Kieran. »Noch nicht. Dein Name hat in Roisinan überlebt, aber es braucht noch einiges, um die Menschen davon zu überzeugen, dass die Trägerin ebenfalls am Leben ist. Und erst dann … Im Augenblick gibt es noch zu viele, deren Loyalität gespalten ist und ihr Wissen über die Festung reicht mehr als aus, um sie bei einer Belagerung durch Sif zu verlieren. Erinnere dich, so haben sie Miranei beim ersten Mal genommen.«

Anghara betrachtete ihre verschränkten Hände und biss sich auf die Lippe. Doch als sie zu Kieran aufschaute, waren ihre grauen Augen fest. »Und jetzt?«, fragte sie.

»Ich hoffe, Rochen ist ihm nicht über den Weg gelaufen«, sagte Kieran. »Vielleicht sind wir auf uns allein gestellt. Aber ich werde trotzdem versuchen, dich nach Lucher zu bringen. Zumindest geben sie dir dort ein Dach über dem Kopf …«

»Nein«, erklärte sie. »Wenn die Chance besteht, dass Sif seine Wut an Unschuldigen auslässt … nein. Wo würdest du Rochen und den Rest der Männer suchen?«

»Es muss einen Stützpunkt, ein Lager geben …«

»Und dorthin will sich der Rest durchschlagen … wenn sie aus der Stadt herauskommen?«

»Ja, aber …«

»Dann lass uns das zuerst finden. Danach werden wir weitersehen.«

»Aber wir müssten beinahe auf den Fersen der Armee übers offene Moor reiten«, meinte Kieran hilflos.

»Sie werden nicht zurückschauen, bis sie nach Miranei kommen und dort erfahren, was geschehen ist«, sagte Anghara.

Kieran sagte nichts mehr. Aber als der Fleck am Horizont mit ihnen auf gleicher Höhe war und sie Sifs zurückkehrende Armee erkennen konnten, trieb er sein Pferd zu einem leichten Galopp an und bog ins Moor ab, um hinter Sifs Nachhut zu gelangen.

Das Glück währte nur noch kurz. Kieran ritt in einer flachen Kurve um die Nachhut herum, und sie gelangten unbeobachtet in den Rücken von Sifs Armee. Doch dann schien ihr Glück zu einem abrupten Ende zu kommen.

Ein Ring kalter Asche. Ein zerbrochener Dolch, der halb im Torf steckte. Zertrampelter Boden. Ein Stofffetzen, dunkel, augenscheinlich Blut.

»Deine Männer?«, fragte Anghara leise nach kurzem fassungslosen Schweigen, währenddessen Kieran reglos auf dem Pferd gesessen und die Beweise vor sich angestarrt hatte.

»Wenn welche entkommen sind, werde ich sie finden«, erklärte er. Seine Stimme klang älter und müder, als es seinen Jahren entsprach. »Ich weiß, wohin sie gegangen sind.«

Er glitt vom Pferd, hockte sich neben das kalte Lagerfeuer und musterte es genau.

Anghara ließ sich ebenfalls herab, wobei sie vor Schmerzen zusammenzuckte. Dann rieb sie sich das Bein, weil sie einen Krampf hatte. Sie überließ ihn dem Schweigen. Das Pferd schnupperte ziemlich hoffnungslos an dem bitteren Moorgras zu seinen Füßen.

Langsam zog die Sonne ihre Bahn über den Himmel; die Tage waren noch immer winterkurz, und es war nicht mehr viel Tageslicht übrig. Anghara machte ein paar Schritte, um sich die Beine zu vertreten. Dann lehnte sie sich dankbar an die warme Flanke des Pferdes. Sie fühlte sich schwächer als ein frisch geschlüpftes Küken. Kieran war etliche Schritte entfernt immer noch in seine Untersuchungen vertieft, und sie wollte ihm eben zurufen, dass sie weiterreiten und einen Ort für die Nacht suchen sollten, als das Schweigen des Moores unterbrochen wurde ... von etwas. Das Pferd hob den Kopf und schnaubte. Instinktiv griff Anghara nach seinen Nüstern.

»Kieran!«, rief sie. Einen Sekundenbruchteil später hob er den Kopf, sprang auf und lockerte sein Schwert in der Scheide. Pferde.

»Bleib hinter dem Tier«, sagte er ruhig.

Sie hätte widersprochen, aber ein Blick auf sein Gesicht hielt sie zurück. Sie tat, was er befohlen hatte. Hinter dem schützenden Pferdekörper spähte sie über den Rücken, als der Donner der Hufe sich in vier Reiter auflöste. Vier Reiter in der Uniform der Wachsoldaten der Festung.

Sie hörte, wie Kieran das Schwert aus der Scheide zog, im nächsten Moment hörte sie sich selbst rufen: »Kieran! Halt ein! Das sind die Zwillinge.«

Charo ritt voran und stellte sich in die Steigbügel und winkte, als wolle er ihre Worte bestätigen. Kierans Schwert senkte sich, bis die Spitze auf dem schwammigen Boden ruhte. »Vier?«, sagte er leise, bis ins Herz getroffen.

»Kieran!«, rief Charo. »Warte!«

Jetzt konnten sie sehen, dass die Neuankömmlinge zwei reiterlose Pferde am Strick mit sich führten. Das eine trug einen Sattel, das andere nicht.

Erst als sie fast direkt vor Kierans Füßen anhielten, begriffen sie die Bedeutung der verlassenen Lagerstätte. Adamo schluckte krampfhaft. Aber es war an Charo zu fragen: »Sind alle tot?«

»Nicht alle«, antwortete Kieran. »Sonst würden Leichen herumliegen.«

Daran hatte Anghara gar nicht gedacht. Natürlich! Es hätten Leichen daliegen müssen, wenn Sifs Soldaten einfach das Lager überrannt hätten. Sifs Armee hätte sich nicht die Zeit genommen, die Toten zu begraben. Es musste Überlebende geben.

Adamo richtete sich im Sattel auf und ließ die Augen über das Moor schweifen. Die Schatten wurden länger. »Vielleicht sollten wir einen Platz finden, wo wir übernachten können«, sagte er. »Mir wäre es lieber, wenn es nicht hier wäre. Ich möchte das kalte Feuer nicht wieder anzünden.«

»Wir haben deinen Sarevan mitgebracht, Kieran«, sagte Charo stolz und blickte auf das Pferd ohne Sattel, das er selbst am Zügel geführt hatte. »Zum Satteln hatten wir keine Zeit. Tut mir leid.«

»Wem hat das andere gehört?«, fragte Kieran.

»Daevar«, antwortete Adamo leise. »Er wurde von einem Pfeil getroffen; wir konnten ihn nicht mitnehmen, als er fiel.«

»Und die anderen?«, fragte Kieran düster.

»Sie haben es nicht geschafft.«

»Man hat auf euch geschossen?«, fragte Anghara abrupt. »Wurdet ihr verfolgt?«

Sie zögerten. Dann antwortete schließlich Charo. »Die Haupttore waren noch geschlossen, als wir uns zum letzten Mal umgedreht haben.«

»Ich glaube, sie haben heute Nacht in der Festung genug zu

tun«, meinte Kieran grimmig. »Wenn jemand aus dem Chaos, das wir zurückgelassen haben, in so kurzer Zeit einen Trupp aufstellen kann, dann nur Sif – aber er muss sich heute Abend um wichtigere Tote kümmern. Wahrscheinlich haben wir ein paar Stunden.«

»Vielleicht hält er es für besser, uns zu verfolgen, während wir noch so nah sind, dass seine Männer nicht zu sehr strapaziert werden«, meinte Charo.

»Er kommt gerade von einem Feldzug zurück«, entgegnete Kieran. »Er weiß höchstens, dass vier oder fünf Männer aus der Stadt geflohen sind, einen davon hat ein glücklicher Schuss erwischt. Die geflohene Gefangene war nicht dabei. Vier Männer sind die Mühe nicht wert, und er will die wichtigen Spuren nicht in der Dunkelheit verlieren. Er wird uns erst morgen verfolgen. Wir bringen lieber so viele Meilen zwischen ihn und uns wie wir können.«

Sie hatten keine große Wahl – nach Norden über den Brandar Pass nach Shaymir, zurück in die Berge im Westen oder hinab über das offene Moor, nach Süden oder Osten, und in jeder Richtung versperrte ihnen ein Fluss den Weg. Aber hinter dem Fluss im Süden lag der Bodmer Wald, und das war Kierans Land. Dort würden sie Unterschlupf und Verbündete finden. Wenn sie nur schneller dorthin kämen als Sifs Armee.

Lang nach Mitternacht gönnten sie sich eine oder zwei Stunden Schlaf; es fiel Anghara schwer, die Augen zu öffnen, als Kieran sie noch vor Tagesanbruch aus dem Schlaf der Erschöpfung weckte. Er musste sie sanft wachrütteln, damit sie weiterreiten konnten. Aber sie bestand darauf, dass Kieran alleine auf seinem Pferd ritt, zu zweit würden sie die Pferde verschleißen und die Gruppe käme nur langsam voran.

Die Moore um Miranei waren Ausläufer der Berge hinter der Stadt – hohes, meist flaches Gelände. Aber als die kleine Schar weiter nach Südosten ritt, erreichten sie sanft gewelltes Moorland. Sie trieben die Pferde hart an, aber sie mussten etwas langsamer reiten, sobald sie das hügelige Moor erreichten. Sie konnten sich keinen Unfall und kein lahmes Ross leisten. Gegen Mittag legten sie eine kurze Pause ein, um den Tieren etwas Erholung zu gönnen. Die

Sonne schien warm auf ihre nach oben gerichteten Gesichter, die Pferde waren von der Anstrengung bereits mit Schaum bedeckt. Vor ihnen stieg das Gelände an, zuerst sanft, dann immer steiler. Sie befanden sich auf der Leeseite eines kahlen Hügels, der nicht sehr hoch war, aber wohl einen ungehinderten Blick auf die umliegenden Moore bot. Der Gipfel schien noch höher zu sein, da ihn mehrere riesige Granitfindlinge krönten. Zumindest einer davon war so offensichtlich bearbeitet, dass er nicht natürlichen Ursprungs sein konnte, sondern mit Sicherheit einst ein Stehender Stein gewesen war. Anghara konnte sich kaum sattsehen. Kieran sah etwas anderes. Einen Aussichtspunkt.

»Von dort oben wüssten wir mehr«, sagte Kieran.

»Ja«, stimmte ihm Anghara zu. »Das stimmt.«

In der zerfallenen Krone des Hügels lag immer noch eine gewisse Macht, die den Hügel wie ein unsichtbarer Mantel umgab. Vielleicht hielt das Kieran zurück, trotz seiner Bemerkung. Seine Gefährten saßen mit verbissenem Schweigen im Sattel, einige warfen Blicke auf den Weg zurück, auf dem sie gekommen waren. Zweifellos wussten sie, dass sie verfolgt wurden – da sie Anghara bei sich hatten, war das zwangsläufig – aber sie wussten nicht, von wem oder von wie vielen. Der Hügel konnte ihnen das verraten. Doch zuerst musste man den Hügel besteigen, und keiner schien geneigt zu sein, das zu tun.

Schließlich war es Anghara, die sich entschlossen aus dem Sattel schwang. Sie stolperte und fiel beinahe, weil ihre Beine so schmerzten, nach dem langen Aufenthalt im Kerker und zusätzlich geschwächt von dem anstrengenden Ritt. Lauter Protest folgte. Sie hielt sich am Sattelknauf fest und stand mit gebeugtem Kopf, um Kraft zu sammeln; dann ließ sie los und warf Adamo die Zügel ihres Pferdes zu, der sie beinahe automatisch auffing.

»Wir müssen es wissen«, sagte sie zu Kieran und blickte ihn defensiv an. »Und ich bin blind. Ich kann deshalb ebenso gut mit meinen Augen schauen.«

»Und wenn jemand den Hügel beobachtet, wissen sie genau, wo wir sind«, sagte einer der Männer.

Kieran fällte eine Entscheidung und schwang sich vom Pferd. »Wir gehen beide«, erklärte er.

»Das ist Wahnsinn«, sagte Adamo. »Wenn wir euch verlieren, dann beide auf einmal.«

»Dann um aller Götter willen, beeilt euch! Meine Knochen sagen mir, dass sie nicht weit hinter uns sein können«, meinte Charo und biss sich auf die Lippe.

Anghara war immer noch schwach. Sie sah zerbrechlicher und durchsichtiger aus als je zuvor. Ihre Augen hatten große dunkle Ringe, die tief über den bleichen Wangen lagen. Aber etwas verlieh ihr Stärke. Sie drehte sich um und stapfte den Hang hinauf, ohne sich umzublicken. Kieran kletterte hinterher. Mit zwei, drei großen Schritten hatte er sie erreicht. Er runzelte die Stirn.

»Du hast dich verändert«, sagte er. »In Feors Klassenzimmer warst du immer die Vorsichtige, Bedächtige. Ich kann mich nicht erinnern, dass du so ungeduldig warst und so überstürzt gehandelt hast. Erst nimmst du es mit Sifs Armee auf dem offenen Moor auf und jetzt das. Was willst du beweisen?«

»Das Zweite Gesicht treibt mich«, erklärte sie. »Das Zweite Gesicht, das mich verlassen hat. Du hast nie damit gelebt, daher kannst du nicht wissen, wie es ist, es zu verlieren. Es ist, als fehle mir die Hälfte meiner Seele.« Ein Schauder überlief sie. »Dieser Ort ist ... da ist etwas auf diesem Hügel. Obwohl ich blind bin, berührt es mich. Es ist ein dunkles Gefühl ... als sei etwas ... gestorben ... aber ich begrüße es. Trotzdem. Es heilt mich, während es mich gleichzeitig verwundet.« Ihre Augen glitzerten eigenartig, als sie zu den umgestürzten Steinen hinaufschaute. »Ich habe mit den Alten Göttern gesprochen, Kieran. In Kheldrin ist wahre Macht.«

»Ich kann dich nicht verstehen, wenn du über diese Dinge sprichst«, sagte Kieran. Er brauchte all seine Selbstbeherrschung, um bei der Erwähnung dieses fremden Landes nicht loszubrüllen.

»Nein«, sagte sie, schaute ihn nicht an, sondern lächelte nur. »Du bist menschlich.«

»Du ebenfalls, verdammt!«, sagte er. Langsam wurde er wütend.

»Nein«, widersprach Anghara leise, aber bestimmt. Sie erinnerte sich an das Echo der Stimme eines Gottes – al'Khur hatte sie so genannt ... was war es gewesen? Ein Name voller Kraft. Unmenschliche Kraft, stark genug, um den Willen eines Gottes zu beugen. Und er hatte gesagt ... er hatte gesagt, sie würde ihn erringen. »Vielleicht war ich das einst. Jetzt nicht mehr. Selbst blind nicht mehr.«

Schweigend nahmen sie die letzten Schritte zum Gipfel. Schnee lag noch in den Ritzen der riesigen Steine. Anghara sank knöcheltief in einen Haufen, der unter einem Stein im kühlen Schatten lag. Sie kletterte mühsam auf einen der niedrigsten Steine, setzte sich in der Hocke hin und suchte mit der Hand über den Augen als Schutz gegen das grelle Sonnenlicht langsam den Horizont ab. Plötzlich sank ihre Hand vom Gesicht und wurde in einer anmutigen Bewegung zu einem Pfeil, der in die Ferne zeigte.

»Dort. Schau«, sagte sie und dämpfte die Stimme, obwohl außer Kieran niemand hier war, der sie hören konnte. »Sie sind zu weit weg, um die Standarte zu erkennen. Aber es ist Sif. Nur er kann so viele so schnell aufbieten und führen. Sie haben eine Armee ausgeschickt, Kieran. Wenn wir ihnen nicht davonlaufen können, sind wir verloren.«

Kieran ließ seinen Blick über die Kohorten der Männer in der Ferne schweifen, die ihn verfolgten, dann starrte er beinahe verzweifelt auf die leeren wintergrauen Moore. »Zurück«, sagte er schließlich, aber seine Stimme war tonlos, hoffnungslos. »Zurück zu den Pferden. Ich weiß nicht, wohin wir fliehen können, wohin er uns nicht folgen kann, aber ich werde nicht darauf warten, dass Sif mich einfach wie einen gefangenen Fasan rupft. Ich werde ihm so viel Ärger machen wie möglich.«

Aber Anghara ging in die Hocke und richtete ihre grauen Augen fest auf Kieran. »Nimm die anderen und reite in den Wald«, sagte sie sehr leise.

Er drehte den Kopf zu ihr und wusste nicht, ob er wütend oder nur erstaunt sein sollte. »Und du? Was ist mit dir? Du glaubst doch nicht, dass ich dich einfach für ihn zurücklasse, oder? Ich habe dich nicht aus Sifs Kerker geholt, um dich ihm auf einem Silbertablett zurückzugeben.«

»Ich schlage mich zur Küste durch«, erklärte Anghara mit kaum wahrnehmbarem Zaudern. »In Calabra gibt es gewiss ein Schiff, das mich mitnimmt.«

»Das schaffst du nie«, erklärte Kieran, dann traf ihn die Wucht ihrer Worte. »Calabra? Wohin willst du? Kheldrin?«

»Würdest du mich an Sifs Stelle auf den Thron setzen, Kieran?«

»Ich wollte dich finden und mich überzeugen, dass du in Sicherheit bist«, sagte Kieran. »Weiter habe ich nicht gedacht, nicht in Einzelheiten. Aber, ja, das würde ich tun.« Seine Augen blitzten vor Liebe und Loyalität. Angharas Name war für die Männer, die er anführte, ein Symbol gewesen, ein Wort, das Licht heraufbeschwor, wenn Sifs Dunkelheit zu tief wurde, um sie zu ertragen. Für Kieran würde ein Teil von ihr immer die kleine Ziehschwester bleiben, der er einst im Regen seinen Umhang gegeben hatte. Wenn sie Königin würde, wäre das größer und wichtiger – aber als Kieran kreuz und quer durch Roisinan geritten war, um Angharas Namen am Leben zu erhalten, hatte er nicht Anghara Kir Hama gesucht. Er hatte nach dem kleinen Mädchen gesucht, das er einst geliebt hatte.

»Ich bin zurückgekommen, um den Thron in Miranei zu beanspruchen«, erklärte Anghara mit brüchigem Lachen. »Es sei an der Zeit, haben mir die Götter gesagt. Aber es ist nicht an der Zeit, Kieran. Noch nicht, nicht jetzt. Würdest du einen Krüppel über Roisinan herrschen lassen, Kieran?« Für einen Moment wirbelte etwas in ihren Augen – Schmerz, Wut, Wahnsinn – dann war es verschwunden, aber Kieran wusste, was er gesehen hatte. Plötzlich überlief ihn ein Schauder, nicht von der Kälte, sondern von der Erkenntnis, die ihn bis ins Mark traf. Sie war verwundet, und Kheldrin war der einzige Ort, der sie heilen konnte.

Er kämpfte dieses Wissen nieder; es widersprach allem, was er immer geglaubt hatte, aber er wusste, dass es die Wahrheit war. Schließlich biss er die Zähne zusammen und blickte ihr in die

Augen. »Du wirst es nie schaffen«, wiederholte er. »Von allen Orten wird Calabra am schärfsten bewacht. Aber es gibt noch Shaymir.«

»Shaymir?«, wiederholte Anghara und war kurz verwirrt, doch dann klärten sich ihre Züge. Sie verstand. »Du meinst die Berge?«

»Die Khelsies kommen herüber. Irgendwie«, sagte Kieran und zuckte mit den Schultern.

»Aber ich kenne die Berge nicht«, sagte Anghara langsam. »Ich kenne den Weg nicht.«

»Wenn es einen gibt, kann man ihn finden«, erklärte er fest. Diese Worte brachten in ihr eine Saite zum Klingen, als hätte sie etwas Ähnliches schon einmal gehört. Dann erinnerte sie sich. Es schien Jahrhunderte her zu sein, als al'Tamar neben ihr am Ozean am Fuß von Gul Khaima gesessen hatte. *Wege können gefunden werden.*

»Was die Berge betrifft ... du wirst nicht allein sein.« Kieran streckte die Hand zu dem Stein empor, auf dem sie immer noch hockte, und hob sie auf den Boden neben sich hinunter. »Ich werde bei dir sein.«

5

Im Rückblick wünschte Kieran beinahe, Anghara hätte sich mehr gesträubt. Oder dass er besser zugehört hätte. Der Marsch nach Kheldrin lag ihm von Anfang an im Magen; aber je näher sie ihrem Ziel kamen, desto schlechter fühlte er sich wegen des gesamten Unternehmens – trotz des seltsamen, seelentiefen Wissens, das ihm immer wieder sagte, dass Kheldrin der einzige Ort war, wo sie geheilt werden konnte. Und dennoch … je näher sie kamen desto seltsamer wurde Anghara. Kieran blickte über das Lagerfeuer, wo sie unruhig schlief. Der verbundene Arm lag auf ihrem Bauch. Plötzlich runzelte er die Stirn und zerdrückte den Zweig des Wüstensalbeis aus Shaymir, den er gegen seine Handfläche gerieben hatte. Der herbsüße Duft des Krautes durchbohrte ihn wie immer. Es wirkte wie eine Droge und öffnete versiegelte Erinnerungen mit der Leichtigkeit von Magie. Diesmal, als Anghara vor ihm lag, waren die Erinnerungen sehr frisch.

Sif. Miranei. Die Armee auf den Mooren.

Sobald Anghara sich entschieden hatte, dort auf dem Berg, der von Stehenden Steinen gekrönt war, hatte es keine wirkliche Diskussion mehr gegeben. Adamo hatte ihre Entscheidung besser aufgenommen, als Kieran erwartet hatte.

»Kheldrin?«, fragte er ruhig. »Dort hast du dich die ganze Zeit versteckt?« Er wühlte in den Satteltaschen seines Pferdes und suchte nach etwas, das ganz nach unten gerutscht war. Dann holte er das kleine Paket mit Angharas *an'sen'thar*-Kleidung heraus, das er in der Herberge in Calabra geborgen hatte. »Und die hier stammen von dort?«

Anghara nahm das Bündel und starrte es lang an, ehe sie aufblickte und Adamo in die Augen schaute. »Ja«, antwortete sie, und ihre Stimme klang seltsam emotionslos und flach. »Von dort stammen sie.« *Ich frage mich, ob ich je wieder das Recht haben werde, sie zu tragen* ... ein beklemmender Gedanke huschte ihr durch den Kopf. Undenkbar.

Charo musste fast mit Gewalt zurückgehalten werden, damit er nicht mit ihnen nach Kheldrin ritt. Schließlich hielt Angharas Wort ihn zurück. »Bleib!«, hatte sie gesagt. »Und hebe eine Armee aus, die du führen kannst.«

Danach blieb nur die Frage, wie man Sif dazu bringen könnte, die Verfolgung so lang aufzugeben, bis sie entkommen waren. Wie üblich hatte Adamo den rettenden Einfall, und Kieran schmiedete den Plan.

»Liegt nicht hier in der Nähe Rams Insel?«, hatte Adamo gefragt.

Kieran brauchte weniger als eine Sekunde. Er schnippte mit den Fingern. »Das Boot!«

»Welches Boot?«, fragte Anghara. Sie war noch nicht wieder auf ihr Pferd gestiegen, seit sie vom Berg heruntergekommen war. Jetzt lehnte sie sich mit halb geschlossenen Augen dagegen.

»Da war immer ein Boot versteckt. Die Insel liegt mitten im Fluss, zu klein und zu überwuchert, als dass sich jemand für sie interessieren würde, abgesehen von einem Haufen Banditen wie uns«, erklärte Charo mit müdem Lächeln. »In Notlagen ist das ganz nützlich.«

»Dann los!«, sagte Kieran. »Es ist nur noch ein Stückchen, Anghara. Schaffst du das?«

»Ich muss«, antwortete sie und biss die Zähne zusammen. Sie brauchte drei Versuche, bis sie wieder im Sattel saß. Nach den langen Monaten in der winzigen luftlosen Zelle war sie erschöpft. Kieran und Adamo wechselten besorgte Blicke hinter ihrem Rücken – aber dieser Rücken war kerzengerade, sobald sie aufgesessen hatte. Sie bat nicht um Nachsicht.

Sie ritten wie der Wind, wobei sie wussten, dass sie eine breite Spur zurückließen, der Sif folgen konnte – aber die von Kieran geplante List wollten sie erst später ausführen. Daher hatte Kieran nichts dagegen, wenn Sif wusste, dass seine Beute zum Fluss geflohen war. Als sie vorwärtspreschten, war für Geplauder keine Zeit mehr. Die Nacht brach herein, und – wie in der gestrigen Nacht – gönnten sie sich nur wenige Stunden Rast, ehe sie weiterritten. Auch den Großteil des nächsten Tages verbrachten sie im Sattel, bis die erschöpften Pferde zu lahmen begannen. Immer waren sie nur einen Schritt vor Sifs Armee. Die niedrigen Berge verweigerten den Jägern einen deutlichen Blick auf ihre Beute. Zweimal schlugen Charo und einer der Männer einen Kreis zurück. Zweimal kehrten sie mit frischen Blutspritzern auf der Kleidung und frischen Pferden zurück. Anghara tat nur einen Blick und fragte nicht nach Einzelheiten. Selbstverständlich würde Sif Kundschafter aussenden, schnelle Reiter, die imstande waren, sich vom Haupttrupp der Armee zu lösen und mit schnellen Pferden die Flüchtigen verfolgten. Es schien so, als würden diese Männer nicht lang genug leben, um zurückzureiten und Sif Meldung zu erstatten.

Aber die Beseitigung von einigen Spähern reichte nicht aus.

»Das schaffen wir nie«, murmelte einer der Männer, als die Sonne sich am zweiten Tag draußen senkte. »Vorher reiten wir die Pferde zu Tode.«

Als Antwort zeigte Adamo voraus, wo sich das Sonnenlicht auf etwas Glänzendem spiegelte und ins Auge stach. »Wasser«, erklärte er lakonisch.

Hier machte der Fluss Hal einen flachen Bogen nach Norden und schlängelte sich durch die Berge. Diese Biegung erreichten sie auf ihrer Flucht endlich in den letzten hellen Stunden des zweiten Tages. Die Pferde schnaubten und spitzten die Ohren. Sie rochen Wasser.

»Lasst sie nicht zu viel trinken«, sagte Kieran und zügelte sein Pferd nahe des Ufers. Dann glitt er aus dem Sattel und spähte schnell flussaufwärts und abwärts. »Wo ist die Insel?«

Charo überflog das Gelände mit schnellem, kundigem Auge. »Flussaufwärts«, antwortete er. »Nicht weit weg. Welches Pferd ist am wenigsten außer Atem? Ich hole das Boot.«

»Er muss danach schwimmen«, sagte Adamo, ehe Anghara fragen konnte.

Falls sie hätte fragen können. Sie welkte dahin wie eine Schnittblume. Es war zweifelhaft, ob sie noch viel länger auf dem Pferd hätte aushalten können. Adamos Meinung nach war es jetzt schon ein Wunder, dass sie so lang mit ihnen mitgehalten hatte.

»Vielleicht ist es ebenso gut, wenn du ins Wasser gehst«, raunte Adamo Kieran zu. »Sie braucht eine Ruhepause, ehe sie wieder reiten kann. Hätte es eine Wahl gegeben, dann hätte man sie sofort nach der Befreiung aus dem dreimal verdammten Kerker ins Federbett einer weisen Frau bringen sollen, die sie mit Kräutertees und Hühnersuppe aufpäppelt, bis sie wieder zu Kräften kommt.«

»Stattdessen bekommt sie diese wahnwitzige Flucht, ein wildes Pferd, um über die Moore zu reiten, und gerät vom Regen in die Traufe«, sagte Kieran und verzog das Gesicht. »Wenn Sif nur einen einzigen Tag später zurückgekommen wäre … dann hätten wir nicht wie die Verrückten reiten müssen. Wir hätten Zeit gehabt.« Er warf einen besorgten Blick über die Schulter in die Richtung, wohin zwei aus seinem Gefolge geritten waren, um nach Sifs Spähern Ausschau zu halten. Dann blickte er ruhelos dorthin, wo Charo verschwunden war. »Komm. Wenn die Pferde genug getrunken haben, wollen wir Charo folgen.«

Sie fanden ihn neben einem Pferd in einer provisorischen Koppel am Ufer sitzen, das Schwert neben sich auf der Erde. Er zog sich gerade die Stiefel an. Als er sie kommen hörte, griff er nach der Klinge, entspannte sich aber, als er erkannte, wer kam. Hinter ihm in der Ferne, lag schon im Schatten ein dunkler Punkt mitten im Fluss. Das Zwielicht des Abends herrschte bereits. Ein bleicher Mond stand am Himmel, auf dem noch Spuren des Sonnenuntergangs zu sehen waren.

Er blickte lächelnd auf. Offensichtlich lag ihm eine spitze Bemerkung auf der Zunge, doch ehe er Gelegenheit hatte zu sprechen, preschte einer der Nachhut im Galopp auf seinem erschöpften Grauen herbei. »Es ist zu knapp, Kieran«, stieß der Mann hervor, als er kaum eine Handspanne vor Kierans Pferd zum Stehen kam.

»Wo ist Keval?«

»Tot«, lautete die schockierende Antwort. Erst jetzt bemerkten sie die dunklen Flecken auf seiner Tunika, und dass er einen Arm vor den Rippen hielt und offensichtlich mit Schmerzen im Sattel saß. »Sie waren zu sechst. Vier haben wir erledigt, und ich glaube, dass ich Nummer Fünf verwundet habe, aber dafür musste Keval bezahlen – und Nummer Sechs ist jetzt auf dem Weg zurück zu Sif. Ich hatte keine Chance ihn zu fangen, nicht einmal, wenn ich das Pferd eines seiner Freunde genommen hätte. Was immer du vorhast, Kieran, tue es jetzt! Meiner Schätzung nach bleibt dir vielleicht eine Stunde, ehe Sif uns einholt.«

Kieran glitt vom Pferd und warf Adamo die Zügel zu. »Du sorgst für ihn«, sagte er. »Komm, Anghara. Es ist an der Zeit, dass wir losgehen.«

Es sah aus, als würde er ihr einfach vom Pferd helfen, aber für Adamo, der sehr genau hinschaute, war es schmerzhaft offensichtlich, dass er sie buchstäblich vom Pferd hob und dass sie ohne ihn gefallen wäre. Kieran stützte sie fest aber unauffällig für die wenigen Schritte zum Boot und hob sie hinein.

»Ich bin gleich zurück«, sagte er.

»Kieran ...« Sie streckte die Hand aus und erwischte einen Ärmelzipfel. Ihre Augen waren groß und lagen in tiefen purpurnen Schatten, die in der Blässe ihres Gesichts besonders hervorstachen.

»Was ist?«, fragte er.

Sie schaute über ihn auf die drei, die dahinter warteten. Ihre grauen Augen füllten sich mit Tränen. »Kieran ... lass nicht zu, dass ihnen etwas geschieht ...«

Sie war zwar siebzehn, aber Kieran sah plötzlich – es zerriss ihm fast das Herz – die neunjährige Brynna Kelen in ihrem Gesicht. Etwas stieg in ihm hoch, wie damals, um sie vor jeglichem Schmerz zu beschützen. Unerwartet, selbst für ihn, beugte er sich vor und küsste sie leicht auf die Stirn. »Alles wird gut. Warte hier auf mich.«

Charo hatte seine Stiefel angezogen und sich zu den anderen beiden gestellt, die im milden Mondlicht warteten. Es waren drei.

Nicht genug – gewiss nicht genug ... Sif konnte sie mühelos zerquetschen. Doch dann biss Kieran die Zähne zusammen und ging zu den wartenden Männern.

»Ich will, dass er denkt, dass wir hier den Fluss überquert haben«, sagte er ruhig. »Drüben angekommen ... ihr seid zu dritt und habt sieben Pferde. Teilt euch auf drei verschiedene Wege auf. Adamo, du sorgst an meiner Stelle für Sarevan, der Rest der Pferde geht mit einem von euch – vielleicht denkt Sif, dass das die größte Gruppe ... wir werden sehen. Um aller Götter willen, werft die Uniformen weg, sobald ihr Gelegenheit dazu habt. Trefft euch wieder beim Stützpunkt im Wald, aber nur, wenn ihr ganz sicher seid, dass ihr die Verfolger abgeschüttelt habt. Wenn nötig, geht irgendwo in Deckung. Diejenigen, die das Gemetzel von Rochens Lager überlebt haben, werden wohl das Gleiche tun. Verbündet euch mit jedem, mit dem es möglich ist – und dann geht los und verbreitet die Neuigkeiten. Wir werden zurückkehren. Und dann sollten wir lieber eine Armee im Rücken haben.«

»Es wird eine Armee auf dich warten«, versprach Charo. Dann vermochte er den Clown in sich nicht mehr zu unterdrücken. Er blickte mit gespielter Bestürzung auf seine Stiefel. »Du meinst, ich muss diese verfluchten Dinger wieder ausziehen? Der Kerl, dem ich sie abgenommen habe, hatte drei Größen kleiner als ich – das ist genug Strafe, aber sie dauernd an- und auszuziehen ist die reine Folter. Wie gut, dass ich nicht zu Fuß gehen muss ...«

»Halt den Mund, Charo«, sagte Kieran liebevoll. »Reite los! Sag Rochen ...«, er hielt inne und schluckte plötzlich einen Kloß im Hals herunter. Rochen war ein guter Freund gewesen, ein fantastischer Hauptmann, aber es gab keine Garantie, dass er unter den Überlebenden jenes verhängnisvollen Lagers war, keine Garantie, dass er irgendeine Botschaft erhalten würde, die Kieran ihm schickte. Überhaupt würde er alle wichtigen Dinge ... wissen, ohne dass man sie ihm meldete. »Reitet jetzt los!«, sagte er schließlich nur und schlug Adamo auf die Schulter. »Mögen die Götter mit dir sein.«

»Und dir meinen Segen und meine Dankbarkeit und meine Liebe.«

Anghara. Irgendwie war sie aus dem Boot geklettert und ungehört in ihre Nähe gekommen; jetzt stand sie einen Schritt hinter Kieran, schwankend, aber kerzengerade. Wieder eine abrupte Metamorphose. Nichts an dieser Gestalt aus Mondlicht und Schatten erinnerte mehr an das kleine Mädchen namens Brynna. Hier stand eine Königin, die der Name Kir Hama wie ein Krönungsmantel umhüllte. Adamo bewegte sich als Erster – nahm die wenigen Schritte, die sie trennten, und sank auf ein Knie vor ihr. Dann nahm er ihre Hand in seine beiden.

»Meine Königin«, sagte er, aber sein Kopf war nicht gebeugt, und seine Augen waren voll Liebe zu einer Schwester. »Wir werden hier sein, wenn du zurückkommst.«

Charo kam als Nächster und beugte sich über dieselbe Hand mit der ihm angeborenen Anmut. Aber dann – ebenfalls typisch für ihn – ruinierte er all die Erhabenheit mit einem breiten Grinsen, das im Zwielicht wie ein Leuchtfeuer strahlte. »Jawohl! Wenn du zurückkommst ... dann, um in Miranei einzureiten und mehr als nur einen Kerker für dich zu beanspruchen! Und ich werde da sein, um dir die Stadttore zu öffnen!«

Der letzte Mann, Bron, hatte bei ihrer Flucht aus Sifs Kerker mitgekämpft und davor Kieran in seiner unermüdlichen und getreuen Suche nach ihr unterstützt. Aber er hatte nicht die Bindungen, die die anderen mit der jungen Königin teilten. Für ihn war der Abschied nicht so vertraulich. Er konnte sich nur vor ihr hinknien, wie Adamo es getan hatte, und dessen Versprechen wiederholen – doch dann hob Anghara ihn liebevoll auf, und ihr Lächeln für ihn war nicht weniger warm als das für die anderen. Sie nahm ihn auf. Er hatte ein wildes Abenteuer hinter sich und war jetzt Teil der Familie, mit Blut gebunden. Sein eigenes, vergossen für Anghara, bildete dunkle Flecken auf seiner Tunika – ein Blutsbruder, wenngleich die anderen engere Bindungen hatten. Aber es gab immer einen Blutzoll; die alten Götter von Kheldrin hatten sie gelehrt, seinen als Geschenk anzunehmen.

Und dann war es vorbei. Adamo warf noch einen Blick auf Anghara, als er im Sattel saß. Die Zügel der sattellosen Pferde hatte er sicher am Knauf festgebunden. Bron, der zweite Mann, führte die anderen beiden Pferde. Charo brauchte einen Moment, um die gestohlenen Stiefel wieder einmal auszuziehen und in seinem Umhang auf dem Rücken zu verstauen, ehe er aufstieg. Als seine bloßen Füße in die kalten Steigbügel schlüpften, zuckte er zusammen.

»Sinnlos, die Schuhe nass zu machen, wenn man nicht muss«, meinte er als Erklärung, als er sein Pferd vorbeitrieb.

Adamos Pferd stand bereits bis zu den Fesseln im Fluss, Bron folgte. Charo trieb sein Pferd in einen kurzen Galopp und stürzte sich mit einem Schrei ins Wasser, den er nur unterdrückte, weil ihm einfiel, dass eine Armee in der Nähe sein könnte. Dann waren die beiden nur noch wippende Schatten im vom Mond beschienenen Fluss.

»Komm«, sagte Kieran. »Es wird Zeit, dass wir aufbrechen.«

Auf dem hellen Wasser war das Boot deutlich zu sehen, aber das konnte Kieran nicht ändern – er konnte nur hoffen, dass Sifs Männer den still flussaufwärts treibenden Kahn nicht entdeckten. Anghara schien der Abschied die letzte Kraft gekostet zu haben. Zusammengerollt lag sie im Bug des Boots – schlafend oder bewusstlos –, während Kieran den Hal in Richtung Wald hinaufruderte.

Es war heller Tag, als Anghara erwachte. Das kleine Boot war in eine stehende mit Schilf bewachsene Bucht am Rand des Flusses hereingezogen. Kieran lag ausgestreckt auf trockenem, sandigem Boden in der Nähe und döste. Als sie die Augen aufschlug, fuhr er hoch, als hätte ihn ein sechster Sinn geweckt.

»Morgen«, sagte er und lächelte warm. »So weit, so gut. Wie fühlst du dich?«

»Als ob man mir sämtliche Knochen gebrochen und falsch wieder zusammengesetzt hätte«, antwortete Anghara ehrlich.

Nachdenklich betrachtete er sie einen Moment. »So wird das nichts«, erklärte er. »Das hältst du keine Woche durch. Du brauchst einen Platz, wo du dich ein paar Tage verstecken kannst, in Sicherheit bist und ordentlich essen kannst.«

Sie stand auf. »Kieran, ich habe dir doch gesagt, dass ich niemanden in Gefahr bringen will ...«

»Selbst Sif wird kaum jeden Holzfäller nach dir befragen«, erklärte Kieran trotzig. »Und wir müssen den Fluss ohnehin verlassen, ehe wir zum Tanass Han kommen. Ich kenne einen alten Mann, der am Waldrand lebt. Seine Frau hat mir mal einen vereiterten Arm verbunden. Sie werden dich aufnehmen.« Als sie ihn anschaute, als würde sie wieder protestieren, hob er entschieden den Arm, um ihr zuvorzukommen. »Keine Diskussion«, sagte er. »Anghara, verstehst du nicht? Du reitest am Ende deiner Kräfte, selbst jetzt ... Sif ist möglicherweise nur Stunden hinter uns, und wir können ihn unmöglich abhängen, nicht mit dir, wo du so schwach wie ein neugeborenes Kätzchen bist. Beim alten Miro und seiner Frau bist du in Sicherheit. Es ist nur für ein paar Tage. Du musst dich erholen, und das ist ein Anfang.«

Aber Anghara hörte etwas anderes in seinen Worten. »Das klingt, als wolltest du mich dort allein lassen.«

»Ja«, erklärte er und musste dann über ihren Gesichtsausdruck lächeln. »Aber nicht verlassen. Ich muss frische Pferde besorgen, wenn wir weiterreiten wollen. So wie wir jetzt aussehen ... die heruntergekommene Besatzung dieser Nussschale von Boot würde im Tanass Han unausweichlich für Aufsehen sorgen – und du kannst sicher sein, dass Sif davon hört. Ab jetzt müssen wir die Nebenstraßen nehmen.«

Und so machten sie es. Miro und seine Frau Ani nahmen Anghara ohne Bedenken auf. Eine Stunde nach ihrer Ankunft steckte Ani sie ins Bett, obwohl Anghara protestierte. Zu ihrer eigenen Überraschung wachte sie erst nach sechs Stunden, erfrischt und hungrig wie ein Wolf, wieder auf. Kieran war auf und davon.

Er blieb sechs Tage fort. Am siebten kam er mit drei verschiedenfarbigen Pferden zurück. Anghara sprang ihm fast ins Gesicht. »Wo bist du gewesen? Weißt du nicht, dass ich vor Sorge fast verrückt geworden bin?«

»Hat Miro dir nichts gesagt? Sif ist in diesem Teil der Welt lange nicht gesehen worden«, antwortete Kieran und stieg von dem großen braunen Wallach.

Sein Ton war leicht frotzelnd, und sie wandte sich mit einem frustrierten Brummen ab. Mit zwei langen Schritten war er an ihrer Seite. »He«, sagte er. »Ich wollte dir keinen Kummer bereiten. Aber ich wollte nicht, dass man mich an nur einem Ort sieht, wenn ich wegen der Pferde feilsche ... außerdem siehst du schon viel besser aus. Die Woche hat dir gut getan.«

Sie musterte ihn von oben bis unten. In ihren Augen stand wieder der Wahnsinn. Aber er war sich nicht sicher, dass er das wirklich gesehen hatte – als sich ihre Blicke wieder trafen, war er verschwunden.

Er wollte, dass sie wenigstens noch ein paar Tage länger blieb – Ani war eine Art weise Frau, und ihre Kräuter und Tränke schienen Anghara ungemein gut getan zu haben. Der angespannte Ausdruck war aus ihrem Gesicht verschwunden. Sie hatte sogar ein wenig Farbe in den Wangen. Sie war immer noch schrecklich dünn, aber mit der Zeit würde sich das auch bessern. Aber all das war nur körperlich. In ihr war eine Rastlosigkeit, die keines von Anis Kräutern zu heilen vermochte. Und die am Ende alles Gute zunichte machen konnte. Anghara machte sich große Sorgen und wollte möglichst bald aufbrechen, und schließlich willigte Kieran ein.

Die Reise erwies sich als schwieriger, als Kieran ursprünglich geglaubt hatte. Es gab mehr Patrouillen auf den Straßen als je zuvor. Es war schier unmöglich, alle zu vermeiden. Immer wieder war der Weg vor ihnen versperrt und sie mussten einen Umweg reiten. In Bögen schlugen sie sich nach Nordost durch, wo die Berge zwischen Shaymir und Roisinan in einen Sattel niedriger Hügel übergingen, die schwer zu bewachen, aber zu Pferd leicht erreichbar waren. Doch Sif jagte sie noch weiter nach Westen, in Richtung des einen Ortes, den Kieran zu vermeiden gehofft hatte.

Bresse.

Schließlich war es beinahe unvermeidlich, dass der letzte Umweg sie in Sichtweite der Hügel brachte, auf denen Schloss Bresse einst gestanden hatte. Anghara zügelte ihr Pferd und saß ganz still da, die Augen auf die Bilder in ihrer Erinnerung geheftet. Kieran hielt sein Pferd einen Schritt weiter an.

»Anghara ...«

Sie sah ihn aus leuchtenden Augen an – jetzt kein Anzeichen von Wahnsinn, nur stummes, unstillbares Leid. »Aber ich muss«, sagte sie. »Vielleicht wenn wir einen Tagesritt von hier entfernt vorbei gekommen wären ... aber jetzt muss ich. Ich kann nicht an diesem Ort vorbeireiten, ohne mit eigenen Augen zu sehen, was Sif angerichtet hat.«

»Ich bin mir nicht sicher, dass das eine gute Idee ist«, murmelte er, aber sie hatte ihr Pferd bereits gewendet, und er konnte ihr nur folgen.

Die Jahre waren gütig gewesen. Vom Weißen Turm war nicht viel übrig, aber die Härte der Ruinen wurde durch die vielen winzigen weißen Bergblumen gemildert, die der Frühling geweckt hatte und die scheu durch das hohe Gras lugten. Weiß wie die Gewänder, die die Schwestern von Bresse getragen hatten.

Anghara glitt aus dem Sattel und ging steifbeinig zu dem, was das Fundament des Turms gewesen war. Die Erde war über der Treppe zu dem Tunnel, durch den sie entkommen war, eingebrochen. Das gesamte Gelände hatte sich für immer verändert, aber Anghara ging unbeirrt zu der Stelle, wo früher die Treppe im Turm gewesen war. Dann hob sie die Augen und stellte sich die Treppen in die Korridore vor, wo sie zum ersten Mal gelernt hatte, ihre wilden Gaben zu bändigen.

»Ach, Morgan ...«, flüsterte sie. »Wo bist du jetzt ...«

Feor hatte gesagt, dass in Bresse eine Botschaft zurückgelassen worden war, für diejenigen, welche die Sinne hatten, sie zu hören. Eine Botschaft, die verkündete, was hier geschehen war und in welchem Namen; und ein letztes Testament. *Die junge Königin lebt.* Anghara bemühte sich mit jeder Faser, mit jedem angespannten Nerv, aber sie konnte nichts hören außer dem Seufzen einer Brise im hohen Gras und gelegentlichem Rascheln in den Bäumen. Vielleicht war die Botschaft nach so vielen Jahren verblasst ...

Doch obwohl sie Morgans Stimme nicht hörte, auch nicht Morgans Worte, wusste sie tief im Inneren, dass diese immer noch da waren und an diesem Ort umhergeisterten und das, solange die Welt fortdauerte. Und die Qual, taub zu sein, sie nicht hören zu können, zerriss sie, sodass sie mit einem Schrei aus furchtbarer Seelenpein inmitten der Ruinen auf die Knie sank. Kieran hatte sie mit ihren Geistern alleingelassen. Jetzt lief er herbei und kniete neben ihr nieder. »Genau deshalb wollte ich nicht diesen Weg nehmen«, sagte er. Seine Stimme war voller Mitgefühl, als er ihr behutsam die Hand auf die Schulter legte.

Anghara drehte den Kopf und barg ihn an seiner Schulter und schluchzte. Sie hatte so viel zu sagen, vermochte aber kein Wort herauszubringen. Kieran respektierte ihr Schweigen, hielt sie nur fest und gab ihr den Trost seiner Anwesenheit, weil er nicht wusste, was er ihr sonst hätte geben können.

»Glaubst du, dass ich sie je wieder hören kann?«, fragte sie traurig nach einer Weile und rieb sich die verweinten Augen.

»Ich sehe nicht, warum es anders sein sollte«, antwortete Kieran fest, obwohl er keine Ahnung hatte, wovon sie sprach. Aber es schien zu wirken. Anghara stand auf und wischte sich Zweige von den Knien.

»Komm«, sagte sie. Plötzlich wollte sie sofort weiterreiten. »Ich kann nicht ... kann diesen Ort nicht ertragen. Hier gibt es zu viel ... an das ich mich erinnern kann ... zu viel, das ich nicht erreichen kann.«

»Ich bin ganz deiner Meinung«, sagte Kieran schnell. Ihm gefiel ganz und gar nicht, wie sie aussah. Der Wahnsinn wirbelte wieder in ihren graublauen Augen, als sie die Ruinen des Weißen Turms anstarrte. Es hasste es, wenn sie so entrückt sprach. Es trennte sie mit einer fast körperlichen Barriere, die er niemals erklimmen oder verstehen konnte. Da bestand keinerlei Hoffnung. Es würde ihm nicht leid tun, wenn die Khelsies sagen würden, dass der Schaden nicht zu beheben sei und sie lernen müsse, ohne die gefährliche, aufwühlende Gabe des Zweiten Gesichts zu leben ... doch dann erschrak er zutiefst. Genau das waren Sifs Gedanken, Sifs Feldzug der Vernichtung, gegen den Kieran die letzten vier oder fünf Jahre gekämpft hatte. *Was denke ich da nur?*, fragte er sich entsetzt. *Würde ich tatsächlich etwas wegwerfen, das jemand, den ich liebe, so hoch einschätzt, nur weil ich es nicht verstehen kann?*

In einem Punkt zumindest hatte Anghara Recht. Sie sollten diesen Ort so schnell wie möglich verlassen. Er tat keinem von ihnen gut.

In den Vorbergen gab es auch Patrouillen, aber die Grenzelinie war viel zu lang, als dass man jede Erhebung mit einem Soldaten besetzen konnte. Ungesehen schlüpften sie hinüber und erreichten an Kierans Geburtstag Shaymir, eine Tatsache, die er eigenartig symbolisch fand.

Hinter den Vorbergen senkte sich das Land und bildete Moore, die nicht viel anders waren als die, welche sie in Roisinan zurückgelassen hatten.

»Ich dachte, es sei ein Wüstenland«, meinte Anghara, die nie in Shaymir gewesen war.

»Du wirst noch genügend Wüste zu sehen bekommen«, erklärte Kieran. Die Worte klangen irgendwie vertraut. Anghara ging den Nebel verschwommener Erinnerung durch, dann erinnerte sie sich an ai'Jihaar – ai'Jihaar auf dem Schiff. Die gleichen Worte waren zu Beginn ihrer letzten Verbannung gefallen.

»Wir müssen uns der Herausfoderung einer richtigen Wüste nicht stellen, bevor es wirklich notwendig ist«, sagte Kieran. »Du hast ja keine Ahnung, wie schwierig …« Er brach ab, als sie ihn mit listigem Lächeln anschaute. »Schon gut«, meinte er und musste selbst über sich lächeln. »Du hast Ahnung. Trotzdem … lass uns im Flachland bleiben, solange wir können; und dann würde ich uns für die nächste Strecke gerne frische Pferde besorgen, vielleicht sogar Kamele … aber das hängt davon ab, in welchem Zustand die Bergpässe sind –«

»*Ki'thar'en* sind sehr anpassungsfähig«, sagte Anghara.

»Wer?«

»Ich meine … Kamele. Wir haben sie von der Küstenebene in die Arad mitgenommen … und dann in die Khar'i'id …«

Als Antwort erntete Anghara einen verständnislosen Blick und beschloss, es damit gut sein zu lassen. Zeit genug für Geographieunterricht, wenn sie durchkamen und Kheldrin erreichten. Und – mochten die Götter ihnen gewogen sein – mochte Kieran nie erfahren müssen, was die Khar'i'id war …

Schon bald führten die Ebenen von Shaymir in ein Gelände, das nur technisch gesehen noch keine Wüste war – es wurde trocken und staubig. Die wenigen kleinen Hügel waren mit trockenem, hohem, rauschendem Gras bewachsen. Niedrige kaktusähnliche Pflanzen mit Dornen tauchten auf. Und nicht lange danach kam der erste Vorbote der richtigen Wüste – der würzige, süße Geruch des winzigen Wüstensalbeis stieg ihnen in die Nase.

Kieran machte sich immer mehr Sorgen um Anghara. Sie hüllte sich in langes, grübelndes Schweigen, das stundenlang währte. Sie ritt in einem Kokon der Abgeschiedenheit, der beinahe Angst einflößend war. Einmal erwischte er sie als Schlafwandlerin. Sie entfernte sich vom Lagerfeuer, während er ihr den Rücken zuwandte, hinaus in die Wüste, ohne eine Ahnung, wo sie sich befand. In dieser Nacht hörten sie in der Ferne das Heulen von Kojoten, Wüstenräuber, die sich von Aas ernährten, wenn sie es fanden, furchtlose und listige Jäger, die keine leichte Beute ausließen, wenn diese ihren Weg kreuzte. Ein andermal saß sie neben einem Lagerfeuer, und stumme Tränen rannen über ihre Wangen. Sie hatte die Faust um eine Handvoll Sand geballt, den sie zwischen den Fingern herausrinnen ließ.

Und heute Nacht, am Rande der Wüste, weckte ihn ein plötzlicher Windstoß, der wie ein Seufzer durch die stille Nacht blies, und ein Laut, der wie ein unterdrückter Schrei klang. Das Feuer war nur noch rote Glut mit gelegentlichem Flackern von kleinen Flammen; anfangs war es zu dunkel, um irgendetwas zu sehen. Kieran verengte die Augen, um seine Nachtsicht zu schärfen. Angharas Lager aus Decken auf der anderen Seite des Feuers war leer.

Er sprang auf und griff nach seinem Schwert. »Anghara! Anghara, wo bist du?«

Wieder ein Laut. Schluchzen. Ein Schmerzenslaut.

»Anghara!«

Er lief einige Schritte vom Feuer weg und stolperte beinahe über Anghara, die ausgestreckt im Sand lag. Mit der rechten Hand umklammerte sie ein Stilett mit schmaler Klinge und schwarzem Heft – im ersten Moment kam es Kieran unbekannt vor, doch dann erinnerte er sich, es in dem Paket gesehen zu haben, das Adamo aus der Herberge in Calabra geholt hatte. Ein Khelsie-Dolch!

Aus einer langen Wunde an ihrem Unterarm floss Blut in den Wüstensand. Kieran stockte das Herz. »Was im Namen sämtlicher Götter der Wüste machst du da?«, flüsterte er. »Was für eine heidnische Magie ist das?«

Sie öffnete die Augen. Strahlende Zwillinge in der Dunkelheit. »Ich hab es im Namen der Götter getan«, flüsterte sie niedergeschlagen. »Es gab eine Zeit ... aber jetzt ... schau ... da ist Blut auf meinem Ärmel.«

»Natürlich ist Blut auf deinem Ärmel«, sagte er verständnislos und steckte das Schwert zurück in die Scheide. Dann beugte er sich herab und legte sich ihren heilen Arm um die Schultern. »Du hast gerade deinen Arm aufgeschnitten. Komm, wir müssen die Wunde reinigen, sie ist ganz voll Sand, und ich weiß nicht, was ich tun könnte, wenn sie sich entzündet.«

»Es gab eine Zeit, da hätte es überhaupt kein Blut gegeben«, sagte sie seltsam ruhig. »Aber sie sind nicht gekommen ... *al'Zaan, Sa'id-ma'sihai, qa'rum mali hariah?*«

Dann verlor sie das Bewusstsein, lag schlaff in seinen Armen; aber sie umklammerte immer noch den schwarzen Dolch so fest, dass er ihre Finger nicht lösen konnte. Er gab es auf und wandte seine Aufmerksamkeit der Wunde zu. Sie war nicht tief, aber lang, von der Innenseite des Ellenbogens bis zum Handgelenk. Doch schienen keine größeren Blutgefäße durchtrennt zu sein. Trotzdem gab es viel Blut, von dem schon einiges geronnen war und eine Kruste bildete, unter der immer noch Blut austrat. Kieran säuberte alles, soweit er konnte – zweimal löste er wieder stärkere Blutungen aus, die er zuvor gestillt geglaubt hatte. Schließlich musste er die

Notdruckpunkte anwenden, die er von Madec gelernt hatte, dem Heiler aus seiner Truppe. Wissen, im Kampf erlernt, von dem er nie geglaubt hätte, dass er es je bei Anghara Kir Hama, aus dem Königshaus von Roisinan, anwenden müsste. Dann verband er die Wunde mit einem sauberen Stück Leinen. Während seiner Behandlung hatte sich Anghara nicht gerührt, nicht einmal den schwarzen Dolch losgelassen. Sie schien in einem quälenden Traum gefangen und warf den Kopf von der einen auf die andere Seite – oder schlief sie? Auf ihrer Stirn stand ein dünner Schweißfilm.

Nach Kheldrin war es noch ein weiter Weg.

Kieran saß am Feuer und ließ Anghara nicht aus den Augen, die unruhig schlief. Er fand unter seiner Hand einen kleinen Zweig Wüstensalbei und rollte ohne nachzudenken die Blätter zwischen Fingern und Handfläche und entließ den Duft in die Wüstennacht. Dabei erinnerte er sich ... und seine Angst wuchs.

Anghara hatte sich geirrt. Die Götter waren gekommen, die alten Götter, die Kieran nicht kannte. Er hatte ihren Atem auf dem Gesicht gespürt, als er aus dem Schlaf hochgefahren war. Sie hatte sie gerufen, und sie waren gekommen, wild, frei, gefährlich – Götter, die seit mehr Generationen, als jemand sich erinnern konnte, nicht mehr auf der Ostseite der Berge Kheldrins gewandelt waren. Aber jetzt waren sie hier, und sie, die sie gerufen hatte, hatte keine Kraft mehr, sie zu kontrollieren. Kierans Seele gefror zu Eis, als er spürte, wie gierige, unmenschliche Augen das Mädchen betrachteten, das sich im Griff eines bösen Albtraums im erbärmlich kleinen, aber sicheren Kreis des erlöschenden Lagerfeuers wand.

6

Kieran hatte sich vor dem Morgen gefürchtet, aber Anghara erwachte völlig klar – allerdings konnte sie die Ereignisse der vergangenen Nacht nicht ganz verdrängen, nicht mit einem schwarzen Dolch an dem geronnenes Blut klebte in einer Hand und einem verbundenen Arm. Nachdem sie das stumm betrachtet hatte, begegnete sie Kierans Blick aus leicht misstrauischen blauen Augen. Dann lachte sie unerwartet.

»Schon gut, ich bin nicht gefährlich«, sagte Anghara mit einem schelmischen Lächeln. Sie fuhr probeweise mit der Hand über den Boden zu ihren Füßen; aber er war zu hart, um den Dolch nach Wüstenart zu reinigen, indem man die Klinge einfach in den Sand stieß. »Haben wir etwas, um das sauber zu machen?«

Kieran reichte ihr einen Stofffetzen. »Eigentlich will ich dich das gar nicht fragen«, sagte er vorsichtig. »Aber was wolltest du gestern Nacht tun?«

Sie antwortete ohne ihn anzuschauen, beugte sich nur über ihre Klinge. »Ich habe versucht, etwas zu beweisen«, antwortete sie. Er konnte nicht sehen, wie sie vor Schmerz das Gesicht verzog, hörte es aber aus ihrer Stimme heraus. »Aber weshalb ich dafür die vergangene Nacht ausgesucht habe, kann ich dir nicht sagen. Ich habe aber bewiesen … dass es mich immer noch krank macht …«

»Was hast du bewiesen?« Er stand auf. »Geht es dir gut?«

Da blickte sie auf und lächelte wieder. »Nein, Kieran.« In ihren Augen war Schmerz; ihre Stimme war sanft, aber vor Qual rau. »Ich frage mich«, fuhr sie mit großen Augen fort, die irgendwohin jenseits des Horizonts gerichtet waren. »Ob er wusste, wie tief er mich verwundet hat …«

Er. Sif. Das Gespenst, das ihnen nach Shaymir gefolgt war. Kierans Augen verdunkelten sich. »Aber du hast …«

Nach einem Herzschlag Schweigen konzentrierte sich ihr Blick auf ihn. »Was habe ich?«

Aber Kieran hatte es sich bereits anders überlegt. Jetzt war vielleicht nicht der richtige Zeitpunkt, ihr zu sagen, was er gestern Nacht gespürt hatte. »Nein, nicht wichtig. Möchtest du frühstücken?«

»Ich könnte keinen Bissen herunterbringen«, sagte sie schwach.

»Wir haben einen langen Tag vor uns«, sagte er und klang wie eine Mutter, die ihr trotziges Kind ausschimpft. »Du musst bei Kräften sein.«

»Nun gut«, meinte sie nach kurzem Zögern. »Ich versuche es.«

Sie aß nicht viel, und Kieran zwang sie auch nicht. Anghara schien morgens immer am schwächsten zu sein, eigenartig – nachdem sie sich eigentlich etliche Stunden nachts ausgeruht hatte. Es war, als würde sie sämtliche Kraft aus den Strapazen des Tages ziehen. Heute Morgen war sie noch schwächer, nervöser und zerbrechlicher als sonst – als würde sie etwas im Wind riechen.

»Ich habe das Gefühl ... als wären wir nicht allein«, sagte sie schließlich und blickte ringsum, ehe sie aufs Pferd stieg.

Kieran lief ein eiskalter Schauer über den Rücken. »Wie meinst du das?« Konnte sie doch diejenigen erspüren, die sie hierher gerufen hatte?

»Ich weiß nicht, es ist ... als ob ...«, sagte sie. »Nein, ich träume. O mein Kopf! Mir ist vor Kopfschmerzen ganz schwindlig. Kieran, was ist letzte Nacht geschehen?«

»Ich bin erst aufgewacht ... als du geschrien hast«, antwortete er vorsichtig und wich ihrem Blick aus.

Inzwischen war sie aufgestiegen und schien in das getrocknete Blut an ihrem Ärmel vertieft zu sein. Doch dann gab sie sich einen Ruck und lächelte ihn tapfer an. »Schon gut, ich bin bereit. Wohin jetzt?«

»Ich glaube, wir könnten uns etwas nach Norden halten«, sagte Kieran. »Wir sollten am Tanz vorbei ...«

»Am Tanz?« Ihr Pferd tänzelte nervös, weil sie ihm widersprüchliche Kommandos mit Ferse und Zügel gab. »Der Tanz von Shaymir … Vielleicht ist das der Grund, weshalb … Ist er in der Nähe? Können wir …?«

Sie strahlte, war wie verwandelt. Ein plötzliches Licht war in den großen grauen Augen aufgeflammt. Sie versuchte, ihr Zweites Gesicht zu erreichen – aus dem Instinkt heraus, vom Zentrum der Kraft – und dann sah Kieran den Moment des Zusammenbruchs. Der Schmerz überrollte sie, das Licht verblasste; und in diesem Moment sah ihr Gesicht fast alt aus.

Eine versprengte Windbö wählte diesen Moment, um aus dem Nichts herüberzuwehen. Sie blies Staub und Sand in kleinen Wirbeln um die Füße der Pferde. So schnell wie die Bö gekommen war, verschwand sie wieder und ließ die Reste, die sie aufgewirbelt hatte irgendwohin fallen. Danach war die Luft still und so zäh, als würde Kieran Honig einatmen. Doch als er den ersten Atemzug tat, war auch das verschwunden und hinterließ nur das Gefühl einer riesigen, unheilvollen Macht. Kieran rang nach Luft und bemerkte erst jetzt, dass Anghara sprach.

»… tut mir leid. Ich schwöre, als ich in Sifs Kerker eingesperrt war, hab ich es weniger gespürt – jetzt, da mein Körper frei ist, ist es für die Seele schwieriger zu akzeptieren, dass sie immer noch in Ketten liegt … Geht es dir gut, Kieran? Du siehst aus, als hättest du einen … Geist … gesehen.«

Dann sah er auf ihrem Gesicht, wie ihr die Erkenntnis dämmerte, wer seine Geister waren. Ihre Augen blickten leer, was ihm Angst einjagte, um ihren Mund lag ein weißer Schatten. »Sie sind gekommen«, flüsterte sie heiser. »Ich habe sie gerufen, und sie sind gekommen … und ich kann nicht einmal ihre Anwesenheit spüren …«

Diesmal gab es keinen Konflikt; das Pferd reagierte auf den Schenkeldruck der Reiterin, legte die Ohren an und begann sofort wie wild zu galoppieren. Doch nicht ehe Kieran die Tränen in Angharas Augen hatte blitzen sehen, bevor sie sich abwandte.

Kieran fluchte leise. Das Packpferd, das hinten an seinen Sattel gebunden war, behinderte ihn, und Anghara gewann schnell einen Vorsprung. »Anghara! Warte!«, rief er und trieb sein Pferd zum

Galopp an. »Warte doch!« *Ich habe deine verfluchten Götter nicht gebeten, zu mir zu kommen!*

Es war nicht klar, ob Anghara noch Kontrolle über ihr davonstürmendes Pferd hatte. Sie schien dem Tier freien Lauf zu lassen und hielt sich nur am Zügel fest, so gut sie konnte. Als das Tier über ein kleines Loch im Boden stolperte, reichte der Ruck, um sie abzuwerfen; sie landete gut, aber so hart, dass Kieran zusammenzuckte. Ihr Pferd hielt einige Schritte später an, schnaubte, weil es plötzlich merkte, dass es keine Last mehr trug und schaute sich um, was aus seiner Reiterin geworden war. Dann wandte es seine Aufmerksamkeit dem spärlichen Gras in der Umgebung zu. Abgesehen von einem kurzen Anlegen der Ohren zeigte es keine Reaktion auf die herandonnernden Hufe der anderen Pferde. Kieran ritt herbei, glitt aus dem Sattel, beinahe ehe das Tier hielt, und rannte zu Anghara.

Sie war voller Staub, und der Sturz schien die Schnittwunde an ihrem Arm aufgerissen zu haben, denn Rot quoll durch den Verband. Es sah nicht so aus, als habe sie sich irgendwelche Knochen gebrochen, aber die blauen Flecken würden einige Tage bleiben.

»Es tut mir leid«, flüsterte sie, als er neben ihr niederkniete und die Hand nach ihrem Gesicht ausstreckte. Eine Träne bahnte sich den Weg durch ihre Lider und hinterließ auf ihrer staubigen Wange eine nasse Spur. »Kieran ... was ist, wenn ich nie wieder ich selbst werde?«

Bei dieser letzten Frage blickten Kieran die großen blaugrauen Augen an. In ihnen stand solch unerträglicher Schmerz, dass Kieran nichts anderes tun konnte, als sie in einer Woge unaussprechlicher Zärtlichkeit in die Arme zu nehmen. Sie klammerte sich an ihn, wie Treibholz an einen Felsen.

»Kannst du aufstehen?«, fragte er nach einem Moment Schweigen. Sie schniefte laut und nickte. Dann ließ sie ihn los und verzog das Gesicht wegen der Schmerzen, mit denen sich jetzt der verletzte Arm meldete. Kieran folgte ihrem Blick. »Darum kümmern wir uns lieber gleich, ehe es schlimmer wird.«

Anghara saß ganz still da, während er sich niederbeugte und

ihren Arm versorgte. Doch als er sich wieder aufrichtete, fragte sie ganz ruhig. »Kieran, sag mir, was hast du gesehen?«

Er schaute ihr offen ins Gesicht. »Nichts. Das ist die Wahrheit. Aber ich habe etwas gespürt … in der Nacht, als du dich geschnitten hast … du hast sie gerufen. Ich bin aufgewacht und habe den Wind wie einen Atem auf meinem Gesicht gespürt – und danach, als du geschlafen hast, waren Augen in der Nacht. Und jetzt, dieser Wirbelwind unter meinen Füßen, und dann wurde die Luft … wie keine Luft, die ich je zuvor geatmet habe.«

Die Anwesenheit der Götter. Sie kannte das sehr gut. Ihre Augen waren groß, wie im Schock. »Ich kann sie nicht spüren … ich kann gar nichts spüren …«

Kieran schüttelte sie an der Schulter. »Nicht!«, sagte er, weil er erkannte, dass sie wieder versuchte, das Zweite Gesicht einzusetzen, wieder etwas versuchte, das sich ihr entzog. »Quäle dich nicht! Sie sind gekommen, als du sie gerufen hast. Ist das nicht genug?«

Sie lachte. Ein bitteres Lachen, das in einem Schluchzen endete. »Nie und nimmer. Es wird nie genug sein.« Mit plötzlicher Klarheit erinnerte sie sich an die Berührung von überirdischen Schwingen, an nicht menschliche Augen in einem großen Geierkopf; an das Geschöpf, das mit ihr gesprochen hatte, das ihr die Gabe einer Wiederauferstehung geschenkt hatte – al'Khur. War er jetzt neben ihr und wartete, um das Geschenk zurückzufordern? »Es wird nie genug sein.« Sie stand auf und wischte sich mit der heilen Hand den Staub ab, so gut sie konnte. »Können wir weiter?«, fragte sie. Ihre Stimme klang kläglich, keine Spur vom königlichen Befehlston.

»Ich hole dein Pferd«, antwortete Kieran nach einer kurzen Pause und drückte ihr ermutigend die Schulter.

Das Pferd lahmte, was keine große Überraschung war; Kieran lud die Last des Packpferdes auf Angharas Tier und sattelte das Packpferd. Sie würden langsamer vorwärtskommen, aber sie konnten die Pferde ohnehin nicht viel länger behalten. Sobald sie geeignete Kamele fanden, wollte Kieran die Pferde für diese eintauschen.

Wieder ritten sie in Richtung Nordnordost. Die ganze Zeit über hatte Kieran das ungute Gefühl von Augen im Rücken. Hätte er die Kheldrini besser gekannt, er hätte über ihr Sprichwort gelächelt, dass man in der Wüste nie allein sei. In diesem Moment wusste er genau, was sie meinten. Aber Anghara schien nichts zu bemerken, und Kieran sprach das Thema nicht an. Sie ritten zu weit vom Tanz in Shaymir entfernt vorüber, um ihn zu sehen.

In dieser Nacht, tief im Schatten von Kheldrin, sprach Anghara etwas unerwartet erstmals von Roisinan.

»Eine Armee«, sagte sie, die Knie in den Kreis ihrer Arme gezogen, ins Lagerfeuer starrend. »Ich habe Charo gesagt, er soll mir eine Armee zusammentrommeln. Wo soll er eine Armee herbekommen, die es mit der Sifs aufnehmen kann? Eine Armee, wie sie mein Vater hatte? Und selbst wenn er es schafft, und wenn ich wie durch ein Wunder Sif in Schach halten kann, was sollte die Sippe der Rashin davon abhalten, die Situation auszunutzen und uns beiden Roisinan wegzunehmen? Es ist mein Land, mein Erbe – aber werfe ich es den Wölfen vor, nur damit ich es mein eigen nennen kann?«

»Es hat immer dir gehört. Und was die Armee betrifft ... ja, Sifs ist ausgebildet und ihm treu ergeben, aber wenn sie erfahren, dass du lebst und ...«

»Sie wussten, dass ich lebe, und haben ihm nach dem Tod meines Vaters trotzdem geholfen, Miranei einzunehmen. Dieses Wissen hat sie nicht aufgehalten.«

»Ich frage mich, ob Fodrun seine Entscheidung je bedauert hat«, meinte Kieran nachdenklich.

Anghara drehte sich zu ihm und blickte ihn an. Ihre Augen waren flackernde Zwillingsflammen. »Wie meinst du das?«

»Sie haben die zweite Schlacht bei Ronval gewonnen und waren überlegen. Aber zum Teil hat Fodrun Sif unterstützt, weil er glaubte, Sif könne mit den Tath fertig werden. Aber in den Jahren danach – nun, mit halbwegs fähigen Generälen, hättest du es genauso gut gemacht wie Sif.«

»Er konnte nicht König werden, bis er wusste, dass kein anderer einen Anspruch auf seinen Thron anmelden würde.«

»Und dennoch – als er dich endlich hatte, hat er dich im Kerker leben lassen … warum hat er dich nicht sofort töten lassen, als er erfahren hat, dass sie dich erwischt haben?«

Eine Erinnerung tauchte auf, verschwommen – ein kleines Mädchen, das an der Hand einer Kinderfrau über einen gepflasterten Hof trippelte, in der anderen Hand hielt es eine Puppe. Ein aufragender Pflasterstein, sie stolperte, fiel hin, die Puppe flog durch die Luft. Als sich das kleine Mädchen wieder aufrichtete und umherschaute, war die Puppe in der Hand eines Jungen mit hellblauen Augen und Haar, das ihrem sehr ähnlich war. Höflich hatte sie sich bedankt, wie man es ihr beigebracht hatte; er lächelte – etwas gezwungen –; aber er lächelte. War das ihr erstes Zusammentreffen gewesen? Anghara wusste es nicht mehr, aber an ihre Gefühle erinnerte sie sich deutlich. Es war nur eine kurze Regung gewesen, aber es war da – die leise Möglichkeit einer Zuneigung, die nie erblüht war.

Vielleicht hatte Gul Khaima das die ganze Zeit über gewusst. Jetzt musste sie an eine Zeile aus seiner seltsamen Prophezeiung denken: *Denen, die hassen, Liebe wird geschenkt.* Hätte Anghara ihren Bruder lieben können? Was hatte seine Hand aufgehalten?

Aber Gul Khaima war Teil des Zweiten Gesichts; schon jetzt spürte sie, wie sich die Wolken in ihrem Hinterkopf sammelten, als sie nur an den Rändern vorbeiglitt, wie sie mit Unheil verheißendem Donnergrollen sie warnten vor dem, was folgen würde, wenn sie dem Weg zu weit folgte.

Sie rieb sich mit den Fingern die Schläfen und schloss die Augen. »Kieran … wenn sie mich nicht heilen können … wenn sie mir in Kheldrin nicht helfen können … ich weiß nicht, ob ich zurückkommen kann. Ich kann Roisinan nicht beanspruchen, wenn ich nicht einmal Herrin meiner eigenen Seele bin.«

»Sie werden dich heilen«, sagte Kieran mit mehr Zuversicht als er hatte – oder haben wollte, bei seinem oberflächlichen Wissen über die Methoden der Kheldrini. Was er Anghara mit eigenen Augen hatte tun sehen, hatte sein Misstrauen noch verstärkt. »Aber selbst, wenn sie es nicht können … wirf Roisinan nicht leichtfertig weg. Sif regiert seit Jahren ohne Zweites Gesicht. Es ist möglich. Und es gibt viele, die viel darum geben würden, dich wieder auf dem Thron unter dem Berge sitzen zu sehen. Er gehört dir.«

»Seit Jahren lebe ich mit diesem Wissen«, sagte Anghara. »Er gehört mir. Ich frage mich nur, ob die Zeit je kommen wird, ob ich das Land genügend liebe, um mein Erbe anzutreten.«

»Aber wenn nicht Sif und nicht du … wen gibt es sonst? Die Tath? Würdest du erlauben, dass die Mörder deines Vaters auf seinem Thron sitzen?«

»Das ist nicht fair«, sagte sie getroffen.

»Ich habe dich aus Sifs Kerker befreit. Und jetzt muss ich dich anscheinend aus dem Gefängnis führen, das du selbst errichtet hast.«

Sie näherten sich einer Kuppe niedriger, kupferhaltiger Hügel, wie es sie hinter Kierans Heimat Cobra und vielen ähnlichen kleinen Siedlungen gab. Diese Hügel teilten das besiedelte und fruchtbare Becken des Sees Shay von der riesigen sandigen Wüste, die sich zum Norden hin erstreckte – ein Ausläufer des großen Bergmassivs, welches einen Bogen nach Süden schlug, Miranei umschloss und ihm seinen uralten Namen verliehen hatte. Als sich am zweiten Tag die Sonne hinter den Bergen senkte, legte Kieran die Hand über die Augen als Schutz gegen die niedrigen goldenen Strahlen und deutete auf die sanften Abhänge der Vorberge.

»Da ist das Dorf«, sagte er. »Wir schaffen es dorthin, ehe es ganz dunkel ist und ruhen uns einen oder zwei Tage aus. Vielleicht verkaufen sie Kamele.«

Aber seine Stimme klang eigenartig zaudernd, und Anghara bemerkte, dass er beunruhigte Blicke hinter sich warf. »Hast du Angst, dass sie dir folgen?«, fragte sie. Offensichtlich waren die Götter Kheldrins noch immer Kierans Gefährten, wenn nicht ihre. »Keine Sorge, al'Zaan betritt keinen Ort, wo es Wände gibt; ai'Lan fehlt es ohne Sonnenlicht an Kraft. Bleiben nur ai'Dhya und al'Khur.«

»Der Herr des Todes?«, fragte Kieran und schauderte. Auf ihrer Reise hatte Anghara ein wenig von ihrer Zeit in Kheldrin erzählt;

Kieran kannte immerhin die Namen der Alten Götter in ihren kheldrinischen Inkarnationen. »Das reicht mir vollkommen.«

Dennoch trieb er sein Pferd weiter an, und schon bald hatten sie die ersten Häuser des Dorfes erreicht. Die meisten waren dunkel; aus einem oder zweien drang weiches gelbes Licht durch schmale, schlitzähnliche Fenster. Aus einem großen niedrigen Haus fiel ein ganzes Lichtband durch eine offene Tür.

»Das dürfte die Schenke sein«, meinte Kieran. »Die meisten bieten für gelegentliche Reisende ein oder zwei Betten an – obgleich Shaymir nicht viele davon sieht. Komm, versuchen wir unser Glück.«

Es gab ein Zimmer mit einem Bett; wenn sie bereit waren, das Zimmer zu teilen, wollte der Wirt ihnen gern eine zusätzliche Matratze hereinlegen, wenn gewünscht – gegen einen Aufpreis. »Normalerweise vermiete ich zwei Räume«, sagte der dünne, gebeugte Mann. Er stand auf der Schwelle, die langen Arme über einer eingefallenen Brust gekreuzt. »Aber im anderen ist ein Ehepaar, fahrende Sänger. Sie sind gestern angekommen und haben das Zimmer nebenan ... Mehr als diesen Raum kann ich nicht bieten.«

»Wir nehmen es«, sagte Kieran. »Noch etwas. Kennst du hier jemanden, der Kamele verkauft?«

Die Brauen des Wirts gingen eine Kerbe nach oben. »Ah, ihr wollt in die Wüste, ja?«, fragte er. »Naja, ich weiß nicht ... der alte Borre hat vielleicht eins oder zwei, von denen er sich trennen würde. Aber an eurer Stelle wäre ich vorsichtig. Er ist ein guter Händler, aber ich bin mir nicht sicher, ob er so ganz ehrlich ist.«

»Danke für die Warnung«, sagte Kieran. »Wo finden wir den Mann?«

»Borre? Höchstwahrscheinlich in meinem Schankraum«, antwortete der Wirt lakonisch und wandte sich ab. »Ich hole euch die Matratze. Braucht ihr sonst noch etwas?«

Kieran schüttelte den Kopf, und der Wirt ging hinaus und schloss die Tür hinter sich.

»Du bist anders hier«, sagte Anghara.

Kieran sah sie erstaunt an. »Wieso?«

»Ich weiß nicht ... aber du scheinst ... irgendwie ein Teil von diesem Ort zu sein. Sogar dein Akzent ist anders. Ich habe dich noch nie auf diese Art sprechen hören.«

»Das macht die Rückkehr nach Hause«, erklärte Kieran kurz und bündig.

Plötzlich schien sie sich vor ihm ein wenig zurückzuziehen, ihre Augen in der Erinnerung verschleiert. Das Verlassen des Schiffs aus Kheldrin im Hafen ... Roisinan im Regen ... *ich hatte nie die Chance, nach Hause zu kommen.*

»Ich lasse etwas zu essen heraufbringen«, sagte Kieran, als er plötzlich die Müdigkeit sah, die sie umschloss. »Du nimmst das Bett; versuch zu schlafen. Du siehst müde aus. Ich bin nicht lang weg.«

»Wohin gehst du?«

»Nur nach unten in den Schankraum«, antwortete er. »Ich versuche diesen Borre zu finden.«

Erst wollte sie darauf zu bestehen, ihn zu begleiten, aber sie war zu müde. Mehr als nur körperlich müde – seelenmüde, erschöpft von dem Versuch, etwas in Schach zu halten, das sie früher mit ganzem Herzen willkommen geheißen hatte. Das Bett schien eine großartige Alternative zu einem Abend im rauchigen Schankraum, der sicher voll von Aledunst und dem scharfen Geruch des berühmten Tabaks aus dem Shaytal war. Am Ende sagte sie nichts und ließ Kieran allein gehen. Allein in dem kleinen Zimmer, überließ sie sich der Umarmung einer Matratze, die weicher war als der Boden, auf dem sie viele Wochen lang die Nächte verbracht hatte. Sie schlief traumlos, bis die Sonne durch die Fensterläden kroch.

Als sie die Augen aufschlug, war das Zimmer leer, aber die Tür ging auf, und Kieran trat ein mit frisch gewaschenem Gesicht und einem gestreiften Baumwollhandtuch um den Hals, wie ein fremdartiger Zierrat.

»Guten Morgen«, sagte er fröhlich. »Ich weiß nicht genau, ob er sich nach dem ganzen Ale noch daran erinnert, aber ich soll mich heute Morgen mit unserem Freund Borre treffen und drei Kamele im Tausch für die Pferde aussuchen, wenn ihm die Tiere gefallen – er will sie sich heute ansehen. Willst du mitkommen?«

Nach der ruhigen und friedlichen Nacht fühlte Anghara sich erfrischt, ausgeruht und hellwach. Irgendwie lebendiger als sie sich seit ... beinahe solange sie sich erinnern konnte gefühlt hatte. »Ich brauche höchstens eine Minute«, sagte sie. »Gibt es Frühstück?«

Kieran vermochte seine Überraschung kaum zu verbergen, aber sie dauerte nur einen Herzschlag, dann lächelte er froh. »Ich lasse unten etwas für dich vorbereiten«, sagte er und warf das feuchte Handtuch über einen zerbrechlich aussehenden Stuhl in der Ecke des Zimmers. »Ich warte unten auf dich.«

Anghara kämmte das Gewirr ihrer langen Haare mit dem Kamm, den eine Kheldrinifrau ihr vor langer Zeit geschenkt hatte, als sie für eine Vision in einer kalten Wüstennacht aufgewacht war. Auch das war für sie aufgehoben worden, sicher verstaut in dem Paket von ihrer missglückten Heimreise, das Adamo aus Calabra mitgenommen hatte. Vielleicht war es keine gute Idee, etwas so Erinnerungsschweres zu benutzen, aber Anghara verschloss ihre Gedanken entschlossen gegen alles außer den profansten Eigenschaften des Kamms. Sie wusch sich das Gesicht, zog ihr Reisegewand um die Mitte zurecht und ging nach unten.

Der Schankraum war ziemlich leer. Kieran wartete mit einem Teller, auf dem sich warme Speisen türmten. Sie blieb auf der Schwelle stehen und lachte. »Das könnte ich nie alles essen, selbst nicht, wenn ich meinen normalen Appetit wieder hätte.«

»Du vielleicht nicht, ich aber schon«, sagte er. »Es ist für uns beide. Vor uns liegt hartes Feilschen.«

Anghara lachte. Sie fühlte sich eigenartig leicht, als hätte sie die Jahre abgelegt und wäre wieder ein kleines Mädchen. »Wie ist er denn, unser Freund Borre?«, fragte sie und imitierte Kierans Akzent von vorher.

Kieran dachte kurz nach. »Ein Händler bis ins Mark«, antwortete er leise. »Es würde mich nicht überraschen, wenn er nicht zu seiner Zeit mit den Khelsies den einen oder anderen Handel abgeschlossen hätte, aber ich bin keineswegs sicher, auf welcher Seite der Berge das war, und er würde eher sterben, als etwas zuzugeben. Wie auch immer – er scheint etwas über einen Durchlass zu wissen. Anscheinend befindet sich nicht weit nördlich von hier ein singender Stein, und dort beginnt der Durchlass ...«

»Ein singender Stein?«, wiederholte Anghara ausdruckslos.

Kieran zuckte mit den Schultern. »Das hat er gestern Abend gesagt. Er war schon ziemlich betrunken, aber es hörte sich auf bizarre Weise schlüssig an.«

»Traust du ihm?«

»Nicht soweit ich ihn riechen kann, allerdings ist das mit Sicherheit ziemlich weit. Aber ein alter Händler serviert seine Geheimnisse nicht auf einem Tablett. Trotzdem – es ist ein Anfang.«

Sie beendeten ihr Frühstück und gingen hinaus in den Morgen; obwohl es noch Frühlingsanfang war, lag hier am Rand der Wüste von Shaymir bereits die gleißende Hitze des Sommers in der Luft. Am anderen Ende des Dorfes war eine Koppel, in der ein mit Reet bedecktes Dach etwas Schutz vor der Sonne bot. Borre stand mit konzentriertem Gesicht über einen Kamelhuf gebeugt. Als er Schritte hörte, blickte der alte Händler auf und rang sich ein mühsames Lächeln ab, als er sah, dass Kunden kamen. Es war ein angsteinflößender Anblick. Die wenigen übrig gebliebenen Zähne in seinem Mund waren großteils schwarz faulig und ansonsten gelb durch eine intensive und langjährige Freundschaft mit dem starken Tabak aus Shaymir.

»Ja, wenn das nicht mein junger Freund von gestern Abend ist«, begrüßte er sie mit dem breitesten Akzent, den Anghara je gehört hatte und der für sie kaum verständlich war.

»Hast du dir die Pferde angesehen?«, fragte Kieran und lehnte sich lässig an den Zaun der Koppel.

»Ja, mein Bursche hat sie sich heute Morgen angeschaut«, sagte Borre. »Zwei sind recht in Ordnung, aber das dritte scheint zu lahmen ... das könnte sich auf den Preis auswirken.«

»Es ist nichts, was ein paar Tage Ruhe nicht heilen wird, das weißt du genau. Was hast du uns denn zu bieten?«

Borre blickte zu einem knienden Tier hin, das im Schatten des Dachs zufrieden döste. Doch als er sah, wie ein zufriedener Ausdruck über Kierans Gesicht huschte, überlegte er sich plötzlich anders. Der alte Händler räusperte sich. »Die beiden dort drüben dürften euch gefallen.« Er zeigte auf zwei Tiere, die dicht beieinander am Balken des Koppelzauns standen und genüsslich ihr Futter kauten.

Kieran schlüpfte unter dem Balken hindurch und Anghara ging außen herum, bis sie auf gleicher Höhe waren. Die Kamele beobachteten Kieran mit hochmütiger Verachtung, als er näher heran kam. »Ich habe in letzter Zeit nicht sehr viel mit Kamelen zu tun gehabt«, sagte Kieran leise, als er vor den beiden Tieren stehen blieb. »Das meiste, was ich mal wusste, habe ich vergessen.«

»Das linke sieht alt aus«, flüsterte Anghara. »Schau dir die Zähne an ... und sei vorsichtig, manche habe die unschöne Angewohnheit, ein Stück von dir abzubeißen, wenn sich die Gelegenheit dazu bietet.«

»Die Zähne von diesem Tier sind genauso schlecht wie deine«, rief Kieran Borre zu, der Angharas Warnung folgte. »Wie lang überlebt das deiner Meinung nach noch, wenn man ihm eine Last auf den Rücken packt?«

»Ach, das sind widerstandsfähige Tiere ...«, begann Borre.

»Das bezweifle ich nicht«, unterbrach ihn Kieran. »Hast du noch andere?«

Es dauerte eine Weile, doch dann war Kieran stolzer Besitzer von drei relativ guten Kamelen für den Preis von drei Pferden und einer Handvoll roisinischer Kupfermünzen. Borre war nicht besonders glücklich, aber doch zufrieden – er wollte bald nach Süden reiten, und konnte dort die Pferde leicht für mehr loswerden als er für die Handvoll Kamele bekommen hätte.

»Wohin werdet ihr denn mit den Kamelen reiten?«, fragte er, nachdem sie den Handel mit einem Handschlag besiegelt hatten. »Was wollt ihr bloß in der Wüste, wo doch bald der Sommer kommt?«

»Nichts, mit dem du etwas verdienen könntest, mein Freund«, antwortete Kieran lachend. Das Gespräch im Schankraum vom Vorabend erwähnte er wohlweislich nicht, und wartete, ob der alte Händler es von sich aus ansprechen würde.

»Wenn ihr nach Norden bis zum Staren Pan reiten wollt, dann muss ich euch warnen – die Quellen führen dieses Jahr sehr wenig Wasser«, sagte Borren betont beiläufig.

»In den Bergen gibt es immer Wasser«, sagte Kieran ebenso undurchsichtig.

Borre nickte weise, als verstehe er alles. »Fels und Stein«, murmelte er. »Fels und Stein.« Er tätschelte den Hals eines seiner Kamele. »Sie sind in Ordnung, solange für sie am Ende süßer roter Sand wartet.«

Angharas Augen blitzten bei diesen Worten auf, dann fing sie sich wieder und senkte die Wimpern. Sie hatte die Wüste Shaymirs nie gesehen, aber für sie bedeutete roter Sand nur einen Ort, den al'Tamar liebevoll Harim Khajir'i'id genannt hatte, die rote Wüste in Nordkheldrin. Früher wäre es ihr leicht gefallen, ihre Gefühle zu verbergen. Sie hätte nur den verhüllenden Umhang des Zweiten Gesichts umgelegt. Doch jetzt musste sie ihr hämmerndes Herz bekämpfen und die Farbe, die in ihre Wangen aufsteigen wollte – und alles ohne die Hilfe ihrer Gabe.

Sie wandte sich ab und hörte Kierans Stimme, als käme sie aus großer Entfernung, als er Anweisung gab, die Kamele bei der Schenke abzuliefern, und wann Borres Männer die Pferde samt Sattel- und Zaumzeug abholen sollten. Die Freude des Morgens war irgendwie aus ihr gewichen, ersetzt durch … sie vermochte es nicht zu benennen, ein Gefühl der Erwartung, der Unruhe, sogar der Furcht. Obwohl es ganz anders war, fühlte es sich an wie … das Zweite Gesicht.

»Sie bringen uns Sättel und Zaumzeug, wenn sie die Kamele abliefern. Ein gerechter Tausch für unsere eigenen Sachen.« Kieran schlüpfte aus der Koppel neben sie. »Was ist los? Du bist ja kreideweiß …«

Sie nahm seinen Arm. »Ich weiß nicht«, sagte sie langsam mit großen Augen. »Ich kann nicht anders. Ich spüre, dass irgendetwas ...«

»Kieran!«

»... geschehen wird!«, beendete Anghara den Satz, dann wirbelte sie herum in die Richtung, aus der die weiche weibliche Stimme gekommen war.

Kieran hatte sich ebenfalls umgedreht, nur noch schneller, die Hand bereits am Schwertgriff. Doch dann zeigte seine Miene ungläubiges Staunen. Er kannte die Stimme, wenngleich er sie seit Jahren nicht mehr gehört hatte ...

»Keda?«

»Kieran ... *Anghara* ... ich dachte, du wärst tot ...«

Mit großen Augen blickte Anghara sie an. Dann begriff sie als Erste die Verbindung. Was hatte der Wirt gesagt ... fahrende Sänger im Nebenzimmer ... Frau und Mann ... »Die Sänger im Nebenzimmer in der Schenke«, stieß sie hervor.

»Du bist verheiratet«, fragte Kieran traurig, als auch er den richtigen Schluss zog. »Ich hatte keine Ahnung ...«

»Ach, Kieran ...« Kedas Augen füllten sich mit Tränen. »Ich wollte es dir sagen ... ich wollte dich bei meiner Hochzeit dabei haben ... aber es ist nicht leicht, einen Bruder zu haben, der ein Gesetzloser ist. Ich weiß, dass du untergetaucht bist, um es Sif schwer zu machen, deine Spur zu finden, aber ich habe dich ebenfalls verloren. Es gab Zeiten, da ich nicht wusste, ob du noch lebst oder tot bist ...« Sie trat zu ihrem Bruder und umarmte ihn heftig. Kieran barg sein Gesicht in ihrem Haar und schloss die Augen. Bruder und Schwester standen einen Moment lang schweigend da. Dann löste sich Keda von ihm, hielt aber eine Hand fest und zerrte an ihm wie ein kleines Kind. »Komm«, sagte sie. »Ich möchte, dass du Shev kennenlernst ... und du musst mir erzählen, was du hier machst ...« Sie drehte sich um, lächelte Anghara an und streckte ihr die andere Hand entgegen. »Du bist groß geworden ... aber so dünn und blass ... Als ich hörte, was in Bresse geschehen ist, habe ich dich betrauert und Lady Morgan ... ist sie entkommen?«

»Nein«, antwortete Anghara und senkte die Augen.

Sie hörte das Mitleid, als Keda tief Luft holte und begriff. »Bist du je … nach Hause gekommen?«, fragte sie.

Kieran lachte kurz und verbittert. »O ja«, antwortete er. »Es war sogar ziemlich schwierig für uns, Miraneis Gastfreundschaft zu entkommen.«

Keda spürte, dass hier noch mehr Fragen lauerten, und war dementsprechend vorsichtig. »Nicht hier«, sagte sie und drückte beide Hände. »Kommt, gehen wir zurück in die Schenke. Shev wartet auf mich. Es ist in Ordnung, ihr könnt ihm vertrauen«, fügte sie schnell hinzu, als sie sah, wie Anghara Kierans Blick suchte. »Los, kommt – wir müssen heute Abend in der Schenke singen. Das ist Teil unseres Abkommens mit dem Wirt – und es gibt so viel … Wie lang bleibt ihr?«

»Wir hoffen, dass wir in zwei Tagen aufbrechen können«, antwortete Kieran und verfiel neben ihr in Gleichschritt.

»So bald …«

Die nächsten Fragen lagen auf der Hand – was machten die beiden – die Königin ohne Thron und der Gesetzlose aus Roisinan – hier in Shaymir, und wohin wollten sie. Aber Keda wusste es besser, als hier auf der Straße weitere Fragen zu stellen. Und Anghara kämpfte verzweifelt gegen die Flut der alten Erinnerungen an, bis alles in ihr zusammenbrach. Sie sah nur noch weiße Wirbel, stolperte und wäre gestürzt, hätte Kieran nicht mit einem eigenartigen sechsten Sinn rechtzeitig die Hand ausgestreckt und sie gehalten. Hier waren die letzten drei Überlebenden vom ersten wilden Aufflammen von Angharas Macht. Irgendwo gab es eine Verbindung, die sie nicht bestreiten konnte, die aber durch Vergessen verschüttet lag – ein Vergessen, das tief im Zweiten Gesicht verwurzelt und dessen Berührung jetzt für sie gefährlich war. Sie schien keine Macht über ihre Beine zu haben. Gehen war ausgeschlossen. Kieran hob sie wortlos hoch und trug sie zur Schenke zurück.

Keda, ganz Kierans Schwester, zuckte zusammen, als Kieran ihr Ziel nannte. Gab es denn nichts auf dieser Seite der Berge, das Anghara helfen konnte? Waren sie sicher? Aber sobald sie die

Notwendigkeit eingesehen hatte, dachte sie praktisch. Darin glich sie ihrem Bruder. Ihr Mann Shev stammte aus der tiefen Wüste. Keda holte aus ihm sämtliche Informationen heraus, die den beiden Reisenden helfen konnten.

»Ich war nie in Kheldrin«, sagte er und hob abwehrend die Hände. »Aber ich kenne ein Lied über eine Karawane aus Kheldrin und einen singenden Stein ...«

»Ein singender Stein?«, fragte Kieran sofort und blickte ihn an. »Borre hat gestern Abend etwas über einen singenden Stein gesagt. Was ist das für ein Ort?«

»Ich bin einmal auf dem Weg nach Süden daran vorbeigekommen«, sagte Shev. »Es ist kein Ort, den ich näher besichtigen möchte. Niemand weiß etwas Genaues über einen Durchgang nach irgendwo – aber es gibt ein Lied darüber ... und Sänger mischen Wahrheiten oft in ein Lied, wenn sie nicht laut darüber sprechen wollen. Er rieb sich nervös die Nasenwurzel mit der Hand. »Ich habe nur ein einziges Mal Khelsies gesehen«, sagte er langsam. »Eine Handvoll, die wohl das Unmögliche geschafft hatten – sie tauchten wie aus dem Nichts aus der Staren Pan auf und lebten lange genug, um davon zu erzählen. Sie sprachen unsere Sprache – mit eigenartigem Akzent. Aber später habe ich von ihnen geträumt, und das waren keine angenehmen Träume. Dieses Volk hat etwas wirklich ... Fremdes.«

»Nicht mehr, als wir für sie fremd sind«, erklärte Anghara, die sich genügend erholt hatte, um am Gespräch teilzunehmen.

Shev warf ihr einen beinahe ehrfürchtigen Blick zu. »Mit ihnen zwei Jahre leben ... ich glaube nicht, dass ich das gekonnt hätte.«

»Bist du sicher ...«, begann Keda wieder und verschränkte die Hände.

»Es gibt keinen anderen Weg«, sagte Anghara leise, aber mit eiserner Überzeugung.

Shev holte tief Luft. »Dann zeige ich euch den Weg«, sagte er ruhig.

7

Es bedurfte vieler Worte – einige zuletzt barsch, unter vier Augen zwischen Mann und Frau –, aber schließlich war alles arrangiert. Keda würde in der Schenke zurückbleiben und ihrer Verpflichtung dem Wirt gegenüber nachkommen, bis Shev zurückkam … und Shev würde mit Kieran und Anghara reiten und sie zum singenden Stein führen.

Sie erreichten die Stelle in drei Tagen. Wind und Sand hatten einen steinernen Obelisken geformt, mit einer ovalen Öffnung oben. Der Wind pfiff stetig hindurch und es hörte sich so an, als ob der Stein selbst seufzte. Der Laut, diese unwirkliche Klage des Windes, begleitete sie schon lange bevor sie den Stein sahen. Anghara hasste den Klang von Anfang an. Kieran sah, wie sie immer wieder in dem hohen Sattel ihres Kamels schauderte. Außerdem sah er bei ihr die Spuren Kheldrins, wie sie locker das Gleichgewicht hielt, eine Reiterin, die an den ruckartigen Gang der Wüstentiere gewohnt war – und staunte darüber. Aber Anghara, die der Klang unweigerlich zurückbrachte in die Khar'i'id und die Erinnerung an Gul Qara, wagte nicht, ihm die Geschichte zu erzählen. Nicht hier. Nicht jetzt. Nicht, nachdem sämtliche Versprechen von Gul Qara offenbar im Kerker von Miranei gestorben waren.

Sie schien ihr Kamel kaum zu lenken, und als Shevs und Kierans Tiere neben dem Stein mit dem Auge stehen blieben, grunzte Angharas empört, ehe es nach einem letzten Schritt hielt. Anghara schaute kurz auf. »Hier?«

»Das besagt das Lied«, meinte Shev. Trotz seines lockeren Tons war sein Gesicht angespannt und ernst. Für ihn waren die Schatten in den grauen Felsen hinter dem Obelisken voller starrender goldener Augen.

Kieran zögerte. Hier war der Punkt, nach dem Fehler tödlich

wurden, und er wusste sehr wenig über das, was vor ihnen lag. Er musste schlichtweg auf zu viele Dinge vertrauen – Vertrauen oder es ganz sein lassen. Doch nach kurzem Zögern hob er den Kopf, und seine Augen funkelten entschlossen. Recht besehen war dieser Ort so gut wie jeder andere, um sich ins Ungewisse zu stürzen. »Nun denn, dann mal los«, sagte er und warf einen sehnsüchtigen Blick zurück auf das vertraute Land, das sie verließen, und dessen Hauptanziehung wohl darin bestand, dass es nicht Kheldrin war.

Shev beugte sich herüber und legte die Hand auf Kierans Arm. »Sei vorsichtig, deine Schwester könnte es nicht ertragen, dich wieder zu verlieren.«

Kieran rang sich ein Lächeln ab. Er wollte so vorsichtig sein, wie es unter den Umständen möglich war. Er wünschte, er hätte eine klarere Vorstellung von dem, weswegen er vorsichtig sein musste. »Das werden wir«, versicherte er laut, weil er nicht wollte, dass Shev seine Zweifel spürte. »Sorg du für Keda.«

»Du klingst, als würdest du glauben, dass du nicht zurückkommen wirst.«

»O nein. Ich komme zurück, sobald ich kann«, erklärte Kieran bestimmt.

»Nun denn, viel Glück«, sagte Shev nach einer kurzen und unangenehmen Pause. »Mögen die Götter mit euch sein.«

Er schaute zu Anghara hinüber und sah nicht, wie Kieran über die Schulter zurückblickte und erschauderte. In der Tat würden Götter bei ihnen in den Bergen sein, aber es waren nicht die gütigen Götter, deren Schutz Shev beschworen hatte.

Shev blieb nicht, um ihnen nachzusehen. Er drehte sich auch nicht um, als sie den ersten Schritt in die Berge taten. Er drehte sein Kamel um und trieb es zu größtmöglicher Eile an. Den beiden am singenden Stein wandte er entschlossen den Rücken zu. Es gab Dinge, die ein Mann lieber nicht sah. Er hatte nicht das Zweite Gesicht, kam nicht einmal aus einer Familie, in der diese Gabe vererbt wurde. Aber zuweilen war es sogar gewöhnlichen Sterblichen gegeben, etwas von dieser anderen Welt zu spüren, in der sich die mit dem Zweiten Gesicht bewegten. Und die beiden, die sich auf diese Reise machten, umgab etwas, bei dem sich Shevs Nackenhaare aufstellten. Vielleicht war es nur die ferne Erinnerung an halbvergessene Händler aus Kheldrin, fremdartig und mit goldenen Augen, die vor langer Zeit auf einen kleinen Jungen tiefen Eindruck gemacht hatten – aber obwohl Shev nie bewusst eine Kheldrini gesehen hatte, spürte er etwas in Angharas Bewegungen. Geboren in Roisinan, mehrere Jahre in Kheldrin – sie war das Verbindungsstück zwischen den Welten, aus Scherben wieder zusammengesetzt. Und mit ihrem ersten Schritt in den Schatten des Berges veränderte sich das Schicksal dieser Welt.

Es gab einen Weg, doch nicht lang. Als Kieran sah, dass dieser in kahlen Fels mündete, sank ihm das Herz. Waren die alten Lieder nur eine Falle gewesen, um die Ahnungslosen und Tollkühnen in den Tod zu locken? Doch dann deutete Anghara nach vorn. »Dort ist ein Felsvorsprung, schau!«

Er war steil und abgenutzt, aber der einzige Weg, den sie hatten. Hintereinander ritten sie vorsichtig voran, Kieran voraus, Anghara und das Packkamel folgten. Das Felsband schlängelte sich um eine Klippe, bis sie etliche Stunden später zu einer Kreuzung mit drei Wegen gelangten. Von hier aus verlief ein Weg vor ihnen eben und gerade bis er hinter einer Felskuppe außer Sicht war. Der zweite führte steil nach oben, noch steiler und gewundener als der, auf dem sie gekommen waren. Der dritte war verführerisch sanft und verlief langsam nach unten, bis er im Schatten eines riesigen Felsüberhangs verschwand. Kieran hielt an und betrachtete die Alternativen.

»Ich wünschte, ich könnte dem ebenen Weg trauen«, meinte er mit finsterer Miene. Aber er vertraute in diesen Bergen nichts, und ein leichter Pfad zu seinen Füßen erweckte sofort seinen Verdacht. »Dieser nach unten ... es ist zu früh, um nach unten zu reiten. Also dieser oder der nach oben. Was meinst du?«

Als Anghara ihn anschaute waren ihre Augen unergründlich wie Schlamm und ihr Gesicht gerötet, als hätte sie Fieber. »Nach links«, sagte sie. Das Sprechen kostete sie viel Mühe. »Hinauf.«

Kieran drehte sein Kamel in diese Richtung und schenkte dem

empörten Grunzen keine Beachtung, mit dem das Tier die Wahl seines Reiters missbilligte.

Diesmal hatten sie Glück. Der Pfad wurde nicht nur nach einer Zeit lang nach einer Kuppe eben, sie entdeckten auch eine Höhle mit einer kleinen Quelle, die tief im dunklen Schlund der Höhle verborgen war. Sie quoll über einen niedrigen Stein in eine Mulde und verschwand gleich darauf in einem Felsspalt. Viel Wasser war es nicht, aber frisch und sauber. Hier schlug Kieran ihr Lager auf und füllte die Wasserschläuche. Es war nicht sicher, ob sich eine solche Gelegenheit wieder bieten würde, sobald sie über die Berge geritten waren, hinab die ausgedörrten Hänge auf der Seite Kheldrins.

Die Entscheidung an dieser Wegkreuzung war die letzte vernünftige, die Anghara traf. Das nächste Mal, als sie Kieran sagte, welche der beiden Wege an einer Kreuzung sie nehmen sollten, verloren sie zwei Tage, während derer sie sich aus einer wegelosen steinigen Wildnis herausarbeiten mussten. Danach wählte sie einen Weg, der sie ebenso in eine Sackgasse führte, wo eine massive Bergwand sie anstarrte. Von nun an überließ sie Kieran die Entscheidungen; und selbst wenn sie eine Meinung äußerte, hörte sich Kieran diese zwar an, folgte jedoch seinem eigenen Ermessen. Er machte sich große Sorgen – irgendwie hatte er geglaubt, dass ihr Verstand klar würde, je mehr sie sich Kheldrin näherten. Er war zwar kein Fachmann, aber ihm schien es, dass es mit ihr immer schlimmer wurde. Ihr Arm heilte nicht; und durch etwas getrieben, das stärker war als sie, hatte sie noch einmal versucht, mit ihren Göttern mittels eines Blutopfers Verbindung aufzunehmen. Doch diesmal war Kieran auf der Hut gewesen und hatte sie davon abgehalten, größeren Schaden anzurichten, aber als er ihr den schwarzen Dolch aus der Hand nahm, spürte er die Unruhe in der Luft um sich herum. Plötzlich fürchtete er sich vor dem, was ihnen die Götter als Rache für ein entgangenes Opfer antun könnten, da sie im Gebirge so verletzlich und ungeschützt waren. Da hatte er sich mit der Dolchspitze in den Finger geritzt und das Blut, das hervorquoll, in den wirbelnden Wind geopfert. *Nehmt es . . . nehmt es . . . aber lasst sie in Ruhe . . . sie ist nicht stark genug, um es mit euch aufzunehmen . . .*

Dann hatte er sich umdrehen und eine verzweifelte Anghara beruhigen müssen. In dem Chaos hatte er sein Opfer ganz vergessen. Später erinnerte er sich, was er getan hatte, und wunderte sich, dass er keinerlei Schmerzen oder Unbehagen verspürte. Er blickte auf die kleine Wunde, die er sich selbst beigebracht hatte – und war völlig entsetzt, als er keine Spur mehr davon sah. Nur zur Sicherheit, packte er den schwarzen Dolch zu seinen Sachen, wo Anghara ihn nicht in die Hände bekommen konnte. Vielleicht würde er das nächste Mal nicht aufpassen, und sie konnte sich umbringen. Dennoch blieb ein seltsames Unbehagen in seinem Hinterkopf. Er wünschte, er würde sich nicht fühlen, als hätte er gerade Keruns heiligen Weihrauch an einem profanen Ort verbrannt.

Aber all das konnte Kieran irgendwie rational verarbeiten und akzeptieren – es war die Verehrung unterschiedlicher Götter. Der erste wirkliche Schock, das Verstehen, wie sehr Anghara sich durch die Jahre in Kheldrin verändert hatte, kam an dem Morgen, als Anghara das goldene Gewand und die beiden *say'yin'en* anlegte. Einen Moment lang konnte er sie nur anstarren. Kieran wusste genau, wie Khelsies aussahen, und Anghara glich ihnen überhaupt nicht, sie hatte kein schmales Gesicht und keine goldenen Augen – aber dennoch ... Die Seele, die aus Angharas vertrauten grauen Augen blickte, gehörte einer Fremden. Sie sagte etwas. Ihr Ton war königlich, ihre Sprache bestand aus den harten gutturalen Silben eines fremden Landes.

»Komm zurück«, bat Kieran nur, und – welch Wunder – es schien zu wirken. Sie blinzelte und hob einen Arm, als sei sie plötzlich verblüfft über die goldene Seide des Ärmels. Als sie ihn wieder anschaute, war es Anghara – seine Anghara, mit weichen, verängstigten Augen. »Ich erinnere mich nicht ...«, begann sie, dann verstummte ihre Stimme.

»Es ist ja alles gut«, beruhigte er sie. Dann trat er näher und bewunderte die großen Kugeln aus gelbem Bernstein um ihren Hals. »Was bedeuten diese?«

Er schien intuitiv begriffen zu haben, dass die Kugeln etwas bedeuteten – keinen Moment hatte er sie für reine Schmuckstücke gehalten. Anghara strich über das alte *say'yin*, das Jezraal ihr bei der Bestallungszermonie geschenkt hatte und erzählte Kieran von Al'haria, seinem Sa'id und der Hariffsippe, die sie wie eine Angehörige aufgenommen hatte. Das ging so weiter – mit Pausen und neuen Erklärungen – den ganzen Tag lang. Anghara begann mit etwas, verfiel in Schweigen, und beendete die Geschichte (oder – wahrscheinlicher – begann eine andere) später. Alle möglichen Dinge, die Kieran nicht gewusst hatte, kamen in diesen verworrenen Geschichten ans Licht, selbst Dinge, von denen sie geglaubt hatte, dass sie es ihm nie erzählen könnte – die schwarze Wüste, Khar'i'id genannt, bekannt auch als das Leere Viertel, und das Orakel, das dort lebte. Der Tod von Gul Qara und sein Testament; das Errichten des neuen Orakels am Meer. Schließlich sogar die Berührung des Flügels eines Gottes und die Gabe, die al'Khur ihr geschenkt hatte. Die Gabe der Wiederbelebung. Vieles kam verworren und verschachtelt heraus, sodass Kieran die Stücke so gut er konnte, zusammensetzen musste – aber eines stach sofort ins Auge – Kheldrin war weit mehr als ein schlichter Zufluchtsort für eine entthronte Königin gewesen. Es war jetzt fest in Anghara verankert, war ein Teil von ihr. Kieran begann zu begreifen, weshalb ihre Unfähigkeit diejenigen zu spüren, die sie trotz allem zu sich gerufen hatte, sie in ihrem Innersten traf. Doch da er aufgrund von Unwissen und Unvermögen machtlos war, wenn es um das Zweite Gesicht ging, konnte er nichts weiter tun, als dazustehen und zuzuschauen, wie sie litt.

Die Berge waren trostlos und unwirtlich. Wenig wuchs hier, abgesehen von einigen Flechten, die ebenso leblos grau waren wie die Steine, auf denen sie sich festkrallten. Ab und zu versuchte ein tapferer Baum Fuß zu fassen, doch alle waren verkrüppelt und falls sie je grün gewesen waren, dann war das nur noch eine Erinnerung. Alles schien für immer so weiterzugehen. Als Kieran einmal von einer Felsspitze aus ungehindert nach allen Seiten sehen konnte, sank ihm das Herz, denn ringsum sah er nur weitere graue, zerklüftete Berge. Da er nicht wollte, dass Anghara das ebenfalls sah, beeilte er sich weiterzureiten – aber sie wusste Bescheid – irgendwie. Es war einer ihrer guten Tage. Sie war klar und lächelte ihn von ihrem Kamel aus an, genau wie damals in den alten Zeiten.

»Bist du sicher, dass es hinter diesen Bergen noch etwas anderes gibt?«, fragte er sie und erwiderte ihr Lächeln müde.

»Wir schaffen es«, erklärte sie und blickte ihn voller Vertrauen an. »Und die Kadun ist ... wunderschön.«

Ihre Tiere begannen zu leiden, was sie lautstark ausdrückten. Ein Kamel fing an übel zu lahmen, obwohl Kieran keinen Grund dafür entdecken konnte – möglicherweise aus Protest. Sie kamen nur noch im Schneckentempo voran. Auch fanden sie keine freundlichen Quellen mehr, die sich in den Schatten versteckten – nur ein einziges Mal bedeckte eine hauchdünne nasse Schicht einen Felsen. Die Kamele entdeckten das und leckten daran. Kieran hielt an und verbrachte etliche frustrierende Stunden damit, sich eine Möglichkeit auszudenken, wie sie zumindest einen ihrer Wasserschläuche füllen konnten. Dass er Erfolg hatte, lag nur an seinem Erfindungsreichtum und seiner Ausdauer. Anghara war so lange bei klarem Verstand gewesen, dass sie ihm das sagen konnte. Doch am nächsten Morgen schien sie alles vergessen zu haben, zog sich von ihm zurück und murmelte unverständliche Gebete zu fremden Göttern in einer Sprache, die Kieran nicht verstand.

Als sie ihrem Ziel näher kamen, wurde Anghara von seltsamen Halluzinationen gepeinigt – Visionen, selbst heraufbeschworen durch ihren verwirrten Verstand. Als sie anhielten und Kieran mit zittriger Hand auf eine kahle Felsspitze deutete, schrie sie, dass sie die Türme von Miranei sehen könne und dass sie in einem riesigen Kreis geritten seien. Ein andermal starrte sie in die Ferne und sprach leise von roten Felsen, die das Meer geformt habe, und einem Fischerdorf, das sich an die Klippen schmiegte, sowie von einem großen Stehenden Stein auf einem hohen Felsvorsprung über dem Meer. In Wirklichkeit konnte sie nur lebloses, zerklüftetes graues Gestein sehen. Doch sie beschrieb alles so deutlich, dass Kieran glaubte, er könne das Salz im fernen Meer riechen und den Klang der Brecher am Fuß der Felsklippe des Orakels hören. Er hatte das Gefühl, dass diesmal ein Hauch des Zweiten Gesichts im

Spiel war, denn Anghara wurde abends von Fieber und Schmerzen geplagt, war verwirrt und konnte am nächsten Tag nicht weiterreiten. Kieran konnte nichts anderes tun, als es ihr so bequem wie möglich zu machen und abzuwarten.

Dann endlich begann der Abstieg. Ihr Pfad führte auf einem Hang eindeutig abwärts. Kieran erwartete von der Wüste Kheldrins keine Wunder, als sie diese erreichten – zumindest nicht, bis sie jemanden fanden, der die Fähigkeit hatte, Anghara zu heilen – aber zumindest würden sie die kahlen, seelenbetäubenden Berge hinter sich lassen und ein Land betreten, das Anghara ziemlich gut kannte. Die Last wäre leichter zu tragen, wenn sie jemanden fänden, der wusste, wie ihr zu helfen war. Seine schreckliche Hilflosigkeit trieb Kieran vorwärts, selbst wenn er zu einem Ort ritt, den er unter normalen Umständen nie zu sehen gewünscht hätte. Aber er sah, wie Anghara litt, und spürte selbst ihre Schmerzen. Inzwischen wollte er beinahe alles tun, was irgendwie helfen würde.

Das Ende kam unerwartet. Kieran war so gewohnt, den grauen Fels ringsum zu sehen, dass er nur langsam begriff, was seine Augen ihm zeigten. Sie kamen unter einem riesigen Felsüberhang hervor und standen auf einem schmalen Plateau. Am Horizont traf sich in einer schmalen Linie der Himmel mit korallenfarbenen Dünen, sowie ab und zu einer roten Sandskulptur, die der Wind geformt hatte.

Mehr als dieses kurze Zaudern brauchte Anghara nicht. Mit einem Freudenschrei trieb sie ihr Kamel vorwärts, offenbar nicht bemerkend, dass vor ihr ein Absturz von hundert Fuß klaffte, der sie von ihrer geliebten Wüste trennte. Kieran schrie eine unzusammenhängende Warnung und sprang aus dem Sattel. Er landete mit dem ganzen Gewicht auf einem Knöchel, der nachgab, so dass er auf dem felsigen Boden dahinrollte. Mit vor Schmerzen verzerrtem Gesicht kam er wieder auf die Beine und hinkte zu Angharas Kamel, um dessen Zügel zu packen.

Bis zum Abgrund waren es nur wenige Schritte. Normalerweise hätte Kieran keine Chance gehabt. Aber etwas Übermenschliches trieb ihn vorwärts, Wut und Entrüstung. *Und dafür haben wir in diesen verfluchten Bergen gelitten und uns weitergequält?* Doch das allein hätte nicht gereicht. Als sich seine Finger um die Zügel schlossen, bemerkte er, dass etwas anderes das Tier zum Halten gezwungen hatte und zwar einige Sekunden, bevor er es erreichte. Schaudernd blickte er in den tiefen Abgrund, in den Anghara gestürzt wäre. Dann sah er, was das Kamel gebremst hatte.

Oder vielmehr, wer.

Auf diese Entfernung war die Gestalt winzig, aber es gab keinen Zweifel. Die wie Bronze schimmernde Haut, das glänzende kupferfarbene Haar, das die zurückgeschlagene Kapuze freigab ... einen Burnus hatte Anghara dieses Kleidungsstück genannt. Diese beiläufige Tatsache fiel ihm plötzlich ein, als er wie gebannt auf den Khelsie hinabstarrte, der Anghara irgendwie davon abgehalten hatte, sich in ihrer Freude, die rote Wüste wiederzusehen, in die Tiefe zu stürzen.

Die Entfernung war zu groß für jedwede Kommunikation. Das war Kieran klar, aber es war eindeutig, dass der Pfad zur Rechten sie vom Plateau in die Wüste führen würde ... und dass der unerwartete Verbündete unten auf sie warten würde, während sie hinabstiegen. Kieran blickte Anghara an. Sie saß ganz still auf ihrem zitternden Kamel – er vermochte nicht zu sagen, ob sie irgendetwas spürte – aber als er leise nach ihr rief, reagierte sie nicht. Mit Sicherheit hatte irgendeine Macht das Kamel berührt; völlig untypisch gab das Tier keinen Laut von sich und verdrehte die Augen, sodass man nur das Weiße sah. Schließlich befestigte Kieran die Zügel seines Kamels hinten an Angharas Sattel, nahm die Zügel ihres Tiers in die Hand und führte ihre kleine Karawane zu Fuß den Pfad hinab.

Es war ein heißer und beschwerlicher Abstieg, in vollkommener Stille. Vor ihm lag eine Begegnung mit etwas, das er nicht kannte und dem er misstraute, und Kieran war allein. Dennoch biss er entschlossen die Zähne zusammen, seine blauen Augen waren hart. Ja, deshalb waren sie schließlich gekommen. Es gab zwar keine Garantie, dass Anghara je diesen Ort erreichen würde, an dem sie Hilfe zu finden hoffte. Als er zurückblickte auf ihre starre Gestalt mit weit aufgerissenen Augen, war es deutlicher als je zuvor, dass sie jede Hilfe brauchte, die diese Leute ihr geben konnten.

Langsam kamen sie der Wüste näher. Roter Sand türmte sich gegen die herausragenden Felsen. Am Fuß begann der Pfad sich zu schlängeln, zu winden und kehrtzumachen, sodass Kieran mindestens ein Mal in eine Sackgasse geriet, aus der er sich mit drei Kamelen hinter sich nur sehr schwer herauswinden konnte. Er überlegte ernsthaft, ob er hier, am Ende der Reise, in einem Labyrinth verloren ging, in welches der Pfad unerwartet geführt hatte. Kieran blieb stehen, schöpfte Atem und blickte ringsum, um seine Lage zu orten. Er konnte die Wüste riechen. Eine gelegentliche warme Brise trug ihm einen scharfen, heißen Geruch zu, doch blieb die Wüste selbst vor ihm hinter einer Felswand verborgen. Hatte der Khelsie ihn zu einem langsamen Tod hierhergelockt? Kieran fluchte vor sich hin und wischte sich mit dem Ärmel den Schweiß von der Stirn. Als er wieder aufblickte, stand der schmächtige Khelsie vor ihm, als hätte Kieran ihn mit seinen misstrauischen Gedanken herbeigezaubert. Instinktiv griff er nach dem Schwert, aber der andere hob beide Arme und zeigte Kieran die Handflächen.

»Friede! Ich bin unbewaffnet.«

Er sprach Roisinanisch mit dem Akzent Shaymirs, aber es war unverwechselbar Kierans Sprache. Dieser ließ die Hand sinken. Er war hin- und hergerissen von den Gefühlen der Abneigung gegen dieses Geschöpf, das seine Sprache sprach, und unglaublicher Erleichterung. Da Anghara außer Gefecht war, hatte ihn das Problem, wie er sich in dieser fremden Wüste mit jemandem, den sie trafen, verständigen könnte, schwer belastet.

»Ich bin al'Tamar ma'Hariff«, fuhr der junge Mann fort. »In diesem Land gehört sie, die dich begleitet, zu meiner Familie und meiner Sippe. Obwohl ... sie gleicht nur wenig der Anghara Kir Hama, die den Namen der Hariff angenommen hat ...« Beim Sprechen hatte er Anghara betrachtet. Sie hüllte sich immer noch in einsames Schweigen. Die goldenen Augen des Mannes wanderten zurück zu Kierans Gesicht. Tiefe Sorge stand darin. »Etwas ist nicht in Ordnung«, sagte er sehr leise. »Etwas ist ganz und gar nicht in Ordnung.«

Kieran schluckte. »Sie ist ... krank. Ich weiß nicht, was der Grund ist ... ich habe das Zweite Gesicht nicht. Aber sie wurde von Sif Kir Hama, der über Roisinan herrscht, gefangen genommen, und etwas, das man ihr in der Gefangenschaft angetan hat, hat ihren Verstand beeinflusst ... ihr Zweites Gesicht. Sie glaubt, dass jemand in Kheldrin ihr helfen kann.«

»Was ist geschehen?«, fragte al'Tamar. Er kam einen Schritt näher, schwankte jedoch plötzlich. »*Hai!*«, flüsterte er und schloss die Augen. »Hat sie al'Khur gerufen, damit er ihr folgt?«

Kieran stellten sich die Nackenhaare auf. »Ja, das hat sie getan. Aber sie weiß nicht, wie erfolgreich sie damit war. Sie kann die Götter nicht spüren.«

Wieder dieser durchdringende Blick aus den goldenen Augen. »Aber du konntest das.« Es war keine Frage, sondern eine Feststellung. Aber in seinen Augen stand große Sorge. »Aber du hast Recht. Du verfügst nicht über das, was in Sheriha'drin das Zweite Gesicht genannt wird. Wie aber ist es möglich, dass du die Anwesenheit des Gottes spürst, wenn eine *an'sen'thar* es nicht kann?«

»Kannst du ihr helfen?«, fragte Kieran. Plötzlich wurde ihm vor Erschöpfung so schwindlig, dass er sich an das nächste Kamel lehnte. Al'Tamar beobachtete ihn eindringlich.

»Er ist weg«, sagte al'Tamar unvermittelt. »Zurück in die Wüste, aus der er gerufen wurde. Nur al'Khurs Stärke hat dich aufrecht gehalten. Hast du gespürt, als er gegangen ist?«

Kieran drehte sich alles vor den Augen. Er konnte nur kraftlos und stumm nicken.

»Nein«, erklärte al'Tamar als Antwort auf die frühere Frage. »Ich kann ihr nicht helfen. Aber sie hat Recht – es gibt Menschen, die ihr vielleicht helfen können. Ihre alte Lehrerin, ai'Jihaar hat ein Zelt in einer hai'r südlich von hier. Dorthin sollten wir sie meiner Meinung nach bringen. Kannst du reiten?«

»Ja«, stieß Kieran zwischen zusammengebissenen Zähnen hervor.

»Ich habe auf meinem ki'thar noch zwei Burnusse«, sagte al'Tamar und holte ein Stück Stoff hervor, das in seinem Gürtel steckte. »Aber bis wir dorthin kommen, benutze das hier. Sie kann meins haben.«

»Und was ist mit dir?«, fragte Kieran.

»Ich bin hier geboren«, antwortete al'Tamar. »Und es ist nicht weit.« Auf ein leises Wort von ihm kniete Angharas Kamel nieder. Dann wickelte er mit geschickten Fingern den Wüstenschleier um Kopf und Gesicht des Mädchens. Kieran starrte bewundernd auf die bronzenen Hände – so behutsam und so liebevoll. Bei diesem Anblick stieg ein tiefes und starkes Gefühl in ihm auf. Etwas, das ihm längst vertraut sein müsste, wenn er nur nicht so entsetzlich müde gewesen wäre ...

Als al'Tamar fertig war, trat er zurück – dann schaute er in Kierans Richtung und bemerkte den forschenden Blick. Auf seinem Gesicht lag ein seltsamer Ausdruck. Ohne die schützende Kopfbedeckung wirkte er ungemein jung und verletzlich. Das kupferfarbene Haar war über der hohen Stirn zurückgekämmt. Einen langen Moment lang trafen sich die beiden Augenpaare, die blauen und die goldenen, über Angharas verschleiertem Kopf. Dann senkte al'Tamar den Blick. »Bist du ... ihr *qu'mar?*«, fragte er.

Kieran wollte antworten, dass er nicht wisse, was das bedeutete, biss sich aber auf die Zunge. Selbstverständlich wusste er es. Selbst wenn er das Wort nicht kannte, der Ton, in dem die Frage gestellt worden war, ließ keinen Raum für Zweifel – al'Tamar wollte wissen, ob er Angharas Ehemann oder ihr Geliebter war. Kieran war selbst verblüfft, als er plötzlich den starken Wunsch in sich spürte, ja sagen zu können.

Wann hatte sich sein Beschützerinstinkt für die junge und verwundbare kleine Ziehschwester in die leidenschaftliche Liebe eines Mannes zu einer Frau verwandelt? Kieran vermochte es nicht zu sagen. Er wusste nur, dass er innerhalb eines Sekundenbruchteils Anghara mit völlig anderen Augen sah und plötzlich glasklar verstand, weshalb er niemals hatte aufhören können, nach ihr zu suchen. Weshalb er so verzweifelt gewesen war, sie aus dem Kerker in Miranei zu befreien, dass er sogar das Leben seiner Männer, die ihm vertrauten, aufs Spiel gesetzt hatte. Weshalb er auf der letzten Reise so gelitten hatte, wenn er ihre Schmerzen sah. Und weshalb er – ohne das Zweite Gesicht zu haben – die Götter gespürt hatte, die sie gerufen hatte. Etwas band sie aneinander, tief in ihrer Vergangenheit – selbst Feor hatte es gewusst und Kieran ausgewählt, um Anghara zu suchen, als sie in den dunklen Jahren von Sifs Säuberung verschwunden war – aber erst jetzt war diese Liebe aufgeblüht, und Kieran war wie vom Donner gerührt von der Macht und der Schönheit der Blüte.

Aber er wusste, dass er das alles vielleicht zu spät erkannt hatte.

»Nein«, beantwortete er al'Tamars Frage. Seine Stimme war leise, aber so wund von vielen ungesagten Dingen, dass al'Tamar zusammenzuckte. Nach einem Herzschlag Schweigen schnalzte dieser mit der Zunge, und Angharas Kamel stand mit einem quietschenden Laut der Beschwerde auf.

»Du reitest das andere«, sagte er zu Kieran mit ruhiger Stimme, die nichts von dem verriet, was soeben offenbar geworden war.

»Und du?«

»Ich führe euch zu meinem ki'thar. Wir können uns in meinem Lager ausruhen. Ich habe lais-Tee, und danach wird sie zumindest schlafen. Morgen reiten wir zu ai'Jihaar – sie wird wissen, was zu tun ist.«

Es wäre falsches Heldentum gewesen, darauf zu bestehen, zu Fuß weiterzumarschieren – Kierans Knöchel schmerzte höllisch und selbst unversehrt konnte er sich nicht mit jemandem messen, der in dieser Wüste aufgewachsen war. Erschöpft bestieg er sein Kamel und überließ die Zügel al'Tamar, der kurz beim Kopf des Kamels stehen blieb, die Zügel in der Hand – als warte er auf etwas.

Auch Kieran spürte das Bedürfnis zu sprechen, als sei der Gedanke ihm in den Kopf eingeflößt worden. Er richtete sich auf und rang um Würde. »Ich glaube nicht, dass ich deine Höflichkeit erwidert und mich vorgestellt habe«, sagte er. »Ich bin Kieran Cullen aus Shaymir.«

»Das habe ich mir schon gedacht«, meinte al'Tamar und nickte unmerklich. »Sie hat viel von dir gesprochen.«

»Ich glaube ... ich erinnere mich auch an deinen Namen aus ihren Erzählungen über Kheldrin auf dieser Reise.«

»Sie ist meine Freundin«, erklärte al'Tamar. »Und ich ehre sie wegen der Dinge, die sie getan hat. Es bereitet mir tiefen Schmerz, sie so zu sehen. Sag mir ... was ist geschehen, dass sie so schnell in die Hände ihres Bruders fiel, nachdem sie uns verlassen hatte?«

»Pech«, antwortete Kieran. »Und ein schlechter Zeitpunkt.«

»Dann begreife ich nicht, weshalb ai'Dhya uns von diesem Weg abhalten wollte. Wenn in eurer Hafenstadt Unheil auf sie wartete ...«

»Die Göttin?« Kieran begriff alles langsamer als für gewöhnlich, da ihn die Erschöpfung lähmte. »Was hat ai'Dhya mit alledem zu tun?«

»Anghara und ich sind zunächst diesen Weg geritten, als sie zurück in ihr Land wollte. Wir wollten einen Weg durchs Gebirge finden, um ihr die lange Reise nach Süden zu ersparen – ai'Dhya schickte Stürme, um uns daran zu hindern. Anghara sagte, die Göttin habe ihr gesagt, auf diesem Wege warte ein sinnloser Tod auf sie. Aber wenn der Süden genauso gefährlich war ...«

»Aber dort war jemand, der sie erkannt hat«, sagte Kieran langsam und bemühte sich, alles zu begreifen. »Sie ist erkannt worden und man wusste, dass sie gefangen genommen wurde. Und Sif war weit weg von Miranei. Diesem Umstand verdankt sie ihr Leben. Wäre sie Sif in Shaymir in die Hände gefallen, sie wäre sofort ermordet worden, und niemand hätte je davon erfahren. So gab es Freunde, die bereit waren, alles aufs Spiel zu setzen, um sie zu retten ... die wussten, dass sie in Miranei im Kerker war.«

»Das Orakel«, murmelte ai'Tamar.

Kieran rieb sich mit zitternder Hand die Augen. »Was für ein Orakel?«

»Ich erinnere mich bis heute, was Gul Khaima ihr an dem Morgen gesagt hat, als sie den Stein aufstellen ließ«, sagte ai'Tamar.

»*Ein Freund und ein Feind auf deine Rückkehr warten.* Das hat sich bewahrheitet. *Hai!* Die Götter sind groß!«

Sie verfielen in Schweigen. Eine halbe Stunde später erreichten sie al'Tamars Lager, wo sein ki'thar im Schatten eines roten Felsvorsprungs angebunden stand. Kieran war nicht zu müde, um Anghara von ihrem Kamel herunter zu helfen und sie in das kleine Zelt zu tragen, das ai'Tamar aufgestellt hatte. Doch sobald er sie auf das weiche Bett aus Decken niedergelegt hatte und sich aufrichten wollte, drehte sich die ganze Welt in einem Wirbel aus Hitze und Farben um ihn. Er schwankte und fiel neben ihr in den roten Sand.

Er wusste nicht, wie lange er geschlafen hatte, aber als er aufwachte, war es dunkel und kühl. Al'Tamar hatte eine leichte Decke über ihn gebreitet. Anghara lag immer noch so da, wie er sie hingelegt hatte. Sie atmete tief und gleichmäßig, eine lange rotgoldene Strähne ringelte sich über ihre Wange bis unters Kinn. Kieran betrachtete sie einen Moment lang, als sei er hypnotisiert. Dann strichen ihr seine Finger wie von selbst die Locke aus dem Gesicht.

Bei einem Geräusch an der Zeltklappe riss er die Hand zurück, als habe ihn das rotgoldene Haar verbrannt. Er drehte sich um und sah al'Tamars Umrisse vor flackerndem Feuerschein.

»Ich dachte, ich hätte dich aufwachen hören«, sagte ai'Tamar freundlich. »Möchtest du etwas essen?« Er folgte Kierans Blick auf Anghara. Kieran konnte im Halblicht das Aufblitzen der weißen Zähne sehen, als der junge Kheldrini lächelte. »Sie wacht nicht so bald auf«, versicherte er. »Das ist gut; sie muss heilen, und Schlaf heilt besser als irgendetwas anderes. Aber du ... der Gott hat dir schwer zugesetzt. Komm und iss.«

Kieran gehorchte, warf die Decke zurück und verließ gebückt das Zelt. Die Sterne waren hell, standen aber schon tief, beinahe so nah, dass man sie berühren konnte. Einen Moment lang gönnte er sich, sie einfach anzuschauen. Dieser Nachthimmel bezauberte ihn. Nach einer Weile spürte er, wie al'Tamar zurückkam und sich neben ihn stellte.

»Du hast gesagt, dass du aus Shaymir stammst«, begann ai'Tamar. »Gibt es dort in der Wüste keine Sterne?« Es war eine lakonische Frage, nicht ohne eigenartigen Humor. Kieran begriff, dass ihm seine Gefühle offen ins Gesicht geschrieben standen.

»Ich war nicht mehr in Shaymir – nicht mehr in der richtigen Wüste – seit ich ein Kind war«, sagte er und riss seinen Blick von dem glitzernden Himmel los. Plötzlich empfand er eine eigenartige Seelenverwandtschaft mit diesem jungen Mann. »Wenn du in Roisinan nicht hoch oben auf einem Berg oder am Ufer des Meeres bist ... sind die Sterne höher und weiter entfernt. Du kannst nur ihr Spiegelbild im Wasser berühren.«

Kieran bemerkte eine seltsame Sehnsucht in al'Tamars Augen, bevor dieser sie niederschlug und auf den roten Sand zu seinen Füßen blickte. »Du bewunderst unseren Himmel«, sagte er. »Und ich ... ich würde viel darum geben, das Spiegelbild eines Sterns im Wasser zu berühren.«

Es war ein Moment tiefen Verstehens – doch dann war er vorüber, und al'Tamar zeigte aufs Feuer. »Abendessen«, erklärte er. »Komm!«

Kieran folgte ihm gehorsam und setzte sich im Schneidersitz hin. Als sein Gastgeber sich vorwärts beugte, um das flache ungesäuerte Brot herauszuholen, das er auf der Glut gebacken hatte, glitt etwas aus seinem Gewand und pendelte über dem Feuer. Ein *say'yin*, sehr ähnlich denen, die Anghara trug. Aber bei diesem wechselten sich die schweren Bernsteinkugeln mit Kugeln aus massivem Silber ab, in die Spiralmuster eingraviert waren. Und am Ende ...

Kieran musste zweimal hinschauen, um sicher zu sein, dass der Feuerschein seine Augen nicht narrte und es tatsächlich da war. »Woher hast du das?«, fragte er und griff nach dem königlichen Siegel von Roisinan, das an einer Kheldrini-Kette hing.

Als er sich aufrichtete, waren ai'Tamars Augen ruhig. »Als sie fortging nach Sheriha'drin, hat sie es bei mir zurückgelassen, damit ich es wie versprochen für sie in ein *say'yin* einarbeite. Sie wusste schon damals, dass sie zurückkommen würde ... und ich trage es seit dem Tag, an dem ich es fertig habe, damit es nicht von unbefugten Augen gesehen wird bis zu dem Tag, den sie wählt, um es zu offenbaren. Und vielleicht war es das ...« In den goldenen Augen spiegelten sich die Flammen des kleinen Feuers. »Ich wusste, dass ihr kommt ... aber nicht, weshalb.« Er blickte zurück zum Zelt, jede Faser seines Leibes sprach von Schmerz. »Ich wusste nicht, dass sie mich braucht ... aber dennoch war ich seit Morgengrauen bei der Klippe und habe auf die Reisende gewartet. Ich war mir sicher, dass sie kommt.«

8

Sie sprachen nicht weiter darüber. Al'Tamar steckte das *say'yin* mit dem königlichen Siegel wieder unter sein Gewand. Kieran bohrte nicht nach. Wenn nur die Hälfte dessen, was der junge Khelsie sagte, stimmte – verdammt, aber er konnte nicht anders als den Mann so nennen –, dann war das Siegel ein Talisman, ein kleines Wunder für sich; und al'Tamar hatte sich als würdiger Wächter erwiesen.

Auf sonderbare Weise wirkte die Wüste Kheldrins ein weiteres Wunder. Anghara war immer noch nicht sie selbst, keineswegs – es gab lange Stunden, einmal sogar einen ganzen Tag, in denen sie sich auf einer von ihren Gefährten weit entfernten Sphäre aufzuhalten schien. Aber hier im roten Sand der Kadun Khajir'i'id war sie viel öfter klar und ganz bei sich. Kieran war sich nicht sicher, inwieweit das ein Segen war, denn hier in der Wüste lauerten viele Erinnerungen. Sie alle hatten mit dem Zweiten Gesicht zu tun und konnten sie stärker quälen als zuvor. Jedoch schien die Wüste ihr Heilung zu bringen, als sei etwas in der Luft, das sie einatmete. Mit einer Dosis lais-Tee jeden Abend war ihr Schlaf ruhiger und erholsamer, weniger durch Albträume gestört. Für all das war al'Tamar verantwortlich, und Kieran fühlte sich mehr und mehr überflüssig, da er nichts für Anghara tun konnte, nachdem er sie hierher gebracht hatte. Zu al'Tamars Ehre muss gesagt werden, dass er sich bemühte, ihn miteinzubeziehen – aber wenn Anghara in eine lang vergangene Erinnerung verfiel und begann Kheldrini zu sprechen, konnte al'Tamar dem in einen Burnus gehüllten Gesetzlosen aus Roisinan nur entschuldigende Blicke zuwerfen. Dieser fühlte sich immer mehr fehl am Platz.

Ansonsten war der Ritt durch die Wüste ereignislos. Als al'Tamar schließlich auf die Silhouetten der Palmen vor dem Wüstenhimmel deutete und erklärte, dass ai'Jihaars Heim dort in dieser Oase sei, überfiel Kieran ein Wechselbad der Gefühle. Erleichterung, Erwartung, Sorge, Beklemmung, ja sogar Furcht. Hier war der Grund, weshalb sie gekommen waren, das Leuchtfeuer, das ihnen so lang den Weg gewiesen hatte; um Angharas willen, betete Kieran, dass ihr Glaube berechtigt sein möge. An die Alternativen mochte er nicht einmal denken.

Doch selbst hier, in einem sicheren Hafen, wo Anghara auf ein Ende ihrer Reise hoffte, legte man ihr Steine in den Weg. Die kleine Karawane wurde von einer alten Dienerin begrüßt, die wild entschlossen vor dem fest verschlossenen Eingang zu ai'Jihaars Zelt Wache stand und sich weigerte, sie einzulassen. Zwischen ihr und al'Tamar entspann sich ein gutturaler Wortwechsel. Kieran verstand nichts, aber der Ärger in al'Tamars Stimme und die Art, wie die Alte mit vor der Brust gekreuzten Armen dastand, die Füße fest auf dem Boden, verrieten ihm, dass ihnen der Zugang zu ai'Jihaar verwehrt wurde.

»Was ist los?«, fragte Kieran schließlich, als das Gespräch ruhiger wurde und er es nicht länger aushielt.

Al'Tamar öffnete seinen Burnus derartig schroff, wie Kieran es bei dem selbstbeherrschten jungen Mann noch nie gesehen hatte. Er blickte Kieran an. »Sie sagt, dass ai'Jihaar sehr krank gewesen ist und jetzt endlich ruht ... und diese Missgeburt eines weiblichen *afrit* erlaubt nicht, dass ihre Herrin vor Sonnenuntergang gestört wird. Wenn überhaupt.«

Wahrscheinlich wollte al'Tamar nicht witzig sein, aber um Kierans Mundwinkel zuckte es bei seiner bissigen Beschreibung. Als Kieran jedoch den unversöhnlichen goldenen Blick der Alten auffing, war auch ihm nicht mehr nach Lachen zumute, sodass er in Gedanken al'Tamars Worten beipflichtete. Er warf der alten Dienerin einen bitteren Blick zu. »Und was jetzt?«

Einen Moment lang überlegte al'Tamar. »Al'haria«, begann er, »ist nur einen oder zwei Tage von hier.«

Kieran blickte zu Anghara, die mit geschlossenen Augen unsicher auf dem Kamelrücken hin- und herschwankte. Bittere Enttäuschung stieg in ihm auf. »Noch ein Tag?«, fragte er barsch. »Schau sie dir an! Und was gibt es in Al'haria?«

»Einen *sen'thar*-Turm«, antwortete al'Tamar. »Einer der größten. Und dort ist ...« Unvermittelt hob er den Kopf, und sein Gesicht sah vor Sorge beinahe komisch aus. »*Hai!*«, murmelte er. »Ai'Farra ist in Say'ar'dun ... wer dort könnte sich um Anghara kümmern?«

Offenbar ließ er den Rest der Welt mental an seiner Frustration teilhaben. Zwei Dinge geschahen gleichzeitig, kaum dass Angharas Name über seine Lippen gekommen war. Erstens setzte Anghara sich mit offenen Augen auf und blickte verwirrt um sich, als reagiere sie auf einen dringlichen Ruf. Zweitens ertönte aus dem Zelt eine schwache aber dennoch entschieden klingende Stimme. Die Arme der alten Dienerin sanken nieder, und ihr Gesicht verwandelte sich in eine mürrische Maske. Erst auf diesen direkten Befehl hin trat sie beiseite. Einen Herzschlag später war al'Tamar von seinem Kamel heruntergesprungen und auf halben Weg zum Zelt. Kieran wollte ihm folgen, aber der junge Kheldrini blieb vor der Zeltklappe stehen und drehte sich um.

»Warte!«, sagte er bittend aber entschieden. »Warte hier mit ihr!«

Das hier war nicht Kierans Territorium. Schon jetzt wurde er höflich, aber bestimmt ausgeschlossen. Er hatte Anghara dorthin gebracht, wohin sie gehen musste, aber damit ihre Reise Erfolg haben konnte, musste Kieran sie jetzt diesem Land und seinen Gebräuchen überlassen. Jetzt, am Scheidepunkt, fiel es ihm schwerer als je zuvor, das zu akzeptieren. Mit zusammengebissenen Zähnen glitt er vom Kamel und half Anghara abzusteigen. Dann führte er sie in den Schatten der Palmen neben einem kleinen Teich mit braunem Wasser. Sie ging ohne Murren mit, ließ sich wie ein Kind führen.

Wie ein Kind ...

Erneut wurde er von widersprüchlichen Gefühlen überfallen, als er sie in den Schatten setzte und neben ihr stehen blieb. Er betrachtete ihr aristokratisches Profil und versuchte dabei, sie vor

Gefahren zu schützen, von denen er nur eine vage Vorstellung hatte. Er war sich auch ganz und gar nicht sicher, ob er ihr helfen könnte, wenn irgendetwas sie angriff. Das, was sie jetzt bedrohte, konnte wahrscheinlich nicht von einer gut geschmiedeten Klinge abgewehrt werden.

Sie hatte den Burnus zurückgeschlagen, und das flimmernde Licht unter den Palmen ließ ihr rotgoldenes Haar glänzen. Es war zerzaust. Kieran erinnerte sich genau an eine Zeit, da er ihr half, die nasse Mähne durchzukämmen, als sie noch ein kleines Mädchen war, damals in Cascin. Er hätte gelächelt, hätte er gewusst, dass dieselbe Erinnerung Anghara selbst in der ersten Nacht in der Wüste vor all den Jahren liebkost hatte. Vielleicht war diese Erinnerung der Auslöser zu allem, was aus ihr geworden war. Doch in diesem Augenblick blickte er auf ein Mädchen herab, das nicht weniger königlich hätte aussehen können, sebst wenn sie es versucht hätte. Wieder juckte es ihn in den Fingern ihr, wie damals dem kleinen Mädchen – die Haare zu kämmen. Er ging neben ihr in die Hocke. Fragend wandte sie ihm die großen grauen Augen zu.

»Anghara ...«

Aber al'Tamar wählte mit seinem untrüglichen Gefühl für den passenden Zeitpunkt genau diesen Augenblick, um die Zeltklappe aufzumachen und sie herbeizuwinken. Schicksalsergeben seufzte Kieran und half Anghara auf die Beine.

Im Zelt war es kühl und roch angenehm nach Kräutern und Räucherstäbchen – Kierans Nase kribbelte beim vertrauten Geruch von lais, der mit etwas anderem kombiniert war, mit einem Kraut, das er nicht kannte. Wahrscheinlich eine Heilpflanze. Die Frau lag auf dem Bett, Kissen im Rücken und mit gewebten Decken auf ihr. Sie sah aus, als würde sie alle Hilfe nötig haben, die sie bekommen könnte. In der Tat wirkte sie so krank, wie ihre Dienerin behauptet hatte. Sie war alt und runzlig, ihre Arme dünn wie Stäbe unter der schweren Last der silbernen Armreifen. Ihre Augen waren blind, von einem weißen Film überzogen, dennoch blickte sie genau auf die Stelle, an der Anghara stand. Sie streckte ihr die Arme entgegen.

»O Kind …« Die Stimme der Greisin war tief und sanft, voller Liebe und Mitgefühl. »Was haben sie dir angetan?«

Kieran hatte die Hand immer noch um Angharas Ellbogen gelegt, als er sie ins Zelt führte. Sie hatte sich nicht dagegen gesträubt, sondern war wie eine Marionette mitmarschiert. Jetzt plötzlich schien sie zu sich zu kommen, riss sich von ihm los und warf sich mit einem Freudenschrei in die Arme der alten Frau.

»Komm, lassen wir sie allein«, sagte al'Tamar. »Wenn sie uns brauchen, rufen sie uns.«

»Wird sie imstande sein …«

»Ich weiß es nicht, aber lass es sie versuchen«, antwortete al'Tamar.

Er ging draußen im Schatten in die Hocke, die Kapuze zum Schutz der goldenen Augen tief ins Gesicht gezogen, und wartete mit der seinem Volk angeborenen Geduld. Kieran hingegen schien der letzte Geduldsfaden gerissen zu sein. Ruhelos lief er am Teichrand hin und her, überprüfte immer wieder die Fesseln der Kamele, als würden die Knoten bei seiner Berührung auseinanderfallen. Dann starrte er auf das Abbild der Sonne auf dem glatten Wasser des Teichs. Die Sonne hing reglos am Himmel, als stünde die Zeit still. Dennoch kam es ihm wie Stunden später vor, als al'Tamar plötzlich den Kopf hob, als rieche er den Wind. Nach kurzem Zaudern erhob er sich mit einer einzigen fließenden Bewegung. »Ich glaube, man wünscht unsere Anwesenheit«, sagte er.

Verwirrt blickte Kieran zwischen al'Tamar und dem roten Zelt hin und her. »Woher weißt du das?«

Mit einer Ruhe, die Kieran in den Wahnsinn trieb, zuckte al'Tamar mit den Schultern und sagte: »Ai'Jihaar kann sehr herrisch sein.«

Kierans erster Gedanke, als die beiden jungen Männer das Zelt betraten, galt Anghara. Sie suchten seine Augen zuerst. Er entdeckte sie zusammengerollt auf den jin'aaz-Seidenkissen zu ai'Jihaars Füßen liegend, so reglos, dass er einen schrecklichen Moment lang dachte, sie sei tot. Aber dann sah er, wie sich ihre Brust hob und senkte, und das leise Lächeln auf ihrem Gesicht, welches die Tränenspuren auf ihren Wangen Lügen strafte. Ja, sie schlief. Tiefer als jemals, seit ihre Reise begonnen hatte, tiefer sogar als hier in der Wüste dank des lais-Tees. Es war ein heilsamer Schlaf. In Kierans Augen stand Erleichterung und Dankbarkeit, als er nach einem letzten zärtlichen Blick auf Anghara die Heilerin anschaute.

Die alte Lehrerin, ai'Jiaar, wirkte zerbrechlicher und erschöpfter als zuvor – aber dennoch völlig unbeugsam. Alter Stahl, hervorragend geschmiedet. Kieran verneigte sich vor ihr voller Respekt, obgleich sie ihn nicht sehen konnte.

»Es ist zu viel zerbrochen. Ich allein bin zu schwach, um all das zu tun, was nötig ist«, sagte ai'Jihaar und legte eine Hand liebevoll auf Angharas Scheitel. »Im Turm gibt es Dinge, die ich hier nicht habe. Trotzdem ... ich lasse sie äußerst ungern allein nach Al'haria reiten, aber ich kann sie nicht begleiten ...« Sie schnalzte mit der Zunge. »Nun, dann müssen sie eben zu mir kommen. Aber obwohl ich nur wenig getan habe, bin ich so schwach, dass ich sie nicht einmal rufen kann ... du musst zum Turm reiten, al'Tamar. Sag ihnen ... nicht zu viel ... Sag ihnen nur, sie sollen die Dinge zusammenstellen, die für ein *mar ha'dayan* nötig sind. Ein Paar Seidensucher, mit passenden Verletzungen. Bring eine Handvoll *sen'en'thari*. Keine Weißen, das geht weit über ihre Kräfte. Graue, starke Graue. Und ... ai'Farra.«

»Sie ist nicht dort«, sagte al'Tamar mit der behutsamen Geduld eines Menschen, der weiß, dass ein Kranker viel vergisst, und man ihm alles wiederholen muss. »Sie ist seit einem Monat in Say'ar'dun.«

»Ach ja, das hast du bereits gesagt, verzeih mir.« Ai'Jihaars Lippen wurden zu einer schmalen Linie, als sie sich Selbstvorwürfe machte. »Dann sag meinem Bruder, er soll mir die schicken, die während ai'Farras Abwesenheit im Turm das Kommando führt. Ich brauche die stärkste, die der Turm hat. Es handelt sich um einen Notfall. Sag ihm, ich werde Al'harias Turm seine *sen'en'thari* nicht allzu lang vorenthalten.«

Nach einem langen Blick auf Anghara stand al'Tamar auf. »Ich breche sofort auf«, sagte er.

Dann schien sich ai'Jihaar an etwas zu erinnern. Sie hob das Kinn und richtete die leeren blinden Augen auf al'Tamar so deutlich, dass sich Kieran die Nackenhaare aufstellten. »Solltest du überhaupt hier sein, al'Tamar?«, fragte sie betont freundlich.

Kieran hatte nicht geglaubt, dass die bronzene Haut al'Tamars erröten könnte, aber jetzt sah er es mit eigenen Augen; al'Tamars Wangen glühten wie Poliergold, als er den Kopf senkte. »Rami versteht es.«

»Ach ja? Das hoffe ich; es hat mir viel Mühe bereitet, diese Verbindung zustande zu bringen«, sagte ai'Jihaar. Es war sofort klar, dass sie und der junge Mann, den sie herunterputzte, verwandt waren, selbst wenn sie nur den trockenen Sinn für Humor teilten. »Grüße Rami von mir und ihre ganze Familie ... und wenn nötig, hast du mein volles Einverständnis, alle Schuld samt deiner plötzlichen Abwesenheit von deiner eigenen Verlobungsfeier auf meine Schultern abzuwälzen.«

»Das ist bereits geschehen«, sagte al'Tamar ganz ernsthaft. »Allerdings nicht auf deine Schultern. Rami kennt meine enge Bindung an al'Jezraal, und weiß, dass ich dorthin gehe, wohin er mich schickt.«

»Und er hat dich auf eine wilde *shevah* in die Kadun geschickt, ja?«, meinte ai'Jihaar mit einem Hauch Zynismus.

»Nicht *sheva*«, entgegnete al'Tamar fest und hob den Kopf. »Vielleicht die *haval'la* einer Königin.«

Ihre blinden Augen waren noch immer genau auf sein Gesicht gerichtet, als ai'Jihaar nachdenklich den Kopf zur Seite legte. Dann hob sie die Hand zu einem Segen und zugleich zum Lebwohl. »So, dann geh zu al'Jezraal und sag ihm, dass du deine Königin gefunden hast«, sagte sie sehr leise und liebevoll. »Und dann geh zurück zu Rami, ai'Tamar. Finde Raum in deinem Herzen für eine *qu'mar'a* aus dieser Welt.«

Al'Tamar zauderte, gab sich jedoch schließlich mit einem langen schmerzlichen Blick auf Angharas Gesicht zufrieden, drehte sich abrupt um und verließ das Zelt.

Kieran folgte ihm. Von der alten Dienerin war nirgends etwas zu sehen. Auf dem Weg zu seinem ki'thar, das im Schatten angebunden stand, blieb al'Tamar an ai'Jihaars Brunnen stehen und holte eine Kalabasse mit Wasser herauf. Zuerst bot er Kieran an zu trinken, eine wortlose Geste der Anerkennung. Kieran nahm an, trank einen Schluck und gab das Gefäß zurück.

»Wer ist sie?«, fragte er und blickte wie hypnotisiert zum Zelt zurück. »Sie sieht unglaublich alt aus ... als sei sie schon über neunzig ...«

Al'Tamar gestattete sich ein winziges Lächeln, das in seinen goldenen Augen tanzte. »Wir sind eine langlebige Rasse. *An'sen'thar* ai'Jihaar lebt seit fast zweihundert Sommern.«

Kieran hatte die Kalabasse für einen weiteren Schluck genommen. Jetzt verschluckte er sich und musste heftig husten. Al'Tamar rettete den Kürbis, damit das kostbare Nass nicht im durstigen Sand versickerte, dann klopfte er Kieran auf den Rücken.

»Sie war Angharas Lehrerin«, sagte al'Tamar. »Sie ist die älteste der *an'sen'thari* und sehr weise. Anghara wusste genau, wo man ihr am besten helfen könnte. Aber ...« Al'Tamar streifte mit einem Blick das Zelt. »Ai'Jihaars Krankheit gefällt mir ganz und gar nicht. Es wäre besser gewesen, die ganze Angelegenheit vom Turm fernzuhalten – besonders, da ai'Farra nicht ...« Er brach ab und verzog sein Gesicht zu einer vielsagenden Grimasse. »Es gibt immer viel ... Politik«, fügte er hinzu.

»Glaubst du, dass jemand ihr schaden will?«, fragte Kieran schnell. Das Pronomen hatte seine Bedeutung gewechselt, er sprach nicht länger von ai'Jihaar. Jetzt befand er sich wieder mehr in seiner eigenen Sphäre. Wenn es jemanden gab, der Anghara ein Leid zufügen wollte, müsste dieser zunächst an ihm vorbei – und er war mehr als willig, sein Leben für sie zu geben. Er war schon in Roisinan dazu bereit gewesen und hier noch mehr, an diesem Ort, wo alles unbekannt war und ihm seltsam und irgendwie unheimlich vorkam.

»Nicht auf diese Art und Weise«, sagte al'Tamar, als er sah, wie Kierans Hand auf dem Schwertgriff ruhte. »Und sollte jemand versuchen, ihr körperliches Leid zuzufügen, muss er sich vor meinem

Onkel, dem *Sa'id*, verantworten. Anghara ist dem *Sa'id* teuer. Sie heilte seinen Sohn von einer Wunde in der Wüste; sie stellte für ihn ein Orakel auf; und sie brachte seine Schwester zurück von al'Khur ... zu welchem Preis, wissen wir nicht.«

In Kierans Kopf drehte sich alles. »Dann war das alles ... wahr?«, flüsterte er. »Oben in den Bergen ... sie sprach von einer Begegnung mit al'Khur ... von entreißen ...« Er hatte Anghara nicht geglaubt, sondern ihre Geschichte von der Wiederbelebung in der Schwarzen Wüste für einen Traum gehalten, so wie sie die Türme von Miranei in Gestalt von Bergspitzen gesehen hatte. Doch jetzt hörte er aus anderem Mund die Geschichte und das untermauerte die Wahrheit. Anghara war einem Gott begegnet und hatte mit ihm gerungen – mit demselben Gott dessen Kraft – sofern er al'Tamir glauben konnte – Kieran und Anghara auf ihrem mühseligen Ritt durch die Berge zwischen den Welten am Leben erhalten hatte.

»Ja, es ist wahr«, sagte al'Tamar. »Und jetzt geh zurück; ai'Jihaar hat dich noch nicht entlassen. Ich bin derjenige, den die Pflicht ruft.«

Er wollte sich in den Sattel schwingen, als Kierans Hand auf dem Arm ihn aufhielt. Wieder – wie zuvor – bohrten sich ihre Augen ineinander, blau und golden; Kierans Gesicht war eigenartig sanft.

Eine Pflicht. Die Verlobungsfeierlichkeiten, die auf al'Tamar warteten; das Mädchen Rami, das »verstand«. »Liebst du sie?«, fragte Kieran und war sich wohl bewusst, dass er eine Grenze überschritten hatte, hinein in etwas, das tiefer war als gewöhnliche Kameradschaft. Er war sich jedoch sicher, nicht zurückgestoßen zu werden. Es war eine zweideutige Frage. Al'Tamar konnte wählen, wie er sie verstehen wollte.

Einen Moment lang trat deutlich das schmale bronzene Gesicht seiner Verlobten vor al'Tamars Augen, dann verblasste es und wurde zu einem weißen Antlitz mit großen grauen Augen. »Rami ist ein gutes Mädchen«, sagte er, trat einen Schritt beiseite und schloss die Augen, um die Vision zu vertreiben. »Ich werde es lernen.«

Dennoch hing ein unausgesprochenes »aber« in der Luft zwischen ihnen, und Kieran sprach es laut aus.

»Aber deine Königin *haval'la* wird für dich immer die Erste sein.« Die Ausdrucksweise der Wüste kam ihm leichter über die Lippen als erwartet.

Bei diesen Worten hob al'Tamar ruckartig den Kopf, als hätte man ihm einen Dolch in die Seite gestoßen. Er blähte die Nasenlöcher, dann lachte er, scharf und spröde. »Und du behauptest, nicht das Zweite Gesicht der Sheriha'drin zu haben? Für jemanden, der blind ist, kennst du dich in den Gehirnen anderer Menschen gut aus.« Er holte Luft und blickte zum Horizont. Dann kletterte er in den Sattel seines Kamels und schnalzte mit der Zunge, damit es aufstand. Von diesem Hochsitz schaute er hinab, in seinen goldenen Augen lag seine ganze Seele. »Pass gut auf sie auf!«, sagte er mit eiserner Kontrolle in der Stimme, aber Kieran hörte das Beben der Selbstverleugnung. In einer langsamen Bewegung, voller Würde und Schmerz, legte al'Tamar die Zügel über den Sattel des ki'thar und entfernte mit beiden Händen den say'in, den er für Anghara angefertigt und so lange getreu bewahrt hatte. Mit einem letzten Blick streckte er ihn Kieran entgegen. »Dies wird weitergegeben«, erklärte er. »Wenn die *sen'en'thari* kommen … allein die Götter wissen, wo ich dann sein werde. Und es gehört ihr. Würdest du es ihr für mich überreichen?«

Kieran hätte noch viel zu sagen gehabt, aber in der bedeutungsschweren Wüstenluft mochte er keine Plattitüden von sich geben. Hier draußen war die Wahrheit hart, und es gab nur eine Wahrheit. Kieran nahm das Geschenk an, weil er nichts anderes tun konnte. »Das werde ich«, versicherte er al'Tamar.

Mit großem, beinahe königlichem Stolz verneigte sich al'Tamar vor ihm im Sattel und erwies ihm den anmutigen Gruß der Wüste. Dann nahm er die Zügel des Kamels. »*Akka!*«, rief er. Das schwerfällige Tier rollte missmutig die Augen und verfiel in einen schlenkernden Trab.

Kieran schaute ihm nach, bis er nur noch ein glitzernder Fleck am vor Hitze wabernden Horizont war. Dann machte er kehrt, streifte den *say'yin* über den Kopf und verbarg ihn unter seinem Gewand, ehe er wieder ins Zelt trat.

»So, du bist also ihr Kieran«, sagte ai'Jihaar freundlich, als er die Zeltklappe fallen ließ. In dem Moment, als sich seine Augen nach der grellen Helligkeit erst an das kühle Halbdunkel im Zelt gewöhnten, klang ihre Stimme wie körperlos. Als er wieder sehen konnte, waren die leeren Augen direkt auf ihn gerichtet, ebenso genau, wie sie zuvor al'Tamir im Visier gehabt hatte. »Tritt näher.«

Kieran gehorchte, denn die schlichten Worte klangen wie ein Befehl. Ai'Jihaar streckte eine zitternde Hand aus und berührte sein Gesicht so zart, als sei es ein Schmetterling.

»Du hast ein starkes Gesicht«, sagte sie. »Und die Kraft, dich unbekannten Göttern entgegenzustellen. Ja, al'Tamar hat es mir erzählt«, sagte sie, als sie fühlte, wie er unter ihrer Hand zusammenzuckte. »Du weißt es nicht, aber es gibt nicht viele, die tun könnten, was du getan hast. Ihr eigener Kontakt zu den Göttern ist unterbrochen ... und dennoch hat sich zwischen ihnen über den Abgrund eine Brücke gebildet. Du. Du hast eine lebendige Rautenhaut in die Hand genommen, weil du jemanden liebst ... und das Gift konnte dir nichts anhaben.« Sie machte eine Pause. Ihre Hand lag eigenartig mütterlich auf seiner Wange, dann ließ sie sich wieder in die Kissen sinken. »Es gibt Dinge, die du mir sagen kannst. Angharas Verstand ist ein Kessel voller Verzweiflung und Schmerzen. Du musst erzählen, was du weißt.«

»Was soll ich euch sagen, Lady?«, fragte Kieran, von diesem Befehl verwirrt. »Alles«, antwortete ai'Jihaar und weigerte sich ihm zu helfen. »Beginn mit dem Anfang. Von dem Moment, in dem sie nach Sheriha'drin zurückgekehrt ist und eure Wege sich kreuzten.«

Kieran strich sich müde durchs Haar. »Das dauert ewig«, sagte er.

»Wir haben zwei Tage«, entgegnete ai'Jihaar. »Ihre Heilung kann davon abhängen, was du mir sagst. Lass nichts aus. Lass mich entscheiden, was wichtig ist. Fang an!«

Auch hierin lag eine verborgene Gabe. Die Bilder, die vor Kierans geistigem Auge erschienen, waren zu lebendig, um reine Erinnerungen zu sein. Es war, als lausche ai'Jitaar ihm nur mit einem kleinen Teil ihrer Konzentration. Mit dem Rest streckte sie ihre Fühler aus und nahm sich die Geschichte, die er erzählte, direkt aus seinem Kopf. Teilweise war sich Kieran dessen bewusst, und noch vor kurzer Zeit wäre er bei diesem schamlosen Eindringen in seine Gedanken ins Stottern geraten, doch jetzt akzeptierte er es ohne Bedenken. Ein anderer Teil von ihm war entsetzt, wie leicht er diese Berührung mit dem Übersinnlichen akzeptierte. Er spürte Kheldrins heimtückische Magie.

Ai'Jihaar unterbrach ihn nur ein einziges Mal, als sie die alte Dienerin rief, um Essen und Getränke bringen zu lassen. Nachdem sie gegessen hatten, nickte sie Kieran wortlos zu, damit er fortfuhr. Schließlich war er erschöpft und überrascht, dass Lampen um ihn standen, welche das Zelt mit tanzenden Schatten füllten. Seine Stimme brach an dem Punkt ab, als er Anghara von ihrem Kamel heruntergeholfen hatte. Erst jetzt gestattete sich ai'Jihaar einen tiefen Seufzer.

Sie bat um seine Hand, diejenige, mit der er das Blutopfer in den pfadlosen Bergen gegeben hatte, und betastete seine glatte, unversehrte Haut. »Es ist so, wie ich es mir dachte ...«, sagte sie nachdenklich. »Du bist ein Kanal ... weil das, was du als ihr Opfer darbringst, angenommen wird. Die Götter haben dein Opfer angenommen, von einem, der nie als ihr eigener ausgezeichnet wurde. Vielleicht ist es gut, dass du keine Ahnung hattest, in welche Gefahren du dich dort begeben hast. Wahrscheinlich ist es jetzt am besten, wenn du mich den Dolch für sie aufbewahren lässt.«

»Ich werde ihn dir bringen«, sagte Kieran nicht ohne eine gewisse Erleichterung.

»Das hast du gut gemacht«, sagte ai'Jihaar, ihre Stimme bestätigte seine Verzweiflungstat und gab ihm Recht. Sie hatte ihn um den schwarzen Dolch gebeten, obgleich sie es ihm hätte befehlen können. Das war Freundlichkeit und Vertrauen. »Ich werde ihn für sie aufbewahren; sie wird ihn aus deiner Hand zurückbekommen, wenn du es wünschst, wenn sie ... ihre Kraft ... wiedererlangt hat.

Aber dieser Dolch ist kein Ding, das man zu lang allein lassen darf; er braucht Kontakt mit dem Leben. Was du nicht freiwillig geben willst, nimmt er sich womöglich mit Gewalt.«

Das wusste Kieran bereits. Dunkle Träume hatten ihn geplagt, seit er mit dem Dolch im Gepäck geritten war; dunkle Träume, besudelt mit dem Blut, wonach der Opferdolch verlangte.

Kieran trat hinaus in die kühle Wüstennacht. Licht brauchte er nicht – mit dem Inhalt seiner Satteltaschen hatte er so lange gelebt, dass er sich darin mit verbundenen Augen auskannte. Intuitiv fand er den schwarzen Dolch in der samtenen Dunkelheit. Seine Finger prickelten merkwürdig, als sie sich darum schlossen, als sei die Klinge darauf erpicht, ans Werk zu gehen.

»Dieser Ort bringt mich langsam um den Verstand«, murmelte er und wickelte den Dolchgriff in einen Zipfel seines Umhangs, um den Kontakt zwischen Dolch und seiner bloßen Haut zu unterbrechen.

Als er ins Zelt zurückkehrte, bewegte Anghara sich, aber ai'Jihaar beruhigte sie schnell mit einer Berührung und streckte die Hand nach dem aus, was Kieran trug. »Schnell«, sagte sie. Kieran ließ den Dolch bereitwillig los. Die Klinge wechselte Hände. Ai'Jihaar runzelte die Stirn, als sie den Dolch betrachtete. »Ich bin mir nicht sicher«, sagte sie langsam, »was geschehen wird, wenn wir dieses Band mit dir zerschneiden. Anghara wusste, dass du ihre Klinge hältst. Ich hoffe, du bist nicht schon allzu tief darin ...«

Kieran hatte das dumpfe Gefühl, dass diese Worte schrecklichste Gefahr ausdrückten, doch die ungeheure Erschöpfung, die er am Fuß der hohen Berge gespürt hatte, war hundertfach zurückgekehrt. Er gähnte laut. Ai'Jihaar hob schnell die Augen von der Betrachtung des Dolches. »Verzeih mir«, sagte sie. Ihre Stimme hatte jegliche Härte sowie den Befehlston verloren. »Ich war egoistisch. Ich habe so viel gefragt, und dir so wenig dafür gegeben – aber ich bin dir dankbarer, als Worte es ausdrücken können, dass du an Angharas Seite warst, als sie jemanden brauchte. Meine Dienerin hat dir ein Bett bereitet. Solltest du noch etwas brauchen, musst du nur fragen.«

»Ein Bett wäre sehr willkommen«, gestand Kieran. »Ich kann mich gar nicht erinnern, wann ich zum letzten Mal den Luxus hatte, in einem zu schlafen.«

»Es ist sehr lang her«, sagte sie. »Vielleicht länger, als du denkst. Hast du eine Ahnung, welchen Tag wir heute haben?«

»Ich erinnere mich daran, dass wir Shaymir verlassen haben«, sagte Kieran nach einer kurzen Pause, in der er ergebnislos versuchte, die Zeit zu berechnen, seit sie Kedas Mann beim Singenden Stein verlassen hatten. »Danach ... ist alles irgendwie unscharf. Ich hatte keine Möglichkeit, die Tage zu zählen.«

»Am Tag nach morgen wird das Fest des Cerdiad in Sheriha'drin gefeiert. Es ist beinahe Mittsommer«, sagte sie.

»Das ist unmöglich!«, stieß Kieran hervor, völlig aus der Fassung gebracht. »Wir haben unmöglich einen Monat ... über einen Monat ... in diesen Bergen verbracht. Wir hätten niemals überlebt! Das ist unmöglich ...«

»Du vergisst, dass ihr einen Gott hattet, der stets hinter euch ging«, entgegnete ai'Jihaar.

»Aber al'Tamar hat gesagt, dass al'Khur uns geholfen hat«, meinte Kieran hilflos. »Ein Monat ...«

»Er hat euch geholfen«, erklärte ai'Jihaar. »Ohne ihn wärt ihr nicht hier. Aber euch zu helfen, bedeutet nicht, dass er euch leichtfertig in dieses Reich gelassen hat.«

»Andere haben vor uns diese Berge überquert«, beharrte Kieran.

»Stimmt. Aber denk nach – viele haben es versucht, und es ist ihnen nicht gelungen, sehr viele; und diejenigen, denen es gelang, ist es fast immer sehr übel ergangen. In Kheldrin gibt es Leute, welche allein die Anwesenheit von *fram'man'en* als Sakrileg betrachten, und die bereit sind, zur Verteidigung dieser Überzeugung tätig zu werden. Obwohl es einige wenige in unserem Volk gibt, die über diese Berge gewandert und zurückgekommen sind, ziehen sie es vor, nicht darüber zu sprechen, und doch sind sie Kinder der Götter.« Ihre dünnen Hände schlossen sich über dem schwarzen Dolch und verbargen ihn in einer Falte der Decke und unter den vielen silbernen Armreifen vor Kierans Augen. Erst jetzt war er wieder er selbst. Er blinzelte und schaute dann hinab auf Anghara.

»Mach dir keine Sorgen mehr um sie«, beruhigte ihn ai'Jihaar. Mit ihrer unheimlichen Fähigkeit hatte sie wieder seine Gedanken gelesen. »Alles, was getan werden kann, tue ich. In einem hatte sie Recht – es gibt keinen anderen Ort, an dem ihre Heilung beginnen kann. Aber ob wir unsere Aufgabe erfüllen können, müssen wir abwarten. Vielleicht hat ihr Bruder ihr weitaus Schlimmeres angetan, als sie zu töten.«

»Kannst du sie heilen?«, fragte Kieran heiser.

»Sie wurde schon einmal geheilt, ohne zu wissen wie oder warum«, antwortete ai'Jihaar leise. Ihre Miene war nachdenklich, in sich gekehrt. Sie fand eine alte Erinnerung und betrachtete sie im Licht. »Mehr als das – sie hat den Tod persönlich überwunden. Für so jemanden ... werden wir alles wagen.«

Schweigend verneigte sich Kieran vor ihr und verließ sie.

Später wusste er nicht mehr, ob es ein Traum gewesen war oder Wirklichkeit; aber er erinnerte sich daran, wie er draußen in der dunklen, mondlosen Nacht ai'Jihaar beim Teich neben ihrem Zelt stehen sah. Aber das war nicht die ai'Jihaar des vergangenen Tages – nicht die alte Frau, von Krankheit geschwächt, auch nicht die herrische *an'sen'thar* oder die liebevolle Lehrerin, nicht die scherzende Tante, die ihren zögernden Neffen zu seinem Verlobungsfest schickte. Dort stand ein Geschöpf der Macht, gehüllt in eine weiße Feuersäule, die Arme hinausgestreckt zum dunklen Himmel voller riesiger Wüstensterne. *Gib mir die Kraft!*, schien sie zu beten. *Was auch immer ihr Handel mit dir gewesen sein mag, Sa'id al'Khur, gewiss hat sie mich dafür aus deinen Klauen befreit – was immer ihr Handel gewesen sein mag, ich werde ihn erfüllen. Aber gib mir die Kraft! Vor langer Zeit bat sie um mein Leben. Jetzt bitte ich um ihres.*

Der Handel, den wir geschlossen haben, ist beinahe erfüllt, an'sen'thar, schien eine körperlose Stimme vom Himmel zu antworten. *Sie hat es vergessen, wie ich es ihr befohlen habe; eines Tages wird sie sich an alles erinnern. Und wenn sie das tut ... ist ihr Leben nicht länger in meinen Händen.*

9

Eigentlich verhieß diese Begegnung mit ai'Jihaar Kieran nur wenig Hoffnung, aber er schlief ungestört den Schlaf der Unschuldigen und Vertrauenden in der Zeltecke, die man ihm zugewiesen hatte. Als er am nächsten Morgen aufwachte, war das Mittagessen näher als das Frühstück. Bald erinnerte Kieran sein Magen daran, dass seit dem Abendessen gestern bereits Stunden vergangen waren. Er hatte einen Hunger wie ein Wolf.

Außerdem war er allein. Er wusste fast immer, wenn er die Luft mit jemandem teilte. Als er sich präsentabel gemacht hatte und aus seinem Abteil ins Zelt schaute, war er nicht überrascht, dass es leer war.

Anghara ... Was haben sie mit Anghara gemacht ...

Gerade als ihn sein Vertrauen verließ, und alle Befürchtungen sich wie wartende Geier auf seinen Schultern niederließen, schlug Anghara die Zeltklappe zurück und kam herein. Ihre Wangen waren rosig, ihre Augen strahlten.

»Na, endlich bist du wach! Ich wollte mich gerade über ai'Jihaars Verbot hinwegsetzen und dich wecken. Der Tag ist schon halb vergangen.«

»Du siehst gut aus«, sagte Kieran und ließ über hundert Dinge, die er ihr hätte sagen wollen, unausgesprochen. Sie waren alle in seinem Schweigen enthalten, hätte Anghara zwischen den Worten lesen wollen oder können.

Doch sie zog es vor, das Offensichtliche nicht zu beachten. »Ich fühle mich viel besser«, meinte sie. »Allerdings sagt ai'Jihaar, dass ich noch keineswegs geheilt bin.« Es gelang ihr, das scherzhaft vorzubringen. Kieran wusste nicht, ob er ai'Jihaar danken oder sie schelten sollte, weil sie so mit Angharas Gefühlen spielte.

»Wo ist sie ... ai'Jihaar?«, fragte er nur.

Anghara kicherte wie das junge Mädchen, das sie eigentlich war. »Ganz gegen ai'Fatmahs ausdrücklichen Rat vollzieht ai'Jihaar ihre täglichen Waschungen am Brunnen anstatt sich das Wasser bringen zu lassen. Sie ist beinahe fertig; und sie hat ai'Fatmah gebeten, danach eine Kleinigkeit fürs Mittagessen zu machen. Und danach«, wieder lachte sie, »kannst du gleich wieder ins Bett gehen, weil es Zeit für ein Mittagsschläfchen ist.«

»Und du?«

»Naja, ai'Jihaar will mich wohl wieder ausquetschen – sie hat mir eine unvorstellbare Menge Fragen gestellt, seit ich hergekommen bin.«

»Davon kann ich ein Lied singen«, meinte Kieran, der sich nicht zurückhalten konnte.

»Ach, du auch?«, sagte Anghara mit blitzenden Augen. »Dann bist du vielleicht an der Reihe. Ich finde schon etwas, um mich allein zu amüsieren. Außerdem bekommen wir demnächst Gäste. So wie ai'Jihaar ihren Bruder und die anderen *sen'en'thari* im Turm von Al'haria kennt, die al'Tamar holen soll, dürften sie morgen, wenn nicht sogar schon heute am späten Abend eintreffen.«

»Über all das weißt du Bescheid?«, fragte Kieran verblüfft. »Du hast fest geschlafen, als wir darüber gesprochen haben.«

»Eine *sen'thar* schläft nie wirklich. Ich glaube, ich habe viel selbst gehört, außerdem hat ai'Jihaar es mir gesagt.«

»Aber du hast gesagt, du bist blind ...«

Das Lächeln brach ab. »Das bin ich auch. Aber hier in der Kadun ... ich weiß nicht. Manches sickert durch. Hier und ... naja ... es ist wie damals auf der Flucht vor Sif, als ich die Stehenden Steine oberhalb des Moores gespürt habe.«

Er hatte ihr die gute Laune verdorben. Das tat ihm leid. Aber obwohl der Funke in ihr ausgelöscht war, blieb sie strahlend wie das Nachglühen von gelber Glut. Ja, sie war blind, aber ai'Jihaar hatte ein Seil der Hoffnung ausgeworfen, und Anghara hielt sich daran fest wie ein Ertrinkender an einem Strohhalm. Sie würde ihre Chance bekommen. Darauf wartete sie mit einer Gier, die sich in unbeobachteten Momenten in ihren grauen Augen spiegelte. Eine

Gier, neben der kein Raum war für irgendetwas anderes – nicht für Roisinan, ihr Erbe, und gewiss nicht für ... wie hatte ai'Jihaar zu al'Tamar gesagt, ehe er ging? Für einen *qu'mar* in dieser Welt; und noch viel weniger für jemanden, der ihr seine Gefühle, die während der vergangenen Jahre unter so vielen Schichten verborgen lagen, nicht mit Worten offenbart hatte. Er konnte wirklich nicht erwarten, dass sie diese erriet.

Diese Gedanken waren ganz und gar nicht hilfreich. Kieran unterdrückte sie brutal und lächelte krampfhaft, teilweise aus Galgenhumor. »Dann erwartest du sie also heute Abend?«

»Möglich ist es«, antwortete Anghara so beiläufig, als spräche sie zu Herbstblättern auf der spiegelglatten Oberfläche eines tiefen, schwarzen Wassers.

»Ich frage mich, wie sie meine Anwesenheit hier aufnehmen werden«, meinte Kieran und verzog das Gesicht, als er sich das schwarze Haar aus der Stirn strich.

»Sie ...« Anghara brach abrupt ab und runzelte die Stirn, als hätte sie soeben einem abwegigem Gedanken erlaubt, sich für immer davonzumachen, wie Sand durch die Finger. Doch als Kieran fragend eine Braue hochzog, winkte sie ab. »Ich habe vergessen, was ich sagen wollte.« Sie blickte über die Schulter, als sich die Zeltklappe wieder öffnete und ai'Fatmah mit einem beladenen Tablett erschien, dicht gefolgt von ihrer Herrin. Heute trug ai'Jihaar ihr goldenes Gewand mit allen *say'yin'en*, die ihrem Rang zustanden. Wieder verneigte sich Kieran vor der unsichtbaren Macht, die in dieser kleinen, zerbrechlichen Frau pulsierte, ohne jegliche Rücksicht darauf, dass seine Geste völlig unbemerkt bleiben musste.

Damit hätte er Recht gehabt, wäre ai'Jihaar jemand anderer als sie selbst gewesen. Die alte *an'sen'thar* lächelte nur rätselhaft über etwas, das sie unmöglich gesehen haben konnte, und erwiderte die Geste.

»Ich bin ebenso deine Freundin, wie ich immer Angharas Freundin und Lehrerin gewesen bin«, sagte ai'Jihaar. »Zwischen uns sind keine Ehrenbezeugungen nötig. Komm, setz dich zu mir. Wir haben so wenig Zeit, bis die anderen eintreffen und wir tun müssen ... was getan werden muss. Aber solange wir allein sind, erzähl einer, die dein Land liebt, von dem grünen Sheriha'drin.«

»Leider war es in den letzten Jahren kein besonders schönes Land mehr«, sagte Kieran.

»Das blutende Land«, sagte ai'Jihaar und nickte.

»Das Orakel«, erklärte Anghara, als Kieran fragend die Stirn runzelte. »*Aus dem Dunkel das blutende Land flehend drängt.* Das hat Gul Khaima mir gesagt, als ich fortging.«

»Das blutende Land«, wiederholte Kieran. »Ja, in der Tat.« Er blickte Anghara aus glühenden Augen an. »Ich habe immer geglaubt, dass du ...«

»Noch nicht, Kieran«, unterbrach ihn Anghara und hob die Hand. »Noch nicht. Vielleicht nie. Soviel hängt davon ab, was ... hier geschieht.«

»Aber du gehörst uns, was auch dabei herauskommen mag. Das war immer so. Und wir gehören dir. Das alles stand längst im Buch der Stunden geschrieben, ehe Sif es an sich gerissen hat, um seine blutige Herrschaft hineinzuschreiben.«

»Deine Gefühle ehren dich«, sagte ai'Jihaar. »Ohne dich wäre Anghara nie in der Lage gewesen zu wählen. Aber die Wahl bleibt in ihren Händen ... so wie die Macht etwas zu gewähren in den Händen der Götter liegt. Vergiss das nicht.«

»Für mich ändert sich nichts, ganz gleich, ob sie das Zweite Gesicht hat oder blind ist«, erklärte Kieran verzweifelt und schaute ai'Jihaar an. »Ich verstehe ersteres nicht und empfinde auch kein Mitleid beim zweiten; für mich bleibt sie Anghara, früher meine Ziehschwester, und jetzt meine rechtmäßige Königin.«

»Friede, Kieran«, sagte Anghara und legte ihre kleine kühle Hand auf seinen Arm. Kieran musste seine gesamte Kraft aufbieten, um die Hand nicht hochzuheben und sie zu küssen. Er zitterte stark, aber er beherrschte sich, und wieder blieb vieles, was er hervorstoßen wollte, ungesagt. Jetzt war nicht der richtige Zeitpunkt, falls dieser überhaupt existierte, um alles, was tief in seinem Inneren begraben war, ans Tageslicht zu bringen. Nervös berührte er mit den Fingern die geschwungene Oberfläche des *say'yin*, der mit Liebe angefertigt worden war und den er jetzt unter dem Gewand verborgen trug. Und al'Tamars Friede stieg zu ihm durch die heiße Handfläche und verlieh ihm die Stärke zu schweigen. Er neigte den Kopf.

»Morgen«, sagte Anghara und drückte leicht seinen Arm. »Morgen werden wir alles wissen.«

Sie erwarteten die Gesandtschaft vom Turm der *sen'thar* in Al'haria eigentlich am Morgen des folgenden Tages, aber sie traf erst am späten Nachmittag ein. Sieben Frauen, die unter den schwarzen Djellabas und blauen Burnussen graue Gewänder trugen, dazu noch eine auf einem herrlichen braunen dun mit blonder Mähne, deren Gewand golden schimmerte. Hinter ihnen trotteten zwei ki'thar'en; das eine mit schläfrig aussehenden Dienerinnen, das andere mit zusammengeschnürten Bündeln, aus denen stellenweise glänzende jin'aaz-Seide hervorlugte.

Ai'Jihaar fühlte sich an diesem Morgen nicht wohl und erschien daher nicht, um ihre Gäste zu begrüßen. Es machte keinen großen Unterschied, da diese für sie im Inneren ihres Zeltes ebenso sichtbar waren, als hätte sie draußen auf sie gewartet.

»Eine Goldene«, murmelte sie, »aber nicht ai'Farra ... *Chud*, ausgerechnet jetzt, wo wir sie brauchen, besucht sie ihre Mutter in Say'ar'dun ...«

Auch Anghara hatte es vorgezogen, das Zelt nicht zu verlassen. Doch da ihr ai'Jihaars überirdische Sinne fehlten, musste sie durch einen Schlitz an der Eingangsklappe lugen. »Es ist nur eine Goldene dabei«, sagte Anghara. »Sie ist verschleiert, aber ich glaube nicht, dass ich sie kenne.«

»*Hai!*«, bestätigte ai'Jihaar. »In ihr brennt kaltes Seelenfeuer – wie die Schatten in den Augenhöhlen eines in der Wüste gebleichten Schädels. Sie heißt ai'Daileh; ihr wurde das Gold im Turm in Beku, unten in der Arad, verliehen, nachdem du weggegangen warst. Ai'Farra hat sie nach Al'haria gebracht. Sie ist stark und jung, aber hart, zu hart ... Sie tötet sauber, aber ich frage mich, ob sie auch die Fähigkeit hat zu heilen?«

»Du sagst, ai'Farra hat sie geholt? Aber bist du nicht ebenso ...«

»Es steht mir nicht zu, die Wahl der Nachfolgerin der Archivarin in Frage zu stellen. Und ai'Farra ist ... ai'Farra. Als du sie unter Druck gesetzt hast, indem du die Hariff gewählt hast, musste sie sich auf andere Art beweisen. Ich denke, das stärkste Siegel für ai'Dailehs Eignung ist die Tatsache, dass sie ebenfalls eine Sayyed ist. Das ändert die Machtverhältnisse in Al'haria. Und ai'Farra hat sich noch nie eine Chance zur Vergrößerung ihrer Macht entgehen lassen.«

»Soll ich verschwinden?«, fragte Kieran. Er stand mit vor der Brust gekreuzten Armen im Hintergrund. War es das alte, tief sitzende Misstrauen gegen die »Khelsies« oder etwas Neues, das mit Anghara und ihrer Gabe zu tun hatte? Kieran stellten sich die Nackenhaare auf; nie zuvor hatte er eine derartig starke Vorahnung gespürt. Es braute sich Ärger zusammen. So viel stand fest.

»Nein«, antwortete ai'Jihaar. »Sie wissen ohnehin, dass du hier bist; aber überlass mir das Reden.«

Kieran gehorchte nur zu gerne. Er zog sich zwei Schritte tiefer ins rötliche Halblicht zurück, das im Zelt herrschte und in dem seine Augen wie Saphire funkelten.

Anghara stand am Eingang. Plötzlich versteifte sich ihr schmaler Rücken, die Hände ließen die Zeltklappe los und flogen an ihre Schläfen.

»Geht es dir gut?«, fragte ai'Jihaar sofort, während Kierans Rechte instinktiv zum Schwert griff.

»Die Schmerzen ...« Anghara stöhnte und wich vom Zelteingang zurück.

»Bleib stehen!«, befahl ai'Jihaar Kieran ohne den Kopf zu wenden. Er war schon sprungbereit. »Das ist nichts, wobei du helfen kannst. Komm, Anghara!«

Anghara taumelte auf den Stapel Seidenkissen zu, auf dem ai'Jihaar lag, als draußen jemand rief: »*Sa'hari, an'sen'thar?*«

»*Iman'et*«, antwortete ai'Jihaar und blickte besorgt auf das schmerzverzerrte Gesicht des Mädchens, das zu ihren Füßen zusammengebrochen war. »*Dan'ah*«, fügte sie hinzu. Ohne Absicht hatte al'Tamar Kierans Wortschatz der kheldrinischen Sprache auf dem Ritt durch die Berge vergrößert, sodass dieser jetzt wusste, was *sa'hari* bedeutete. Ebenso die Antwort *iman'et* – tritt ein. Das dritte Wort war ihm noch nicht begegnet, aber die Bedeutung wurde offenbar, als die Zeltklappe zurückgeschlagen wurde und eine Abgesandte der kleinen Karawane, die gerade gekommen war, eintrat. *Dan'ah.* Allein.

Die Stimme, die um Einlass gebeten hatte, war kalt und selbstsicher und passte hervorragend zu der Gestalt in königlich goldenem Gewand, die jetzt in ai'Jihaars Zelt trat. Ohne Burnus sah man, dass ai'Dailes Gesichtszüge scharf wie gemeißelt waren, nicht von einem Bildhauer bearbeitet – nur harte Winkel, keine Kurven. Mit der Kinnlinie hätte man schneiden können, und ihre Augen glichen goldenem Eis. Sie überflogen Kieran flüchtig, schätzten ihn ab und wandten sich dann ab, als sei er nicht interessanter als ein unansehnliches Möbelstück. Kieran war entlassen und zum Schweigen verdammt, während die beiden Kheldrini-Priesterinnen in goldenen Gewändern, die Angharas Zukunft in den Händen hielten, sich in einer Sprache unterhielten, von der er kein Wort verstand.

»Du hast nach uns geschickt, *an'sen'thar?*«, sagte ai'Daileh ma'Sayyed. Der Ton war formell, korrekt, höflich; nicht weniger ehrerbietig als zwischen einer älteren *an'sen'thar* und einer jüngeren Schwester, die aber ebenfalls Gold trug, angebracht war – aber auch kein Sandkorn mehr. Tod und Sterblichkeit waren ai'Daileh nur allzu bewusst, als sie wie ein Kraftbündel dastand, zufrieden damit, ein wenig warten zu müssen – denn lang würde es nicht dauern, ehe ai'Jihaars Welt in ihre offenen Hände übergehen würde. Schließlich war sie jünger und stärker und von ai'Jihaars eigenen Göttern ausgewählt worden. »Ich bin mit sieben grauen Schwestern hergekommen. Sie warten draußen auf dein Wort, wie du befohlen hast. *Sa'id* al'Jezraal war nicht sehr mitteilsam. Er sagte nur, dass du uns sagen würdest, weswegen wir benötigt werden.«

»Sie ist der Grund«, sagte ai'Jihaar sehr leise.

Jetzt endlich glitten ai'Dailehs Augen zu Anghara hinab. Ihre Lippen kräuselten sich – leicht. Es konnte der Beginn eines Lächelns sein. »Die *fram'man an'sen'thar.* Ich habe über sie in den Aufzeichnungen gelesen, die ai'Farra über die Errichtung von Gul Khaima gemacht hat. Sie ist aus Sheriha'drin zurückgekehrt?«

Unter ai'Jihaars beruhigendem Streicheln hatte sich Angharas Gesicht leicht entspannt, aber ihre Wangen waren gerötet und ihre Augen ... Kieran hatte diese gepeinigten Augen schon einmal gesehen, auf den kahlen grauen Hängen der Berge, über die sie sich vorwärtsgekämpft hatten, um dieses Land zu erreichen. Anghara war wieder an einem Ort, von dem er geglaubt hatte, sie hätten ihn längst verlassen. Sein Herz sank; er spürte einen Stich in der Hand, welche um Angharas willen den schwarzen Dolch gespürt hatte. Doch war das Gefühl blitzschnell wieder verflogen.

»Sie ist zurück«, antwortete ai'Jihaar. »Und sie braucht unsere Hilfe.« Sie musste innehalten, um Luft zu holen. Plötzlich sah sie neben dieser gefährlichen jungen Priesterin, die sie in ihr Heim eingeladen hatte, so aus, wie es ihrem tatsächlichen Alter entsprach oder noch älter. Aber sie kämpfte für Anghara, ihr Herzenskind, daher nahm sie alle Kraft zusammen und richtete sich auf. »Ich war krank«, erklärte ai'Jihaar steif, als machte sie dieses Eingeständnis nur ungern. »Und das, woran unsere Schwester leidet, erfordert mehr Kraft, als eine Einzelne hat, selbst wenn ich zehnmal jünger wäre und meine Gesundheit so gut wie damals in deinem Alter.« Es war eine subtile Ermahnung, die ai'Daileh nicht entging. Die goldenen Augen senkten sich, von spitzen kupferfarbenen Wimpern verschleiert. »Deshalb habe ich dich und die, die du mitgebracht hast, hergerufen. Sie ist vom Rand des Abgrunds zurückgekehrt, seit sie bei mir ist – ein oder zwei Tage – aber jetzt, als du gekommen bist ... Ich habe nicht bedacht, dass all diese an einem Ort geballte Kraft zu viel für sie sein könnte.«

»Was ist das Problem?«, fragte ai'Daileh vorsichtig.

»Du hast von einer *an'sen'thar* gelesen, die ein Orakel errichtet hat«, sagte ai'Jihaar. »Schau dich um und sage mir, ob du sie hier und heute bei uns spürst.«

Es erschütterte die selbstbewusste junge Priesterin sichtlich, als sie das Wrack sah – es erschütterte sie so sehr, dass ihr Gesicht einen Moment lang weich wurde, als sie die stumme, reglose Anghara betrachtete. Doch war diese Weichheit sogleich verflogen, als sie den Kopf hob und wieder ai'Jihaar anschaute. »Irgendetwas stimmt hier nicht«, murmelte sie.

»Als Erstes müssen wir die Brücken wieder schmieden, die zerstört wurden«, erklärte ai'Jihaar, ohne auf ai'Dailehs Bemerkung einzugehen, da sie nicht gleich das Thema Kieran anschneiden wollte.

»Ist das möglich?«, fragte ai'Daileh nachdenklich.

»Wir werden es herausfinden. Kommst du vorbereitet?«

Die jüngere Frau nickte. »Ein weißes ki'thar-Lamm, noch keine vier Monde alt. Zwei der verletzten Seidensucher, die uns gebracht wurden ... obwohl ich immer noch nicht begreife, woher du gewusst hast, dass wir diese beiden mit genau den Wunden hatten, die du uns beschrieben hast.«

»Ich muss nicht im Turm sein, um zu wissen, was dort geschieht«, erklärte ai'Jihaar ruhig und faltete die Hände im Schoß. »Du hast die Seidensucher. Und der Rest?«

»Ich habe die *Rab'bat Rah'honim* mitgebracht.«

»Das ist gut.«

Nach kurzem Schweigen, während dessen ai'Daileh Anghara neugierig musterte, sagte sie: »Vielleicht können wir nur sehr wenig tun.«

Als Antwort zog ai'Jihaar vielsagend eine Braue hoch, und ai'Daileh verschränkte abwehrend die Arme, aber das konnte ai'Jihaar nicht sehen, und ai'Dailehs Stimme klang kühl und distanziert, als sie sprach. »Vielleicht ist das nur der Preis, den sie zahlen muss, um den Weg zu nehmen – sie, die *fram'man*, der man die Wüste hätte verbieten sollen ...«

Spannung knisterte in der Luft; dazu musste Kieran die Worte nicht verstehen. Ai'Daileh betrachtete Anghara von oben herab, als überlege sie ... Er richtete sich auf in der Dunkelheit; einen Moment lang glaubte er, sich unmöglich weiter beherrschen zu können. Für wen hielt sich diese … Khelsie im goldenen Fetzen eigentlich? Jemanden so zu beleidigen, *fram'man* oder nicht, die mit ai'Dailehs eigenen Göttern von Angesicht zu Angesicht gesprochen hatte! Die Worte formten sich in seinem Kopf, glasklar spürte er sie schon auf der Zunge: *Hast du je al'Khur ins Antlitz geschaut und weitergelebt, du Wüstenpriesterin?* Aber ai'Jihaar glomm als ruhige Flamme in der Dunkelheit, ein gleichmäßiges weißes Licht, das behutsam und liebevoll Kierans Wut bändigte und erlöschen ließ.

»Das hatte ich befürchtet«, sagte ai'Jihaar laut, als sei sie in Gedanken nicht einen Moment lang woanders gewesen.

Sie klang beherrscht – ein wenig resigniert, ein wenig bedauernd, aber dennoch so entschlossen, dass sie ins Schwarze traf. Selbst Kieran begriff den Ton dieser Worte; ai'Daileh zuckte zusammen, als seien die Worte ein Dolch an ihrer Kehle.

»Selbst ai'Farra ist darüber hinweg«, sagte ai'Jihaar. »Du … hast Anghara von Sheriha'drin nie gekannt, du weißt nicht, was sie getan hat, abgesehen von dem, was du gelesen hast und was für alle Ewigkeit im Staub der Katakomben festgeschrieben steht. Jetzt siehst du hier nur ein hilfloses *fram'man*-Mädchen mit einer verwundeten Seele. Und jetzt sag mir, ai'Daileh, bist du imstande, dich über das zu erheben, was du siehst und nach dem zu greifen, was du weißt? Wenn nicht … ich werde dir nicht erlauben, dich ihr so weit zu nähern, dass du ihr etwas antun kannst, es sei denn, du schwörst mir einen Eid, dass du hergekommen bist, um zu heilen, nicht um zu opfern.«

Nein, ihre Augen waren nicht aus Eis. Jetzt glühten sie in dem eckigen, gemeißelten Gesicht. Ai'Dailehs Hände waren zu Fäusten geballt. Kieran wünschte sich inbrünstig, dass er verstehen könnte, was hier geschah – er hatte den Atem angehalten und das Gesicht beobachtet, das ai'Jihaar nicht sehen konnte. Er stieß einen langen lautlosen Seufzer aus, obgleich ai'Daileh das Kinn teils aus Trotz, teils aus Stolz reckte.

»Ich würde nie jemandem ein Leid zufügen, dem das gleiche Gold wir mir verliehen wurde«, erklärte sie langsam. »Es mag mir nicht gefallen – aber es ist geschehen und so soll es bleiben. Sie ist eine *an'sen'thar*, genau wie ich.«

»Lautet so dein Eid?«, fragte ai'Jihaar unerbittlich.

»Wenn du es für nötig hältst, kann ich es beschwören. Also: Ich bin hier und werde alles tun, was ich kann, um eine Schwester auf dem Weg zu heilen. Ich werde ihr kein Leid zufügen. Gestattest du mir jetzt, mich zurückzuziehen, *an'sen'thar?* Ich nehme an, du möchtest, dass wir sofort beginnen, wenn alles bereit ist.«

»Du kannst gehen.«

Ai'Daileh verneigte sich kurz und machte kehrt, um zu gehen. Am Eingang blieb sie stehen und blickte zurück in Angharas große graue Augen, die nicht sehen konnten, und zu Kieran, der angespannt und kampfbereit im Schatten stand. Dann beugte sich ai'Jihaar über Angharas helles Haar – und Kieran stockte der Atem, als er die unausgesprochenen Worte klar in seinem Kopf hörte: *Du wirst alt, Verehrungswürdige. Es gab eine Zeit, da hättest du keinen Eid gebraucht, um in das Herz einer Schwester zu schauen.* Es schwang ein wenig Bedauern mit, aber noch mehr Triumph, Genugtuung, und vielleicht sogar Bosheit.

Dann war ai'Daileh verschwunden. Aber es folgte der nächste Schock. Ai'Jihaars Stimme, körperlich, aber viel schwächer als die Worte, die er soeben mitgehört hatte. »Diese hätte meine Kräfte strapaziert, selbst wenn ich nicht so schwach gewesen wäre wie jetzt ... Verflucht sei diese Krankheit!«, kam es ganz leise auf Roisinanisch über ihre Lippen. »Wo ist ai'Fatmah?«

»Soll ich sie suchen gehen?«, fragte Kieran und trat näher.

»Keine Zeit ... Dort hinten in der Truhe ist eine Phiole, blaues Glas ...«

Kieran war schon dort und öffnete hektisch den Deckel. Verdammt, da waren zwei blaue Fläschchen! Er zögerte. Glänzendes Metall lenkte seinen Blick ab. Eine Klinge – Angharas Dolch. Die Erinnerung an honigschwere Luft ... Augen in der Wüste ... Blut ...

»Kieran ...«

Mit einem Ruck wachte er auf. Erst jetzt bemerkte er, dass er minutenlang in einer Art Trance gesessen hatte, während ai'Jihaars Stimme hinter ihm immer schwächer wurde ... er griff wahllos nach einem blauen Fläschchen. Obwohl es immer noch so aussah, als würde sich ai'Jihaar über Anghara beugen, wurde ihm jetzt klar, dass Anghara ai'Jihaars erschlafften Körper stützte.

Kieran fiel neben ai'Jihaar auf den Kissen auf die Knie und zog dabei den Stöpsel aus der Phiole. »Hier ist es«, sagte er, hob ihre Hände und legte sie um das Fläschchen. Der Geruch aus der Phiole war ihm irgendwie vertraut, seltsam in einem Land, wo ihm alles fremd war, aber er hatte keine Zeit, sich zu wundern, denn ai'Jihaar hatte schon zwei Schluck getrunken, ehe einer von ihnen einen klaren Gedanken fassen konnte.

Dann wussten sie es beide.

»Lais«, flüsterte Kieran und starrte die Phiole entsetzt an. »Das ist lais ...«

»Konzentrierte Essenz«, stieß ai'Jihaar hervor und ließ die Hand in den Schoß fallen. »Kieran, was hast du getan? Es liegt in den Händen der Götter ... vielleicht ... selbst jetzt ... bring mir das andere Fläschchen. Vielleicht reicht die Zeit.«

Kieran rannte zur Truhe und vermied einen Blick auf den fatalen Dolch und holte das zweite Fläschchen. Mit zitternden Fingern reichte er es ai'Jihaar. Sie öffnete es selbst und nahm einige Tropfen.

»Schau nach, ob sie draußen bereit sind«, befahl ai'Jihaal leise mit geschlossenen Augen. Kieran verließ sie ungern, um einen Blick nach draußen zu werfen. Die kleine hai'r sah bereits anders aus – ai'Daileh hatte das Kommando übernommen.

Eine der Dienerinnen, die mit der kleinen Karawane gekommen war, wickelte ehrfürchtig die großen schwarzen Trommeln aus, die *Rab'bat Rah'honim*. Eine stand bereits aufrecht im Sand. Das polierte schwarze Holz saugte gierig das klare goldene Licht des Nachmittags in der Wüste auf und hüllte es in das Mysterium der kommenden Dunkelheit. Das glatte gegerbte Fell, das auf der Trommel gespannt war, war einst ein weißes ki'thar gewesen. Die Gefährtin der großen Trommel war noch zur Hälfte in Decken aus weicher Wolle und rotgoldener jin'saaz-Seide eingewickelt und diese war schwarz bespannt. Schwarze ki'thar'en waren noch seltener als weiße, dieses zweite Fell war ein Geschenk der Götter. Neben den Trommeln, beinahe so groß wie die *sen'en'thari*, die sie schlugen, stand eine graue Schwester. Ihre kleinen Hände wirkten zwergenhaft durch die beiden Trommelstöcke, die aus dem gleichen schwarzen Holz angefertigt waren wie die Trommeln.

Zwei weitere Graue waren anscheinend mit häuslichen Arbeiten um die drei schwarzen Zelte beschäftigt, die auf der anderen Seite von ai'Jihaars Teich aus dem Wüstenboden gewachsen waren. Eine dritte faltete im Eingang eines Zeltes ein großes Stück scharlachroter Seide zusammen, während sie sich mit jemandem im Zelt unterhielt.

Und ai'Daileh überwachte persönlich die Vorbereitung für einen schlichten Altar im Schatten der Palmen. Für die Zeremonie war es noch zu früh. Sie erklärte einer Gefährtin etwas, die Kieran aber nicht sehen konnte. Sie hatte die Arme erhoben, sodass die Ärmel des goldenen Gewandes zurückfielen und die bloßen Arme bis fast zum Ellenbogen enthüllten. Kieran hatte das Gefühl, dass es sich um eine Beschwörung handelte und zog sich schnell zurück.

»Ich glaube nicht, dass sie schon bereit sind«, sagte er, um auf ai'Jihaars Frage zu antworten. Die Augen der alten *an'sen'thar* waren fast geschlossen. »Aber sicher ist es bald soweit«, fügte er schnell hinzu. »Es sieht so aus, als sei ai'Daileh fast fertig. Die Trommeln sind noch ...«

Noch während er sprach, hallte ein tiefer lauter Ton durch die Oase. Kieran blickte hinaus. Die beiden Trommeln standen frei da, eine Dienerin lief mit den fein säuberlich gefalteten Decken aus Seide und Wolle davon, die als Reisehülle gedient hatten. Die beiden schwarzen Trommeln strahlten eine urtümliche Kraft aus. Das Gefühl wurde durch die beiden grauen Schwestern verstärkt, die dahinter standen, jede mit einem gewaltigen Trommelstock in der Hand. Die an der weißen Trommel hatte zuerst zugeschlagen. Jetzt, vor Kierans Augen, schlug die zweite ihren Stock auf das schwarze ki'thar-Fell. Die Trommel antwortete, ihr Ton war eine Nuance tiefer und dunkler als die andere. Wieder sauste der weiße Stock hernieder, dann der schwarze; der weiße, der schwarze ... der Rhythmus war beinahe unerträglich langsam ... einschläfernd ...

»Sie wird nicht vor der Abenddämmerung beginnen«, sagte ai'Jizaal und erinnerte Kieran daran, dass sie noch da war. »Rufe ai'Fatmah. Sie muss mir etwas Starkes brauen ... *khaf*, schwarz, süß und stark. Ich muss wach bleiben, bis die Zeremonie beginnt.«

Ihr zu gehorchen, bedeutete, das Zelt zu verlassen und hinauszugehen, wo alle diese Fremden ihn sehen konnten, vor deren Augen er bisher verborgen gewesen war. Kieran ließ sich keine Zeit nachzudenken. Er schob die Klappe beiseite und trat hinaus.

Sofort hefteten sich mindestens drei Augenpaare auf ihn. Vier. Er eilte zum Eingang des kleineren Zeltes, das ai'Jihaars Dienerin bewohnte. Dabei traf ihn wieder ein glühender Blick aus ai'Dailehs goldenen Augen, aufmerksam, abwägend. Kieran hielt ihm kurz stand, dann verneigte er sich so langsam vor ihr, wie es am Hofe des alten Roisinan jahrhundertelang Tradition gewesen war, ehe er ihr den Rücken zudrehte und in ai'Fatmahs Zelt verschwand. Er spürte, wie ihm als Reaktion der goldenen Priesterin ein Hauch von Erheiterung folgte. Die schwarzen Trommeln schlugen immer noch langsam aber eindringlich.

Die Stunden vergehen langsam, wenn man wartet. Die Minuten bis zum Einbruch der Nacht tropften quälend bedächtig dahin; jede hätte eine perfekte Kopie der Stunde sein können, von der sie ein Teil war, von einem Meister als Miniatur geschnitzt. Ai'Jihaar trank so viel *khaf*, dass diese Menge ein ki'thar einen Monat lang wach gehalten hätte, während sie wartete und hoffte, der lais, den sie getrunken hatte, würde sie nicht zu sehr schwächen und dass der *khaf* ihn schnell genug neutralisierte, damit sie ai'Dailehs Ritual überwachen konnte. Anghara schien durch das gnadenlose Trommeln tiefer als je zuvor in Trance versunken zu sein. Sie saß da und träumte. Auch Kieran wartete nur. Auf den Einbruch der Nacht. Auf die Wahrheit. Auf Rettung.

Als ai'Daileh sie endlich holte, war es schon dunkel. Drei große Feuer brannten, und die hai'r leuchtete in rötlichem Licht. Es drängte sich vorbei an ai'Daileh ins Zelt und ließ sie als dunkle Silhouette erscheinen, hinter ihr die sensationslüsterne Nacht.

»Wir sind bereit anzufangen, *an'sen'thar.* Komm. Bring die Tochter aus Sheriha'drin.«

»In diesem Land ist sie Anghara ma'Hariff«, erklärte ai'Jihaar, als Kieran ihr half aufzustehen. Ihre Stimme klang fester, entschlossener als ihr Körper erwarten ließ. Kieran spürte, wie sie schwankte, als sie sich auf seinen Arm stützte.

»Selbstverständlich. Kann ich dir helfen?«

»Danke, nicht nötig.« Kieran hatte auch Anghara auf die Beine geholfen und stand jetzt zwischen den beiden Frauen, ai'Jihaar am einen, Anghara am anderen Arm, wie bei einem bizarren höfischen Tanz, bei dem sie auf Anweisungen warteten. Jetzt drehte ai'Jihaar den Kopf in seine Richtung und lächelte. »Wenn du uns bitte zum Altar geleiten würdest«, sagte sie auf Roisinanisch.

»Warte!«, sagte ai'Daileh schnell. »Sie schon, die die Hariff gewählt und ein Orakel in Kheldrin errichtet hat ... aber einem echten *fram'man* zu erlauben, die Zeremonien der *sen'en'thari* zu sehen ...«

Kieran verstand nur, dass gegen seine Anwesenheit Einspruch erhoben wurde; unwillkürlich packte er Angharas und ai'Jihaars Arme fester. Die alte *an'sen'thar* starrte fest auf ai'Dailehs Gesicht; aber sie drückte ihm beruhigend den Arm. Während die Trommeln draußen unerbittlich dröhnten, wich ai'Jihaar keinen Schritt zurück. »Vielleicht werde ich dir später erzählen, was dieser *fram'man* bereits weiß«, sagte sie. »Jetzt zeige uns den Weg, ai'Daileh.«

Die jüngere Priesterin zauderte kurz, die Augen fest auf Kieran geheftet, dann machte sie schnell, beinahe aufgebracht kehrt und ging hinaus. Kieran folgte ihr schweigend mit den beiden in Gold gekleideten Frauen. Er wusste nicht, ob ai'Jihaar erfolgreich sein Recht verteidigt hatte, bei Anghara zu bleiben, oder ob sie gerade sein Todesurteil gefällt hatte.

Der Rhythmus der Trommeln beschleunigte sich, als sie hinaustraten und ai'Daileh am Rand des kleinen Teiches entlang zum

Altar unter den Palmen folgten. Kieran sah, dass die übrigen fünf Grauen dort gruppiert standen; eine hielt eine geflochtene Lederleine, an deren Ende ein weißes ki'thar-Lamm stand. Zu Füßen einer anderen stand ein kleiner Käfig mit zwei weißgoldenen Vögeln, beide schienen einen gebrochenen Flügel zu haben.

»Bring uns zum Altar«, sagte ai'Jizaar leise. »Dann zieh dich zurück unter die Palmen.«

»Fühlst du dich stark genug?«, fragte Kieran besorgt – ai'Jihaar war an seinem stützenden Arm kaum zu spüren, als sei sie nicht mehr als eine Illusion, ein Geist.

»Ich werde es schaffen«, versicherte ihm die alte *an'sen'thar.*

Kaum einen Schritt von dem steinernen Sockel entfernt, den ai'Daileh als Altar hatte aufstellen lassen, blieb Kieran stehen und drückte ai'Jihaars Finger. »Wir sind da«, sagte er.

»Gib mir Angharas Hand«, sagte ai'Jihaar. Kieran gehorchte, aber mit ungutem Gefühl. Ai'Jihaar spürte, wie seine Finger zitterten und spürte sein Zögern. Sie schenkte ihm ein letztes Lächeln. »Alles wird gut. Geh jetzt.«

Plötzlich ertönte ai'Dailehs starke Stimme in einem eigenartigen Gesang, und Kieran zog sich schnell zurück, bis er den rauen Stamm einer Palme im Rücken spürte. Er sah, wie die junge Priesterin einen schwarzen Dolch emporhob, gespenstisch ähnlich dem, den er selbst in den Händen gehalten hatte. So viele Dinge wurden klar, jetzt da er zum ersten Mal das Ritual beobachtete, zu dem die Klinge gehörte. Er sah, wie die junge graue Schwester das weiße Lamm auf den Altar hob; er sah, wie ai'Dailehs grimmig glitzernde Klinge herabsauste und Blut vom Opferaltar aufspritzte, aber das goldene Gewand der Priesterin zeigte keine Spur vom Blut der Götter.

An meinem Ärmel ist Blut ...

Er sah, wie Anghara zusammenzuckte und hörte, wie sie etwas schrie. Dabei streckte sie die Hand zum Altar. Dann taumelte sie und wäre fast gestürzt. Ai'Jihaar hatte Mühe, sie aufrecht zu halten. Das Dröhnen der Trommeln ließ nicht nach, und ai'Daileh ging zu Anghara, hob deren Kopf und starrte ihr durchdringend in die

Augen – was sie sah, schien ihr nicht zu gefallen. Sie schlang die Arme um ai'Jihaar, wobei sie Anghara einschloss. Kieran hatte furchtbare Kopfschmerzen; die Trommeln schlugen in einer beißenden Wolke aus den unterschiedlichen Gerüchen von *khaf*, lais und exotischen Räucherwaren, die man inzwischen angezündet hatte. Die Mischung daraus fand einen dunklen und stillen Platz direkt hinter seinen Schläfen und zischte wie ein Vipernnest. Seine Augen begannen zu tränen; er schloss sie kurz und holte tief Luft. Dabei lehnte er sich gegen den rauen Stamm.

Als er die Augen wieder aufschlug, sah er, dass Anghara inzwischen zwei grauen Schwestern übergeben worden war, die sie stützten. Die beiden goldenen Priesterinnen, die alte und die junge, waren an den Altar getreten. Die Vögel hockten eigenartig still da, als verstünden sie ihr Schicksal und protestierten nicht dagegen. Sie wehrten sich nicht, als jede *an'sen'thar* einen herausholte und in der Hand behielt.

Kieran verstand die Worte nicht, die gesprochen wurden. Das musste er auch nicht. Ringsum ihn wurde die Luft ganz still und fest, ähnlich wie er es in der Wüste in Shaymir erlebt hatte. Hier war Macht – aber diese war dunkel, und nichts von ihr gehörte Anghara, die dastand und unmerklich im Rhythmus der Trommeln schwankte, völlig entrückt ... allerdings hatte sie die helfenden Hände der grauen Schwestern abgeschüttelt und stand ohne Hilfe neben dem Altarstein.

Wirkte der Zauber schon? Kam langsam ihre Kraft zurück?

Auf dem Altar wurden die beiden Vögel mit den gebrochenen Flügeln Brust an Brust gelegt. Zuerst sprach ai'Daileh etwas über ihnen, mit tiefer, rauchiger Stimme, dann antwortete ai'Jihaar langsam und leise; beide hielten mit einer Hand den jeweiligen Vogel, mit der anderen hoben sie den Dolch. Dann sausten beide Klingen gleichzeitig herab und durchbohrten beide Vögel. Blut, das im Feuerschein dunkel und bösartig aussah, quoll durch das weißgoldene Gefieder. Die Dolche hefteten die Vögel aneinander. Die Griffe bildeten mit ihnen ein Kreuz.

Die Feuer stoben Funken. Ein Lächeln stahl sich auf Angharas

Gesicht, aber ihre Augen waren immer noch leer, glasig, und ihr Lächeln war unschön. Die Luft verdichtete sich unerträglich; Kieran glaubte, sehen zu können, wie sie sich vor seinen Augen zu langen weißen Streifen verband, wie Nebel oder Fetzen von Geistern. Er keuchte; etwas Schweres legte sich auf seine Schultern, drückte ihn nieder, sodass ihm die Knie weich wurden. Er widersetzte sich, ballte die Fäuste und hob trotzig den Kopf, um zu dem mit Sternen besetzten Himmel emporzuschauen. *Ihr seid nicht meine Götter! Ich beuge meine Knie nicht vor euch!*

Doch andere taten das. Eine der Grauen kniete; eine zweite ging gerade auf ein Knie, als Kierans Blick sie streifte. Und dann – sehr langsam – schien auch ai'Jihaar in sich zu zerbröckeln, als hinge ihr Gewand plötzlich in der leeren Luft. Lautlos sank sie in sich zusammen wie ein Gespenst. Kieran hörte, wie jemand vor Schmerz aufschrie. Dann dämmerte ihm, dass er selbst das gewesen war. Anghara reagierte überhaupt nicht.

Doch ai'Daileh. Sie kniete neben der alten *an'sen'thar* nieder und legte eine schlanke Hand mit langen Fingern auf ai'Jihaars geschlossene Lider. Dann erhob sie sich. Ein Schritt zu Anghara, die sich umdrehte und lachte; und dann – ganz langsam, im Rhythmus der Trommeln – und durch die dicke Luft, ertönte ai'Dailehs Stimme.

Wieder konnte Kieran die Worte nicht verstehen, aber in der Dunkelheit ihrer Stimme wusste er, dass tief in ihm der Tod schlief, und er spürte die Eiseskälte bis in die Knochen. Er vermochte in ai'Dailehs Augen zu lesen, hinweg über die Entfernung, die sie trennte, als sie ihn anblickte. Sie hatte das Opfer den Göttern Kheldrins dargebracht, aber sie hatte den Tod selbst in diesen Kreis gerufen – nicht al'Khur, den Herrn des Todes.

Kierans Tod.

10

»Sie will dich töten!«

Die Worte waren wie ein Echo von Kierans eigenen Gedanken, und einen Moment lang glaubte er, er habe es laut ausgesprochen. Doch dann erkannte er den wahren Ursprung dieser sanften, aber eindringlichen Stimme – al'Tamar. Er war so geistesgegenwärtig, sich nicht umzudrehen. Er blieb ganz still stehen und erwiderte den Blick der Priesterin, ohne mit der Wimper zu zucken. Nur seine Lippen bewegten sich. Der Schock war in seiner Stimme zu hören.

»Was machst du hier?«

»Ich bin sofort gekommen, als ich erfahren habe, wer die Karawane anführt«, antwortete al'Tamar aus dem Schatten der lais-Büsche hinter den Palmen. »Kieran ...«

»Ich werde mich nicht einfach hinlegen und sterben«, flüsterte Kieran wild entschlossen. »So leicht mache ich es ihnen nicht! Kerun und Avanna! Ich bin kein ki'thar-Lamm, das man der Blutgier der Götter Kheldrins zum Fraß vorwerfen kann.«

Ein abwegiger Gedanke tauchte auf und quälte ihn – er erinnerte sich, wie er vor noch nicht allzu langer Zeit geschworen hatte, sein Leben Anghara, seiner Königin, zu opfern, die er liebte. War das nicht in der Tat, was ai'Daileh von ihm verlangen würde?

Nein! So nicht! Kämpfen für sie, ja, gerne, mit all seiner Kraft, seinem gesamten Sein, damit sie wieder gesund wurde. Aber nicht so! Nicht dieses nutzlose Verschwenden eines Lebens, das noch nicht vollendet war, ein sinnloses Blutvergießen in einer leeren Wildnis. Es gab viel zu tun ...

Und dennoch ... wenn er sicher sein könnte, dass er ihr Leben für Roisinan zurückkaufen könnte ...

Nein!

All das hatte nur einen Sekundenbruchteil gedauert, sämtliche Argumente, Gegenargumente, Rechtfertigungen und Ablehnungen waren ihm durch den Kopf geschwirrt, hatten ihren Platz gefunden und sein Entschluss stand fest. Nein!

Doch auch ai'Daileh brauchte nur einen Sekundenbruchteil. Als Kieran wieder zum Altar blickte, sah er, wie sich zwei der grauen Schwestern ihm entschlossen näherten, gefolgt von zwei Dienerinnen, die die Karawane begleitet hatten. Er richtete sich auf und lockerte seine Klinge.

Soll ich gegen Frauen kämpfen?, dachte er angewidert.

»Ich kämpfe an deiner Seite«, flüsterte al'Tamar verzweifelt.

»Nein«, widersprach Kieran. »Wirf heute Nacht hier nicht dein Leben weg. Was ist mit deiner Rami?«

Mehr konnte er nicht sagen, denn schon waren sie vor ihm. Eine der beiden Frauen trug ziemlich behutsam einen großen Tonkrug, die andere ein dünnes nachtfarbenes Netz. Die Dienerinnen kamen mit bloßen Händen, wirkten deshalb jedoch irgendwie bedrohlicher.

»Hüte dich vor dem Krug!«, zischte die körperlose Stimme hinter Kieran. Dann war es für alles weitere zu spät. Er musste um sein Leben kämpfen. Die mit dem Krug öffnete diesen und schleuderte den Inhalt in Kierans Richtung, gerade als al'Tamar ihn warnte. Zwei große gelbe Skorpione flogen ihm entgegen, beide beinahe so lang wie Kierans Unterarm und keineswegs friedfertig gestimmt. Ihr Zorn war gefährlich. Sie waren bereit, das erste Wesen, das sich ihnen in den Weg stellte, zu stechen.

Kieran wich aus. Ein Skorpion landete sanft neben seinem Fuß. Blitzschnell richtete er sich auf, stemmte alle seine Beine in den Sand und hielt kurz inne. Der giftige Schwanz war emporgerichtet, schwenkte langsam über den Rücken und suchte sein Ziel. Die graue *sen'thar* mit dem Netz näherte sich ihm mit einer Dienerin von der Seite. Er drehte sich zu ihr. Doch die Reibung seines Fußes auf dem Sand reichte, und der Skorpion stürzte in seine Richtung.

Kieran hielt den Dolch in der Hand und beobachtete den Mörder, der ihn töten wollte. Sobald sich der Skorpion bewegte, tat er es ebenso, sprang beiseite und stieß den Dolch von oben direkt vor seinen Füßen durch den breiten gelben Rücken des Skorpions in den Sand. Dann riss er die Klinge blitzschnell zurück, um dem Schwanz mit dem tödlichen Stachel zu entgehen, der hektisch im Todeskampf hin- und herschlug.

Da spürte er, wie sich gleich einem Flüstern in der Nacht das Netz über ihn senkte, gerade als er in Panik nach dem zweiten Skorpion Ausschau hielt.

Das Netz war dünn, aber übermenschlich stark, aus einem Material gefertigt, das verdächtig wie jin'aaz-Seide aussah. Wenn ja, dann war das Zeug wie ein Spinnennetz, das wieder seine ursprüngliche Funktion ausübte – Beute zu fangen. Kierans Hände verfingen sich im Netz. Es legte sich um ihn und schnitt ihm unerwartet scharf in die Haut, während er sich drehte und wand, um es abzuschütteln. Doch schien es eine Waffe zu sein, um jemanden gefangen zu nehmen, nicht um ihn gefangen zu halten. Nachdem es seinen Zweck erfüllt hatte und eine der Dienerinnen Kierans Arme fest auf dem Rücken mit einem gewöhnlichen Seil zusammengebunden hatte, wurde es entfernt. An diesem Werk waren mehr als nur ein paar Hände beteiligt, und obwohl sie weiblich waren, bedeutete das nicht, dass es ihnen an Kraft fehlte. Kierans Versuche, sich zu wehren, waren vergeblich. Jemand hatte ihm den Schwertgurt abgenommen; er fühlte sich eigenartig nackt ohne diesen. All das hatte Kierans Aufmerksamkeit abgelenkt, jetzt aber fragte er sich, was aus dem zweiten Skorpion geworden war.

Als Kieran sicher in Gewahrsam war, näherte sich ihm ai'Daileh, die sich an seiner Gefangennahme nicht beteiligt hatte. Auf ihrem Gesicht lag ein boshaftes Lächeln.

»Du hast ai'Jihaar dein Wort gegeben«, sagte Kieran in seiner Muttersprache, obwohl er nicht erwartete, dass sie ihn verstand. Aber er wollte nicht wortlos aufgeben.

»Ich habe geschworen, ihr kein Leid zuzufügen«, erklärte ai'Daileh sogleich auf Roisinanisch. Sie nickte in Angharas Richtung, ohne Kierans Gesicht aus den Augen zu lassen. »Ich habe ferner geschworen, alles, was in meiner Macht steht, zu tun, um eine in die Irre gegangene Schwester wieder auf den rechten Weg zu verhelfen, von dem sie abgekommen ist – oder gezwungen wurde, ihn zu verlassen. Bis jetzt haben die Götter auf unsere Opfer nicht geantwortet. Wir brauchen mehr.«

Einen Augenblick lang war Kieran zu verblüfft, um zu antworten. Dann jedoch erklärte er resigniert: »O Wüstenschlange, ich bin kein umherziehender Eindringling und nicht das passende Opfer für eure Götter. Ich bin mit einer Königin hierher gekommen, einer eurer *an'sen'thari*, um in eurem Land um Hilfe zu bitten. Ich bin ein Freund und Diener dessen, in dessen Namen du mich töten willst. Ich würde zwar jederzeit mein Leben für Anghara opfern, aber ich werde nicht zulassen, dass du es so verschwendest. Anghara würde das nicht wollen und ai'Jihaar hätte nie gebilligt, was du vorhast.«

»Sie ist ein leeres Gefäß, das darauf wartet, dass die Götter es füllen«, sagte ai'Daileh mit dunkler und mystischer Stimme.

»Und ich bin, was von ihrer Kraft übrig ist«, erklärte Kieran.

»Du weißt ja nicht, wovon du sprichst«, meinte sie überheblich auf dem hohen Ross ihres Stolzes, der Arroganz ihrer Abstammung und ihres Berufes.

»Bist du sicher, dass du es weißt?«, fragte Kieran verbittert.

Wenn nur sein Kopf nicht so schmerzen würde ... die Hälfte der Gedanken darin waren nicht seine eigenen. Er war übervoll von Angharas Schmerzen und Verwirrung; aber er musste sich konzentrieren. Niemand wusste, was ai'Jihaar zugestoßen war, nur ein Übermaß von lais, das sie am Ende nicht vertragen hatte, oder der Rückschlag einer Macht, die sie umschloss, auch nicht, wie lang sie aus diesem Spiel ausgeschaltet blieb – ai'Dailehs Herrin, Kierans Verbündete. In der Zwischenzeit war er auf sich allein gestellt – und wenn es ai'Daileh gelang, ihn zu töten, konnte alles Mögliche geschehen. Selbst al'Tamar, der im Schatten abwartete, ob es nötig war, sich zu zeigen, lief Gefahr die sorgfältig gehegten Illusionen, die ihn bisher vor ai'Daileh und ihresgleichen schützten, zu zerstören.

Obwohl ai'Daileh seine Sprache beherrschte, hatte sie nicht die

Geduld oder den Wunsch, sich mit einem Barbaren aus dem Osten zu unterhalten, den sie lieber unter ihrem Dolch sah. Sie wandte ihm den Rücken zu, gebieterisch wie eine Königin, und würdigte ihn keiner Antwort.

»Schafft ihn herüber!«, befahl sie.

Es gab keine Hoffnung mehr. Kieran hob den Kopf und blickte Anghara ins Gesicht, die immer noch vom Fieber gerötete Wangen hatte. Sie stand allein und schwankte sanft im Rhythmus der *Rab'bat Rah'honim*, den schwarzen Trommeln, die ihren unerbittlichen Klang beibehalten hatten. Er erinnerte sich an ihr Lachen; den leuchtenden Lebensfunken und die tiefen Teiche der Sanftmut in ihren grauen Augen, das Erbe Rimas, das Mädchen aus Cascin, das den König unter dem Berge geheiratet hatte. Und später an den graublauen Wahnsinn, den Sif in dieselben Augen gebracht hatte, an den Wahnsinn, der jetzt da war – sie lachte, ja, aber Anghara Kir Hama hätte nie so gelacht. Aus Schadenfreude, nicht aus Freude. Aus Wut, nicht aus Leidenschaft. Zerstörerisch.

»Anghara«, sagte er leise.

Es war, als könne sie ihn nicht hören, als würde er überhaupt nicht existieren.

Ihre weißen scharfen Zähne blitzten wie bei einem wilden Tier. Ai'Daileh drehte sich um. »Fängst du endlich an zu begreifen?«, fragte sie. »Du bist ein Nichts, bis du das Opfer bist.«

»Ich bin, was in ihr war«, sagte er. Plötzlich war er völlig überzeugt von ai'Jihaars Deutung – die sie ai'Daileh nicht mitgeteilt hatte, weil dazu keine Zeit geblieben war.

Doch jetzt, im Augenblick der Wahrheit, erinnerte er sich an den Moment, in dem es geschehen war.

Es war im Morgengrauen auf dem Wehrgang in Miranei gewesen, als Kieran Sifs Kanzler Fodrun, Dynans einstigem Zweiten General, gegenüberstand, den viele jetzt geflüstert Königsmacher nannten. Fodrun war Angharas Kerkermeister gewesen, hatte sie gefangen gehalten und als Schild gegen das bloße Schwert seines Feindes benutzt. Jetzt erinnerte sich Kieran an die Szene mit übernatürlicher Klarheit. Schmerzen hatten Angharas Gesicht verzerrt, als sie versuchte, das Zweite Gesicht anzurufen, Schmerzen, die seine eigene Seele tief trafen. Er hatte sein Schwert erhoben und auf Fodrun niedersausen lassen. Es hatte die Verteidigung des älteren Mannes durchbrochen, als sei dieser ein grüner Junge und kein Meister der Klinge. Ein Schlag reiner Kraft, kein Ergebnis von langer Übung oder Heldenmut – diese Kraft war nicht die seine gewesen. Sie war von außen in ihn hineingeflossen, aus dem Ort, den Anghara in ihrer Blindheit hatte anzapfen wollen, doch vergeblich. Aber aufgrund seiner Liebe zu ihr war es ihm gelungen. So war es gewesen.

Er erinnerte sich, wie er später wieder zu sich kam und benommen Fodruns Leichnam betrachtete, als sei er nicht sicher, wer den Mann zu seinen Füßen getötet hatte. Er erinnerte sich, dass das die Stunde gewesen war, in der Anghara endlich zugegeben hatte, dass sie blind war; aber keiner von ihnen hatte erkannt, dass sie ein anderes Augenpaar gefunden hatte, durch welches sie sehen konnte.

Wieder blickte er auf sie, auf die junge Frau, die er liebte und die jetzt überhaupt nicht mehr so aussah wie die Gefangene auf dem Wehrgang von Miranei.

In Roisinan war es der Abend vor Mittsommer, wahrscheinlich waren die Feierlichkeiten für den Cerdiad in vollem Gange. An einem anderen Abend, vor vielen Jahren, hatte ein kleines Mädchen den Zauber gebrochen, der ihre eigene Existenz behütete, weil eine glänzende Klinge über dem gezückt worden war, den sie liebte. Dieses kleine Mädchen füllte Kierans Augen – und sein Herz.

»Anghara«, sagte er wieder, löste jedoch keine Reaktion aus. Er war verzweifelt, weil ihn so viele Hände auf den Altarstein drückten und er den Schatten des schwarzen Dolches über sich sah. Diese Klinge würde er nicht abwehren können, wie damals die des Ansen von Cascin. Da legte er sein Herz in einen letzten Schrei. Ein Name, längst vergessen. »Brynna. *Brynna!*«

Die Wirkung war völlig überraschend, noch mehr als Kieran sich erhofft hatte. Ein Zischen ertönte von seinen Häscherinnen; die

Hände ließen ihn los; die *sen'thari* wichen zurück. Die Trommeln verstummten schlagartig. In dieser Stille hörte man nur Flüstern, von Mund zu Mund, einem Gebete gleich – *ai'Bre'hinna, ai'Bre'hinna.* Die von den Göttern verdichtete Luft in der Oase zersprang glockengleich. Die Luft wurde kalt und scharf, Kieran spürte darin Schmerz und Trauer. Anghara hatte ruckartig den Kopf zu ihm gedreht und starrte ihn an – ein langer, völlig klarer Moment – dann hob sie die Hände zu den plötzlich blutleeren Wangen und stieß hervor: »Ich erinnere mich!« Dann wurden ihre Knie weich. Einen Wimpernschlag lang glaubte Kieran in der hellen Luft über ihr jemanden zu sehen – etwas – eine Art Nachbild: ein Geschöpf aus goldenem Licht, das seine riesigen weißen Schwingen ausbreitete und Angharas Gesicht hatte.

Eine unsichtbare Hand – wahrscheinlich al'Tamars, denn der Rest schien gelähmt zu sein von dem Namen eines Mädchens, das in Wirklichkeit nie gelebt hatte, der nur als Maske für eine junge Königin in Gefahr gedient hatte – zerschnitt Kierans Fesseln. Kurz streifte sein Blick die Schwestern rings um ihn, die mit offenen Mündern dastanden. Er hatte keine Ahnung, was soeben geschehen war, wusste jedoch, dass er dadurch eine Chance bekommen hatte, die sich nicht wiederholen würde. Es mochte vielleicht Anghara ihre unsterbliche Seele kosten, aber mit ai'Daileh und ihren hinterlistigen Schwüren war sie in weitaus größerer Gefahr. Ohne Zögern oder einen Moment der Selbstvorwürfe (ohne seine Hilfsdienste hätte ai'Jihaar die Kälte dieser Nacht vielleicht länger ertragen) hob Kieran Anghara in seine Arme und rannte zur Koppel der ki'thar.

Das Gatter stand offen – dank al'Tamar – aber keines der ki'thar war gesattelt. Vielleicht konnte man sie auch so reiten, wenn man wusste, wie. Kieran hatte keine Zeit, um nach dem richtigen Zaumzeug und Sattel zu suchen. Ai'Dailehs dun erschien ihm besser geeignet.

»Tut mir leid«, sagte Kieran, als er das weiche Maul rieb, ehe er ein provisorisches Zaumzeug aus einem Strick anlegte und mit Anghara in den Armen auf den bloßen Rücken des Pferdes hinaufkletterte. Er war sich nicht sicher, bei wem er sich entschuldigte – bei Anghara, weil er sie von der vielleicht letzten Chance auf Heilung fortbrachte; bei dem dun für den unausweichlichen langsamen Tod in der offenen Wüste; vielleicht sogar bei ai'Daileh, deren Schatz er stahl. Das Pferd schnaubte, als es das doppelte Gewicht auf dem Rücken und die fremden Reiter spürte, die es zwangsläufig tragen musste. Aber Kieran hatte schon immer ein Händchen für Pferde gehabt, und diese exotischen dun'en aus Kheldrin waren in einem Punkt nicht anders als die Tiere, die er in Roisinan geritten hatte – ai'Dailehs Pferd vertraute den feinfühligen Händen, die es führten, und gehorchte. Das Tier trottete ruhig mit den beiden Reitern durch das Gatter des Pferchs und verschwand in der Wüstennacht. Seine blonde Mähne schimmerte im hellen Licht der Sterne.

Kieran war bitter bewusst, dass er sie eigentlich gleich hätte umbringen können. Wenn Anghara, die mehr über die Wüste wusste als er, nicht zu sich kam – und zwar bald – waren sie einem grauenvollen Schicksal ausgeliefert. Es war unwahrscheinlich, dass vorüberziehende Nomaden so gut Roisinanisch sprachen wie die *sen'en'thari*, selbst wenn man sie überreden konnte, einem *fram'man* zuzuhören ohne wegzulaufen. Wenn es ihnen nicht gelang, um Hilfe zu bitten, waren sie tatsächlich ganz auf sich gestellt. Kieran wusste nicht, wo er nach Wasser suchen sollte. Er würde nur ein Wasserloch tiefer ausheben können, sollten sie zufällig auf eines stoßen. Außerdem hatte er zum Glück keine Ahnung von dem Grundsatz der Wüste, dass hier das Wasser immer jemandem gehörte und man um Erlaubnis bitten musste, bevor man davon nahm, und man dafür bezahlen musste. Selbst wenn er versucht hätte, zurück in die Berge zu reiten, war da kein al'Khur mehr, der über sie wachte. Sie hatten keinerlei Proviant, nichts außer einem Pferd, dessen Kraft nachlassen würde, ehe sie die halbe Strecke bewältigt hätten, außerdem eine junge Frau, die immer noch sehr geschwächt war von den Kraftstrudeln, die um sie herum tobten. Sogar Kierans Schwertgurt war noch in der Oase – ihre einzige Waffe war der kleine Dolch, den er im Stiefel verborgen bei sich trug. Ohne Burnusse würden sie eine leichte Beute der Wüstensonne werden.

»Ich muss nochmal zurück«, murmelte Kieran, als ai'Jihaars hai'r hinter den schützenden roten Felsen verschwunden war.

Aber vorher brauchten sie einen Platz, wo sie sich verstecken konnten ... und das schnell, vor Morgengrauen, ehe die Sonne herauskam und sie mit der unerträglichen Wüstenhitze zu Boden drückte. Doch wie es schien, hatten die Götter sie nicht ganz verlassen – oder es war schieres Glück. Gerade als der Himmel langsam heller wurde, entdeckte Kieran einen schmalen schwarzen Spalt in einer roten Steinsäule. Er konnte kaum an die Möglichkeit einer Galgenfrist glauben, nachdem er schon so verzweifelt gewesen war. Kieran trieb das Pferd näher und sah, dass der Spalt zu einer kühlen, flachen Höhle im Stein führte. Er war gerade breit genug, dass sie hineinschlüpfen konnten. Das Tier war darüber nicht glücklich, ging aber hinein, allerdings unter lautem Protestschnauben.

»Hast du das von den ki'thar'en gelernt?«, fragte Kieran das edle Pferd und rieb ihm liebevoll das Maul, nachdem sie in der Höhle waren. Das dun leckte ihn hoffnungsvoll, und Kieran lächelte traurig. »Tut mir leid, Freund. Nichts. Ich würde ja mit dir teilen, wenn wir etwas hätten. Später gehen wir zurück, du und ich, und dann – vielleicht –, wenn wir Glück haben, können wir uns beide holen, was wir brauchen.«

Das Einzige, was Kieran in der Eile der Flucht hatte an sich raffen können, war eine Pferdedecke, die auf dem Zaun der Koppel gehangen hatte. Jetzt legte er sie für Anghara auf den kühlen Sand. Als er sah, wie sie unkontrollierbar unter dem Griff von dem, was sie in den letzten Minuten des abgebrochenen Rituals gepackt hatte, zitterte, quälte ihn das Gefühl der Niederlage, er schmeckte die bittere Pille völliger Hilflosigkeit. Die Wahl lag ganz bei Anghara, das hatte ai'Jihaar behauptet, oder bei den Göttern, an welche die Bitte gerichtet worden war; aber letztendlich war es ai'Daileh gewesen, die die Wahl getroffen hatte, nicht Anghara. Und für jemanden, der früher gespürt hatte, wie die Götter im Wind hinter seinem Rücken ritten, schien die Wüste Kheldrins jetzt unheilvoll leer. Kieran hatte das Gefühl, als seien sämtliche Götter Kheldrins in der vergangenen Nacht ausgemerzt worden, als hätte es sie nie gegeben; während der Zeremonie hatte es einen Moment gegeben, in dem er ganz sicher war, ein kühles und übernatürliches Lebwohl zu spüren. Es ging ihm nicht aus dem Kopf. Aber das war wohl eher eine Frage für Gelehrte und Wüstenphilosophen in zukünftigen Jahren. Jetzt waren einzig und allein Anghara und Überleben wichtig.

Ihre Hände waren eiskalt, als er sie in seine nahm, um etwas Leben hineinzureiben. Die Nägel waren vor Kälte blau. Am erschreckensten war, als Kieran die dichte, beinahe fassbare Hitze durch den Spalt in die Höhle kriechen fühlte. Anghara murmelte ständig etwas dahin, abwechselnd in ihrer Muttersprache und Kheldrinisch – Kieran vermochte keinen Sinn zu erkennen. Er hörte: »Kein Blut! Nicht hier oben! Niemals!« Aber er war nie in Gul Khaima gewesen und wusste nichts von Angharas Anweisung. Später murmelte sie: »Ich erinnere mich ... ich erinnere mich an alles ...« Dann begann sie ein langes, immer wieder von Pausen unterbrochenes Gespräch auf Kheldrinisch, in dem Kieran lediglich ai'Jihaars Namen verstand.

Ein Wort blieb konstant: »Kalt«, stöhnte sie immer wieder nach langen Pausen oder all den anderen Worten, die sie sagte. »So kalt!« Aber sie hatten nur die bunte gewebte Pferdedecke. Als nicht einmal zu helfen schien, dass Kieran sie wie in einen Kokon hineinwickelte, legte er sich neben ihr nieder und schloss sie in seine Arme, um seine Körperwärme mit ihr zu teilen.

Und weil er Kieran war und sie Anghara und es seit jenem Tag in den Bergen, als er aus tiefster Seele begriffen hatte, dass er sie liebte, das erste Mal war, dass er sie in den Armen hielt, umarmte er sie behutsam. Er strich ihr das helle Haar aus dem geröteten Gesicht und murmelte Worte der Liebe und der Ermutigung. »Alles wird gut«, flüsterte er und zwang sich, daran zu glauben, und nicht an die möglichen Verfolger zu denken, die sie jagten, indem sie den Pferdespuren im Sand folgten, die sie direkt zu diesem Unterschlupf führen würden. »Alles wird gut.« Es schien zu funktionieren; denn sie wurde ruhiger. Zuerst döste sie nur, dann verfiel sie in tiefen Schlaf. Kieran lag ganz still da und wunderte sich, dass sie nicht aufwachte, weil ihre zarte Hand direkt über seinem hämmernden Herzen lag.

Er fand keine Ruhe und betrachtete sie im Schlaf in seinen Armen; sein Kopf schmerzte immer noch grauenvoll, und ein Tag ohne Wasser hatte auch nicht gerade geholfen. Aber nun war mehr als genug Zeit nachzudenken. Eines der Rätsel, das er nicht lösen konnte, war, wie er sich zweiteilen könnte, wenn es Nacht wurde. Er wusste, dass er zur hai'r zurückreiten musste, aber das zwang ihn, Anghara allein zu lassen. Sie mitzunehmen war undenkbar, aber wenn er nicht ging, um zumindest das Allernötigste für ihr Überleben zu holen und vielleicht auch ai'Jihaar oder al'Tamar um Hilfe zu bitten, dann wäre das ihr sicherer Tod.

Bald wurde sein Arm taub, auf dem Angharas Gewicht ruhte, aber er bewegte sich um nichts auf der Welt, um sie nicht zu wecken. Schließlich döste auch er ein. Als er mehrere Stunden später zu sich kam, drang goldenes Licht durch den Spalt herein und näherte sich dem Farbspiel der untergehenden Sonne in der Wüste. Er hatte Hunger, und sein Mund war pelzig vor Durst. Das dun schien das gleiche Problem zu haben. Das Tier hatte ihn geweckt, indem es ihn mit dem langen aristokratischen Maul anstieß. Es sah gleichzeitig herrisch verlangend und mitleiderregend aus. Als Kieran auf Anghara hinabschaute, sah er, dass sie wach war und ihn beobachtete.

»Geht es dir gut?«, fragte er besorgt und zog sie instinktiv näher an sich. Dann berührte er ihre wachsbleiche Wange.

»Ich glaube schon«, antwortete sie. Die Schwäche ihrer Stimme schnitt ihm ins Herz. Sie lächelte. »Ich habe es nicht über mich gebracht, dich zu wecken, aber ich betrachte dich schon eine ganze Zeit lang. Mein armer Kieran, was habe ich dir zugemutet ...«

»Ich kann nicht sagen, dass es leicht war«, gestand er mit einem Zucken um die Mundwinkel; jetzt im Nachhinein erschienen einige ihrer Strapazen leichter durch fröhliche Momente. Nur so ließen sich die Erinnerungen ertragen. »Und es wird gleich noch härter. Ich muss zurück, Anghara – und *irgendwas* holen. Als ich aus der Oase geflohen bin, hatte ich nur dich. Sie haben mir mein Schwert abgenommen. Selbst das ist immer noch in der hai'r. Wir brauchen Wasserschläuche; wir brauchen unbedingt Wasser. Ich weiß nicht, ob man nach uns sucht, aber wenn ja, dann ist es nur eine Frage der Zeit, bis sie uns finden ...«

»Und du bist von der Opferzeremonie geflohen, ein geweihtes Opfer – ai'Daileh wird das nie durchgehen lassen.«

»Ich muss zurück«, wiederholte er. »Aber du ... ich lasse dich nicht gern hier zurück ...«

»Geh, tu, was du tun musst. Ich werde warten.«

Erst bei Einbruch der Dämmerung konnte Kieran losreiten. Diese Nacht würde hell sein, da die Mondsichel zwischen den Sternen stand. Anghara wusste, dass die klare Wüstenluft das Mondlicht verstärkte. Das würde Kierans Aufgabe erleichtern, aber gleichzeitig erschweren – es wäre einfacher, die hai'r in dem weiten Gelände ohne vertraute Orientierungspunkte zu finden, aber auch einfacher, ihn zu sehen, falls jemand Ausschau hielt. Anghara machte sich große Sorgen. Im Besitz ihre vollen Fähigkeiten hätte sie ihre Gefühle leicht vor Kieran verbergen können, aber jetzt gelang ihr das nicht. Kierans ständige quälende Kopfschmerzen waren das Produkt jener Kraft, die aus ihr zu ihm floss, die er jedoch nicht anzuzapfen verstand.

Als er aufbrach, fühlte sich Anghara kräftig genug, um ihn ein Stück zu begleiten. Im milden Mondlicht, in dem noch ein Rest des Tages in der Luft lag, sah sie wie ein Gespenst aus, immer noch blass. Kieran war nahe dran, nicht zu gehen. Er hegte große Zweifel, ob sie hier auf ihn warten würde, wenn er zurückkehrte. Aber er wusste, dass er keine Wahl hatte, überhaupt keine – außer hierbleiben und mit ihr sterben.

»Ich lasse dir den Dolch hier ...«

»Nimm du ihn«, sagte sie und schloss seine Finger um die Waffe, die er ihr entgegenhielt. »Wenn jemand mich findet – ich hätte nicht die Kraft, ihn zu benutzen. Und ich fühle mich besser, wenn ich weiß, dass du ihn hast. Du brauchst ihn vielleicht dringender als ich. Ich ... bin in den Händen der Götter.«

»Ich bin mir nicht sicher ...«, begann Kieran nach kurzem Nachdenken und runzelte die Stirn.

Sie verstand seinen unvollendeten Satz sofort. Ihre Finger waren verblüffend kräftig für eine so durchsichtige Gestalt, als sie seine Hand umschlossen. »Was?«, fragte sie. »Ich habe es letzte Nacht auch gespürt, also ... ich glaube ... du hast mich letzte Nacht Brynna genannt ...«

»Ja ... und die *sen'en'thari* schienen mehr über diesen Namen zu wissen, als ich dachte. Daher die Gelegenheit zur Flucht. Aber du – du hast mich angesehen, als ich den Namen rief, als würdest du dich an etwas erinnern ... woran hast du dich erinnert, Anghara?«

»An alles«, sagte sie. Tränen stiegen ihr in die Augen. »Der Name ... al'Khur hat ihn mir vor langer Zeit gegeben.«

»Wie konnte er das? Das war dein Name in Cascin, lange, ehe du erfahren hast, welche Götter in diesen Wüsten wandeln ...«

»Aber er hat! Meine Mutter hat meine Tarnung für Cascin ausgesucht; ich weiß nicht, wieso ihre Wahl auf diesen Namen fiel, aber ich glaube, es war ihr Zweites Gesicht, ihre Gabe der Prophezeiung und der Macht. Ich weiß aber, dass al'Khur die Bedeutung dieses Namens kannte, als sich unsere Wege in der Khar'i'id kreuzten. Dann belegte er mich mit einem Zauber, dass ich alles vergessen sollte, bis die Zeit käme, mich daran zu erinnern. Und in der vergangenen Nacht ... da erinnerte ich mich an alles, was geschehen ist, wie ich al'Khur begegnet bin und um ai'Jihaars Leben ringen musste. Weißt du, was er mich damals genannt hat, Kieran? *Kleine Schwester*. Der Herr des Todes nannte mich seine kleine Schwester.«

»Er nannte dich Brynna?«, fragte Kieran verblüfft über dieses neue Stück im Puzzle.

»Nicht ganz«, antwortete Anghara. »Es war ein weitaus älterer Name.«

»Welcher Name?«

»Wandlerin«, sagte Anghara. »Das ist es, was *bre'hin* bedeutet. Wandlung. Und am Ende eines jeden Zeitalters kommt der Wandler der Tage nach Kheldrin, und das Land liegt in Trümmern und wird erneuert. Auch die alten Götter sind gebrochen und beiseite gelegt. Der Wandler ist der Bote jener, die danach herrschen sollen.« Sie lächelte. Das Lächeln war distanziert, eigenartig fremd. »Erinnerst du dich, wie ich dir damals im Moor erzählt habe, dass ich nicht mehr ganz menschlich sei?«

»Ich erinnere mich«, sagte Kieran. »Und ich erinnere mich daran, dass ich gesagt habe, dass das nicht stimmt. Du *bist* menschlich. Was solltest du sonst sein?«

»Ich verdiene dich nicht«, sagte sie nach einer kurzen Pause. Ihre Stimme war verändert – leichter, ein wenig neckend, aber voller Dankbarkeit und Respekt.

Kieran wollte die Hand ausstrecken, ihre Wange berühren und antworten. Doch dann erstarrte er plötzlich und die Liebkosung wurde zu einem warnenden Drücken ihrer Schulter.

»Was ist?«, fragte sie, als sie seine Besorgnis spürte.

»Ich dachte, ich hätte etwas gehört ... beinahe wie ein Lied.«

Sie entspannte sich. »*El'lah afrit*«, sagte sie. »Der Sand singt. Das geschieht zuweilen abends. Vielleicht ändert sich das Wetter.«

Er wollte ihr gerne glauben, doch dann richtete er sich kerzengerade auf und spähte über den Sand. »Nein. Warte. Hör genau hin.«

Ein angespannter Moment verging; in der anschließenden Stille hörten sie deutlich die Laute, die Kieran gewarnt hatten – ein leises mürrisches Grunzen, das nur von einem ki'thar kommen konnte. Es war nahe. Zu nahe. Kierans Rechte flog dahin, wo üblicherweise sein Schwert hing, doch da war nur leere Luft. Er ballte die Faust, ließ diese aber hilflos herabsinken.

»Kerun!«, flüsterte er und rief den Gott an, der in Roisinan für Katastrophen zuständig war. »Zu spät ...«

Der Dolch war in seiner Hand. Aber das war eine erbärmlich unzureichende Waffe, und das wusste Kieran. Und falls es ihnen gelingen sollte, ihm wieder dieses verdammte Spinnennetz überzuwerfen …

Doch die Stimme, die er hörte, noch ehe der Besitzer vor dem roten Fels auftauchte, der Kierans kleine Höhle barg, klang vertraut, ebenso die Worte. »Friede«, sagte der Mann. »Ich bin unbewaffnet.«

Kieran ließ die Hand sinken, die zitterte. »Bist du ein *jinn* dieser Wüste, al'Tamar ma'Hariff, dass du jedes Mal Rettung bringst, wenn ich glaube, dass nach dem nächsten Atemzug nur noch Tod wartet?«

»Ich gehe dorthin, wohin die Götter mich schicken«, antwortete al'Tamar lächelnd.

»Und wohin ich ihn führe«, erklang eine weitere vertraute Stimme, mit der niemand gerechnet hatte.

11

»Du solltest nicht reiten«, sagte Anghara und half ai'Jihaar liebevoll vom ki'thar, das die alte *an'sen'thar* gerade hatte niederknien lassen.

»Das kann ich wohl am besten beurteilen«, erklärte ai'Jihaar von oben herab. »Ai'Daileh ist fort und hat nur eine graue Schwester in der hai'r zurückgelassen. Ich wusste, einer von euch oder beide würde bald wiederkommen, aber ich musste dich sofort sprechen, und es war kaum sinnvoll, dich und Kieran zurück zur Oase zu bringen, solange ai'Dailehs Speichelleckerin da ist.«

»Wir haben Wasser gebracht«, erklärte al'Tamar pragmatisch und kam mit einem Wasserschlauch. Kieran stand ihm näher, aber er nickte kaum merklich zu Anghara, und al'Tamar reichte ihr zuerst den Schlauch.

»Wir müssen reden«, sagte ai'Jihaar, als Anghara den Schlauch an die Lippen setzte und trank.

Kierans Kopf drehte sich, als hätte ai'Jihaar ihn an einer unsichtbaren Leine gezogen. In gewisser Weise hatte sie das auch. Seit er vom steinernen Altar geflohen war, nagte das schlechte Gewissen an ihm, weil er Angharas Heilung verhindert hatte. Selbstverständlich wusste ai'Jihaar das. Sie wusste alles. Als Kieran sich umdrehte, um sie anzuschauen, griff sie nach einem länglichen Paket, das am Sattel ihres ki'thar hing. »Ich glaube, du hast das zurückgelassen, Kieran«, sagte sie und reichte ihm mit fester Hand das Paket.

Er wickelte es aus und hielt sein Schwert in Händen. Aber es hing an einem neuen Gurt aus weichem, aber strapazierfähigem ki'thar-Leder. Ein Geschenk der Wüste; ein subtiler Weg, ihm zu sagen, dass ihn keine Schuld traf, zumindest diesmal nicht. Und ai'Jihaar war in diesem feindseligen Land immer noch eine mächtige Freundin.

Seine Hand schloss sich über dem Geschenk. »Ich habe deine Götter betrogen«, sagte er ruhig.

»Ach, hast du das?«, fragte ai'Jihaar. »Es gab eine Zeit, als du ihre Gegenwart gespürt hast. Kannst du das noch?«

»Seit geraumer Zeit nicht mehr«, bekannte Kieran. »Aber ich bin kein Maß ...«

»Ich habe sie gespürt«, unterbrach al'Tamar ihn. »Zuletzt habe ich sie gespürt, als du Anghara gerufen hast ... mit diesem anderen Namen. Danach ... war die Wüste leer; abgesehen von einem ganz schwachen Echo von al'Zaan, dem Herrn der Wüste. Das bleibt auch, was immer geschieht. Aber die anderen ... sie sind verschwunden.«

»Er hat Recht«, sagte Anghara, die sich satt getrunken hatte und nun den Wasserschlauch an Kieran weiterreichte. Mechanisch nahm er ihn mit einer Hand, in der anderen hielt er noch den Gürtel aus ki'thar-Leder mit dem Schwert. »Sie sind alle weg. In letzter Zeit habe ich viele Dinge nicht sehen oder spüren können – aber das habe ich gefühlt. Ich habe den Moment gespürt, in dem sie gegangen sind.«

»Ja, ai'Bre'hinnah«, sagte ai'Jihaar. »Jetzt bist du die einzige Gottheit im Land des Zwielichts ... bis du andere für uns errichtest.«

»Die Wandlerin ist kein Gott«, widersprach Anghara sogleich und wandte den Kopf, um in die Wüste zu blicken. »Du hast mir immer gesagt, der Wandler sei eher wie ai'Shahn, ein Geist, ein Bote ...«

»Ja. Aber auch ein Gott, denn in der Leere der Zeit des Wandlers, bis die neuen Götter geboren werden, gibt es keine anderen. Aus dir und al'Zaan müssen die neuen Götter erwachsen; so war es immer, wenn ein Wandler kam. Aber weil du bist, wer du bist ... glaube ich, dass du auch eine Wandlerin für dein eigenes Land sein wirst, Anghara von Roisinan. Es ist durchaus möglich, dass die Götter, die du hier erschaffst, auch deinen Kerun und deine Avanna ersetzen. Wenn du in dein Land zurückkehrst, werden viele Dinge eine andere Gestalt annehmen.«

Plötzlich erinnerte Kieran sich an die körperlose Stimme, die er neulich nachts in der Oase gehört hatte. Damals hatte er geglaubt, er träume. Es war die kalte Stimme der Sterne aus weiter Entfernung, al'Khurs Antwort auf ai'Jihaars Gebet. *Sie hat es vergessen, wie ich es ihr befohlen habe; eines Tages wird sie sich an alles erinnern.* Die körperlose Stimme hatte ferner gesagt: *Und wenn sie das tut . . . ist ihr Leben nicht länger in meinen Händen.*

Das war die Wahrheit. Nicht Angharas Existenz stand auf dem Spiel; nein, es ging um al'Khur selbst.

»Aber jetzt sind sie fort«, sagte Anghara langsam. Als sie sich umdrehte, glänzten Tränen in ihren Augen. »Heißt das, dass ich jegliche Chance verwirkt habe, je wiederzubekommen, was ich verloren habe?«

»Nein«, antwortet ai'Jihaar sanft. »Im Gegenteil. Die Kraft, die notwendig wäre, die Götter zu erreichen und von ihnen deine Heilung zu verlangen, die habe ich nicht mehr. Jetzt, ja, jetzt, wo ich weiß, wer du bist . . . *hai*, aber in all den Jahren, die wir gemeinsam verbracht haben, hast du nie diesen Namen erwähnt! Aber ich hätte wissen müssen, dass unsere Begegnung beim Tanz kein Zufall war . . . Jetzt, da ich weiß, wer du in Wirklichkeit bist, müssen wir nicht weiter nach Hilfe für dich suchen. Du selbst trägst alles in dir, was noch übrig ist.«

Kieran reagierte als Erster. »Warte mal«, sagte er schnell. »Das schafft sie nicht. Außer einem großen Herzen ist nicht mehr viel da. Was hast du vor?«

»Du hast Recht«, antwortete ai'Jihaar. »Wir werden unsere Bitte an ai'Bre'hinna richten. Du bist aufgerufen, den Preis zu zahlen – alles zurückzugeben, das du so lang für sie getragen hast.«

Aha. Es war nicht anders als zuvor – ein Opfer für fremde Götter. Doch diesmal sah Kieran seinen Pfad ganz deutlich, und keine Schatten fielen darauf. Demütig neigte er im Mondlicht den Kopf vor der alten Wüstenpriesterin. »Ich bin bereit«, erklärte er.

Er stand ganz nah bei der *an'sen'thar*; völlig unerwartet streckte ai'Jihaar die blau geäderte Hand aus und zog die Linie seines Kinnes nach. »Ja«, murmelte sie nachdenklich. »Ich denke, du bist bereit. Komm, gehen wir hinein.«

Niemand fragte, woher sie von der Höhle hinter ihnen wusste, als sie den Weg dorthin einschlug. Al'Tamar band die ki'thar'en fest und folgte ihr und den beiden jungen Roisinani hinein. Ihr Neffe schien im Voraus aufgeklärt worden zu sein, denn er betrat die kleine Höhle schweigend und begann sofort mit einer Reihe von Vorbereitungen. Er sprach erst, als Kieran aufstand, um ihm zu helfen, im Zentrum der Höhle ein kleines Feuer zu entzünden. Al'Tamar flüsterte, aber es reichte, damit Kieran wieder Platz nahm. »Du bist noch nicht an der Reihe. Warte!«

Als das Feuer brannte, setzten sich alle im Kreis darum, ließen aber auch für al'Tamar einen Platz, sobald er seine Arbeit beendet hätte. Es war, als hätten sie alles viele Male geprobt. Ein süßes Räucherstäbchen wurde angezündet; Kierans Augen brannten plötzlich. Es erinnerte ihn an beißenden Geruch des Wüstensalbeis, ein Geruch mit besonderer Bedeutung für ihn. Diesem Kraut gelang es stets, Erinnerungen wachzurufen, scharf wie ein Dolch und leuchtend wie eine Flamme. Er hätte gern Fragen gestellt, aber es lag bereits eine solche Spannung in der Luft, das Gefühl eines Rituals, zu gewaltig und zu bedeutungsschwer, als dass er es mit läppischen Fragen stören wollte.

Ai'Jihaars Stimme klang verändert, nicht wie ihre üblichen melodischen Worte, als sie sagte: »Ai'Bre'hinna, Wandlerin der Tage, welche wieder in Kheldrin dahinschreitet, geweckt von der Khar'i'id, gesegnet von al'Khur, wir kommen, dich um Hilfe anzuflehen. Gewähre uns die Gabe deiner Kraft.«

Angharas kleine kalte Hand lag in Kierans. Jetzt spürte er, wie ihre Haut warm wurde. Die flackernden Schatten der Höhle teilten sich, als hätte man vom Antlitz der Sonne einen Vorhang gezogen; und inmitten der Flammen war dieses Wesen, das Kieran zu sehen geglaubt hatte, als er den schicksalsschweren Namen in ai'Jihaars Oase gerufen hatte. Strahlend und golden, kaltes Feuer ergoss sich über große weiße Schwingen, schmerzlich vertraute graue Augen schauten ihn direkt an, mit Mitgefühl und Verständnis. Sämtlicher Worte beraubt vermochte Kieran die Erscheinung nur stumm anzustarren. Dabei war er sich vollständig bewusst, dass er irgendwie auf einer irdischen Ebene die Hand dieser geflügelten Göttin in seiner hielt.

Auch sie schwieg einige Herzschläge lang, ehe sie sprach. Die Stimme war hoch und schien aus weiter Ferne zu kommen. Es war Angharas, aber auch wieder nicht. Eine Stimme, die nur al'Khur bis zu diesem Moment gehört hatte – gehört und erkannt und ihr das Recht zugestanden hatte, ein Leben zurückzufordern, das er bereits genommen hatte.

»Zuerst muss ich die Macht zurückbekommen von dem Ort, wo sie sicher verwahrt wurde«, sagte die Göttin. »Gibt der Bewahrer sie zurück?«

Kieran fand seine Stimme wieder. »Mit Freuden.«

»Dieses Versprechen bedeutet vielleicht mehr, als du in der Stunde wissen kannst, in der du es gibst. Ich frage dich noch einmal: Gibst du die Macht auf?«

»Sie hat mir nie gehört, ich hatte nie einen Anspruch darauf«, antwortete Kieran. »Wenn ich etwas eine Zeit lang getragen habe, das für einen anderen eine zu schwere Bürde war, bin ich zufrieden. Bitte mich um alles, was du willst, denn es hat immer dir gehört.«

»So sei es«, sprach die Göttin und wiederholte seine Worte von vor langer Zeit.

Kieran war auf einer Seite mit al'Tamar verbunden, und Anghara mit ai'Jihaar. Die beiden Kheldrini vervollständigten den Kreis. Jetzt war der Kreis unterbrochen, ohne dass Kieran wusste, wie es geschehen war. Seine beiden Hände wurden von kleinen Fingern gehalten, als zwei riesige weiße Schwingen leise durch die Luft herabsanken, sich um ihn legten und die Schatten auf der Höhlenwand ausblendeten, auch die flackernden Flammen und al'Tamar zu seiner Linken. Dunkelheit senkte sich herab, eine Dunkelheit, die mit einer Million glitzernder goldener Punkte besetzt war, wie das weite Himmelszelt in der Wüste. Die Schönheit schmerzte und senkte sich auf ihn wie ein Umhang, blieb auf seinen Schultern, drang in ihn ein und durch ihn hindurch. Etwas, das in ihm gewesen war, drängte nach oben, nährte die goldenen Lichter und goss Helligkeit wie Lava in die Dunkelheit, vertrieb sie, bis alles in grellem goldenen Licht leuchtete und Kierans Augen selbst durch geschlossene Lider schmerzlich durchbohrte. Das Licht war wie ein Messer. Ja, es war ein Opfer, denn es kam wie ein Messer auf ihn herab, durchbohrte ihn, zerteilte ihn, riss ihn auf, und schnitt Kanäle mit diesem goldenen Glorienschein, dessen Kraft wie Wasser lief und sich in seinem Herzen zu großen tiefen Teichen sammelte. Und im Schutz der riesigen weißen Schwingen trank Anghara alles zurück, was ihr genommen worden war. Kieran spürte, wie die Last von ihm genommen wurde, als sei sie Lebensblut, das aus ihm herausfloss und versiegte. Es waren außergewöhnliche Schmerzen – eine weiße Agonie, aufgewogen von der Freude zu sehen, wie Angharas Augen strahlten, bis nichts mehr in der Welt war außer dem Leuchten dieser Macht – ein weißgoldenes Gesicht, umrahmt von einer Wolke rotgoldenen Haares und einer zarten Berührung der riesigen weißen Schwingen.

Auf einmal spürte er einen scharfen Schmerz in der Hand, wo er sich einst mit dem schwarzen Dolch verletzt hatte, als er die jetzt verschwundenen Götter angefleht hatte, nicht ein Opfer von der zu verlangen, die zu schwach war, es zu geben. Er spürte, wie etwas Warmes an seinen Fingern herabfloss. Ohne nachzuschauen wusste er, dass die alten Götter Kheldrins ein letztes Opfer forderten – aber schließlich war es Blut, das er willig angeboten hatte. Anghara hatte ihren Griff um seine Hand verstärkt, und das Licht strahlte noch goldener als zuvor. *Nein. Kein Blut. Niemals wieder. Nicht für den Tod.*

Jetzt konnte sie Forderungen stellen. Jetzt endlich konnte sie ihre Überzeugung durchsetzen, wegen der sie vor Jahren abgelehnt hatte, eine *an'sen'thar* zu werden. Dieselbe Überzeugung, mit der sie Kheldrin ein zweites Orakel gegeben hatte, und die es den alten Göttern nur erlaubte, sich zu nähern, wenn sie den Ritualen abschworen, die sie zu dem gemacht hatten, was sie waren. Und jetzt hier in der Wüstenhöhle entschied sich ai'Bre'hinna so zu heilen, wie Anghara Kir Hama einst in einer hai'r am Rande der Beit el'Sihaya geheilt hatte – sauber, instinktiv, indem sie mit purer Willenskraft eine Wunde wieder unversehrt sah. Mit ihrer Macht. Die Schmerzen verschwanden; selbst das Blutgerinnsel an Kierans Finger war innerhalb eines Atemzugs verschwunden. Dann, ganz ohne Vorwarnung war er befreit und schwerelos. Die weißen Schwingen hoben sich empor, das goldene Licht floss aus ihm heraus. Einen Moment lang war er blind, sah nichts außer Dunkelheit, so als habe er einen dunklen Raum betreten, nachdem er direkt in die Sonne geblickt hatte. Er spürte eine stützende Hand, und diese war zu zartgliedrig, als dass sie Anghara gehören konnte.

»Es geht mir gut«, flüsterte er. Seine Stimme klang selbst in seinen eigenen Ohren fremd. Mit einem leichten Druck der Hand gab ihm al'Tamar ein Zeichen, dass er ihn gehört und verstanden hatte, traf jedoch keinerlei Anstalten fortzugehen. Kierans Versicherung reichte offensichtlich nicht aus, um über die Schwäche seines Körpers hinwegzutäuschen.

Als Kierans Sinne zurückkehrten, wenngleich undeutlich, sah er, dass die Göttin, die sie ai'Bre'hinna nannten, noch bei ihnen war – doch nun war sie ein reales Wesen, sehr viel körperlicher als die schöne Vision. Sie hielt die Hände über ihre irdische Zwillingsschwester. Anghara wirkte winzig und seltsam verkrüppelt neben ihrer riesigen Inkarnation mit den großen Flügeln. Sie hob die Hände und traf auf die Handflächen der Göttin. Sie berührten sich; Anghara schrie auf – ob aus Schmerzen oder Freude war schwer zu sagen. Die Luft draußen waberte in perligem Licht, Glocken läuteten in der Ferne, eine Erinnerung an ein Land, weit entfernt von diesem roten Sand. Und dann war es vorüber – das Feuer flackerte, das Räucherstäbchen brannte bis auf einen rauchenden Stummel herab, schwacher Mondschein zeichnete sich auf dem Boden der Höhle ab, scharf und dünn wie ein silberner *tai'han*. Sie, die sie die Wandlerin genannt hatten, war verschwunden. Nur Anghara war hier und kniete neben den Resten des Feuers. Nur einen Moment lang erhaschte Kieran goldenen Schein, der ihren Kopf bekränzte – ein Abschiedsgeschenk der Göttin. Dann war er wieder in seinem Körper, hatte seine Sinne wieder, und die Auren, die das Seelenfeuer derer mit dem Zweiten Gesicht waren, blieben seinen stumpfen menschlichen Augen wieder verborgen.

Er war so lange stark geblieben, als Anghara es nicht sein konnte; jetzt schien sich die Situation ins Gegenteil verkehrt zu haben. Es bedurfte großer Willenskraft, dass Kieran sich aufrichtete und gerade saß; jeder Knochen, jeder Nerv und jede Sehne seines Körpers schrie Protest. Anghara dagegen war wie verwandelt. Sie saß mit hoch erhobenem Kopf und gestrafften Schultern da. Es war das erste Mal, dass Kieran die Königin, für die er so viel riskiert hatte, im vollen Glanz ihrer Macht sah. In diesem Moment war sie Kir Hama und königlich. Dann drehte sie sich zu ihm und streckte ihm die Hand entgegen. Die Welle plötzlicher Schwäche hatte nur wenig mit der Feuerprobe zu tun, die er gerade durchgemacht hatte. In ihren Augen stand Sorge, als sie ihn stumm anschaute – sie schaute ihn nur an, aber manche Dinge sind mit Schweigen am besten auszudrücken. Und dann lächelte er und reichte ihr seine Hand. Sie ergriff sie und legte sie an ihre Wange.

Es hätte ein Augenblick sein können, in dem viele Wahrheiten ans Licht kommen, denn sie waren allein, in sich vertieft, ohne die Gefährten zu beachten. Aber dann brach ai'Jihaar den Zauber seltsam uneinfühlsam, was bei ihr eigenartig kalt und absichtlich wirkte. Weil Anghara so voller Freude über ihre wiedererlangten Sinne und Kieran zu erschöpft von dem Verlust seiner eigenen war, duldeten sie es – und der Augenblick war verloren. Al'Tamar stand neben Kieran mit einem dampfenden Becher *khaf*, der unerklärlicherweise inmitten dieses Dramas gekocht worden war, und ai'Jihaar beanspruchte Angharas ganze Aufmerksamkeit.

»Du siehst aus, als hättest du mit einer Armee *afrit'in* gekämpft«, sagte al'Tamar mit mitfühlendem Lächeln. »Da war ein Sekundenbruchteil, in dem du weg warst, uns völlig verloren; ich war mir nicht sicher, ob du die Berührung von ausgerechnet dieser Gottheit überleben würdest. Nun ja – dir ist das ja nicht fremd. Ich habe vergessen, dass du al'Khur persönlich durch die Berge getragen hast.«

»Du hast doch gesagt, dass er mich getragen hat«, erklärte Kieran lakonisch und hielt die Augen auf den dampfenden Becher *khaf* in seinen Händen gerichtet.

»Vielleicht ein bisschen von beidem«, meinte al'Tamar lachend. »Wenn du sicher bist, dass es dir gut geht ...«

Es gab noch viel zu tun. Aus Höflichkeit und Zuneigung hatte al'Tamar sich zunächst um Kieran gekümmert. Doch andere Arbeiten riefen. Das sah man daran, wie al'Tamar auf den Fußballen neben seinem Schützling hockte, bereit sofort loszurennen, sobald er sich von Kierans Wohlergehen überzeugt hatte.

»Geh schon. Ich werde es überleben«, sagte Kieran nur.

Als al'Tamar sich aufrichtete, und immer noch ein Lächeln in seinen Augen tanzte, erinnerte sich Kieran an etwas. »Warte«, sagte er und streckte einen Arm aus. »Welche Gaben ich in dieser Stunde hatte, um zu geben, habe ich gegeben. Aber ich habe immer noch etwas, das du in meiner Obhut gelassen hast. Vielleicht ist jetzt die Stunde, in der auch du ihr etwas geben kannst, das du für sie aufbewahrt hast. Das ist deine Aufgabe, al'Tamar.«

Er stellte den *khaf* ab und holte den *say'yin* mit dem königlichen Siegel heraus, zog ihn über den Kopf und hielt ihn al'Tamar entgegen. Als dieser sich herabbeugte, um den Talisman an sich zu nehmen, war seine Miene nachdenklich. »In der hai'r habe ich gar nicht daran gedacht«, sagte er. »Aber es wäre dir übel ergangen, hätte ai'Daileh das bei dir gefunden. *Say'yin* sind ein Geheimnis auf dem Weg ... du, als *fram'man*, hättest nie einen sehen, geschweige denn tragen dürfen. Wie kommt es, dass ihr das entgangen ist? Sie hatte dich für ein Opfer vorbereitet ...«

Unwillkürlich schüttelte sich Kieran, als er sich erinnerte, wieviele kleine Hände die Stricke um seine Handgelenke gebunden hatten, wie sie versucht hatten, die ihnen unbekannten Schnüre, die sein Hemd am Hals zusammenhielten, zu lösen – ihr Unwissen und ai'Dailehs Ungeduld, der Name ai'Bre'hinnah, hinausgerufen in die Nacht wie eine Beschwörung. Es hatte nur eine Sekunde gefehlt – weniger – und sie hätten den *say'yin* gefunden. Wenn die Götter in dieser Situation irgendwie die Hand im Spiel gehabt hatten, dann in jenem Moment, als sie die Zeit stillstehen ließen, sodass viele Geheimnisse verborgen blieben und Kieran sein Leben zurückgewinnen konnte.

»*Sen'en dayr*«, sagte Kieran und verwendete einen Ausdruck, den er von ai'Tamar aufgeschnappt hatte.

Die Bedeutung hatte er richtig verstanden, aber die Worte waren aus dem Zusammenhang gerissen. Ai'Tamar lächelte – zuerst nachsichtig, dann dankbar.

»Ich danke dir«, sagte er. »Du weißt nicht, wieviel es mir bedeutet, das tun zu dürfen.«

»Oh, ich denke schon«, meinte Kieran, als sich al'Tamar mit dem *say'yin* in der Hand zum Gehen wandte. »Mehr als du weißt.«

Al'Tamar kniete sich neben Anghara und redete leise in seiner Sprache mit ihr. Kieran trank den letzten Schluck *khaf* aus dem Becher, stand auf und ging unbemerkt hinaus ins Mondlicht. Hätte jemand ihn gefragt, weshalb er in diesem Moment, der eigentlich der Moment seines Triumphes war, die Höhle verließ, wäre ihm eine Erklärung schwer gefallen – seine Gründe waren völlig irrational. Ein Teil von ihm kannte die Szene, die sich jetzt abspielen würde – mit bitterer Deutlichkeit. Er konnte alles sehen – das Überreichen, Angharas Tränen, die im Feuerschein glänzten. Es war eine ganze Welt, die Anghara und ihr Paladin der Wüste teilten, eine Welt, aus der Kieran vollkommen ausgeschlossen war – er wollte kein Zeuge dieser Szene sein, da dort Dinge vor sich gingen, die jenseits seines Verständnisses waren. Er spürte vielerlei gemischte Gefühle, am tiefsten ging irrationale Eifersucht. Er hatte die Größe bewiesen, ihnen zu geben, wozu er imstande war. Das bedeutete jedoch nicht, dass er die Kraft hatte, die Ausführung mitanzusehen, selbst wenn er wusste, dass zwischen al'Tamar und Anghara nie mehr sein würde als gemeinsame Erinnerungen. Aber diese – bei sämtlichen verschwundenen Göttern – waren mächtig genug.

Irgendwie war die Pferdedecke auf Kierans Schultern gewandert, und er war dankbar dafür, denn die Wüstennacht war empfindlich kühl. Ein schwacher Heulton lag in der Luft, wie der ferne Ruf einer Todesfee – wie hatte Anghara das genannt? Das Lied der Geister ... *el'la afrit?* Er hatte die Erklärung fast vergessen, sie war untergegangen in all der Verwirrung über ai'Jihaars und dann al'Tamars Ankunft. Wie lebendig die Geister zurückkehrten, eine vergessene Erinnerung, die ein Heim suchte. Anghara hatte etwas gesagt ... etwas über den Wechsel des Wetters. Als Kieran sich daran erinnerte, blickte er instinktiv zum Himmel empor; doch Wüstenwolken waren selten Vorboten einer Veränderung. Die Erinnerung an den Moment, als er dieses Geräusch zum ersten Mal gehört hatte, war so stark, dass Kieran nicht gleich begriff, dass die Laute eines sich nähernden ki'thars real waren und nicht von seiner Erinnerung heraufbeschworen. Doch dann fand er sich von Angesicht zu Angesicht mit einem verschleierten Reiter mit goldenen Augen, der ihn leidenschaftslos vom hohen Sitz des Sattels auf seinem ki'thar betrachtete. Ihm stockte der Atem.

Ein ruhiger Befehl durchbrach die Stille. Das ki'thar kniete nieder, und der Reiter stieg ab. Unter der djellaba glänzte Gold; in der Hand des Ankömmlings blitzte ein Dolch mit schwarzem Heft. Aber nicht ai'Daileh stand vor ihm. Es war eine andere *an'sen'thar.*

Kieran hatte genügend Geistesgegenwart, sich zuerst zu bewegen. Er erinnerte sich an den Gruß der Wüste und führte die Hand an Herz, Lippen, Brauen und verneigte sich tief. Der Dolch senkte sich ein wenig.

»Auch wenn du unsere Sitten und Gebräuche kennst, bist du noch immer ein *fram'man*«, erklärte die Frau, deren Gesicht noch von ihrem Schleier verhüllt war. »Bist du der, den sie suchen?«

Kieran richtete sich auf und hob das Kinn. »Der bin ich.«

Sein Schwert war noch in der Höhle; doch selbst wenn er es griffbereit gehabt hätte, bezweifelte er, dass er es hätte schwingen können. Seine Finger fühlten sich an wie aus Gummi. Doch nach seinem Bekenntnis ließ die *an'sen'thar* den Dolch sinken, anstatt ihm die Klinge zwischen die Rippen zu stoßen. »Dann zu Anghara.«

Kieran blinzelte verblüfft und zeigte sein Einverständnis mit einem kurzen Nicken.

»Ich nehme an, diese hier gehören zu ai'Jihaar und ihrer Eskorte«, sagte die Frau und löste ihren Burnus. »Wo sind sie?«

Kierans Augen flogen zu der Höhle hinter ihm. Die *an'sen'thar* lächelte ein wenig hämisch.

»Keine Sorge, ich will niemandem etwas tun – ai'Daileh ist eine größere Närrin als ich bisher dachte«, meinte sie bissig. »Von Rechts wegen sollte ich diejenige sein, die man aus dem Turm holt, um diese Angelegenheit hier zu regeln; dann hätten wir jetzt nicht diese Schweinerei. Aber die Götter wollten es anders ...«

Kieran war klar, dass er etwas tun sollte, um diese unerwartete Besucherin davon abzuhalten, unangemeldet hineinzugehen, aber er hatte keine Ahnung, was das hätte sein sollen. Sie gab ihm kaum eine Chance, sondern raffte ihre djellaba und rauschte in die kleine Höhle mit so königlicher Haltung, dass es selbst Anghara gut zu Gesicht gestanden hätte. Kieran konnte ihr nur folgen und schwören, dass das das letzte Mal war, dass er sich so übertölpeln ließ. Das Zusammensein mit Anghara erklärte ein wenig, dass er ständig von Ereignissen überrascht wurde, aber es rechtfertigte nicht alles. Er hätte mit Überraschungen rechnen und auf der Hut sein müssen.

Beinahe hätte er den Gegenstand seiner heftigen Schwüre über den Haufen gerannt. Die *an'sen'thar* blieb abrupt am Höhleneingang stehen und starrte auf die drei am Feuer. Kieran fiel nichts Ungewöhnliches auf, aber al'Tamar schaute wie vom Donner gerührt drein und ai'Jihaar resigniert. Nur Anghara lächelte, der große *say'yin* aus Bernstein und Silber, den al'Tamar ihr gerade übergeben hatte, lag in ihren offenen Handflächen.

»Wie lange?«, fragte die fremde *an'sen'thar* mit eigenartig brüchiger Stimme. Sie sprach immer noch Roisinansich, wie mit Kieran draußen. »Nein, sag es mir nicht. Zu lange, wie immer auch die Antwort lautet. Er ist alt genug, um den Weg schon jahrelang zu gehen. Warum? Warum hast du es vor mir verborgen?«

»Es gibt immer zu viele, die jeden Platz für sich beanspruchen, der so aussieht, als würde er bald verwaisen«, antwortete ai'Jihaar rätselhaft. »Das solltest du doch wirklich verstehen, ai'Farra – du selbst hast Schritte unternommen, um sicher zu gehen, dass die nächste Archivarin im Turm von Al'haria auch eine Sayyed wird.«

»Meine Sippe, natürlich«, sagte ai'Farra und nickte.

Al'Tamar stand auf und schaute ai'Farra über das Feuer hinweg trotzig an. Sie stützte das Kinn in die Hand und musterte ihn scharf.

»Dann haben wir also einen neuen *sen'thar*«, sagte sie schließlich betont freundlich. »Was sollen wir jetzt mit dir machen, al'Tamar ma'Hariff?«

»Es hat sich nichts verändert«, antwortete al'Tamar. »Nicht bis ich einen Erben gezeugt habe, der meinen Platz einnimmt.«

»Ich erinnere mich irgendwie an eine Verlobung, ja«, sagte ai'Farra. »Ich dachte, du solltest dort sein, statt deine Nächte damit zu verbringen, in der Wüste umherzuwandern.«

»Der Turm kann ihn nicht haben«, erklärte ai'Jihaar.

»Nicht der Turm«, mischte sich plötzlich Anghara ein. »Aber er ist ein viel zu wichtiger Teil bei vielen Dingen. Es gab eine Zeit, in der Grotte unterhalb von Gul Khaima, als ich ihm das Gold eines *an'sen'thar* versprochen habe. Und dieses Versprechen erfülle ich heute Abend.« Sie streifte sich den say'yin über den Kopf und nahm al'Tamars Hände zwischen ihre. »Ich verleihe dir das Gold, *an'sen'thar* al'Tamar ma'Hariff – für das Werk dieses Abends und für alle Nächte, die folgen.«

»Er ist nicht ausgebildet«, erklärte ai'Farra empört. »Es liegt nicht in deiner Macht, so etwas zu tun.«

»Es liegt in meiner Macht«, sagte Anghara ruhig. »Du selbst hast mich zum Gold erhoben – und in diesem Moment hast du mir die Macht gegeben, es einem anderen zu verleihen, wenn ich ihn für würdig halte. Und was die Ausbildung betrifft ... Auch ich wusste nichts, als ich das Gold aus ai'Jihaars Händen entgegengenommen habe. Das war zwei Jahre, ehe ich nach Al'haria kam, um es rechtmäßig zu erhalten – al'Tamar verdient die gleiche Chance.«

»Und wer wird ihn ausbilden, so wie du ausgebildet wurdest?«, fragte ai'Farra. »Außerhalb des Turmes? Und wie kann ein *an'sen'thar* einen säkularen Titel tragen? Wie kann er den Göttern Opfer darbringen, wenn er nicht ...«

»Wenn du über mich Bescheid weißt, dann weißt du auch den Rest«, sagte Kieran, der direkt hinter ihr stand. »Du weißt genau, dass die Opfer, von denen du sprichst, nie wieder den Göttern dargebracht werden, die du kennst.«

Blitzschnell drehte sie den Kopf. Nie hätte er damit gerechnet, Tränen in ihren Augen zu sehen. Als Erstes empfand er Mitleid, doch das währte nicht lang. Es wurde von der harten Stimme ausgelöscht, die so gar nicht zu diesem Gesicht passte. »Alles Böse kommt von jenseits der Berge«, stieß sie voller Hass hervor. »Das wusste ich. Ich wusste, dass alles, woran ich glaubte, in Gefahr war, als sie kam. Ich wusste nicht, dass sie leben würde, um ai'Bre'hinnah genannt zu werden, nicht hier, nicht während meines Lebens. Hätte ich das gewusst ... vielleicht wäre es die kleinere Sünde gewesen, sie damals zu töten.«

»Du hättest es nicht tun können, ai'Farra«, erklärte ai'Jihaar in das Schweigen hinein, das sich nach diesen Worten ausgebreitet hatte. »Du konntest nicht diejenigen verschonen, deren Todesstunde gekommen war.«

»Dann ist das jetzt meine?«

»Ich habe gesagt, kein Blut mehr«, sagte Anghara. In ihrer Stimme war Befehl gepaart mit tiefstem Mitgefühl. Nach einem langen Blick auf Kierans Gesicht, wandte ai'Farra sich wieder an Anghara. Sie zeigte die Zähne, was man für ein Lächeln halten konnte.

»Du lässt mir keine Wahl.«

»Da ist das Archiv. Willst du es immer noch in ai'Dailehs Hände legen? Und dann ist da al'Tamar. Ich zähle auf dich.«

»Was könnte ich ihn schon lehren?«, sagte ai'Farra mit verbittertem Lachen. »Die Welt, die ich kenne, ist verloren.«

»Es wird eine Zeit kommen, in der er vielleicht zu mir kommt«, erklärte Anghara. Bei diesen Worten holte al'Tamar tief Luft, aber Anghara schenkte ihm keine Beachtung, ihre Augen waren immer noch fest auf ai'Farra geheftet. »Doch bis dahin ... du denkst zu gering von dir, ai'Farra. Ich nicht. Das habe ich nie.«

Noch einen Moment hielt ai'Farra den Blick, dann legten sich ihre goldenen Wimpern auf die Wangen. »Warum?«, fragte sie leise, sehr leise, als würde sie nur einen Gedanken laut äußern. »Warum finde ich nie die Worte, dich zu besiegen – selbst jetzt nicht, wenn ich sehe, wie du die Fackel hältst, die meine Welt in Asche gelegt hat.«

»Weil du siehst, wie dieselbe Fackel die dunklen Orte erleuchtet, die für dich so lange verloren waren«, antwortete ai'Jihaar.

Ai'Farra sagte nicht in Worten, dass sie alles annahm, was Anghara ihr anbot, aber das brauchte sie auch nicht. Sie wusste nur zu gut, dass ihr nur eine einzige Möglichkeit blieb. Es war zu spät zu vernichten; jetzt konnte sie sich nur im Wind, der durch das Land ihrer Geburt heulte, biegen oder brechen. Und ai'Farra hatte trotz ihrer Unnachgiebigkeit und Sprödigkeit nicht verlernt, sich zu biegen.

Der Themenwechsel kam so abrupt, dass Kieran trotz seiner Schwüre zum Gegenteil, wieder einmal völlig überrascht wurde.

»Über die Berge kannst du nicht zurückgehen«, sagte ai'Farra.

Niemand hatte etwas über eine Rückkehr gesagt, aber Anghara ging sofort darauf ein. »Warum nicht?«

Da musst du noch fragen? Kieran dachte verblüfft und angewidert an ihren Todesmarsch über die Bergpässe, der ihm heute noch Albträume bescherte.

Doch ai'Farra dachte an etwas sehr viel Praktischeres. »Zum einen ist ai'Daileh im Wege. Mit ihr kann man fertig werden – aber was du noch nicht weißt, ist, dass aus Roisinan Nachrichten gekommen sind, während du hier in der Kadun Heilung gesucht hast.«

Anghara war erschüttert. Sie zögerte – fast unmerklich, aber dennoch – alle, die sie gut genug kannten, merkten es. »Welche Nachrichten?«

»Sif Kir Hama weiß, wo du bist«, antwortete ai'Farra und hob die Augen, um Anghara ins Gesicht zu schauen. »Er verlangt deine Rückkehr, sonst wird er eine Armee nach Kheldrin führen.«

»Er könnte nicht mal eine nach Tath führen«, sagte Kieran. Er konnte sich nicht zurückhalten.

Aber für Anghara waren die Nachrichten nur der erste Schritt eines vertrauten Albtraums. Cascin, Bresse ... jetzt Kheldrin. Wieder wurde ein Ort, der ihr Obdach gewährt und sie geschützt hatte, von Sifs blutiger Rache bedroht. Kieran sah, wie die Erinnerung erwachte, alte Wunden und längst verblichene Narben wieder aufriss.

Er sah es deutlich, die anderen spürten es ebenfalls, jeder auf seine Weise. Ai'Farra biss sich mit den kleinen Zähnen auf die Unterlippe, als hätte sie plötzlich Schmerzen. Ai'Jihaar griff nach Angharas Hand, und al'Tamar legte ihr sanft die Hand auf den Arm.

»Ach, nein, Kind«, meinte ai'Jihaar. »Es ist nicht das Gleiche, überhaupt nicht ...«

»Er gibt uns einen Monat«, sagte ai'Farra. »Aber in Shaymir warten Männer auf seinen Befehl. Wenn du auf diesem Weg zurückkehrst, dann läufst du ihnen direkt in die Arme.« Sie lächelte, aber ihr Lächeln war grausam. »Und ich möchte nicht, dass man sagt, Kheldrin hätte dich ausgeliefert.«

Es wäre leicht für sie gewesen; sie hätte die Giftschlange im Herzen Kheldrins töten können, ohne Schuld auf ihr Haupt zu laden. Doch ai'Farra wusste, dass die Wandlerin bereits benannt worden war und der Wandel begonnen hatte. Eine derartige Geste wäre mehr als sinnlos – eine völlig unnütze Verschwendung.

Kieran aber sah mehr als ihr jetziges Problem und entdeckte etwas beinahe Unglaubliches. »Er hat deinen Namen genannt«, sagte er. »Das bedeutet, dass er endlich zugeben musste, dass du lebst. Ich habe meinen Männern gesagt, sie sollten es auf jedem Dorfanger verkünden, als ich fortging, um dich aus Miranei zu befreien. Wir haben eine ziemlich deutliche Spur hinterlassen, als wir dich herausgeholt haben; Sif musste sich etwas einfallen lassen, um Fodruns und Senenas Tod zu erklären.« Ihm fiel noch etwas ein, und er runzelte konzentriert die Stirn. »Wenn er kommt ... bringt er alles mit, was er hat. Er muss. Er kommt, um dich zu vernichten. Und hinter sich lässt er alles weit offen – Roisinan, Miranei. Für Favrin, wenn der klug genug ist, um die Gelegenheit beim Schopf zu packen ... für dich. Damit du es beanspruchst.«

Anghara drehte sich zu ihm, ihre Augen waren beinahe vorwurfsvoll. »Und dieses Land?«, fragte sie. »Soll Kheldrin Geisel für meine Freiheit sein und der Preis für meine Krone?«

Bei diesen Worten drückte ai'Jihaar Angharas Hand. Dann ließ sie sie los und trat zurück. Doch al'Talmar ergriff mit blitzenden Augen das Wort.

»Nicht als Geisel«, erklärte er stolz mit hoch erhobenem Kopf. »Sif Kir Hama wird es unter Schmerzen erfahren. Dieser Preis ist zu hoch für ihn.«

»Er hat eine Armee ... eine Armee, die bereit ist, für ihn zu sterben«, flüsterte Anghara.

»Dazu könnte es sehr gut kommen«, meinte ai'Jihaar. »Wir hatten früher schon Invasoren ... aber niemand ist lang genug geblieben, um mehr als ein paar Zeilen im Archiv zu füllen. Sif hat keine Ahnung von Kheldrin. Wahrscheinlich ist ihm nicht klar, dass er in diesem Land einen Feind hat, der selbst für ihn eine Nummer zu groß ist, ein Bissen, an dem er ersticken wird.«

»Welchen Feind?«, fragte Anghara immer noch leise, aber in ihren Augen war ein Funke, der diese im Feuerschein fast silbern leuchten ließ.

»Die Wüste«, erklärte ai'Jihaar und lachte unvermittelt. Ihr Lachen fiel in das erwartungsvolle Schweigen wie Glasscherben. »Die Wüste kämpft für uns.«

Teil zwei

Anghara

12

Eine Woche lang glitt das kleine Kheldrini-Segelboot an dem üppigen Ufer entlang, das Kieran nur wenig an die heiße Wüste erinnerte – aber jedes Mal, wenn er über den schmalen Wasserstreifen zwischen Boot und Ufer hinwegschaute, erhob sich Kheldrin und verfolgte ihn. Besonders die Abschiedsworte, mit denen Kheldrins *an'sen'thari* sie an den Kais von Sa'alah entlassen hatten; Worte, die in Anghara eine Idee reifen ließen – etwas, auf das sie bisher noch nie gekommen war.

»Ich habe eine Botschaft von Gul Khaima für dich«, hatte ai'Farra gesagt. »Seit Monaten trage ich sie mit mir. Ich wusste, du würdest zurückkommen.«

»Noch eine Reihe von unverständlichen Dreizeilern?«, hatte Anghara ziemlich frivol gefragt. »Ich bin immer noch dabei, die Bedeutung der ersten Prophezeiung zu enträtseln.«

»Nein, nichts dergleichen. Etwas, das ai'Raisa mir gesagt hat, als ich das letzte Mal beim Stein war. Ein einziger Satz.«

»Nun, wie lautet er?«, fragte Anghara nach einem kurzen Moment erwartungsvollen Schweigens.

»Nur das: Die verlorene Königin soll in der Kristallenen Stadt vorsichtig sein.«

Kieran hatte Angharas Gesicht beobachtet. Als ai'Farra die Worte sagte, blieb es völlig ausdruckslos – doch nicht lange. Angharas Augen blickten eigenartig fragend.

»Bedeutet das irgendetwas?«, hatte ai'Farra gefragt; ihre Stimme klang gleichgültig, aber Kieran war nicht so leicht hinters Licht zu führen.

»Vielleicht«, hatte Anghara gesagt und behielt ihre Gedanken für sich.

Wenn ai'Farra gehofft hatte, Anghara würde die Bedeutung enthüllen, ehe sie Kheldrin verließen, wurde die *an'sen'thar* enttäuscht – selbst Kieran, der die Worte eigentlich sofort hätte verstehen müssen, war überrascht worden – wieder einmal und entgegen all seiner Schwüre. Nachdem sie den Hafen von Sa'alah verlassen hatten, steuerte Anghara den Bug des kleinen Segelboots nach Süden anstatt nach Osten.

Die Kristallene Stadt. Algira. Tath.

»Du denkst doch nicht etwa daran, direkt in Duerin Rashins Halle reinzuspazieren?«, hatte Kieran fassungslos gefragt.

»Nein«, hatte Anghara geantwortet. »Nicht zu Duerin. Schon lang herrscht Duerin in Tath, obwohl in Wirklichkeit ein anderer regiert.«

»Favrin? Du hast vor, dich mit *Favrin* anzulegen?«

»Erinnerst du dich nicht daran, was Feor in Cascin gesagt hat?« Tränen glitzerten einen Moment lang in ihren Augen. »Favrin – hat er gesagt –, sei gefährlich, gerissen und stark. Wenn Favrin an die Macht kommt, steht Roisinan vor der Wahl: Krieg bis aufs Messer oder eine Art Abkommen.« Sie lächelte. »Ich werde ihm ein Abkommen anbieten«, sagte sie. »Ehe ihm klar wird, was Sif plant, und er den Krieg wählt. Einen Krieg, den er gewinnen kann.«

»Das ist Wahnsinn«, entgegnete Kieran. »Allein?«

»Ich habe doch dich, oder?«, sagte sie. Die Worte waren gleichzeitig ein scharfer Dorn und Ausdruck von Vertrauen und Zuversicht. Kieran fiel so schnell keine passende Antwort ein. »Außerdem ist es ja nicht meine Idee«, fuhr Anghara fort. »Das Orakel hat mich gewarnt, in der Kristallenen Stadt vorsichtig zu sein, lange bevor ich überhaupt daran gedacht habe, dorthin zu gehen.«

»Du weißt doch überhaupt nichts über diesen Ort«, erklärte Kieran trotzig.

»Das brauche ich nicht«, meinte Anghara. »Ich werde geführt; das bedeutet, dass man mir zeigt, was ich wissen muss.«

Ein scharf umrissener Glanz umgab sie, seit die geflügelte ai'Bre'hinnah ihr in der roten Wüste von Kheldrin ihre Kraft zurückgegeben hatte – es war die furchtlose, unbewusste Arroganz eines Diamanten, der als Zierde für eine königliche Krone geschliffen worden war. Sie hatte sich wie neugeboren gefühlt; deshalb glaubte sie, nichts Böses könne ihr je wieder etwas anhaben. Nie hatte Kieran sich überflüssiger gefühlt – sie sah aus, als würde sie dieses wilde Unterfangen ebenso gern ganz allein durchführen. Seit sie den Moment in der Höhle in der Kadun hatten verstreichen lassen, hatte sich keine weitere Gelegenheit zur Aussprache ergeben. Jetzt, da alles, was sie verloren hatte, ihr wiedergegeben war, schien sie Kieran weiter entfernt als je zuvor. Es war, als hätte man ihm das Bild von ihr, in dem sie ihm am nächsten war, weggenommen; selbst der Name aus der Kindheit, Brynna, gehörte jetzt mehr einer geflügelten Göttin als dem kleinen Mädchen, das Kieran so mühelos hatte lieben können.

Er war wieder ganz auf sich allein gestellt; seine Sinne nicht schärfer als diejenigen, die erwartungsgemäß in der Schmiede seines Trainings geformt worden waren und die Kieran zu dem machten, was er war. Trotz seiner Begegnung mit den verschwundenen Göttern Kheldrins, war er nicht fähiger zu verstehen, was Anghara tat, um ihnen den Weg zu bereiten, als jeder andere erdgebundene Mensch. Irgendwie hatte sie einen verschleiernden Nebel um ihr Boot gewoben. Sie konnte hinausschauen, aber niemand konnte sie darin sehen – und es schien zu funktionieren. Einmal saßen sie nachts in ihrem kleinen Boot und sahen zu, wie zwei große roisinanische Galeeren, Teile von Sifs Streitmacht, in Richtung Kheldrin vorbeiglitten. Angharas Gesicht sprach Bände. Sobald die Schiffe verschwunden waren und keine Gefahr mehr bestand, belauscht zu werden, beeilte sich Kieran die düsteren Schatten in ihren Augen zu vertreiben.

»Wie ai'Jihaar sagte. Die Wüste wird Sifs Feind sein.«

»Aber Sa'alah«, meinte Anghara mit stummer Qual. »Sa'alah ist nicht die Wüste. Und der Sa'ila verhindert ...«

In dieser schweren Stunde beschloss Kieran, Angharas Abenteuer voll und ganz zu unterstützen – Angharas musste aktiv bleiben und durfte sich nicht in düsteren Visionen verlieren. Er zwang sie, über ihre Vorgehensweise nachzudenken, und eine Art Plan zu fassen trotz ihrer Erwartung, dass sich vor ihren Füßen von selbst ein Pfad entfalten würde. So glitten die Tage vorbei, zwischen Planungen und der Notwendigkeit, das kleine Boot zu steuern. Sie kamen nahe genug am Vallensumpf heran, um im frühen Morgennebel die süßliche, verfaulte Verderbtheit zu riechen. Rechts von ihnen lag die größte und naheste Insel des Mabin Archipels als dunkler Fleck auf dem hellen Meer. Eine Zeit lang saß Anghara reglos mitten in dem kleinen Boot. Nur ihre Augen bewegten sich und schossen vom Ufer zur Insel.

»Wir sind zu nahe an zwei Tänzen«, sagte sie zu Kieran, als er sich nach ihrem Befinden erkundigte. »In mir ist etwas, das dem Ruf beider antworten will und das mich entzweireißt ...«

»Ich dachte, die alten Götter seien gegangen.«

»Sie waren schon lange fort aus Roisinan«, erklärte Anghara. »Aber die Tänze ... diese Steinkreise gehören zu etwas anderem. Sie werden immer ein Ort der Macht sein. Ich kann nichts dafür; die Gegenwart eines Stehenden Steines spüre ich wie ein Messer in mir. Es ist wie der Geruch von Räucherstäbchen. Sie erinnern mich ... an alles.«

»Wie Wüstensalbei«, hatte Kieran gemurmelt.

Sie fragte nicht, was er damit meinte, und er sprach nicht weiter darüber. Schon bald ließen sie die Insel hinter sich, und die Tänze entließen Anghara aus ihrem Bann. Die Moore des Vallensumpfs gingen in Grasland über, dann rauschte dunkler, üppiger Wald am Ufer. Zuweilen sahen sie kleine Tiere wie Schatten im flachen Wasser schwimmen. Das lärmende Geschrei einer kleinen Affenhorde folgte ihnen. Als sie einmal anlegten, als sie ein Bächlein mit Süßwasser ins Meer fließen sahen, und ihren Wasservorrat auffüllen wollten, kamen die Affen so nahe, dass sie sie mit hartschaligen Früchten bewarfen. Anghara trug einen dicken blauen Fleck am Arm davon, und Kieran hatte eine Schwellung so groß wie eine Walnuss an der Schläfe, wo ein größeres Geschoss um Haaresbreite sein Auge verfehlt hatte.

»Unser Auftritt in den Palästen von Algira wird spektakulär sein«, meinte Kieran mürrisch. »Wenn sie uns fragen, woher wir diese Blutergüsse haben, würde ich lieber nicht zugeben, dass eine Horde Affen uns so zugerichtet hat.«

Anghara wusste, dass das Land um Algira landwirtschaftlich genutzt wurde; dennoch überraschten sie die vielen Olivenhaine und Weinberge – das kleine Kheldrini-Boot machte gute Fahrt. Zuerst sahen sie die silberblättrigen Olivenbäume im Mondschein. Anghara sprang auf, um das Segel zum Kreuzen auszurichten.

»Zurück«, rief sie. »Wir haben Glück, dass wir nachts hier ankommen. Ich will nicht direkt in Algira in den Hafen einfahren. Wir verstecken das Boot im Unterholz und gehen dann zu Fuß weiter.«

Sie segelten zurück zu einer kleinen Bucht, die sie zuvor gesehen hatten. Dann zogen sie das Boot auf den Sand unter ein Gebüsch aus dichten Ästen. In dieser Nacht schliefen sie am Ufer, im Lee ihres Bootes. Am nächsten Morgen brauchten sie nicht lange, um sich einen Weg durchs Unterholz zu bahnen und eine Straße zu erreichen.

Die *an'sen'thari* hatten ihnen unauffällige Reiseumhänge mitgegeben, doch boten diese kaum Schutz gegen die neugierigen Blicke der Arbeiter in den Weinbergen und Obstplantagen, die sich aufrichteten, um die beiden Reisenden anzugaffen. Anghara setzte ihr Zweites Gesicht ein, um beide undeutlich zu machen, sodass sie nur den Eindruck zweier unbedeutender Reisender hinterließen, die keine Aufmerksamkeit verdienten. Sobald sich die Arbeiter wieder ihren Aufgaben widmeten, waren die beiden vergessen. Später bog die Landstraße nach Norden in eine breitere Straße ein, die schließlich bis zu den Ufern des Ronval Flusses und nach Roisinan führte. Sie mischten sich unter die anderen Reisenden, die nach Süden nach Algira zogen. Zwischen Frauen mit großen Körben und kleinen unartigen Kindern und gelegentlichen Karren, die schwer mit Gemüse beladen in die Stadt holperten, fielen sie nicht weiter auf. Ungeduldige Reiter bahnten sich mit unterdrückten Flüchen einen Weg durch die Fußgänger. Alte Männer schritten geduldig neben ebenso alten Eseln, die schon graue Mäuler hatten, und Säcke mit Oliven oder Weinschläuche trugen.

Anghara hatte in ihrer Kindheit Bilder gesehen von der berühmten Stadt Algira. Kieran nicht. Er hatte nur viele wunderbare Geschichten darüber gehört, und viele davon klangen übertrieben. Doch die Wahrheit ging so sehr über diese Geschichten hinaus, dass Kieran nur ungläubig staunen konnte. Die Kristallene Stadt war einer der vielen Namen, mit denen die Chronisten der Geschichte und viele Legenden Algira ausgeschmückt hatten. Sie hatte noch andere Namen und war auch bekannt als die Stadt des Wassers, die Stadt der Kanäle oder die Stadt der Gärten. Und alle diese Namen waren richtig.

Die Sonne schien hell und stand hoch, als Anghara und Kieran über eine niedrige Anhöhe kamen und in das Tal hinabschauten, das zu einer blauen Bucht führte. Das Meer glitzerte im Sonnenlicht, wurde jedoch überstrahlt vom Glanz und Feuer von den Türmen Algiras, die das Licht aus dem Süden wie Diamanten brachen. Alles schien aus Glas gemacht und glitzerte vor Kierans Augen. Er sah sich durch schimmernde Häuser dahinwindende Kanäle, einige von Brücken überspannt, deren Bögen aus weißem Stein oder schwarzem Obsidian erbaut waren. Verstreut standen mächtige Palmen mit smaragdgrünen Wedeln. Außerdem fielen leuchtend bunte Ranken an den Wänden Kieran ins Auge. Über allem erhob sich auf einem niedrigen Hügel, der von einem breiten Wassergraben umgeben war, das prächtigste Gebäude von allen – es war so filigran, dass man meinen konnte, es sei aus Zuckerwatte erbaut. Die Gärten waren ein Gewirr aus Grün und Scharlachrot, neben gepflegten Rasenflächen standen dichte Bäume, deren tiefes Grün Kieran an die Wälder erinnerte, an denen sie vor Kurzem vorbeigesegelt waren.

»Dorthin gehen wir«, sagte Anghara, die seinen Blicken gefolgt war. »Der Weiße Palast. Das Heim von Favrin Rashin und seinem Vater, dem König.«

Die Schönheit verführte Kieran zu einer wenig loyalen Äußerung. »Was im Namen des großen Gottes Kerun wollen sie mit unseren harten Wintern und schneebedeckten Bergen, wenn sie all das hier haben?«

»Es gab eine Zeit, in der die Könige von Roisinan beides besaßen. Und die Rashin würden das gern wieder so haben.«

»Und du auch«, sagte Kieran. »Weshalb wärst du sonst hier?«

»Sie würden dafür morden. Ich würde ihnen ihre Welt lassen; sie wären zu mir weniger freundlich.« Anghara betrachtete einen Moment lang den Weißen Palast, einst der Sommeraufenthalt der Kir Hama Könige, jetzt Heim eines Anwärters auf ihren uralten Thron. »Komm!«

Kieran setzte sich gehorsam in Bewegung. Ihm war gar nicht bewusst gewesen, dass sie gehalten hatten. Aber seine Augen hingen weiter am Weißen Palast. Nachdem der erste Edindruck vorüber war, betrachtete er ihn mit den Augen eines Soldaten. Und was er sah, gefiel ihm ganz und gar nicht.

»Selbst angenommen, du könntest in den Palast eindringen – es sieht so aus, als würde es schwierig, ihn ohne Erlaubnis des Gastgebers wieder zu verlassen«, sagte er.

Anghara schaute ihn an, dann die weißen Mauern, welche die Sonne einfingen und in wunderbarem Glanz erstrahlten. »Das war zu erwarten«, meinte sie. »Aber erkläre es mir.«

Kieran runzelte die Stirn. Es war so wunderschön und zugleich eine so tödliche Falle. »Schau es dir an«, sagte er. »Eine Insel, umgeben von Wasser – du, ein leichtes Ziel für jeden Bogenschützen auf den Mauern. Und kein noch so kleines Versteck irgendwo in Wassernähe. Der Ort wirkt, als wüchse alles wild, aber dem Wahnsinn liegt ein sorgfältiger Plan zugrunde. Man kann sich nirgends verstecken – und auch nirgendwohin fliehen, sobald man gesichtet wird.

»Ich habe nicht vor zu fliehen«, erwiderte Anghara mit geheimnisvollem Lächeln.

Sie wird es tun, dachte Kieran verzweifelt. Sie wird dort hineingehen, ohne einen Gedanken an das Hinterher zu verschwenden – im Vertrauen auf die Götter. Immer noch. Aber es gab keine Götter, nicht mehr. Es gab nur Angharas helle Flamme und die ergebene Unterwürfigkeit eines einzelnen Mannes. Er würde ihr selbst dorthinein folgen. Für ihn gab es keine andere Wahl.

Inzwischen hatten sie die Stadt betreten und gingen an den ersten Kanälen entlang, die im Sonnenlicht des Südens glitzerten. Hier auf den schmalen Gehsteigen an den Kanälen drängten sich viele Menschen. Ein großer Ellenbogen beförderte Anghara beinahe ins Wasser. Kieran wollte protestieren, aber Angharas Hand auf seinem Unterarm verhinderte das. »Nein, ich will keine Aufmerksamkeit erregen. Folg der dichtesten Menge. Ich suche einen Marktplatz.«

»Wozu?«

»Dort finden wir einen Schreiber.«

Kieran kannte diesen kryptischen Ton. Sie hatte einen Plan ausgeheckt, aber niemand würde Einzelheiten erfahren, bis sie bereit war zu sprechen. Kieran hatte bereits eine leise Ahnung, worin der Plan bestehen könnte, und er gefiel ihm ganz und gar nicht.

»Was möchtest du hier zu Papier bringen?«, fragte er. »Es ist gefährlich genug, in den Palast abgeführt zu werden. Um das zu schaffen, musst du dich nicht besonders anstrengen. Willst du etwa Favrin Rashin in seiner eigenen Stadt herausfordern?«

»Nicht herausfordern«, antwortete Anghara ernst. »Nur einladen.«

»Wozu?«

»Um im Gegenzug ebenfalls eine Einladung zu erhalten«, erklärte Anghara. »Ich habe vor, den Weißen Palast als geladener Gast zu betreten.«

»Warum auf der grünen Erde der Götter sollte er dich in seinen Palast einladen und dir Sicherheit garantieren, obwohl du zwischen ihm und seinem Begehr stehst?«, fragte Kieran offen.

»Aus Neugierde. Weil es sein Interesse weckt, worüber seine eingeschworene Feindin wohl mit ihm reden will, während sie seinen Wein trinkt.«

»Woher weißt du überhaupt, dass er da ist und nicht hinter Sifs Schwanz in Roisinan herjagt?«

Anghara, im höfischen Zeremoniell erfahren, lächelte nur. »Du solltest inzwischen Favrins Farben kennen«, sagte sie. »Unter den Bannern auf den Türmen ist auch eine blauweiße Fahne. Diese wird nur gehisst, wenn er da ist.« Sie lachte Kieran ins Gesicht. »Duerin würde vielleicht den Fehdehandschuh aufheben, nur um mich an seinem Tisch vergiften zu lassen«, fuhr sie beinahe fröhlich fort. Kieran bekam eine Gänsehaut bei dem Scherz über ihren eigenen Tod. »Nicht aber Favrin; er ist zu direkt für Gift. Darin hatte Feor ganz Recht. Er wird meine Einladung annehmen – und er wird für meine Sicherheit bürgen, dafür sorgt seine Ehre als Soldat.«

Da war immer noch etwas, das sie ihm nicht sagte. Sie folgten der Menschenmenge zu einem kleinen Platz. Angharas Aufmerksamkeit galt einer schwarzweiß gestreiften Markise, unter der ein junger Mann in rein weißer Kleidung und mit einem weißen Turban saß. Wachstäfelchen, Stahlstichel, Tintenfläschchen, Pergament und andere Utensilien seines Gewerbes waren fein säuberlich hinter ihm auf dem Boden ausgelegt.

Die Sprache Taths war nur ein Dialekt des Roisinanischen, ein anderer Akzent, ein paar abweichende Wörter. Doch Anghara bediente sich nicht der Sprache Taths. Wenn der junge Schreiber überrascht war, hier im Herzen von Taths Macht in der Hofsprache Roisinans angesprochen zu werden, war er zu gut erzogen, um das zu zeigen – und er antwortete in derselben Sprache. Anghara war von der Selbstbeherrschung des jungen Mannes beeindruckt – und fast gegen seinen Willen auch Kieran.

»Ich brauche einen Brief, der Können und Diskretion erfordert«, sagte Anghara.

»Wir dürfen nicht enthüllen, was wir für einen anderen schreiben. So lautet das Gesetz der Zunft überall«, erklärte der junge Schreiber ernst und ließ damit anklingen, dass ihm bewusst war, dass Anghara in seiner Stadt eine Fremde war. »Eure Münzen kaufen mein Schweigen über alles, was Ihr mir anvertraut.«

»Wie hoch ist deine Gebühr?«

»Sechs *sessi*. Bei wichtigen Angelegenheiten …« Er hüstelte diskret und verbarg den Mund hinter der Hand, doch seine Augen darüber waren beredt. »Bei wichtigen Angelegenheiten – ist der Preis Verhandlungssache.«

»Zehn«, sagte Anghara. »Wenn du auch dafür sorgst, dass er zugestellt wird.«

»An welche Adresse?«

»In den Weißen Palast.«

Der junge Mann hustete wieder in seine Handfläche. »Das ist in der Tat eine äußerst wichtige Angelegenheit. Dafür ... fünfzehn *sessi.*«

»Elf«, antwortete Anghara.

Die Augen des jungen Schreibers funkelten. »Dreizehn, Mylady.«

»Zwölfeinhalb«, sagte Anghara.

Er dachte kurz darüber nach, dann verneigte er sich vor ihr von der Körpermitte ab, ohne aufzustehen. »Zwölfeinhalb«, willigte er ein. »In meinem Zelt können wir ungestört sprechen, falls Ihr das wünscht.«

»Das wäre wohl am besten«, pflichtete ihm Anghara bei.

»Wo hast du gelernt zu feilschen, dass Borre aus Shaymir vor Neid gelb geworden wäre?«, zischte Kieran Anghara zu, als sie dem Schreiber in das schwarzweiß gestreifte Zelt hinter der Markise folgten. »Und woher willst du die zwölfeinhalb *sessi* nehmen, oder wie immer das heißt?«

»Kheldrin hat mir viele Geschenke gemacht«, antwortete Anghara und lächelte ihn an.

»Khelsies feilschen?«, murmelte Kieran. »Bei Keruns Hörnern, jedes Mal, wenn ich hinschaue, werden sie menschlicher. Darf ich erfahren, was in diesem Brief stehen soll?«

Ihre Augen funkelten vor Freude über dieses Spiel. »Komm herein und hör zu.«

Es war Kierans Aufgabe, sich um die Sicherheit der jungen Königin zu kümmern, die selbst keinerlei Anstalten machte, auch nur einen Gedanken daran zu verschwenden. Er aber hatte als Anführer seiner Männer gelernt, Risiken überlegt abzuwägen. Doch war er jung und waghalsig genug, um bei Angharas Plan mit Freuden mitzumachen. Die von dem jungen Mann geschriebene Botschaft – der mit bewundernswerter Selbstbeherrschung keinerlei

Reaktion auf das zeigte, was er niederschreiben sollte – war mit dem königlichen Siegel von al'Tamars *say'yin* versiegelt worden und dann mit sorgfältigen Anweisungen einem Boten übergeben worden, den der Schreiber gerufen hatte. Kieran hatte natürlich Recht gehabt – Anghara besaß keine Münzen, um für die erhaltenen Dienste zu bezahlen. Dafür hatte sie kheldrinisches Silber. Das war keine offizielle Währung, es musste also eingetauscht werden. Ohne große Worte holte der Schreiber eine keine Waage hervor, wog das Silber ab, und gab ihr den Gegenwert in algiranischen *sessi.* Eine eigenartige Erregung machte Anghara großzügig, sodass sie dem Schreiber fünfzehn *sessi* statt der vereinbarten Summe gab. Wenn der Mann es bemerkte, so zeigte er es nicht, verbeugte sich nur mit Anmut und Höflichkeit, als das Geld in den Falten seines Gewandes verschwand. Sie verließen ihn, um sich auf dem vollen Marktplatz etwas zu essen zu besorgen und auf die Stunde zu warten, die in Angharas Brief geschrieben stand.

Eine runzlige Greisin, die eine gewisse Ähnlichkeit mit den lauten Affen hatte, deren schmerzliche Bekanntschaft sie in der Vergangenheit gemacht hatten, packte Angharas Hand, als diese vorbeiging. »Zwei *sessi?*«, krächzte sie schamlos und einschmeichelnd. »Zwei *sessi* und ich sage dir deine Zukunft voraus. Eine junge Lady mit einem so liebreizenden Gesicht und einem so gut aussehenden jungen Herrn an der Seite – willst du nicht wissen, was die Zukunft dir bringt, Täubchen ...«

Anghara entzog ihr ruhig die Hand. »Nein, danke, Mütterchen. Vielleicht ein andermal.«

Als Kieran vorbei wollte, schnappte sich die Alte seine Hand und hatte die Handfläche nach oben gedreht, ehe er sie abschütteln konnte. Er war verärgert, weil Anghara bereits zwei Schritte weitergegangen war und Gefahr lief, von der Menge verschlungen zu werden. Kieran wollte seine Hand zurückziehen. »Lass das«, sagte er. »Ich brauche nicht ...«

»Ich sehe Leiden«, murmelte die Greisin scheinbar in Trance, die Augen aufgerissen, ohne mit der Wimper zu zucken. »Ich sehe eine große Liebe, beinahe verloren ... und gewonnene Schlachten ... und dann ... dann ist da eine Krone.«

Kieran riss die Hand zurück, als hätte er sich verbrannt. Die Alte hatte offenbar vergessen, dass seine Zukunft zwei *sessi* kostete, und war weitergewandert. Dabei murmelte sie ständig etwas über eine Krone, Schmerzen und schwere Entscheidungen. Kieran blickte ihr noch einen Moment lang nach, die Augen voll Misstrauen und leiser Furcht; dann lief er entschlossen los, um Anghara in der Menge zu suchen.

»Sie hat dich also erwischt«, sagte Anghara und biss in den Pfirsich, den sie mit ihrem neuen Geld an einer Bude gekauft hatte. Sie leckte den Saft auf, der ihr übers Kinn lief. »Du hast sie nicht mal bezahlt? Das war nicht gerade die feine Art, Kieran. Was hat sie gesagt?«

»Ach, dummes Geschwätz«, antwortete Kieran. Zu schnell. Aber der Pfirsich erwies sich als willkommene Ablenkung. Anghara blickte umher und lachte.

»Ich hoffe, irgendwo in der Nähe ist ein Brunnen, sonst müssen wir zurück zu den Kanälen gehen – ehe ich mir nicht die Hände gewaschen habe, kann ich überhaupt nichts anfassen.«

»Weißt du, ob es hier eine Art han gibt?«, fragte Kieran. »Vielleicht sollten wir uns einen Platz suchen, wo wir bis Sonnenuntergang bleiben können – und dort könntest du dich richtig waschen.«

»Bei den Kanälen muss es eine Herberge geben; ich muss mich auch umziehen«, sagte Anghara, die ein Paket mit ihrer gesamten prächtigen Kleidung als *an'sen'thar* trug – genau wie bei ihrer letzten Heimkehr. Kieran erinnerte das Päckchen an das Kings's Inn in Calabra, das ihnen solches Unglück gebracht hatte. Daher ließen sie die Idee, eine Herberge zu suchen, schnell wieder fallen. Er verspürte keinerlei Drang, dass Anghara – oder er selbst – herausfanden, wie die Kerker *dieses* Palastes von innen aussahen.

»Darüber denken wir später nach«, sagte er. »Gehen wir erst mal weiter.«

Es wurde ein langer, heißer Sommertag. Sie aßen geeiste Sahne, eine Erfindung der Küche im Süden, die keiner der beiden zuvor probiert hatte, und schauten zu, wie ein Schiff mit dem Banner der Seeschlange von Mabin an diesem langen goldenen Nachmittag im Hafen andockte. Die Galeere war voll besetzt mit grimmig aussehenden bewaffneten Männern. Die Sonne ließ Lanzen und Rüstungen glänzen.

»Gibt es in diesen Gewässern Piraten?«, fragte Kieran, den der Anblick überraschte.

»Für dieses Schiff vielleicht schon«, antwortete Anghara. »Wahrscheinlich hat es Perlen aus Mabin für den König geladen.«

»Du hättest einen Umweg machen sollen«, neckte er Anghara. »Und nach Mabin segeln, anstatt dieses Silbers aus Kheldrin eine Schiffsladung Perlen an Bord nehmen und dich damit im Palast vorstellen sollen. Ich bin sicher, dann hätte man dir den Eintritt nicht verwehrt.«

»Diese Perlen sind das Lösegeld eines Königs wert«, erklärte Anghara. »Vielleicht sind wir uns darin gleich, noch ehe diese Nacht vorüber ist.«

Plötzlich schienen ihr Bedenken zu kommen, und ironischerweise war es Kieran, der nun ihren Plan verteidigte. Anghara ließ sich leicht überreden. Schließlich verließen sie den Hafen und fanden eine ruhige Herberge, in der Nähe des Hauptkais, wo eine Handvoll Münzen das Schweigen des Wirts und einen Krug bemerkenswert guten Wein kaufte. Davon tranken sie eine Zeit lang. Kieran blieb am Tisch sitzen, während Anghara hinausging, um ein Gewand anzuziehen, das für einen Besuch beim König geeignet war. Jeder, der Kieran sah, hätte ihn für völlig entspannt gehalten. Die langen Beine hatte er ausgestreckt und die Lider waren halb geschlossen; doch unter diesen halb geschlossenen Lidern beobachtete er aufmerksam die Tür, durch welche Anghara hinausgegangen war. Ihm war nicht wohl, dass er sie hatte allein gehen lassen. Erst als sie wieder erschien, entspannte er die Schultern und lehnte sich gegen die Wand. Sie trug ihren dunklen Umhang.

»Alles in Ordnung?«, fragte er.

Sie warf ein Bündel auf den Sitz neben ihn und setzte sich. »Keine Probleme. Ist es schon Zeit?«

»Noch zu früh. Aber es ist fast Sonnenuntergang. Eine Zeit lang können wir noch bleiben. Dann sollten wir uns langsam auf den Weg zum Graben um den Palast machen.« Seine Augen flackerten. »Falls jemand dort ist, der auf uns wartet.«

»Es wird jemand da sein«, erklärte Anghara mit nachdenklicher, aber überzeugter Stimme. Vielleicht hatte ihr Glaube kurz gewankt, doch jetzt, kurz vor der Durchführung ihres Plans, war er zurück und brannte stärker denn je.

»Ich hoffe nur, dass wir nicht mehr bekommen, als wir erwarten.«

»Er ist Soldat wie du«, sagte Anghara. »Wenn er etwas zu tun beginnt, dann wird seine Ritterehre dafür sorgen, dass er es auch gemäß seinem gegebenem Wort durchführt. Würdest du das nicht auch tun?«

»Ich bin kein Prinz«, erwiderte Kieran.

Eine Krone hatte das alte Weib gesagt, und die Erinnerung brach seine Stimme und ließ seine Worte angespannt klingen. Hilflos schaute er Anghara an, gefangen in der Honigfalle seiner Liebe zu einer Frau, die Königin werden würde. *Das wollte ich nie. Ich wurde nicht dazu geboren, ein Königtum zu beanspruchen.*

Aber er konnte sie nicht bitten, es aufzugeben – nicht nachdem er gekämpft und all die Pläne geschmiedet hatte, um es für sie zurückzuerobern. Er konnte bei ihr bleiben – als einer ihrer Hauptleute oder Generäle, als Anführer ihrer Armee – oder fortlaufen und sein Glück allein in den Ländern jenseits der Berge suchen, über die er nur Mythen, Legenden und wirre Reisebeschreibungen kannte.

Eine Krone. Er konnte einen dritten Pfad einschlagen. Er konnte sich erklären, ihr seine Gefühle offenbaren ... ja, wären die Dinge anders, hätte er sie geheiratet und zwar mit Freuden – aber sie war von königlichem Geblüt und würde Königin auf einem der ältesten Throne ihrer Welt sein, und das allein war eine große Verpflichtung. Königinnen heirateten nicht aus Liebe – das konnten sie nicht.

Schnell schob er diese Gedanken beiseite. Jetzt war dafür nicht der richtige Zeitpunkt. Er musste sich voll und ganz auf die bevorstehende Aufgabe konzentrieren. Trotz Angharas Zuversicht bestand große Gefahr. Kieran war keineswegs überzeugt, dass die Ehre eines Soldaten bei einem Prinzen über seine Zielstrebigkeit siegen würde. Was Favrin auch sein mochte, er war immer noch Duerins Sohn – und Kieran wusste, dass Anghara bei Duerin Rashin nie gewagt hätte, was sie jetzt tat.

Das Licht draußen war bereits tief golden, der Nachmittag fast vorüber. Kieran trank den letzten Schluck Wein aus seinem Becher und stand auf. »Wir sollten jetzt gehen.«

In der Stadt erlebten sie den Sonnenuntergang. Laternenanzünder gingen auf den Hauptstraßen von Lampe zu Lampe. Gelbes Licht ergoss sich durch offene Fenster auf die Kanäle. Zuweilen hörten sie Musik, wenn sie darunter vorbeigingen, oder leises Lachen oder gedämpfte Gespräche irgendwo über ihnen. Eine Frau in einem scharlachroten Gewand winkte ihnen von einem Balkon mit ihrem Fächer aus Federn. Kieran erstarrte und erwartete, dass sich eine schwere Hand auf seine Schulter legte – aber als die Schritte ihn erreichten, gehörten sie einem jungen Mann, der fröhlich dahinschritt. Er trug eine prächtige Halbmaske unter einem Schlapphut, den Federbüschel zierten. Er lief an ihnen vorbei in Richtung des Balkons. Kieran atmete erleichtert auf. »Es ist unmöglich, dass hier jemand unsere Identität kennt – zumindest jetzt noch nicht«, beruhigte er sich selbst. »Trotzdem ... ich wünschte, ich könnte das Gefühl loswerden, dass alle schauspielern und genau wissen, wer wir sind.«

»Wie spät ist es?«, fragte Anghara. Kieran erkannte, dass sie weder die grell geschminkte Frau auf dem Balkon noch den jungen Mann gesehen hatte, der an ihnen vorbeigelaufen war. Beide hatten bei ihr kaum mehr Eindruck hinterlassen als ein Geist. Anghara hatte heute Abend eine Verabredung mit dem Schicksal – andere Ablenkungen waren im Vergleich dazu für sie unsichtbar.

»Wir werden zur ausgemachten Stunde dort sein«, antwortete Kieran beinahe lachend. »Hab keine solche Eile, in dieses Netz zu gehen. Ich bin mir alles andere als sicher, dass du ungestraft wieder hinaus kannst.«

Der Schreiber hatte ihnen geholfen, ihren Treffpunkt zu bestimmen – Anghara wollte diesen am Hauptkai haben, um dort in aller Offenheit auf Favrins Boot und ihre Eskorte zu warten, aber Kieran gefiel diese Idee nicht, und auch der Schreiber stimmte ihm unerwartet zu. Von ihm erfuhren sie, dass es noch einen weiteren Kai gab, westlich vom Palastsee – viel diskreter. Er hatte es einen Hintertürchenkai genannt und dabei ein Lächeln hinter seinem Hüsteln und seiner vorgehaltenen braunen Hand verborgen; da war sich Kieran ganz sicher. Dort würde Anghara eine Stunde nach Sonnenuntergang warten, so hatte sie es Favrin mitgeteilt. Jetzt, als sie sich dem Treffpunkt näherten, ging Anghara voraus, Kieran einen Schritt hinter ihr, das Schwert in der Scheide gelockert. Sie sahen ein Boot. Zwei Männer warteten an Bord – ein Ruderer mit leichtem Buckel und einer, dessen Gesicht von einem Hut verborgen war, ähnlich dem des jungen Adligen, dem sie auf der Straße vor dem Freudenhaus begegnet waren. Favrins Bote trug ein mit schwerem Brokat besetztes Gewand über einem rubinroten Wams und ebensolchen Beinkleidern. Trotz der Schatten des Hutes sah man im Licht der einzigen Fackel, die am Bug befestigt war, seine langen blonden Locken.

»Diese Leute im Süden kleiden sich auffällig gut«, sagte Anghara leise, als sie und Kieran noch außer Hörweite waren. »Ich habe gehört, sie halten gerne Pfaue in ihren Gärten. Langsam begreife ich, warum.«

Aber Kieran sah hinter die Fassade. »Die Klinge, die er trägt, ist kein Theaterutensil«, sagte er. »Samt und Brokat – alles Schau. Denk daran, wir haben gegen diese Männer im Süden Roisinans gekämpft seit ... seit du und ich in Feors Schulzimmer gesessen und ihre Taktik diskutiert haben. Sie haben uns viel beigebracht, nicht zuletzt, dass man sie respektieren muss. Die Gefahr ist sehr viel größer, wenn du eingelullt wirst, dass es sie gar nicht gibt. Vorsicht – er kommt ans Ufer. Kapuze.«

Anghara zog sich die Kapuze ins Gesicht. Der Mann hatte das

Boot verlassen und stand wartend da, als sie sich näherten. Seine Züge waren von dem breiten Rand des samtenen Schlapphuts verdeckt.

»Ich bin Moran.« Er begrüßte sie zuerst, als sie wenige Schritte vor ihm stehenblieben. »Ich bin Prinz Favrins Haushofmeister. Seid Ihr diejenige, die ihn im Schutz des königlichen Siegels Roisinans aufsuchen will?«

Kieran nickte schweigend.

Moran ehrte sie mit knapper höfischer Verbeugung. »Mein Herr wird Euch empfangen«, sagte er. »Er hat mich gebeten, Euch unter seinem Schutz im Weißen Palast Algiras willkommen zu heißen. Das Boot wartet, um Euch dorthin zu bringen.«

Kieran wusste, dass Anghara unter ihrer Kapuze lächelte. Er brauchte kein Zweites Gesicht, um das erfreute Strahlen – *Ich habe es dir doch gesagt!* – in ihren grauen Augen zu spüren, die auf ihn gerichtet waren. »Wir kommen im Schutz des Wortes deines Herrn«, sagte Kieran.

Moran wartete, bis sie ins Boot geklettert waren, dann folgte er ihnen und nickte dem Ruderer zu. Dieser hatte geduldig das höfische Protokoll abgewartet. Jetzt beugte er sich vornüber und begann zu rudern. Beinahe lautlos glitt das Boot über das stille Wasser.

Stumm bedeutete Moran den mysteriösen nächtlichen Besuchern seines Herrn, ihm zu folgen, als sie die andere Seite erreichten. Sie waren hier unter Favrins geschworenem Schutz, dennoch blickte Kieran misstrauisch um sich, als sie über eine offene Rasenfläche gingen und danach in eine dunkle Allee aus hohen Büschen mit süß duftenden weißen Blüten, deren Farbe so rein war, dass sie in der Dunkelheit zu leuchten schienen. Offenbar hatte Favrin Freude an Geheimniskrämerei – was nicht völlig unerwartet kam. Er ließ seine Gäste durch kleine und geheime Türen zu sich bringen, nicht durch den hellen bewachten Haupteingang.

»Hier entlang«, sagte Moran mit gedämpfter Stimme und öffnete eine schmale Tür unter einem Flechtwerk, auf dem Kletterrosen wucherten.

Sie betraten einen mit Fliesen geschmückten Korridor. Frische Fackeln brannten in eisernen Haltern, die in regelmäßigen Abständen in der Wand steckten. Die Stiefel der Männer riefen ein schwaches Echo auf den Fliesen hervor, aber niemand kreuzte ihren Weg, als sie nach diesem Korridor noch einen weiteren durchschritten. Er war breiter und prächtiger, an den Wänden hingen silberne Leuchter, und weiche Teppiche dämpften ihre Schritte. Moran blickte den verlassenen Korridor auf und ab, dann überquerte er ihn und stieg eine Treppe mit einem kunstvoll geschnitzten hölzernen Geländer aus Seeungeheuern hinauf. Dann kam wieder ein langer Korridor. An der dritten Tür blieb er stehen, öffnete sie und bedeutete ihnen einzutreten.

Sie befanden sich in einem kleinen Vorraum, mit hellen Holzpaneelen und karg eingerichtet. Ein niedriger Tisch und zwei Holzstühle. Die Schlichtheit dieses Raums, hier im Herzen der Gemächer des Prinzen, wies darauf ihn, dass er nicht zum Vergnügen eingerichtet sondern wahrscheinlich eine Wachstube war. Sie war leer, jedenfalls sah es so aus; aber Moran hielt dennoch an.

»Ich muss Euch bitten, Eure Waffen hier abzulegen«, sagte er immer noch untadelig korrekt. »Hier sind sie absolut sicher.«

Er musste ihnen nicht befehlen. Sie waren in einem Königspalast, und selbst freundliche Bitten wurden – wenn nötig – mit Gewalt durchgesetzt. Kieran hatte etwas in der Art erwartet, ein ritualisiertes Ablegen der Waffen, ehe man vor ein Mitglied der königlichen Familie trat. Trotzdem gefiel ihm die Idee ganz und gar nicht. Zögernd legte er sein Schwert und den weißen Gurt aus ki'thar-Leder aus Kheldrin ab und legte beides samt dem Dolch auf den Tisch. Moran blickte mit einer Mischung aus Zurückhaltung und Unerbittlichkeit auf Angharas verhüllte Gestalt.

»Nicht bewaffnet«, erklärte Kieran schroff. Moran zauderte, beschloss dann aber, es unbesehen zu glauben. Das war auch gut so, dachte Kieran, denn ansonsten wäre ihr Täuschungsmanöver gleich hier aufgeflogen.

Und ein Täuschungsmanöver war es, denn der Brief, den Anghara geschickt hatte, gab abgesehen von dem königlichen Siegel, um Favrins Appetit zu wecken, keinerlei Hinweis auf die Identität der Besucher des Prinzen – lediglich, dass sie mit einer Botschaft aus Roisinan kamen und wahrscheinlich von hoher Geburt waren. Als Moran sie in den Raum geleitete, wo Prinz Favrin Rashid sie erwartete, hatte Kieran die Genugtuung zu sehen, wie Favrins Miene sich veränderte, als Anghara eintrat, den Umhang zurückschlug und damit ihr rotgoldenes Haar und das goldene Kheldrini-Gewand enthüllte.

»Euer Gnaden«, sagte Kieran. »Darf ich Euch Anghara Kir Hama vorstellen, die rechtmäßige Königin von Roisinan.«

13

Favrin wusste Bescheid in dem Moment, als Anghara sein Gemach betrat – alle möglichen Männer hätten sich mit diesem Siegel bei ihm Zutritt verschaffen können, aber nur eine einzige Frau. Die plötzliche Verblüffung war so schnell verflogen wie sie gekommen war. Zurück blieben Bewunderung und echtes Staunen.

Favrin fasste sich und gestattete sich ein leichtes Lächeln, als er sich tief nach höfischer Art im Süden verneigte.

»Ihr ehrt mein Haus«, sagte er. Die Worte hätten ein Scherz sein können. Aber so waren sie nicht gemeint; die folgenden dagegen schon – und das war gefährlich. »Als Sif Kir Hama den Thron unter dem Berge bestieg, gab man uns zu verstehen, dass dies über die Leichen Eures Vaters, Eurer Mutter ... und Euer eigenen geschah. Ich hatte immer Zweifel, was den Sarkophag im Mausoleum in Miranei betrifft, auf dem Euer Name steht. Es ist äußerst erfreulich, dass sich diese bestätigt haben.«

»Die Särge meines Vaters und meiner Mutter sind echt genug«, sagte Anghara. Ihre Augen waren hart wie grauer Kies. Es war unklug von Favrin gewesen, den Roten Dynan zu erwähnen. Angharas Vater war schließlich durch einen Pfeil gestorben, der auf Rashins Befehl abgeschossen worden war.

Favrin überbrückte schnell den peinlichen Moment. »Aber ich vergesse ganz meine Pflichten. Darf ich Euch ein Glas Wein anbieten? Er stammt aus meinen eigenen Weingärten, ein Jahrgang, auf den ich – wie ich denke – zu Recht stolz bin.«

»Danke«, antwortete Anghara nur.

Favrin wandte sich mit seiner typisch südlichen Höflichkeit auch an Kieran. »Und für Euch, Mylord?«

»Nein«, antwortete Kieran. »Danke.«

Das Angebot war eine Art Angeln gewesen, mit dem Wein als

Köder, aber Kieran schluckte ihn nicht und stellte sich nicht vor, sodass Favrin weiterhin bezüglich seiner Identität im Dunkeln blieb. Doch Favrin steckte diese geschickte Ablehnung seines Versuchs aalglatt weg. Er nickte als Antwort auf Angharas Zustimmung und machte sich daran, ihr Glas zu füllen. Kieran beobachtete ihn durch zusammengekniffene Augen genau. Falls Vergiften geplant war, war jetzt der Zeitpunkt gekommen, es auszuführen. Doch Favrin schenkte aus derselben Karaffe Angharas und sein eigenes Glas voll. Sofern er keinen Selbstmord beabsichtigte, war kein Gift im Spiel.

Der Prinz von Algira sah sehr gut aus; Favrin Rashin ging durch den Raum und brachte mit der Eleganz eines Höflings, aber auch eines Fechters, beide Gläser voll dunkelrotem Wein zu Anghara. Sein Vater, Duerin, war ein klassischer Südländer – klein, untersetzt, mit schwarzen Augen und olivfarbener Haut und dunklem krausem Haar. Favrin war anders – so anders, dass man ihn fast für ein Wechselbalg halten könnte. Favrins Mutter war eine Frau aus dem Norden, und er kam nach ihr – hochgewachsen, mit goldenen Haaren und Augen so blau wie das Meer. Kieran sah, wie er Anghara betrachtete, als sie den Kopf hob, um ihm in die Augen zu schauen. Sie wirkten wie ein wunderschönes Paar auf einem Gobelin, ein stolzer König und eine schöne Königin aus einer uralten Legende. Favrin wusste selbstverständlich, dass er Eindruck machte. Aber ein gewisses Maß an Arroganz stand einem Mann zu, der beinahe im Alleingang die Kriegsführung in Roisinan von Grund auf verändert hatte.

»Es gab selbstverständlich Gerüchte, dass Ihr quicklebendig wärt und irgendwo verborgen darauf wartet, Euer Erbe wieder zu beanspruchen«, fuhr Favrin fort und nahm locker den Faden des Gesprächs wieder auf. »Aber es war ein Kinderspiel, diese von der Hand zu weisen, zumal wir viele selbst in Umlauf gebracht hatten. Schließlich arbeiteten sie in unserem Sinn.«

»Solange Sif befürchtete, dass jemand in Miranei während seiner Abwesenheit darauf hörte, konnte er es nicht wagen, sich weit von seinem Thron zu entfernen«, sagte Anghara nickend und drehte das Glas zwischen den Fingern. »Ihr habt den großen Krieger festgebunden. Im Schutz der Gerüchte war es ein Leichtes für Euch, den Krieg fortzuführen; Ihr hattet alle Zeit der Welt und eine Invasion in Euer Land würde es nicht geben. Und wenn es doch danach aussah, dann habt Ihr einfach ein neues Gerücht gestreut.«

»Ganz richtig«, sagte Favrin und lächelte über die präzise Zusammenfassung seiner Taktik durch seinen unerwarteten Gast.

»Und wie lang wollt Ihr dieses Katz-und-Maus-Spiel noch weiterführen?«, fragte Anghara interessiert.

Favrin zuckte mit den Schultern. »Jetzt wäre ein guter Zeitpunkt aufzuhören.« Die blauen Augen glitzerten gefährlich durch seine dunklen Wimpern. »Jetzt, da Sif seinen Sommer mit einer sinnlosen Verfolgungsjagd in der Wüste Kheldrins verbringen wird, nehme ich an, dass das Ziel Eures ... Besuchs ... ist, mir ein Angebot zu unterbreiten. Ich soll in Roisinan einfallen und das Land handstreichartig einnehmen, während er gerade nicht hinsieht?«

Er war offenbar gut informiert. Aber Angharas Augen verrieten nichts.

»Wie scharfsinnig, Mylord«, sagte Anghara, aber das Kompliment klang spitz. »Lasst Euch nicht täuschen – ich komme nicht, um um mein Land zu feilschen. Ich habe einen unschätzbaren Vorteil. Anders als mein Bruder muss ich nicht meine eigenen Armeen anführen; ich kann Miranei halten, während Männer, denen ich vertraue, Euren Krieg nach Algira bringen.«

»Aber Ihr herrscht nicht in Miranei«, erklärte Favrin mit zusammengekniffenen Augen.

Anghara hob das Kinn, ihre Augen funkelten kampflustig. »Ihr aber auch nicht.«

Favrin lächelte; seine Zähne waren sehr weiß und eigenartig spitz. Das verlieh seinem Gesicht ein raubkatzenähnliches Aussehen. »Das interessiert mich in der Tat«, sagte er. »Ich hatte erwartet, dass dieser Abend anregend sein würde, als man mir Euer Siegel brachte, aber das hier übersteigt alle Erwartungen. Würdet Ihr mich auf den Balkon begleiten, Mylady? Die Nacht ist mild, und der Blick vom Balkon war schon immer spektakulär.«

Anghara stimmte mit knappem Kopfnicken zu und fing kurz Kierans Blick auf, als sie den Umhang umlegte. *Das ist mein Spiel. Alles steht oder fällt damit, was heute Abend hier geschieht. Halte die Augen auf; warte! Sei bereit, wenn ich dich brauche.*

Kierans Gesicht blieb regungslos, aber seine Augen waren wachsam und misstrauisch, als sie Anghara und Favrin durch die offenen Türen auf die breite Terrasse folgten. Nach kurzem Schweigen nahmen die beiden ihr Gespräch wieder auf, allerdings so leise, dass Kieran, obwohl er sich nach Kräften konzentrierte, fast nichts verstand. Wütend lauschte er nur noch auf eine plötzliche Änderung des Tonfalls oder auf ein Zeichen, dass seiner Lady Gefahr drohte. In der Tat war es ihr Spiel. Hier im Palast am Meer, weit entfernt von ihrem eigenen Machtzentrum, konnte sie ihr Land zurückerobern, vollständig und befreit von dem Krieg, der seit Jahren an den Grenzen im Süden nagte ... oder sie konnte alles verlieren.

Favrin hatte Anghara höflich einen Platz in einem Sessel aus kunstvoll geflochtenem Korb mit hoher Lehne angeboten, während er selbst sich waghalsig auf die Brüstung setzte, scheinbar ohne an die Gefahr des tiefen Abgrunds auf der anderen Seite zu denken. Selbstverständlich war es eine Pose; Anghara war kurz irritiert, aber dann amüsiert – amüsiert, da er so eine Darbietung offenbar nötig hatte. Er war ein typischer Kämpfer, ein ebenbürtiger Gegner für Sif als Anführer von Männern, und er hatte sich als einer der besten Soldaten seiner Generation erwiesen. Aber es steckte noch mehr hinter dem Bedürfnis, seinen Mut zu zeigen – das Vorrecht des Blutes, die Tapferkeit eines Prinzen. Favrin war einige Jahre älter als Anghara, aber sie verspürte kein Verlangen, etwas zu beweisen, obwohl sie jünger und unbedarfter war. Ihre Blutlinie war weitaus älter und hatte ihre Stärke längst durch Zähigkeit und eine Vielzahl stürmischer Prinzen bewiesen.

Doch auch Favrin war ein würdiger Prinz. Es war nicht seine Schuld, dass er seinen Verstand ausgerechnet mit dem einer Königin messen wollte.

Jetzt hob er das Glas an die Lippen, drehte der Aussicht betont den Rücken zu und trank einen kleinen Schluck. Über den Glasrand musterten seine glänzenden Augen Angharas Gesicht und verließen es keinen Moment lang.

»Wenn Ihr nicht hier seid, um um Euer Land zu feilschen, wie Ihr sagt«, meinte Favrin. »Welchem Umstand genau verdanke ich dann das Vergnügen Eurer Gesellschaft? Ich glaube kaum, dass es das brennende Verlangen war, den Mann kennenzulernen, den Ihr zweifellos für einen unversöhnlichen Feind Roisinans haltet?«

»Seid Ihr das denn nicht?«, fragte Anghara.

»O nein«, antwortete Favrin spöttisch. »Tatsache ist, dass ich es so sehr liebe, dass ich es ganz für mich allein haben will.«

Anghara lächelte nicht über diesen Scherz. »Euer Vater hat diesen Krieg angezettelt.«

»Anfangs ja«, gab Favrin zu. »Ich war nicht bei der Schlacht, in der der Rote Dynan gefallen ist. Doch hinterher, als mein Vater mich für fähig hielt, den Befehl über die Armeen zu übernehmen … und als mir klar wurde, worum es tatsächlich ging … ja, da wurde es mein Krieg. Es gab eine Zeit, da saß ein Rashin auf dem Thron unter dem Berge. Hier im Palast gibt es ein Porträt dieses Vorfahren. Ich könnte es Euch zeigen, falls Ihr es sehen wollt. Die Krone Miraneis sitzt gut auf seiner Stirn.«

»Euer gekrönter Vorfahre trägt geborgte Pracht«, sagte Anghara. Ihre Worte waren ein stärkerer Schlag ins Gesicht als irgendein Gast das Recht hatte auszuteilen. »Verzeiht mir, aber in meinen Augen sieht kein Rashin gut aus, wenn er diese Krone trägt. Seit vielen Generationen gehört sie den Männern meines Blutes.«

»Wollt Ihr damit sagen, sie passt zu Sif Kir Hama?«, fragte Favrin. Bosheit glitzerte in seinen Augen.

»Das wird sich ändern«, erklärte Anghara eiskalt.

Beredt zog Favrin eine Braue in die Höhe. »Er hat die Armeen schon einmal übernommen, als es unmöglich erschien, dass eine Frau sie führen könnte«, sagte er.

»Ein Mädchen!«, verbesserte Anghara ihn. »Ja, er hat sie übernommen. Ich werde sie zurücknehmen. Die Zeit ist gekommen.«

»Das ist unwichtig. Die infrage kommenden Armeen sind Kheldrin. Ihr seid hier, und Ihr müsst viele überzeugen, dass Ihr nicht Euer eigener Geist seid«, meinte Favrin trocken.

»Das Siegel des Roten Dynans ging verloren, als seine Tochter verschwand. Dass es wieder da ist, wird den Geist sehr lebendig machen. Bei Euch hat es funktioniert.« Anghara schenkte ihm ein liebenswürdiges Lächeln. »Und was den Rest betrifft ... Sifs Armeen sind nicht die einzigen in Roisinan. Und selbst sie werden zu meinem Banner zurückkehren, sobald es über Miranei gehisst ist.«

»Mir gefällt Eure Zuversicht in die Zukunft«, meinte Favrin höflich. »Ich teile sie – doch leider zeigt mir meine Kristallkugel einen ganz anderen Pfad, als den, welchen Ihr aufgezeichnet habt.«

Anghara stellte ihr Weinglas ab. »Ich habe gesagt, dass ich nicht hier bin, um um mein Land zu feilschen. Aber ich bin hier um zu verhandeln. Über Eures.«

Sie hatte ihn – wie zuvor – erfolgreich verblüfft. Seine Überraschung wurde zu zynischer Belustigung.

»Um mein Land?«, fragte er leise. Ein neugieriges Lächeln umspielte seine Mundwinkel. »Ihr kommt einfach in mein Land und erklärt mir, dass Ihr darum handeln wollt?«

Eine gewisse Bedrohung lag in diesen Worten, wenngleich verschleiert. Doch Anghara lachte spröde, keineswegs fröhlich. »Ja, ich bin gekommen – ich habe mich auf das Wort eines Prinzen verlassen und auf die Ehre eines Soldaten. Habe ich mich geirrt? Meinen Freund interessiert es bestimmt, dass sein Misstrauen nur allzu gerechtfertigt war.«

Favrin blähte kurz die Nasenlöcher. Ein Funke war in seinen Augen. »Ich halte mein Wort«, erklärte er kurz.

Anghara verneigte sich knapp in ihrem Sessel. »Das bezweifle ich nicht.«

In Favrins Glas war noch ein Schluck Wein; er leerte es und stellte es unsanft hin. Sein Gesicht trug noch die Maske freundlichen Amüsements, aber seine Augen hatten sich zu Violett verdunkelt. »Ihr seid hergekommen, um mir etwas zu sagen«, meinte er. »Was ist es?«

»Ich beanspruche Roisinan für mich«, antwortete Anghara ruhig und saß so kerzengerade da, dass der geflochtene Korbsessel zu einem Thron wurde. Sanftes goldenes Licht umspielte ihren Kopf und die Schultern; Favrin konnte es nicht sehen, aber es war unmöglich, es nicht trotzdem auf einer gewissen Ebene zu bemerken. Auch er spürte es – die Luft um sie veränderte sich, lud sich mit königlicher Würde auf. Er musste dagegen ankämpfen, sonst wäre er auf die Knie gegangen und hätte ihr den Treueeid geschworen.

»Es gibt immer noch das Recht der Eroberung«, sagte er stattdessen und biss die Zähne zusammen.

»Allerdings«, pflichtete Anghara ihm bei. »Soll ich Tath auch noch für mich beanspruchen?«

»Das könnt Ihr nicht!«, sagte Favrin.

Ihre Augen glitzerten eigenartig. »Ach, könnte ich nicht? Möchtet Ihr darauf Euer Geburtsrecht wetten?«

»Andere haben mit Eurem vor langer Zeit gespielt. Die Würfel sind nicht zu Euren Gunsten gefallen.«

»Ja, damals«, sagte Anghara mit Betonung auf dem zweiten Wort.

Favrin wurde plötzlich unruhig, stieg von dem Geländer herab, auf dem er gesessen hatte, drehte sich um und starrte auf den fernen Horizont, wo das Meer den Himmel traf. Hinter sich hörte er ein Rascheln, dann Schritte; er spürte mehr als dass er sah, wie Anghara neben ihn trat. Überrascht blickte er in ein Paar tiefer grauer Augen.

Wieder wurde er Opfer einer für ihn völlig unerwarteten Tat.

Wie üblich versuchte er sich locker zu geben und rang sich ein Lächeln ab als Verteidigung gegen eine Woge plötzlichen Verlangens, die ihn dennoch weit offen und verletzlich zurückließ.

»Habt Ihr bei all Euren Plänen auch die unausweichliche Tatsache berücksichtigt, dass der wirkungsvollste Weg, unser Problem zu lösen, sein könnte, dass wir unsere Häuser nicht trennen sondern vereinen?«

Anghara blinzelte, und einen Moment lang unterbrachen die

magnetischen grauen Augen den Kontakt mit seinen, und Favrin fand die Kraft, seinen Blick abzuwenden. »Vereinen?«, wiederholte sie.

»Durch Heirat«, sagte Favrin. Seine Stimme klang schon fester. Seine Knie fühlten sich immer noch verdächtig an, als würden sie weich werden, wenn er das Geländer zu schnell losließ. Doch nachdem er nahezu in ihren Augen ertrunken war und wieder festen Boden unter den Füßen hatte, arbeitete sein Verstand an dieser Idee und fand sie seltsam angenehm. Das war wirklich merkwürdig. Er hatte seinen Anteil an Bettgenossinnen gehabt – Frauen kamen willig zu einem, in dessen Adern königliches Blut floss – aber bis zu diesem Augenblick hatte er noch nie an Heirat gedacht.

Jetzt war Anghara an der Reihe, wie vom Donner gerührt zu sein. Das war gewiss nicht der Ablauf gewesen, den sie sich vorgestellt hatte, als sie – durch die kryptischen Worte des Orakels von Gul Khaima getrieben – die vage Idee, den Weißen Palast in Algira zu besuchen, gefasst hatte. In dem kurzen, aber spannungsgeladenen Schweigen nach Favrins Wort, überdachte sie den Vorschlag. Der Schatten des Roten Dynans lag auf der Idee – ein riesiger Geist und einer, der wohl nie Ruhe finden würde. Favrin hatte zwar persönlich nicht Angharas Vaters Blut an den Händen, aber beide wussten, dass nur die Jugend und die Unerfahrenheit ihn von der Schlacht ferngehalten hatten, die Dynan das Leben gekostet hatte. Der Krieg war von der Sippe der Rashins begonnen worden – die Blutschuld würde immer da sein. Und dennoch … Anghara war zutiefst erschrocken, dass der Tod ihres Vaters nicht ihre erste Sorge war. Andere Bilder hatten den Roten Dynan aus ihrem Kopf verdrängt. Eines war verschwommen und waberte am Rand ihres Bewusstseins – Favrin *irrte* sich, er war der falsche Mann. Der falsche Mann für sie. Dieser Instinkt ging bis ins Mark, auch wenn sie keine Zeit hatte, ihm nachzugehen und genau herauszufinden, weshalb. Das andere Bild war klarer und sehr viel zwingender.

»Sehr klug«, meinte sie schließlich und blickte auf ihre verschlungenen Finger.

»Heißt das, dass Ihr annehmt?«

»Kluger Lord, sämtliche Vorteile einer solchen Verbindung lägen bei Euch. Sollte ich zustimmen, wäre das nicht weniger als eine vollständige Unterwerfung – und die Schlacht hat noch nicht einmal begonnen.«

»Keineswegs«, widersprach Favrin – zu schnell. Anghara straffte die Schultern und schaute auf. In seinen Augen brannte ein eigenartiges hitziges Feuer. Bis zu diesem Moment hatte sie keine Angst gehabt, doch jetzt spürte sie den Hauch einer eiskalten Furcht, die ihr über den Rücken lief. »Und muss es denn überhaupt eine Schlacht geben, Anghara?«, fügte er hinzu, beinahe wie ein nachträglicher Einfall.

»Ihr vergesst, was Eure Frauen auf sich nehmen, wenn sie heiraten«, sagte Anghara. »Die seidenen Fesseln, die hinter dem Seidenvorhang liegen.«

»Sagt lieber, dass sie ihre Männer mit eiserner Hand aus den Gemächern der Frauen beherrschen. Es ist kein schlechtes Leben.«

»Ich wurde in Miranei gekrönt, als ich neun Jahre alt war«, sagte Anghara. »Mein Königreich hat immer mir gehört – es ist mein Geburtsrecht. Wenn ich Roisinan zurückerobere und meinen Thron wieder besteige, werde ich nicht mein Königreich von hinter den Schleiern eines Schlafgemachs regieren, nach Lust und Laune irgendeines Mannes. Wenn Ihr einen leichteren Weg sucht, den Thron von Roisinan zu bekommen, dann nicht so, Mylord.«

»Es könnte dennoch so sein.«

»Würdet Ihr mit den Traditionen Eures Volkes brechen und auf den Seidenvorhang verzichten? Wollt Ihr, dass Eure Barone Euch unmännlich nennen, wegen einer Frau, die sich nicht in einem *kaiss* einsperren lässt?«

»Glaubt Ihr, dass meine Barone mich unmännlich nennen werden, wenn sie je herausfinden, was sich heute Abend hier ereignet hat – wenn sie erfahren, dass ich einem Feind zugehört habe, der eine Frau ist und diese dann habe laufen lassen?«

»Messt Ihr in diesem Land Männlichkeit danach, wie wenig Eurer Aufmerksamkeit eine Frau wert ist, es sei denn, sie gebärt Euch Kinder?«

»Ich habe Euch gesagt, dass im *kaiss* eine Art Macht ist.«

Anghara schüttelte den Kopf. »Nicht für mich.«

»Ihr wärt in der Tat keine gewöhnliche *kaissan* – aber es wäre dennoch möglich. Ja, es könnte so sein«, erklärte Favrin, und bei diesen Worten funkelte etwas in seinen Augen.

Anghara hatte Mühe, unter seinem Blick nicht zusammenzuzucken. »Euer Wort«, erinnerte sie ihn.

Er wich zurück, schluckte und bemühte sich, sein Gesicht zu beherrschen. Dann lachte er unvermittelt. »Ich glaube, ich brauche dringend noch ein Glas Wein«, sagte er mit dem langgezogenen Akzent des Südens, den sie inzwischen kannte. »Darf ich auch Euch nachschenken?«

Angharas Glas war noch halbvoll, aber Favrin nahm es im Vorbeigehen und ging – beinahe fluchtartig – zurück in sein Gemach.

Kieran hatte in letzter Zeit mehrmals gedacht, dass alle Schwierigkeiten und Schmerzen während der vergangenen Monate nur eine Art Übung waren, um ihn mit den endlosen Reserven an Geduld zu versorgen, die er jetzt mehr und mehr brauchte. Er hatte still allein am kalten Kamin in einem von Favrins geschnitzten Stühlen gesessen. Doch jetzt ließ ihn etwas in Favrins Miene kampfbereit aufspringen. Aber er bekam nicht die Gelegenheit herauszufinden, was ihn dazu bewegt hatte, denn in diesem Moment begann sich alles um sie herum aufzulösen.

Es klopfte an der Tür. Blitzschnell drehte sich Favrin um und zeigte, zu welcher Wut der Prinz fähig war, wenn man seine Befehle missachtete. Sogleich trat ein Mann ein; der Mann mit den blonden Haaren, der Kieran und Anghara hergeführt, sich dann aber zurückgezogen hatte. Kieran nahm an, dass er nicht weiter als bis zur Wachstube gegangen war. Mantel und Samthut hatte er abgelegt. Jetzt sah man, wie athletisch der junge Mann war. Doch als er seinen Herrn anschaute, war sein Gesicht angespannt und grau, die Augen funkelten vor Stolz und Schmerz. Was immer ihn hergeführt hatte – entgegen Favrins ausdrücklichen Befehl – musste folgenschwer sein. Kieran war kurz wie erstarrt, dann begriff er, was es war, was es einzig und allein sein konnte. Er war Favrin einen

Atemzug voraus, der plötzlich blind nach dem nächsten Halt griff. Das tat er mit der Hand, die die beiden Weingläser hielt. Das feine Glas, dessen Herstellung ein Geheimnis war, das der Süden so sorgfältig bewachte wie die Ehre seiner Frauen, zerbrach. Ein dünnes Rinnsal roten Weines floss aus Angharas Glas wie Blut aus einer Wunde.

»Der Hof weiß es noch nicht«, stieß Moran atemlos hervor und ignorierte den Gast am Kamin. »Der *kaissar* hat mir als Erstem die Nachricht überbracht, vor nicht einmal einer Minute.«

»Im *kaiss?*«, fragte Favrin mit heiserer Stimme.

»In seinen Gemächern«, antwortete Moran und schüttelte schnell verneinend den Kopf. »Delvera. Sie wird den Mund halten.«

Favrin senkte den Kopf und hielt sich eine Hand vor die Augen. »O, mein Vater!«, murmelte er. Es war ein persönliches Gebet, dessen Worte eigentlich von niemandem gehört werden sollten. Die Geste sprach von echten Schmerzen, aber Favrins Stimme klang wie üblich zynisch und voller Ironie. »Immer hast du gewusst zu leben; kein Wunder, dass du gewählt hast, die Hand der Götter in den Armen einer Geliebten anzunehmen ...«

Hinter Favrins Rücken blickte Kieran in Angharas ruhige graue Augen. Alarmiert durch ihre übersinnlichen Wahrnehmungen hatte sie das Gemach fast auf den Fersen des Prinzen betreten. Sie wusste, was geschehen war, als ob die Nachricht Moran vorausgeeilt war und sie vor Favrin erreicht hatte. Kieran und Anghara waren gekommen, um mit einem Erben zu sprechen. Jetzt waren sie in Anwesenheit eines Königs.

Favrin schien sich daran fast im selben Moment wie die beiden zu erinnern. Er hob den Kopf und richtete sich kerzengerade auf. »Schick den *kaissar* zurück und sorge dafür, dass Devera nichts sagt, ehe ich nicht Gelegenheit hatte, mir ihr zu sprechen. Dann komm und warte.« Moran, der vor seinem neuen König auf ein Knie gesunken war, nickte kurz verstehend und verließ das Gemach. Ganz langsam wandte sich Favrin Anghara zu. Sie war verblüfft über die Verwandlung, die wenige heftige Momente in ihm ausgelöst hatten.

»Ich kann Euch mein Mitgefühl aussprechen und Beileid«, sagte Anghara, die Initiative ergreifend, nachdem beide geschwiegen hatten und zögerten, das Schweigen zu brechen. »Auch ich habe meinen Vater verloren. Doch teilt Ihr nicht mein Schicksal – als dieser alte Löwe starb, war das Löwenjunge erwachsen und bereit. Wohin geht Tath jetzt, König Favrin?«

Das leidenschaftliche Feuer, das noch vor wenigen Minuten in seinen Augen gelodert hatte, war erloschen und durch einen kühlen und berechnenden Blick ersetzt. »Es kommt mir fast so vor, als sei das alles geplant gewesen«, meinte er leise.

Anghara zog eine Braue empor. »Falls Ihr glaubt, ich hätte irgendetwas mit diesem Tod zu tun, beurteilt Ihr mich völlig falsch – der letzte Ort, an dem ich freiwillig hätte sein wollen, als die Tat entdeckt wurde, wäre das Gemach des Sohnes des Opfers.«

Favrin fand irgendwie die Kraft zu lachen. »Mein Vater hätte das genossen. Er liebte Intrigen über alles«, sagte er. »Und es scheint irgendwie erblich zu sein. Ich hatte nicht an eine Verschwörung gedacht, aber sie ist nicht völlig außerhalb des Möglichen. Ich sollte Delveras Verbindungen nach Roisinan untersuchen.«

»Euer Vater hatte stets eine Schwäche für die Frauen aus dem Norden.«

In Favrins Augen blitzte es gefährlich. »Seid vorsichtig, junge Königin, Ihr könntet in Treibsand geraten.«

»Ich bin hergekommen, weil mir das Wort eines Prinzen sicheres Geleit versprach und ich der Ehre eines Ritters vertraute«, erklärte Anghara spitz.

»Aber Ihr habt einen König gefunden«, erklärte Favrin. Er schien diese Vorstellung seltsam zu finden, als könne er noch nicht fassen, dass er alles in Händen hielt, was seinem Vater gehört hatte – ein kaiss voll exotischer Frauen, eine Stadt, eine Krone, die er fest und frei in der einen Hand hielt, und dass er mit der anderen nach einem weit älteren und edleren königlichen Reif greifen konnte.

Doch da war diese junge Frau mit den hellen Haaren vor ihm, die in einer königlichen Haltung dastand, die er für sich selbst noch entdecken musste.

»Und soll die Ehre eines Königs geringer sein als die eines Prinzen und beider geringer als das geschworene Wort eines Ritters?«, fragte jetzt sein eigenartiger Gast von der luftigen Höhe des höfischen Protokolls herab.

»Nein, sei verdammt!«, sagte Favrin. Blut schoss in seine Wangen. Er hob die Hand. Erst jetzt bemerkte er, dass er sich am Glas geschnitten hatte und Blut aus der Wunde quoll. Er starrte seine Handfläche an, dann ballte er eine Faust über der Wunde, blickte zu Anghara auf und trat beiseite, um ihr den Weg freizugeben. »Mein Wort schützt Euch. Verlasst diesen Ort in Ehren, wie Ihr hergekommen seid. Aber geht jetzt, Anghara Kir Hama. Geht sofort, ehe es zu spät ist. Und bedenkt, dass zwei Männer aus Eurem Weg weichen müssen, ehe Ihr wirklich Königin von Roisinan werden könnt. Und weder Euer Bruder noch ich werden es Euch leicht machen.« Er hob seine unversehrte Hand mit der offenen Handfläche zu ihr, eine Geste des Abschieds. »Vielleicht treffen wir uns wieder«, sagte er mit sanfterer Stimme. »Auf einem grünen Hof in Miranei. Schon bald.«

Anghara betrachtete ihn, dann senkte sie die Wimpern und verhüllte ihre Augen. Kieran wartete bereits mit ihrem Umhang. Sie gestattete ihm, ihr diesen um die Schultern zu legen.

»Moran«, hörte sie den König von Tath hinter ihr zu seinem Haushofmeister sagen, der wieder auf der Schwelle erschienen war. »Sorge dafür, dass sie sicher aus dem Palast geleitet werden.« Er blickte Kieran an. »Danach gilt mein Versprechen nicht mehr. Ich habe Euch sicheres Geleit zugesagt, um den Weißen Palast zu betreten, aber meine Verpflichtung endet am Pier. Ich verspreche Euch gar nichts, sollte ich Euch morgen noch in der Stadt finden.«

»Das werdet Ihr nicht«, erklärte Kieran.

Auf Favrins Gesicht stand Erleichterung. Kieran vermochte zwar diesen seltsamen Prinzen nicht zu verstehen, stellte aber fest, dass man den Mann durchaus mögen konnte. Einst war er ihm überlebensgroß erschienen, damals als Thema im Unterricht, gegen dessen Streitkräfte er zuerst sein Schwert blutig gemacht hatte. Jetzt verabschiedete er sich mit einem kleinen Lächeln.

»Kümmert Euch um die Hand«, sagte Kieran von der Schwelle aus. Seine Augen trafen auf Favrins, Blau auf Blau. »Sorgt dafür, dass alle Splitter herausgezogen werden, sonst könnte die Hand steif werden.«

»Und das wollen wir doch auf keinen Fall«, konterte Favrin diese plötzlichen Fürsorge spitz.

Kieran parierte den Seitenhieb mit brutaler Ehrlichkeit. »Es wäre schade … und eine solche Verschwendung.«

Damit drehte er sich um und war verschwunden. Er folgte Moran, um sein Schwert zu holen. Hinter ihm fiel leise die Tür ins Schloss. Favrin sank in den geschnitzten Sessel, den Kieran gerade frei gemacht hatte, und starrte auf die geschlossene Tür. Der Ausdruck auf seinem Gesicht war seltsam ähnlich dem, mit dem er Anghara Kir Hamas Eintreten vor einer Stunde – einer Ewigkeit – begrüßt hatte: Staunen und widerwilliger Respekt.

14

Kieran wollte nicht sagen, wo er die zwei Pferde besorgt hatte, ehe die Sonne über dem Horizont aufging – und Anghara stellte keine Fragen. Sie sprachen überhaupt wenig. Als sie Algira verließen, behauptete sie störrisch: »Ich hatte ihn beinahe.« Doch dann fuhr sie niederschlagen fort: »*Noch eine Stunde, dann hätte ich ihn soweit gehabt.*« Aber Kieran hatte etwas in Favrins Gesicht gesehen, als dieser am gestrigen Abend vom Balkon hereingekommen war, das er nicht genau bestimmen konnte. Nein – die Chance war verpasst und vorüber. Favrin würde jetzt weder Zeit noch einen Platz für sie haben, nicht jetzt – gewiss nicht, wenn jeder Adlige an seinem Hof jede kleinste seiner Bewegungen genau beobachtete. Favrin war ein großartiger Soldat – aber obwohl er seit Langem der unsichtbare Lenker von Tath war, er hatte sich noch nicht als König bewiesen. Für ihn stand zu viel auf dem Spiel, als dass er vor aller Augen mit einer Person eine Intrige hätte anzetteln können, die schließlich denselben Anspruch auf den Thron erhob wie er selbst.

Doch Anghara blieb unerbittlich, eine Sturheit zu gleichen Teilen aus königlicher Arroganz und beinahe kindischer Frustration, weil man ihr einen Herzenswunsch abschlug. Schließlich verlor Kieran die Geduld und tat etwas, von dem er fast vergessen hatte, wie man es machte – er sprach mit ihr von der Höhe aus, die der gähnende Abgrund zwischen ihren Rangstellungen erlaubte, der eines älteren Ziehbruders. Das verblüffte Anghara offenbar so sehr, dass sie aufhörte zu streiten und gehorchte. Das hieß jedoch nicht, dass sie es willig tat. Sie hatte den Umhang einer Königin umgelegt, mit sämtlichen Vorrechten, von denen eines eine gewisse unangreifbare Autorität war, an die sie sich nur allzu schnell gewöhnt hatte. Jetzt wehrte sie sich innerlich gegen die Kontrolle, auf die Kieran sich so leicht berufen konnte. Als sie am frühen

Morgen nach Norden ritten, war ihre Beziehung ziemlich angespannt.

Das blieb sie auch während des überhöflichen Mittagmahls, als seien sie Fremde – oder schlimmer – Todfeinde, die es nicht vermeiden können, bei einem Hofbankett nebeneinander sitzen zu müssen. Beide waren erleichtert, als die Mahlzeit vorbei war und sie ihre Frustration körperlich bei einem scharfen Ritt austoben konnten. Schließlich führte die Monotonie dazu, dass sie ihren gesunden Humor wiederfanden. Als sie anhielten, um zu übernachten, fragte Anghara ruhig, ob Kieran glaubte, dass Favrin hinter ihnen her sei.

»Im Moment hat Favrin bestimmt andere Dinge im Kopf«, antwortete Kieran. »Aber ich glaube, dieser Aufschub ist nicht von Dauer. Der Mann ist ein ungemein guter Stratege. Früher oder später wird er sich an dich erinnern. Vielleicht sieht er in dir eine ernste Bedrohung, vielleicht auch nicht – aber was immer er beschließt, es ist in seinem Interesse, wenn du Roisinan nie erreichst. Und er weiß, dass du noch in seinem Land bist und in seiner Macht, sollte er diese ausdehnen wollen. Diesmal hat er keine Versprechen gemacht.«

»Du glaubst, er wird uns verfolgen?«

»Vielleicht jetzt noch nicht«, sagte Kieran und fühlte sich absurd jung und unschuldig; beinahe erwartete er das dürre Gespenst Feors auftauchen zu sehen, der ihm einen Klaps auf die Finger versetzte, weil er eine so schlecht durchdachte Analyse vorgetragen hatte. »Im Moment ist er in der gleichen Situation wie Sif, als er Miranei erobert hatte. Aber Favrin hat alles rechtmäßig geerbt und Sif hat sich genommen, was ihm angeboten wurde – beide müssen ihre Aufmerksamkeit zuerst der heimischen Basis widmen, ehe sie daran denken können, weiter entfernt zuzuschlagen. Andererseits wird Favrin eine solche Gelegenheit nie wieder bekommen – Sif außerhalb von Roisinan und du in keiner Position, ihm ernsthaften Widerstand zu leisten. Was ist?«, fragte er lächelnd, als er sah, wie sie ihn mit zur Seite gelegtem Kopf nachdenklich betrachtete. Ihre Mundwinkel waren nach oben gezogen, aber in ihren Augen glänzte etwas, das verdächtig Tränen glich.

Sie streckte die Hände aus. Er ging zu ihr und nahm sie, dann blickte er ihr fragend in die Augen.

»Ich habe dich vermisst«, sagte sie unvermittelt.

Diese Worte weckten in ihm ein Echo, ein schmerzliches Echo. Die Worte selbst waren harmlos, aber sie hatte ihm das schon einmal gesagt – an einem blutigen Morgen auf dem Wehrgang in Miranei, an einem Tag, der ein ganzes Leben zurückzuliegen schien. Jetzt aber waren sie andere Menschen und ihr früheres Ich weit entfernt, im Nebel der Vergangenheit versunken. Doch Kieran scheute zurück vor der Erinnerung, verdrängte sie und lächelte, als er eine Braue fragend in die Höhe zog. »Keine feindlichen Angriffe mehr?«

Sie lachte laut und drückte seine Finger. Dann machte sie den Mund auf, um etwas zu sagen, doch in diesem Moment brodelte der kleine Blechkessel, den sie über das Feuer gehängt hatten, mit lautem Zischen über, und beide eilten zu ihm, um ihn zu retten. Anghara war müder, als sie zugeben wollte, und nickte schon ein, während sie noch den Becher mit lais-Tee in den Händen hielt. Den kleinen Vorrat hatten sie mühsam aus Kheldrin mitgebracht. Sie schlief fast schon, als Kieran ihr behutsam den Becher aus der Hand nahm und sie neben dem ersterbenden Feuer in eine Decke wickelte. Als Kieran ging, um nach den Pferden zu sehen, ehe er sich selbst zur Ruhe begab, dachte er, dass das langsam zur Gewohnheit wurde – wieder war etwas verhindert worden, was leicht zu einem alles entscheidenden Augenblick hätte werden können. Wieder eine verpasste Gelegenheit. Langsam legte Kieran ein ganzes Archiv verpasster Gelegenheiten an; ehe er einschlief, überflog er seine Sammlung und gestattete sich einen Moment des Bedauerns über all diese Beinahes, die für ihn kostbare Erinnerungen waren.

Beim Frühstück war Anghara sehr still, beinahe als hätte ihre Versöhnung nie stattgefunden. Aber Kieran merkte bald, dass es eine neue Art des Schweigens war. Vorher war es aus Verärgerung und grübelnder Frustration geboren. Jetzt ging es tiefer, da war ein Schmerz, dessen Ursprung Kieran zunächst nicht verstand. Er spürte eine tiefe düstere Vorahnung und Erwartung. Und dann –

als er ihren Weg im Kopf durchdachte – begriff er plötzlich. Quer über ihrem Weg lag der Fluss Ronval; vor nicht allzu langer Zeit waren seine Ufer vom Blut zweier Armeen getränkt gewesen. Auf diesem Schlachtfeld war Angharas Vater gestorben und hatte die Krone in die wartenden Hände seines Erstgebornen übergeben.

Angharas Reisen hatten sie noch nie so nah an diesen Ort geführt. Vielleicht hätte sie anders empfunden, wäre sie nicht aus dem Herzen Algiras hergekommen, von dem Palast, wo die Gier der Rashin-Sippe nach der Krone von Roisinan ihren Ursprung hatte. Sie hatte ihrem Vater den Tod gebracht, der sein Land verteidigte. Dieses Wissen brachte den alten Schmerz zurück in Angharas Brust, dessen Ausmaß sie erst jetzt richtig spürte.

Nachdem er das verstanden hatte, bemühte sich Kieran, einen anderen Weg auszuarbeiten, aber es gab eigentlich keine Alternative. Um nach Roisinan zu gelangen, musste man das Schlachtfeld mit all seinen Geistern überqueren. Alles andere würde zu lang dauern. Sie mussten sich beeilen, über die Grenze nach Roisinan hinein zu entkommen und Angharas Armee nach Miranei führen, ehe Sif mit seinen Männern aus Kheldrin zurückkehrte. Kieran bezweifelte keinen Moment lang, dass eine Armee auf sie wartete, war jedoch weniger optimistisch, dass diese groß und kampfstark genug gegen den zu erwartenden Feind wäre. Die Sterne schienen auf ihrer Seite und hatten Anghara diese Gelegenheit verschafft. Wurde sie nicht genutzt, würde eine ebensolche vielleicht nie wieder kommen.

»Ich bin bei dir«, sagte Kieran zu der schweigenden Anghara, ohne sie zu berühren, ohne sie anzuschauen. Er drehte erst den Kopf, als er die beinahe elektrische Macht ihres Blickes spürte, und schaute in ein Paar grauer Augen, die vor Erinnerungen schier überflossen. Wieder einmal waren die Worte ein Echo. Der Schatten eines Stehenden Steines auf den Mooren vor Miranei lag quer vor ihnen, der Schatten einer Stunde vor langer Zeit, in der ebenfalls eine schwierige Entscheidung fiel. Die Erinnerung war für Anghara nicht weniger mächtig, als die, welche sich um das Schlachtfeld von Ronval rankten.

»Bist du sicher, dass du nicht das Zweite Gesicht hast?«, fragte Anghara.

»Ganz sicher«, antwortete Kieran fröhlich, um die Stimmung aufzubessern. »Zeit weiterzureiten; der Tag wird für uns nicht stehenbleiben.«

Das wusste Anghara, dennoch konnte sie den Seufzer nicht unterdrücken, der aus tiefster Seele kam. Sie antwortete ihm nicht. Das war auch nicht nötig.

Der Ronval sah trüb und grau aus. Kieran hatte sie westlich der fatalen Furt geführt, wo der Rote Dynan in seiner letzten Schlacht gefallen war – schließlich war der Ronval eine Grenze zwischen zwei Königreichen und die Furten wurden ständig überwacht. Früher einmal hatte es eine Fähre gegeben, aber der Betrieb war schon lange eingestellt. Sie mussten den Ronval flussabwärts an einer tieferen Stelle durchschwimmen. Das war vielleicht gefährlicher, aber Kieran hatte während der letzten beiden Jahre gelernt, dass er körperliche Gefahren dem Unvorhergesehenen vorzog, falls er und seine Gefährtin nervösen Grenzpatrouillen in die Hände fallen sollten.

»Er sieht so harmlos aus«, sagte Anghara und drückte mit Worten seine Gedanken aus.

»Mir wäre es lieber, wir hätten ihn schon im Rücken«, meinte Kieran. Er schnupperte. In der Luft lagen bereits die stinkenden Dämpfe des Vallen Fens. »Wichtig ist, dass uns in Roisinan nicht der gleiche Duft anhaftet, der damals unsere Armee zu Rashins Männern geführt hat, als diese den Ronval überqueren wollten.«

Anghara lächelte und erinnerte sich an die Geschichte. Sie gestattete sich einen reumütigen Blick zurück wegen der Chance, die sie in Algira verpasst hatte, und drückte dann ihrem Pferd die Fersen in die Flanken.

Kieran nahm sich einen Moment Zeit, um ihr nachzuschauen, wie sie den Weg vorausritt, hinein in das Königreich, das sie zurückerobern wollte. Er rang mit bittersüßen gemischten Gefühlen. In Roisinan würde sie wieder Königin sein. Das hatte er für sie gewollt, dafür hatte er gekämpft und gearbeitet, das Leben seiner Männer riskiert und sein eigenes – und dennoch, mit der Tatsache, dass Anghara zu dem wurde, was er für sie erträumt hatte, entfernte sie sich mehr und mehr von ihm. Sie war die Königin, er ihr Ritter. Mit jedem Schritt auf ihr Land zu verengte sich ihr Weg bis es keine Wahl mehr geben würde. Am Ende blieb nur eine Möglichkeit, und Kieran spürte die Last wie eine Klinge an seinem Herzen.

Er konnte nichts anders tun, als sein Pferd hinter Anghara her zu treiben.

Sie blieb nicht lange am anderen Ufer, sondern wartete nur, bis Kierans Pferd sich das schlammige Ufer heraufgekämpft hatte, ehe sie ihre Stute wieder antraben ließ. Entschlossen hielt sie das Gesicht nach Norden gewandt, nur ihre großen leuchtenden Augen verrieten, dass sie gelegentlich nach Osten zum letzten Schlachtfeld ihres Vaters wanderten. Kieran ritt an ihrer Seite. Eine Zeit lang ritten sie schweigend. Die flache Ebene hinter dem Ufer war grün bewachsen; nichts bewegte sich darauf. Daher war es leicht, sich vorzustellen, dass sie die einzigen Menschen auf dieser Welt waren. Doch obwohl sie niemanden sahen, bedeutete das nicht, dass die Menschen keine Spuren hinterlassen hatten. Neben einer kleinen Baumgruppe zügelte Anghara ihr Pferd und betrachtete mit Interesse etwas, das wohl ein kleiner Schrein war. Aber es war ein Schrein für eine Gottheit, die sie nicht kannte. Ein breiter geschnitzter Holzpfahl steckte im Boden. Die Krone war abgerundet, glatt geschliffen und poliert, sodass sie einer Halbkugel glich. Daran war als Bekrönung – oder als Heiligenschein – ein Kranz aus goldenem geflochtenem Stroh befestigt. Am Fuß des Pfahls lagen mehrere Kränze. In einigen waren Früchte eingebunden, süß duftende Äpfel oder Pfirsiche, aber die meisten bestanden aus Blumen – etliche schon vertrocknet, andere frisch, als hätte man sie erst vor Kurzem hier niedergelegt. In allen fand sich etwas Gelbes – eine gelbe Blume oder ein Strohhalm, und in mindestens einem sah Anghara etwas, das wie ein dünnes Goldband aussah.

»Seltsam«, meinte sie. »Was hat das deiner Meinung nach zu bedeuten?«

»Aufgrund der Blumen würde ich sagen, es ist ein Schrein für Nual«, antwortete Kieran und beugte sich im Sattel nach vorn, um genauer hinzusehen. »Aber das nächste Wasser ist der Ronval, und der ist zu weit entfernt, als dass man hier einen Schrein für Nual errichten würde. Außerdem ist das Gold. Das deutet auf Kerun hin.«

»Und die Früchte auf Avanna«, murmelte Anghara nachdenklich.

»Zu viele Fragen«, erklärte Kieran gleich darauf und gab seinem Pferd mit den Schenkeln das Zeichen abzubiegen. »Hier werden wir die Antworten nicht finden.«

Anghara warf noch einen langen Blick darauf, dann schickte sie sich an ihm zu folgen. »Und wohin von hier?«

»Die Tanassa Hügel. Wenn Adamo oder Charo nicht dort sind, haben sie mit Sicherheit eine Botschaft hinterlassen. Sie wissen nicht, auf welchem Weg wir zurückkommen. Sie werden in jedem Stützpunkt eine Nachricht hinterlegt haben.«

»Wir waren lange fort«, meinte Anghara mit seltsam ausdrucksloser Stimme.

Kieran warf einen Blick auf sie. Sie war sehr blass und biss sich mit den Zähnen auf die Unterlippe. »Bei den beiden ist das Vertrauen angeboren«, sagte er. »Als du das letzte Mal verschwunden bist, haben sie jahrelang an dich geglaubt.«

Anghara schaute ihn unter gesenkten Wimpern an und lächelte. Dann wechselte ihre Miene. Sie wurde traurig. »Nachdem Sif Bresse zerstört hat ... hier hat alles angefangen, beim Tanassa Tanz«, sagte sie. »Dort bin ich ai'Jihaar zum ersten Mal begegnet.«

Kieran hatte sich die Geschichte aus den Teilen zusammengereimt, die er gehört hatte; doch erst jetzt begann alles richtig Gestalt anzunehmen. Er versuchte, sich die Kheldrini-Frau vorzustellen, alt und blind, aber in einen Kokon von Macht gehüllt – weit fort von ihrem Heim in der Wüste – ihre Mission beinahe gescheitert; aber so recht gelang es ihm nicht, denn wenn er alles bedachte, fiel es ihm schwer zu glauben, dass irgendetwas für ai'Jihaar ma'Hariff nicht möglich war. Kieran hielt es auch für nicht ganz unmöglich, dass die alte *an'sen'thar* sie jetzt in den Tanassa Hügeln erwartete.

Doch als sie schließlich vom Pferd stiegen, war es nicht ai'Jihaar, die sie begrüßte. Sie standen vor derselben Höhle, aus der Kierans Männer ausgeschwärmt waren, um die gefangene Prinzessin zu befreien, bevor die Kerker Miraneis sie verschluckten. Vorsichtig gingen sie hinein – Kieran voraus – eine Hand am Zügel seines Pferdes. Als sie drinnen waren, schnaubte sein Pferd alarmierend laut in der dunklen stillen Höhle, die leer war.

Zumindest glaubten sie, die Höhle sei leer.

Plötzlich antwortete aus den Schatten ein anderes Pferd. Kieran erstarrte und spähte über das Maul seines Pferdes in die Dunkelheit. »Wer da?«

»Du hast dir Zeit gelassen«, ertönte eine vertraute Stimme.

Kieran schloss einen Moment die Augen, seine Finger verkrallten sich in der Mähne des Pferdes. Die stumme beredte Erleichterung dieser Geste wurde zu strahlender Freude, als er die Augen wieder öffnete und nach einer menschlichen Gestalt in der Dunkelheit Ausschau hielt. »Ich dachte, du wärst gefallen«, sagte Kieran leise.

»Du hast mich mit der Ehre zurückgelassen, gegen Sif Kir Hamas gesamte Armee zu kämpfen, mit dem siegreichen General persönlich an der Spitze. Warum in aller Welt solltest du glauben, ich sei tot?«

»Hör auf, in der Dunkelheit zu krähen, du frecher Hahn! Komm heraus, damit ich dich sehe!«, sagte Kieran lachend.

Von der Höhlenwand löste sich ein dunkler Schemen und warf den Tarnumhang in der Farbe eines düsteren Wintertags ab. Vor ihnen stand ein kräftiger junger Mann und grinste von einem Ohr zum anderen.

»Rochen!«, sagte Kieran, trat vor und umschlang den Unterarm des Freundes. »Du hast keine Ahnung, wie froh ich bin, dich heil und in einem Stück zu sehen! Ich dachte, Sif hätte dich erledigt. Wir haben den Lagerplatz gefunden und die Spuren sahen schrecklich aus.«

»Schrecklich in der Tat.« Rochens Stimme veränderte sich

innerhalb eines Herzschlags, von Neckerei zu tiefem Schmerz. »Ich hatte Beobachtungsposten aufgestellt, damit Sif uns wenigstens nicht völlig überraschend angreifen konnte. Aber am Ende war die Überraschung doch zu groß. Nur eine Handvoll hat überlebt, und die meisten haben von diesem Scharmützel Andenken behalten. Meines war ein Schwerthieb über die Rückseite meiner Beine von einem Mann, den ich für tot hielt. Ich hatte Glück, dass er mir nicht die Achillessehnen durchtrennt hat.«

»Und die anderen?«

»Wir haben uns wirklich tapfer geschlagen und so gut gekämpft, wie wir konnten. Und damals wussten wir noch nicht, ob du es geschafft hattest oder ob unser Widerstand sinnlos war.« Jetzt endlich wanderten seine Augen dorthin, wo Anghara schweigend wartete und mit der Hand das Maul ihrer Stute rieb. Für sie war Rochen immer noch ein Halbschatten, aber seine Miene war nicht misszuverstehen – der Stolz und die Begeisterung, als er zu Kieran zurückschaute, der Glanz seiner Augen, als er sie wieder anblickte. Dann ging er auf ein Knie. »Es war nicht vergeblich; diejenigen, die dort starben, würden in dieser Stunde nichts bedauern. Ich heiße Euch willkommen, Mylady. Ich wünschte, es wäre an einem passenderen Ort ...«

Anghara ging die wenigen Schritte, die sie trennten, und hob ihn mit eigener Hand auf. »Ich habe den Lagerplatz gesehen. Ich habe Sifs Armee gesehen. Es muss eine tapfere Abteilung gewesen sein, die es gewagt hat, sich mit ihr anzulegen. Ich hätte gern alle kennengelernt.«

»Sie kannten Euch«, sagte Rochen ernst. »Alle kannten Euch. Und ebenso diejenigen, die ihnen jetzt folgen.«

»Was gibt es Neues?«, fragte Kieran knapp. »Wo sind die Zwillinge?«

»Adamo ist in den Wäldern unterhalb von Cascin, wo sich die meisten Männer versammelt haben.«

»Charo?«

Rochen grinste schelmisch. »In Miranei.«

»Was?«, fragte Kieran überrascht.

Nach dem ersten Moment der Überraschung lachte Anghara leise. Beide Männer drehten sich um. »Als wir uns am Hal getrennt haben, sagte er, dass er mir die Stadttore öffnen würde. Ich dachte nicht, dass er das wörtlich meint. Was macht er in Miranei?«

»Er ist bei Melsyr«, antwortete Kierans Hauptmann. »Er ...«

»Charo ist in Sifs Garde eingetreten?«, fragte Kieran fassungslos mit ungläubig geweiteten Augen.

»In gewisser Weise, ja«, bestätigte Rochen. »Wenn du ihn reden hörst, würdest du schwören, dass er und Melsyr eine Privatarmee sind. Aber sie ziehen innerhalb der Mauern Männer auf unsere Seite; viele aus der Garde haben auf viel zu viele Sachen keine Lust mehr, seit deinem Kunststück, Kieran, und sind leichte Beute.«

»Dann können wir die Festung erobern?«, fragte Kieran. »Wenn wir drinnen Männer haben und Adamo in Cascin mit noch mehr wartet ... wieviele habt ihr inzwischen sammeln können? Melsyr könnte uns durch das Seitentor im Westen hereinlassen, und wir wären drin, ehe irgendjemand etwas merkt.«

»So leicht ist es nicht«, widersprach Rochen.

Kierans Augen verschleierten sich einen Moment lang. »Wieviele haben wir?«, fragte er ruhig.

Rochen schüttelte den Kopf. »Nein, du verstehst nicht. Die Anzahl ist nicht das Problem. Wir haben genügend. Diesmal sind es ausreichend viele, um eine beeindruckende Barriere zu errichten, selbst gegen Sifs Armee – obwohl unsere Männer kaum ausgebildet sind, von einer Handvoll beinahe übergelaufener Gardesoldaten ganz zu schweigen.«

»Was ist es dann?«

»Charo hat geschworen, dass er es nicht zulassen wird.«

Wieder lächelte Anghara. »Er will mich nicht nach Miranei hereinlassen?«

»Nicht, bis er eigenhändig das Haupttor aufmachen und Euch unter Beifall hereinbitten kann«, erklärte Rochen, dem es gelang, keine Miene zu verziehen.

»Immer diese großen Gesten«, sagte Kieran, doch ohne Groll.

»Manchmal fällt es einem schwer zu glauben, dass er und Adamo Brüder sind, geschweige denn Zwillinge. Ansen war viel ...«

Als Kieran abrupt abbrach, breitete sich eine unangenehme Stille aus. Ansens Geist war seit langer Zeit nicht mehr heraufbeschworen worden. Der Ansen, von dem Kieran sprach, war in Cascin sein bester Freund gewesen, nicht der junge Mann, der zu Hass, Neid und Verrat herangewachsen war. Und dennoch war es Letzterer, der stets die schöneren Tage überschatten würde. Der junge Ansen rief angenehme Bilder hervor – doch diese blieben nie lange, ehe sie von der Erinnerung an einen lang zurückliegenden Abend an Mittsommer verdrängt wurden, als ein scharfer Dolch in Ansens Hand glitzerte.

Rochen kannte nicht die ganze Geschichte; aber er war so sensibel, die Atmosphäre zu spüren, die Ansens Name hervorgerufen hatte. Blitzschnell wechselte er das Thema. »Es ist wohl am besten, wenn wir zu Adamo in Cascin stoßen, so schnell wir können. Ich bin schon eine Zeit lang hier, und vielleicht gibt es Neuigkeiten.«

»Sind alle Männer in Cascin?«

»Nicht im Haus. Im Wald ist ein verstecktes Lager. Aber Adamo wohnt im Herrenhaus, mit ein paar Hauptleuten. Sifs Leute machen einen weiten Bogen um den Ort, denn es gibt Gerüchte im han, dass es im Herrenhaus spukt.«

»Jemand muss doch aber die neuen Bewohner gesehen haben, wenn sie dort leben, und es war so lang verlassen ...«, begann Kieran, doch Anghara schüttelte den Kopf.

»Es ist mehr als das. Dort steht der Stein.«

»Welcher Stein?«

Anghara schaute ihn lächelnd an. »Gul Khaima war nicht der einzige Stehende Stein, den ich aufgestellt habe. In Cascin ist auch ein Stehender Stein ... ein ähnlicher jedenfalls. Und deswegen spukt es dort.«

Ihre Augen trafen sich kurz und trennten sich wieder. Keiner hatte ausgesprochen, dass Cascin auch von Ansens unseligem Geist heimgesucht wurde. Cascins Erbe hatte das Herrenhaus auf seine eigene dunkle Art geerbt; es würde nie frei von ihm sein. Kieran fragte sich kurz, wie Adamo mit dem Schatten seines toten Bruders fertig wurde.

»Nun denn«, sagte Anghara und brach das Schweigen. »Das ist wahrlich eine Heimkehr geworden. Der Weg von Miranei nach Kheldrin führte schon nach Cascin ... und es ist gut, dass Adamo dort sein Hauptquartier aufgeschlagen hat. Cascin hätte ohnehin auf meinem Rückweg gelegen; ich habe dort Dinge zurückgelassen, die ich nach Miranei mitnehmen muss.«

»Wir könnten heute Nacht hierbleiben und die Pferde rasten lassen ...«, begann Rochen.

Anghara schüttelte den Kopf. »Für Ausruhen bleibt genügend Zeit später. Obwohl wir schnell geritten sind, haben sie noch genügend Kraft. Wir können im Wald übernachten.«

»Sie hat Recht«, pflichtete Kieran ihr bei. »Zu viele Dinge verfolgen uns. Wir brauchen jede Stunde, die wir herausholen können.«

Rochen verschwendete keine Zeit mehr, sondern griff nach seinen Reitsachen. »Dann machen wir uns auf den Weg.«

Während des Ritts zog sich Anghara in ihre Einsamkeit zurück und überließ es ihren beiden Gefährten, getrennte Bindungen neu zu knüpfen und einander auf den neuesten Stand zu bringen. Rochen stellte dem Freund viele Fragen. Bei einigen zögerte Kieran mit der Antwort, aber trotzdem redete er die meiste Zeit. Später, als sie ein Lager aufschlugen, setzte sich Anghara ein wenig abseits vom Feuer. Obwohl Kieran stets ein aufmerksames Auge auf sie gerichtet hielt, respektierte er ihre Stimmung und stellte nun seinerseits Rochen Fragen. Er wollte die ganze Geschichte hören, was in den Mooren vor Miranei geschehen war. Anghara schien nicht zuzuhören. Sie saß da, hatte die Arme um die Beine geschlungen und das Kinn auf die Knie gelegt. So starrte sie in die Flammen. Als sie plötzlich leise lachte, sprang Rochen auf, als hätte man ihn überfallen.

»Was ist?«, fragte Kieran, der sich längst an Angharas Art gewöhnt hatte.

Anghara hob die Augen. In ihnen war ein Leuchten, das nicht vom Feuerschein herrührte. »Er kommt bald zurück nach Hause«, sagte sie langsam. »Viele werden vor ihm zurückkommen; er wird seiner Armee folgen, nicht sie führen. Und dennoch wird er genügend Kraft finden, sich in Miranei zur Wehr zu setzen.« Wieder lachte sie, diesmal leicht verbittert. »Ein Winterfeldzug«, fuhr sie fort. »Dazu wird es am Ende kommen. Und laut Tradition gilt derjenige, der einen Winterfeldzug verliert, als echter Nachfahre der Kir Hama.«

»Voriges Jahr hast du verloren«, meinte Kieran.

»Keinen Feldzug«, widersprach Anghara und warf den Kopf zurück. »Nur meine Freiheit. Dafür gibt es keine Jahreszeit.«

»Sif kommt?«, fragte Rochen zögernd und blickte von einem zum anderen. »Wie in Gottes Namen weiß sie das jetzt schon?«

»Welcher Gott?«, fragte Anghara scharf, ehe Kieran antworten konnte. Ihre Stimme klang eigenartig ...

Rochens Antwort verblüffte sie. »Naja, es ist nicht richtig verboten, aber Keruns Leute mögen es nicht besonders«, sagte er entschuldigend. »Jetzt rufen viele Menschen Bran um Hilfe an.«

»Bran?«, fragte Kieran verwirrt. »Wer ist Bran? Woher kommt das alles? So lange waren wir doch nicht weg ...«

»Ich weiß es nicht«, erklärte Rochen. »Jemand hatte eine Offenbarung. Es hat sich blitzschnell verbreitet und wurde angenommen. Es gibt keine Tempel, aber es gibt bereits Menschen, die ihm heilig sind und dem neuen Gott dienen. Sie errichten in Brans Namen Schreine nach ihrer eigenen Art. Man sagt, Bran der Morgenröte sei der neue Wächter der Brücke nach Glas Coil.«

Neue Schreine. Plötzlich erinnerte sich Anghara an den mit Blumen geschmückten Pfahl in der Ebene. Ein neuer Gott würde den Namen des Gheat Freicadan erben; ein neuer Wächter für das uralte Tor. »Und wo bleibt Kerun?«, fragte Kieran. Er fühlte sich seltsam beraubt, da etwas Unsterbliches, ein Grundpfeiler seines gesamten Lebens, ausgelöscht wurde. Und dann begriff er die Verbindung. Bran. In Kheldrin war es eine geflügelte Göttin, die ai'Bre'hinnah hieß. Und die Grundlage für beide war der Name, den er in die Nacht hinausgeschrien hatte, ein Name, den einst eine verbannte Prinzessin als Tarnung verwendet hatte.

Seine Augen suchten Angharas. In ihnen las er dasselbe Verständnis. Er erinnerte sich an ai'Jihaars Stimme in der Nacht in der Wüste. *Vielleicht wirst du eine Wandlerin für dein Land.*

Glas Coil hatte überlebt; aber ein neuer Gott bewachte jetzt seine Tore. Bran der Morgenröte, hatte Rochen ihn genannt. Und eine neue Göttin stand an der Pforte des Landes des Zwielichts jenseits des Meeres. Bruder und Schwester, Gatte und Gemahlin – ein Ganzes, zusammengefügt aus zwei getrennten Hälften.

»Du musst mir mehr über diesen neuen Gott erzählen«, sagte Anghara ruhig. Ihre Augen blickten wieder kurz ins Feuer, dann über die Flammen und wieder zurück, als würde sie von etwas gebannt. »Es läuft ein Schiff ein«, sagte sie leise. Bei ihrer Stimme stellten sich Kieran die Nackenhaare auf. »Männer werden heute Nacht in Calabra an Land gehen und ihr Heimatland weitaus fremder vorfinden als das fremde Land, in dem sie im Gefolge ihres Königs leiden mussten.«

Obwohl Kieran es nicht mit seinen richtigen Augen sehen konnte, sah er in Gedanken mühelos den Schimmer des goldenen Seelenfeuers, das Anghara in diesem Moment einhüllte – und schon fügte sich ein weiteres Stück der Geschichte ein. Der Strohheiligenschein auf dem geschnitzten Pfahl für Bran war ein primitiver Versuch, diesen goldenen Heiligenschein abzubilden. Es war ein Irrtum, als sie den Schrein durch das uralte Dreigestirn Roisinans erklären wollten. Da war nichts von Nual, Kerun oder Avanna. Es war alles Anghara. Brynna. Bran.

Rochen starrte Anghara an. Seine Gefühle waren deutlich auf seinem Gesicht zu lesen – eine Mischung aus Entsetzen, Ehrfurcht und Verehrung. Das würde ihr folgen, wohin auch immer sie unter ihren Leuten gehen würde. Kieran musste sich seinen Irrtum eingestehen und seiner Königin zustimmen, dass sie nicht mehr nur ein Mensch war. Sie war bereits über sich hinausgewachsen. Vor seinen Augen wurde sie zur Verkörperung einer Legende.

Als wäre eine Königin nicht genug.

Still stand er da. Dann suchte er in ihren Bündeln nach den letzten Resten des lais. Nach einer Vision würde Anghara Ruhe brauchen; zumindest heute Abend konnte er sie ihr verschaffen. Danach war sie auf sich allein gestellt.

Am nächsten Tag durchritten sie bei Sonnenuntergang die Ausläufer des Bodmer Walds, und waren am folgenden Morgen tief in seinen geheimen Wegen. Anghara beobachtete interessiert, wie Rochen und Kieran sich an Zeichen orientierten, die für alle anderen unsichtbar gewesen wären – sie ritten einen engen Pfad durchs Unterholz und kamen bei einer Lichtung heraus, wo man lagern konnte, oder sie wichen von einem breiten deutlichen Weg ab, hinein in scheinbare Wildnis aus Farnen und Gebüsch, um einen geheimen Pfad zu finden. Wenn man berücksichtigte, wie unwegsam das Gelände war, kamen sie unglaublich schnell vorwärts. Anghara erschrak fast, als sie auf Kierans Signal hin ihre Stute zügelte. Sie sah einen Mann, der einen waldgrünen Umhang trug und einen Langbogen in der Hand hielt. Er trat ihnen plötzlich aus den Bäumen heraus in den Weg.

»Ho, Mical«, sagte Rochen unbeeindruckt, als hätte er sich erst vor wenigen Stunden von dem Waldhüter getrennt. »Ich bringe Gäste.«

Micals Augen glänzten und wanderten von Rochen zu seinen Gefährten. »Gäste?«, rief er. Es war fast ein Freudenschrei. Das Protokoll war vergessen, als er Kierans Blick auffing. »Freunde! Und so unerwartet! Willkommen zurück, Kieran!« Dann fasste er sich, sank auf ein Knie und hob die Augen zu Anghara empor. »Willkommen, Mylady.«

»Ja, allerdings«, sagte eine andere, vertrautere Stimme. Adamo trug einen Umhang wie Mical. Er trat hinter seinen Mann. »Willkommen zu Hause.«

15

Rochen ritt voran und führte die kleine Truppe in das Lager im Wald hinter Cascin. Kieran folgte ihm, barhäuptig und mit einem leisen Lächeln auf den Lippen. Mical war auf seinem Wachposten geblieben. Den Schluss bildeten Anghara und Adamo in tiefem kameradschaftlichem Schweigen, das sie immer mit ihrem Vetter und Ziehbruder verband. Irgendein Instinkt hatte sie bewegt, sich die Kapuze tief ins Gesicht zu ziehen, daher ritt sie als zarte anonyme Gestalt dahin; durch diese kleine Verkleidung war sie Beobachterin und nicht die Beobachtete. Auf mysteriöse Weise war ihnen die Kunde ihres Kommens vorausgeeilt, aber offensichtlich nicht in allen Einzelheiten. Es war Kierans Name, mit dem sie begrüßt wurden, als sie ins Lager ritten. Zum ersten Mal sah Anghara ihn mit einer größeren Schar seiner Männer, und sie war gerührt und zugleich eigenartig erschüttert, die Zuneigung und die tiefe Hochachtung zu sehen, die die Männer aus den Zelten und Hütten trieb, um ihn willkommen zu heißen. Sein Pferd war zehn Mann tief umringt, die alle lächelten und jauchzten; Kieran kannte die meisten beim Namen und hatte ein warmes Lächeln für diejenigen, die er noch kennenlernen musste.

»Sie lieben ihn«, murmelte Anghara.

»Du bist die Kerze, die er ihnen entgegenhält, doch ist es seine Hand, die das Licht trägt«, sagte Adamo ausnahmsweise seltsam beredt. »Ja, sie lieben ihn.«

Anghara blickte ihren Gefährten an und war nicht überrascht, auf seinem Gesicht nicht weniger Stolz und heiße Zuneigung zu sehen als bei den Männern ringsum. Zu Adamo und Charo war ihr Bruder Ansen oft herablassend und überheblich gewesen. Kieran war auch nicht immer der perfekte ältere Bruder gewesen, aber trotz seiner gelegentlichen Ungeduld hatte er ihnen stets näher gestanden als es Ansen je gelang. Die beiden jüngeren Cascin-Söhne hatten Kieran seit frühester Kindheit als Helden verehrt und waren ihm wie Schatten gefolgt, sobald sie alt genug waren um zu laufen. Die Taurinzwillinge waren unter den ersten seiner Truppe gewesen; sie waren noch immer die jüngsten in gehobener Stellung – allerdings kamen Kieran zuweilen Zweifel bezüglich Charos Eignung als Anführer und Vorbild, obwohl dieser unzweifelhaft brillante Momente mit viel Mut hatte.

Doch nun hatte Anghara nicht die Zeit zu sinnieren und nachzudenken. Es gab Männer in der Menge, die zwar nicht genau wussten, wo Kieran gewesen war, aber mit wem er fortgegangen war. Neugierige Augen hefteten sich auf die verhüllte zarte Gestalt auf dem Pferd. Dann drehte Kieran sich um und fing Adamos Blick auf. Dieser schwang sich aus dem Sattel und trat zu Angharas Stute, um ihr herabzuhelfen. Hunderte Augenpaare richteten sich auf sie. Anghara gestatte sich einen leisen Seufzer, als Adamo ihr vom Pferd half, dann schüttelte sie mit einer ruckartigen Kopfbewegung die Kapuze nach hinten. So würde es von nun an immer sein. Das war der Grund, weshalb Sif die Krone begehrte. Es musste ein berauschendes Gefühl für den jungen Mann gewesen sein, dessen halbköniglicher Status als Bastard des Königs bedeutete, dass er nie ein rechtmäßiger Prinz sein würde, als er sah, wie die Männer vor ihm das Knie beugten. Vielleicht hätte Sif gewusst, was man in solch einem Moment sagte, eine mitreißende Rede, die den Herzen seiner Männer diesen Wahnsinnsmut einflößte, mit dem sie ihm anscheinend folgten. Aber Anghara hatte keine derartigen Reden. Der Augenblick hielt sie in seinem Bann; sie rang nach Worten, ohne zu merken, wie beredt ihre Miene war und wie ihre Augen zu den Männern sprachen, die sich in ihrem Namen versammelt hatten. Am Ende brauchte sie gar nichts zu sagen, denn sie sagten es für sie. Ein Mann in der ersten Reihe war aufgestanden. Jetzt trat er zu ihr und beugte sich über ihre Hand. Sie erkannte ihn. Bron – er war mit ihr und ihren Ziehbrüdern auf dem wilden Ritt aus Miranei dabei gewesen, als Sifs Armee hinter ihnen herhetzte.

»Morgen, Mylady, in Miranei«, sagte er.

Der Rest folgte ihm so einstimmig, als hätten sie es geprobt. Nach einem Herzschlag des Schweigens schauten die Männer sich an und hörten ihren Kriegsschrei. Wie aus einer Kehle ertönte er, dabei hoben sie die Fäuste in die Luft – Hunderte von Stimmen, wie Donnerhall – »*Morgen in Miranei!*«

Endlich fand Anghara die Worte, die sie brauchte; es waren nur drei. Sie klammerte sich an Brons Hand, als sie plötzlich in Tränen schwamm und nur undeutlich sehen konnte. Jetzt befreite sie ihre Hand und legte sie auf die Brust, eine Geste der Dankbarkeit so alt wie die Zeit. Ihre Stimme war ein Flüstern im Wind, aber jeder Mann hörte sie. »Ich danke euch.«

Adamo ließ diese Szene exakt so lange einwirken, um den Eindruck auf sein Höchstmaß zu steigern. Dann nahm er Angharas Pferd und riet der jungen Königin, zum Herrenhaus weiterzureiten und sich von der Reise auszuruhen. Der Moment des Wiedersehens hatte Anghara mehr Kraft gekostet, als sie wusste. Plötzlich fühlte sie sich wie ausgelaugt, jegliche Kraft oder Energie, die sie je besessen hatte, war verschwunden und so folgte sie seinem Rat nur zu gerne.

Kieran aber musste noch im Lager bleiben, bis alle seine Männer mit ihm sprechen, ihn ausfragen und willkommen heißen konnten. Beide spürten einen eigenartigen Schmerz, als sie getrennte Wege einschlugen – Kieran fiel es schwer, nicht hinterherzuschauen, bis Angharas Stute außer Sicht war, und Anghara ebenfalls, nicht zurück zum Lager zu blicken. Sie fühlte sich seltsam kalt und nackt, als hätte man ihr einen Schild entrissen. Sie war so gewohnt, ihn jeden Moment des Tages um sich zu haben, in wachen und schlafenden Stunden, hatte er ihr gehört. Jetzt war hier ein anderer Kieran, der soeben in der Menge seiner freudig erregten Männer verschwunden war.

»Er kommt gleich nach«, sagte Adamo unerwartet und zeigte eine erstaunliche Fähigkeit, die Situation zu verstehen. »Ich wäre überrascht, wenn es länger als eine Stunde dauert, ehe er in Cascin einreitet, um herauszufinden, ob wir dich auch richtig ins Bett gepackt haben.«

Anghara drehte sich um. Eigentlich wollte sie ihm einen wütenden Blick zuwerfen, aber er sah so heiter und zufrieden aus, dass es schwierig war, etwas anderes zu tun, als ihn anzulächeln. »Er hat gut für mich gesorgt«, sagte sie.

»Feor hat dich zu seiner *Aufgabe* gemacht«, erklärte Adamo und Anghara hörte die Betonung. »Einer *Aufgabe* konnte Kieran noch nie widerstehen.«

Du bist der Falke, den ich ausschicken werde, um sie zu suchen ... Ja, so war es. Feor hatte Kieran auf die Suche geschickt. Doch es gab etwas in Anghara, das vor dieser Logik zurückwich. Sie suchte in der Erinnerung Zuflucht – es hatte lange vor dem Moment begonnen, als man ihm die Verantwortung übertrug. Anghara erinnerte sich an einen Regentag in Cascin und an einen Umhang, den ein Junge ihr über die Schultern gelegt hatte. Und – einige Jahre später – an einen Abend vor Mittsommer, als sie diejenige gewesen war, die die Verantwortung an sich zog – und so viele Tragödien ausgelöst hatte ...

Anghara musste schmerzhaft Luft holen, als sie das Herrenhaus zwischen den Bäumen auftauchen sah. Andere Erinnerungen drängten sich auf – kalte Verbannung, Verwirrung, Schmerzen und Unverständnis über das, was mit ihr geschah. Und dann, was sie an diesem Ort gefunden hatte.

Willkommen zu Hause.

Anghara hatte Cascin nie so gesehen, bis Adamo und Mical es draußen im Wald gesagt hatten. Dieses Wort hatte immer zu Miranei gehört – zu dem Miranei, dessen vollständiges Bild sie immer im Herzen getragen hatte, seit sie es mit neun Jahren verlassen musste, auf der Flucht vor einem Wirbelsturm. Doch nun stellte sie fest, dass es ganz leicht war, sich Cascin von den Quellen als Zuhause zu denken. Trotz aller Umstürze und brennender Erinnerungen, die mit diesem Ort verbunden waren, war es auch Schauplatz für so viele schöne Dinge gewesen. Angharas Eltern waren immer distanziert gewesen – ihr Vater hatte sie zwar vergöttert, aber zu wenig Zeit gehabt, um sie mit einem kleinen Mädchen zu verbringen. Ihre Mutter konnte zwar um das Leben und das Erbe ihres

Kindes wie eine Tigerin kämpfen, und liebte sie sehr, aber dennoch war sie in erster Linie Königin und erst danach Mutter. Anghara hatte durch ihre Flucht nach Cascin ihre ganze Welt zurückgelassen – aber sie hatte eine Familie gefunden.

Im nächsten Moment wurde ihr bewusst, dass sie sie alle wieder verloren hatte – alle außer dem Kind Drya, das zu klein gewesen war, als dass zwischen ihnen eine dauernde Beziehung hätte entstehen können, und diesem jungen Mann, der neben ihr ritt, und seinem großartigen, wenngleich leicht reizbaren Zwilling. Es gab noch mehr in Cascin außer Erinnerungen und Träumen. Es gab Gräber.

Sie wandte sich an Adamo. »Ich komme ein bisschen später zum Haus«, sagte sie. »Ich möchte zuerst zur Gruft.«

»Die Toten bleiben dir auch später noch«, sagte Adamo und sah sie sanft an. »Es wäre besser ...«

»Ich könnte nicht ruhen«, unterbrach sie ihn. »Nicht bis ich bei ihnen war.«

»Nun gut«, sagte Adamo nach einer kurzen Pause. »Dann bringe ich dich hin.«

»Adamo ... ich möchte allein gehen.«

Er schwieg kurz, dann lächelte er und streckte die Hand aus, um ihre Wange zu streicheln. »Verstehe«, sagte er. »Ich warte bei der Quelle auf dich.«

»Ich kenne den Heimweg«, erklärte Anghara und lächelte ihn mit Grübchen an. »Du musst nicht mitreiten und mich bewachen. Ich bin sicher, deine Männer sind hier überall im Wald.«

»Wenn du unsere Brynna wärst, würde ich dich allein lassen«, meinte Adamo. »Aber du bist nicht länger Brynna; du bist Anghara Kir Hama, und du wirst nie wieder allein sein.«

Hama dan ar'i'id. Diese Redensart ging ihr durch den Kopf, ein heißer Wüstenatem wehte in dieses nebelige Land aus Moos, Farnen und sprudelnden Bächen. *In der Wüste bist du nie allein ... du wirst nie wieder allein sein.*

Anghara nickte und ergab sich in das Unausweichliche. Adamo rutschte im Sattel hin und her. »Es wird dich niemand stören. Geh und begrüße sie. Ich warte auf dich.«

Sie blieb nicht lange, denn an diesem Ort waren die Geister sehr lebendig. Für sie noch mehr, da sie keine gewöhnliche Trauernde war. Sie hatte das Zweite Gesicht und wusste, wie Chella gestorben war. Und Chellas Geist war ruhelos und überall, dennoch würde sie ihre Nichte nie für ihren Tod verantwortlich machen, deren turbulentes Leben das ihre so stark geformt hatte. Lyme lag in der Krypta neben seiner Gemahlin, aber ein anderer ruheloser Geist war in dieser Gruft spürbar, obwohl seine Gebeine nicht hier begraben lagen. Ansen lag irgendwo weit entfernt von seiner Familie – dennoch war sein zorniger, missmutiger Geist ebenso Teil dieses Ortes wie alle anderen, deren vermodernde sterblichen Überreste unter den grauen Steinplatten ruhten. Es war eine unruhige Grabstätte, und diese Unruhe spiegelte sich in Angharas Augen, als sie zu Adamo zurückritt. Er war abgestiegen und saß auf einem vom Sturm gefällten Baumstamm mit einem Stamm hinter sich als Lehne. Allem Anschein nach war er völlig entspannt und ruhig, hatte die Augen geschlossen. Aber sein Kopf drehte sich minimal beim Klang des Hufschlags. Als er gleich darauf die Augen öffnete, blickten sie verständnisvoll.

»Ich hätte dich warnen sollen.«

Anghara lachte trocken. »Rochen hat gesagt, dass es hier spukt.«

»Nicht im Haus«, erklärte Adamo bestimmt und stand auf. »Aber hier … ich spüre ihn immer, und er ist stärker als alle, die hier begraben sind, obwohl er weit weg in einem nicht gekennzeichneten Grab liegt.«

Sie konnte um Ansen weinen – die Wut, die Missgunst, die Vergeudung. Adamo sah, wie Tränen in ihre grauen Augen stiegen, blickte beiseite und beschäftigte sich mit seinem Pferd. Charo, der Ansen mehr ähnelte als er ahnte, hatte sich völlig von seinem Bruder losgesagt, als er die volle Wahrheit darüber erfuhr, was Ansen getan hatte. Er hatte ihn sogar aus seiner Erinnerung gestrichen. Charo hatte nie um seinen Bruder geweint. Er war der gleichen tiefen Leidenschaft fähig wie Ansen, bei Charo wurde sie lediglich durch eine gewisse Leichtigkeit gemildert. Tief in seinem Innern wusste Charo, wie nahe er den Abgründen war, die seinen Bruder verschlungen hatten. Vor langer Zeit schon hatte er beschlossen sich davon abzuwenden und klammerte sich stattdessen an seine Loyalität zu Kieran und Anghara mit der gleichen Inbrunst, mit der Ansen sich der Verfolgung seiner dunkleren Ziele gewidmet hatte. Adamo hingegen hatte still um seinen älteren Bruder geweint – nicht wegen seines Todes, sondern wegen seines Lebens. Er besaß Ansens Stärke, nicht aber seine Arroganz. Er begriff schnell das volle Ausmaß dessen, was zu Ansens Sturz geführt hatte. Im Gegensatz zu Charo hatte er dieses Wissen angenommen und nicht begraben. Ansen konnte Charo nichts anhaben, weil er für ihn aufgehört hatte zu existieren. Aber Cascins missratener Erbe konnte seinen Bruder über die Brücke der Empathie erreichen und erschüttern – und jetzt sah Adamo, dass Ansen die gleiche Macht über seine Cousine und Ziehschwester ausübte, die er einst unbedingt hatte vernichten wollen.

Adamo trieb sein Pferd vorwärts und streichelte dabei tröstend Angharas Arm. »Komm«, sagte er. »Man *kann* hier Frieden finden. Komm ins Haus.«

Sie ritten zum großen Herrenhaus, und Anghara wurde in ihr altes Zimmer geführt. Alle Erinnerungen an diesen Ort der Zuflucht waren gut und ließen sie ruhen und heilen. Sie schlief stundenlang, den Schlaf der Erschöpften und Unschuldigen. Als sie ausgeruht und munter aufwachte, merkte sie, dass sie nicht nur den Nachmittag sondern die ganze Nacht durchgeschlafen hatte. Das Licht, das durch ihr Fenster drang, war das perlenfarbene des Morgens. Irgendwo in den Bäumen hinter dem Haus zwitscherten Vögel. Sie lächelte, denn die Laute waren ihr vertraut, sie hatten sie jahrelang in diesem Zimmer geweckt. Plötzlich überflutete sie die Erinnerung an ihre morgendlichen Aufgaben, sodass sie beinahe ihr Haar zu Zöpfen geflochten und in Feors Unterrichtsraum gerannt wäre, um nicht zu spät zu kommen.

Die Anziehungskraft des Unterrichtsraums war übermächtig. Nachdem sie endlich aufgestanden und bereit für den Tag war, konnte Sie nicht länger widerstehen. Es war kaum verwunderlich, dass sie hörbar Luft holte, als sie die Tür öffnete und ein vertrautes

Bild sie grüßte. Es sah aus, als würde dasselbe Feuer noch immer brennen. Die Sessel waren vor dem Kamin so aufgestellt, wie sie es waren, als Anghara mit Ansen und Kieran hier gesessen und die Schlachten ihres Vaters analysiert hatte, während sie insgeheim ihre Identität verbarg. Die Sessel waren besetzt, und Anghara zuckte zusammen, als einer knarzte und Kierans Gesicht erschien, um zur Tür zu schauen.

»Wird aber auch Zeit«, meinte er freundlich. »Wir wollten schon ohne dich anfangen.«

Sie brauchte nicht zu fragen, womit sie anfangen wollten – im Raum türmten sich Karten und Briefe auf, in einer Ecke – an diesem Ort des Lernens eigentlich sehr unangebracht – lehnten bloße Schwerter und drei lange Speere an der Wand. Die Männer in diesem Raum waren der Kriegsrat, der für morgen plante – für den Morgen, der Anghara nach Miranei führen sollte. So hatten sie es geschworen.

Dieses Zwischenspiel in Cascin, Zeit auszuruhen und Pläne zu schmieden, war der letzte Schritt einer langen Reise. Die drei Kinder, die in diesem Hause aufgewachsen waren, begannen Feors wahres Erbe zu schätzen, denn die Qualitäten und Fähigkeiten, die er im Stillen in ihnen gefördert hatte, zahlten sich jetzt bei der Planung zur Eroberung Miraneis aus. Es war hier, ebenso sehr wie anderswo, dass Kieran ein Anführer von Männern und Anghara unauffällig zu einer Königin geworden waren. Der kleine erlesene Kreis – Kieran, Anghara, Adamo, Rochen und zwei von Kierans Hauptleuten – saßen und planten, wobei ihnen klar war, dass jede Stunde, die verging, eine Stunde weniger war, diese Pläne in die Tat umzusetzen, ehe Sif zurückkam. Sie mussten schnell arbeiten und das wussten sie – dennoch mussten sie der Versuchung widerstehen zu hetzen. Ein schlampiger Plan konnte fehlschlagen – und es würde keine zweite Chance geben.

Sie brauchten mehrere Tage, um den Anfang ihres Vorhabens auszuarbeiten. Am Ende dieser Tage stattete Anghara den Familiengräbern einen weiteren Besuch ab. Dieses Mal wurde sie von einem unerwarteten Geist begleitet. Neben der mit einer Steinplatte versiegelten Nische, in der sich die sterblichen Überreste von Rimas Mutter befanden, Angharas Großmutter, die sie nie kennengelernt hatte, erinnerte sich Anghara lebhaft an ihren ersten Besuch an diesem Ort. Es war nur ein paar Tage nach ihrer Ankunft als verwirrte Neunjährige in Cascin gewesen. Damals hatte March sie begleitet und ihre Hand zu einer bestimmten handgemeißelten Verzierung im Fries geführt, das den Grabstein ihrer Großmutter schmückte. Er zeigte ihr, wie das Stück Stein herausglitt und ein langes, enges Versteck preisgab. Sie holten eine Handvoll Schätze aus Rimas Kindheit hervor. Einen Moment lang war Anghara von diesem plötzlichen Einblick in die Vergangenheit ihrer Mutter abgelenkt. Doch die Nische war schnell leer und wartete auf den nächsten Schatz, den sie behüten sollte – das Dokument, das mit den Siegeln des Kronrats beschwert war. Anghara hielt es mit beiden Händen, als sei es zu schwer, um nur mit einer gehalten zu werden. In gewisser Weise war es das auch – es war der Beweis und die Garantie ihres Erbes, das ihre Krönung bezeugte. March hatte es genommen und behutsam und mit Ehrerbietung in die schmale Öffnung gelegt; sie hatten den Stein wieder an seinen Platz geschoben und somit das Dokument in seinem Geheimversteck versiegelt. Niemand konnte davon etwas ahnen; wer nicht genau wusste, wo er suchen musste, müsste schon die Gräber Stück für Stück auseinandernehmen, um das Dokument zu finden.

Jetzt, als Anghara es hervorholte, hörte sie Marchs Stimme, die über die Jahre hinweg zu ihr schwebte. »Eines Tages wird das dich heimführen, Prinzessin.«

Und nun war dieser Tag gekommen. Selbst Kieran wusste nichts von dem hier – allein die Existenz des Dokuments nahm ihm die halbe Arbeit ab. Das Ziel war schon Jahre vorher festgeschrieben worden, ehe er für all das zu kämpfen begann, was darin enthalten war. Als Anghara dem Kriegsrat davon berichtet hatte, fühlte er sich für einen kurzen Moment verraten, wie damals, als er zum ersten Mal erfuhr, dass Anghara nicht die unschuldige Ziehschwester war, für die er sie gehalten hatte und die ihm ihre geheime Identität nicht anvertraut hatte. Aber dann – wie zuvor – schämte er sich, dass er sie für Geheimnisse verantwortlich machte, die andere ihr anvertraut hatten. Er dachte nicht mehr an das Dokument, als eine weitere Tatsache, die sie vor ihm geheim gehalten hatte, sondern baute es konstruktiv in ihre Pläne ein.

Rochen wurde beauftragt, das Dokument in die Festung unter dem Berge zu bringen und sicherzustellen, dass es allgemein bekannt wurde, ehe Anghara persönlich in Miranei Einzug hielt. Er verließ Cascin innerhalb einer Stunde mit dem kostbaren Pergament, das in einen Kokon aus gelber jin'aaz-Seide aus Kheldrin gewickelt war. Der Rest traf Vorbereitungen für die eigene Abreise, auf zwölf Tage von jetzt festgelegt – sie mussten das Lager im Wald von Cascin abbauen und eine Kampftruppe aufstellen, die wie die Pfeilspitze eines neues Gottes vorrückte, jederzeit bereit loszuschlagen – das Ziel zu treffen oder beim Versuch unterzugehen.

Adamo, Kieran und Anghara, der Sohn Cascins und die beiden, die hier als Ziehkinder aufgewachsen waren, hatten sehr wenig Zeit für sich selbst. Abends gelang es ihnen, eine oder zwei Stunden herauszuschinden, in denen sie am Feuer saßen und über alte Zeiten sprachen, von anderen Dingen als den Kämpfen, die vor ihnen lagen – aber diese Kämpfe waren allgegenwärtig und es erwies sich als schwierig, sie aus den Gedanken zu verdrängen. Zu schnell war die Zeit vergangen, und Cascin war bereit, sie ziehen zu lassen. Am Abend vor ihrem Aufbruch ritt Anghara zur Familiengruft – vielleicht zum letzten Mal – um sich zu verabschieden. Sie ritt allein, trotz Adamos Warnung – jedenfalls glaubte sie das.

Mit einem seltsamen Gefühl der Geschichtsträchtigkeit folgte Kieran ihr zur Familiengruft, wo sie – seiner Meinung nach – schon zu lange war. Er fand sie, an den Grabstein ihrer Großmutter gelehnt. Sie weinte und blickte in Richtung Miranei.

»Was ist los?«, fragte er plötzlich voller Angst.

»Es hat angefangen«, sagte Anghara leise, sodass er sie kaum verstehen konnte. Ihre Stimme wurde von den Tränen fast erstickt. »Ich habe gespürt, wie sie sterben …«

»Wer?«, fragte Kieran. Ein eiskalter Schauer lief ihm über den

Rücken, als er an all seine Freunde dachte, die in dieser Stunde der Abrechnung in Miranei waren.

»Ich kenne sie nicht. Einige sind ... Sifs Leute. Aber Rochen ...«

Kieran packte sie an der Schulter. Nie wäre ihm der Gedanke gekommen, ihre Worte anzuzweifeln. »Was ist mit Rochen? Ist er ... tot?«

»Nein ... ich kann nicht sagen, ob das bereits geschehen ist oder noch geschehen wird – aber ich habe ihn totenblass liegen sehen, mit einem dicken blutigen Verband um die linke Schulter ... nein, nicht tot!« Sie schrie auf, als Kierans Finger sie so hart drückten, dass es schmerzte. »Verwundet – aber da ist Blut – da ist so viel Blut ...«

Sie schwankte, er fing sie auf und schloss sie eng in die Arme. Dann barg er das Gesicht in ihrem Haar, als sie sich mit beiden Händen in den Stoff seiner Tunika verkrampfte. Hier in diesem Zauberkreis, wo ihre Kindheit an ihnen hing, war Kieran immer noch das Bollwerk, an dem alle Widrigkeiten zerbrachen. Er hatte immer noch die Macht, sie vor allem zu beschützen, selbst vor den Albträumen, die ihr das Zweite Gesicht entgegenschleuderte. In seinen Armen beruhigte sie sich, ließ die Tunika los und glättete sie mit einem unterdrückten Schluchzen.

»Ein Glück, dass ich die Männer nicht selbst in die Schlacht führe«, sagte sie. Es klang wie ein Vorwurf. »Diese Anfälle kommen, wann sie wollen ...« Sie schniefte und wischte sich mit dem Handrücken die Tränen von den Wangen. Dann hob sie den Kopf und lächelte. Es war, als bräche Sonnenlicht durch Regenwolken. Kleine Locken ringelten sich um ihr Gesicht, ihre Augen waren gerötet, auf den Wangen Tränenspuren – trotzdem war sie nie so wunderschön gewesen. Instinktiv schloss Kieran sie enger in die Arme, aber ausgerechnet an diesem Ort der Zuflucht, wo sie so stark war, nahm sie den Ursprung ihrer Kraft nicht wahr. Ihre Gedanken waren bereits weit weg, bei der Armee, die im Schutz der Bäume von Cascin auf das Signal zum Aufbruch wartete. »Sind sie bereit?«

»Wir brechen morgen früh auf«, antwortete Kieran und ließ sie los. »Sie werden kampfbereit sein. Aber wird mit dir alles in Ordnung sein?«

»Unter meinem eigenen Banner reiten, mit dir an meiner Seite und einer Armee im Rücken? Wie könnte ich mich da nicht gut fühlen?«

Es war schlichtes Vertrauen. Aber jetzt durfte er nicht mehr von ihr erwarten oder sie um mehr bitten – Kieran lebte von diesem Vertrauen seit Jahren. Aber das war gewesen, ehe ihm bewusst geworden war, dass er sie liebte. Ehe er wusste, dass Vertrauen nicht ausreichte.

Am nächsten Morgen bei Tagesanbruch hisste die Armee das uralte Banner von Kir Hama und ritt los. Auf ihrem Weg lag der Halas Han. Die einzige Straße nach Norden führte durch ihn hindurch. Sie fanden dort die übliche Menschenansammlung: Händler, Flussleute, fahrende Sänger und Reisende, die im han eine Rast einlegten. Außerdem war die Herberge von einer kleinen *cheta* von Sifs Männern besetzt. Diese Handvoll waren viel zu erfahrene Soldaten, als dass sie gegen eine Armee sinnlosen Widerstand geleistet hätten. Sobald sie begriffen hatten, wer unter dem Banner ritt, das sie für das ihres Herrn gehalten hatten, liefen die meisten zu Angharas Armee über. Der Rest war zu demoralisiert um zu kämpfen. Der laute Jubel, der beinahe das Dach des Hauses emporhob, sobald das gemeine Volk erfahren hatte, wer diese Armee führte, war mehr, als Charo sich hätte wünschen können.

Danach war es unmöglich für sie, unbemerkt weiterzuziehen. In allen Orten auf ihrem Weg erwartete man sie. Wo Sif stark war, begrüßte man sie, indem man die eigene Stärke zeigte. Anderenorts schallte ihnen lauter Jubel von den Einwohnern entgegen, die bereits selbst Sif Männer erledigt hatten. Jedesmal marschierten sie weiter mit einer wachsenden Zahl von Männern, die Sif nur wegen des Kir Hama Namens gefolgt waren und die jetzt in stetig wachsender Zahl vortraten, um Anghara Treue zu schwören. Kieran entging nicht, dass viele von ihnen auch den neuen Gott Bran verehrten.

Es ließ sich nicht verhindern, dass Miranei längst von ihrem Kommen wusste, ehe sie auch nur in der Nähe waren. In der Festung stand es auf Messers Schneide. Männer, die beiden Abkömmlingen Kir Hamas treu ergeben waren, saßen hinter den Mauern in der Falle. Seit Rochen fortgeritten war, hatten sie von ihm kein Wort mehr gehört – wenn man Angharas Vision nicht zählte. Es gab Männer in Miranei mit Langbögen, deren Pfeile weit schossen. Kieran brachte Anghara nicht näher als nötig heran. Die Armee schlug ihr Lager in Sichtweite aber außerhalb der Reichweite der Pfeile auf.

Für Anghara wurde ein Zelt errichtet, mit eigener Wache. Anghara stand an ihrem Lagerfeuer – eines von Dutzenden, die brannten –, hatte die Arme verschränkt und starrte trockenen Blickes auf das Schloss. Das Bild, an das sie sich aus ihrer Kindheit erinnerte, hatte sich nicht verändert, abgesehen von den anderen Bannern, die von den hohen Türmen flatterten. Sie vermochte nicht zu sagen, was sie bei diesem Anblick empfand. In ihr brodelte eine eigenartige Mischung aus Hochstimmung, wildem Stolz und entmutigender Furcht – als sie Miranei zum letzten Mal gesehen hatte, war es nicht als zurückkehrende Königin oder Rächerin gewesen. Sie erinnerte sich mit Schaudern an die Kerker der Festung. Das waren ihre letzten Erinnerungen, nicht die an die Halle, wo sie mit neun Jahren gekrönt worden war.

Kieran beobachtete sie und wartete. Er ruhte nicht, sondern lief im Lager umher, wechselte ein paar Worte an jedem Lagerfeuer, verbrachte einen Moment bei den Männern, die Wache hielten und den Feldschern, die sich auf das unausweichlich Grimmige des kommenden Morgens vorbereiteten. Er war ein Schatten, der wie Hoffnung durch die Reihen streifte, und wenn er weiterging, seufzten die Männer erleichtert auf und versuchten, ein paar Stunden kostbaren Schlafes zu ergattern. Schließlich kam er zu Angharas Zelt. Die Wachen erkannten ihn und traten einige Schritte zurück, um ihrer Königin und ihrem Oberbefehlshaber ein wenig Privatsphäre zu ermöglichen.

»Morgen in Miranei«, sagte Kieran leise.

Sie war in ihre Gedanken vertieft gewesen und schrak beim Ton seiner Stimme zusammen; mit fast kindischer Freude grinste er über den Triumph, sie überlistet zu haben.

Sie wollte zurücklächeln, aber plötzlich glitzerten in ihren Augen die Tränen im Feuerschein, die sie in ihrer Einsamkeit zurückgehalten hatten. Sein Kommen hatte das ausgelöst. »Ich habe schreckliche Angst, darüber nachzudenken«, meinte sie leise.

»Du gehst nach Hause«, sagte er. »Mehr musst du nicht denken.«

»Ich wage es nicht, ins Feuer zu schauen«, gestand Anghara als ihre Augen an seinen vorbei die Flammen streiften, dann aber schnell wieder in die Dunkelheit wanderten. »Ich habe Angst vor einer unbekannten Zukunft für uns alle ... aber es wäre unendlich schlimmer ... Ich glaube, ich könnte den morgigen Tag nicht überleben, wenn ich wüsste, was er wirklich bringt.«

»Wir sind nicht so weit gekommen, um jetzt zu versagen«, erklärte Kieran.

Jetzt kam das Lächeln, das sie zuvor nicht hatte finden können, als sie ihn unter den Wimpern anschaute. »Dir habe ich es zu verdanken, dass ich nicht den Verstand verliere«, sagte sie. »Morgen ...«

»Wird alles laut unseren Plänen laufen«, versicherte er ihr. »Du wartest hier, bis ich dich holen komme.« Er ahnte ihren nächsten Satz voraus und strich ihr eine blonde Locke aus der Stirn. »Ich komme zurück«, erklärte er fest. »Zweifle nicht daran.«

Sie schaute ihm lang in die Augen und nickte. »Ich weiß.«

Er verneigte sich tief und anmutig nach kheldrinischer Art und verschwand im Schatten. Sie lächelte zu der Stelle, wo er gewesen war, und drehte der schwarzen Masse Miraneis den Rücken zu. Wieder hinterließ Kieran Ruhe und Vertrauen. Anghara zog sich in ihr Zelt zurück und stellte fest, dass sie schlafen konnte – nur wenige Stunden vor dem Kampf, der über ihr Schicksal entscheiden würde.

Sie waren fort. Kieran und etliche Dutzend Männer, als Anghara erwachte, und das blasse Licht des Sonnenaufgangs durch die Ritzen neben ihrer Zeltklappe eindrang. Er hatte gesagt, er würde sie holen und in die Stadt geleiten. Sie legte die goldenen Gewänder aus der Wüste an und hing sich das *say'yin* mit dem Großen Siegel ihres Vaters um den Hals. Dann wartete sie auf Kierans Rückkehr.

Es schien, als würde die Sonne über den Himmel dahinrasen. Kaum war sie aufgegangen, war schon Mittag, und die Sonne hing heiß und still über dem Lager.

»Was geschieht da draußen?«, fragte Anghara voll Anspannung und Furcht Adamo, den Kieran als Befehlshaber über das Lager zurückgelassen hatte. »Sie sind doch schon viel zu lange weg ... habe ich Kampflärm auf den Verteidigungsmauern gehört?«

»Warte ab«, antwortete er in seiner üblichen knappen Art. Er hatte seine Befehle; und die Stunde, in der er handeln sollte, war noch nicht gekommen.

Es war fast vier Stunden nach Mittag, als die Wachen endlich eine Bewegung an den Toren von Miranei meldeten. Eine Gruppe bewaffneter Reiter kam ihnen entgegen, einer von ihnen trug Angharas Banner. Welches auch Sifs Banner war. Anghara und Adamo warteten bei ihrem Zelt, die Männer lockerten ihre Schwerter und die Bogenschützen standen mit angelegten Pfeilen bereit. Dann kam ein weiterer Soldat zu Angharas Zelt, verneigte sich kurz und verkündete, dass man die Reiter erkannt hätte. Aber erst als sie Kieran barhäuptig neben Melsyr sah, der ihr Banner mit triumphierendem Lächeln trug, vermochte Anghara wieder zu atmen. Sie hielt sich Halt suchend an Adamos Arm. Er trat so formvollendet vor, als sei die Geste ein Befehl gewesen, sie zu den Reitern aus Miranei zu geleiten.

Anfangs hatte Anghara nur Augen für Kieran und reichte ihm die Hand, als wolle sie sicher gehen, dass er tatsächlich da war. Er beugte sich aus dem Sattel und ergriff sie. Sein Gesicht war müde, seine Rüstung mit Blut bespritzt – das sah Anghara sofort und klammerte sich bang mit großen Augen an ihn, weil ihr schlagartig der schreckliche Gedanke kam, wie leicht sie ihn hätte verlieren können.

»Bist du verletzt?«

»Nein, alles in einem Stück«, antwortete er, beinahe so wortkarg wie Adamo. Dann glitten seine Augen von ihrem Gesicht zu den grauen Mauern von Miranei und wieder zurück. »Es gehört dir«, erklärte er schlicht.

Es war immer noch Miranei, die Unbezwingbare – denn Melsyr, Charo und ihre Männer hatten sie durch ein kleines Seitentor hineingeführt. Obwohl Kieran genau wusste, dass es keinen anderen Weg gab, hatte ihn dieser Verrat innerlich sehr beschäftigt. Aber ein Frontalangriff auf Miranei wäre Selbstmord gewesen. So aber waren sie in der Festung gewesen, ehe die verblüffte Garnison begriff, was geschah. Die gesamte Aufmerksamkeit der Verteidiger war auf das Armeelager unten gerichtet gewesen. In der Garde erhoben ebenso viele Männer die Waffen für Anghara wie für Sif. Charo und Melsyr hatten hervorragende Arbeit geleistet. Der Widerstand war äußerst heftig gewesen, aber schließlich hatten sie keine große Mühe gehabt, die Verteidiger zu überwältigen.

Und nun standen die großen Tore offen und erwarteten sie. Adamo hatte das Zeichen gegeben, Angharas Stute zu bringen. Man hatte sie königlich mit Seide und Silber geschmückt. Mit Kieran zur Rechten und Melsyr mit dem Banner zur Linken ritt Anghara hinaus, um Miranei in Besitz zu nehmen.

Wie Charo es einst versprochen hatte, wartete er am Tor um sie willkommen zu heißen. Er hatte die Kapuze zurückgeschlagen und erlaubte der Brise mit seinem blonden Haar zu spielen. Wie ein leises Echo seines Bruders, ritt er herbei, beugte sich über Angharas Hand und hob strahlend den Kopf. »Willkommen zu Hause.«

Aber es fühlte sich nicht wie zu Hause an. Den Pfad, den man ihnen freigelassen hatte, säumten die Einwohner von Miranei – still, misstrauisch, ja sogar besorgt. Angharas Rückkehr war seit Wochen auf allen Lippen gewesen – aber jetzt, da sie hier war, nach den Kämpfen auf der Festung, sahen die Menschen einen neuen Krieg heraufziehen. Wie leicht konnten sie zwischen zwei Armeen aufgerieben werden. Für das gewöhnliche Volk von Miranei war es schwierig, ihre Rückkehr von den Toten tatsächlich zu akzeptieren – trotz all der Beweise, von denen es gehört hatte. Gemurmel erhob sich in der Menge, wie Wind, der durch dürres Laub rauscht. So ritt Anghara auf ihrer Stute durch das Tor in die Stadt.

Doch dann erschütterte der laute Freudenschrei einer Frau die Luft. »Mylady!«

Anghara drehte sofort den Kopf. »Catlin?«, fragte sie leise.

Ja, es war Catlin. Sie kämpfte sich vorbei an gaffenden Lehrlingen, die ihr im Weg standen, und rannte zu Angharas Pferd. Tränen strömten über ihr Gesicht. Einen Moment lang vermochte sie nicht zu sprechen, weil sie so laut schluchzte. »Den Göttern sei Dank!«, stieß sie schließlich hervor und klammerte sich an Angharas Röcke. »Den Göttern sei Dank, dass sie dich zurück zu uns geschickt haben!«

Anghara fiel es schwer zu sprechen, da ihr ein Klumpen die Kehle zuschnürte – Catlin war ihre erste Gefährtin in der Verbannung gewesen, eine von zwei Freunden, die von Anfang an bei ihr gewesen waren. Und jetzt nur noch sie allein. »Komm herauf«, sagte sie und rang nach Fassung. Sie warf Adamo aus dem Augenwinkel einen fragenden Blick zu. »Könntest du ...?«

»Lady Catlin, mit Eurer Erlaubnis werde ich Euch mitnehmen«, sagte er höflich, den Wink verstehend, und beugte sich hinab.

Mit einem letzten sehnsüchtigen Blick auf ihre Herrin nahm Catlin die angebotene Hand. Adamo schwang sie vor sich in den Sattel, inmitten der neidischen Blicke der Menge. Catlin saß da und zitterte am ganzen Leib. Sie konnte den Blick nicht von Angharas Gesicht lösen.

Dieser Zwischenfall ließ die Stimmung in der Menge umschlagen. Das Gemurmel wurde lauter, Menschen schauten sich an und nickten beifällig. Das war in der Tat eine Bestätigung. Aber hinter dem Gewisper war immer noch ganz tief unten eine Stille, eine Zurückhaltung – beinahe unwillig, als schäme man sich seiner Existenz, könnte sie jedoch nicht beiseiteschieben.

Da riss Kieran das Schwert aus der Scheide und schwang es in hohem Bogen, worauf die in seiner Nähe erschrocken zurückwichen. Er holte mit der Schwertspitze einen der höchsten Kränze von einem Schrein für Bran, der wenige Schritte entfernt in einer

Nische an der Straße stand. Als der Kranz über die Klinge glitt, nahm er ihn ab, steckte das Schwert geschickt zurück in die Scheide und hielt den Kranz mit beiden Händen hoch über seinen Kopf.

»Heute«, sprach er mit einer Stimme, die so eindringlich war, dass sie jeder in der verdutzten Menge hörte. Dann veränderte er den Kriegschrei der jungen Königin geringfügig. »Heute in Miranei – Roisinans rechtmäßige Königin!«

Mit der Eleganz und Anmut eines erfahrenen Reiters stand er in den Steigbügeln und hielt den Kranz einen atemlosen Moment lang über Angharas unbedeckten Kopf, ehe er ihn ihr langsam wie eine Krone aufsetzte.

Es hätte schiefgehen können. Vielleicht gab es in der Menge strenggläubige Anhänger des neuen Gottes, die diese Geste übelnehmen könnten. Aber – und darauf hatte Kieran gesetzt – Anghara führte diesen Moment der Macht zu Ende, und zwar auf eine Art und Weise, die sich jeglicher bewusster Kontrolle entzog. Ihr Seelenfeuer loderte hell auf, und selbst diejenigen ohne Zweites Gesicht sahen die Krone wie aus reinem Gold leuchten. Diejenigen mit dem Zweiten Gesicht – viele waren nicht mehr übrig in Miranei – sperrten vor Staunen den Mund auf und starrten gebannt auf den goldenen Glanz. Vielleicht war es einer von diesen, der Angharas Namen hinausschrie, als leidenschaftliches Versprechen, ihr die Treue zu halten und an sie zu glauben. Langsam wurde der Ruf aufgenommen, dann immer schneller, bis er in der Menge wie eine Woge dahinrollte und die alten Mauern Miraneis zum Beben brachte. Der Ruf folgte ihnen in die Festung. Charo, der neben seinem Bruder ritt, lächelte triumphierend, ein wenig selbstgefällig, als hätte er persönlich das alles eingerichtet. So hatte er es sehen wollen. Anghara ritt auf den Schwingen der Liebe und des Jubels ihres Volkes in ihre Stadt ein. Adamo verkniff sich die Bemerkung, dass es Catlins unverhoffte Bestätigung und Kierans blitzschnelle Krönung seiner Königin mit einem Blumenkranz gewesen waren, die den Jubel hervorgerufen hatten. Charo sonnte sich noch immer in seinem Erfolg, als sie sich in die königlichen Gemächer im

Königsturm zurückzogen. Dann ließen sie sich erschöpft in die Sessel vor dem brennenden Kamin fallen. Jeder trank dankbar ein Glas Wein, um die Kräfte wieder aufzufüllen, die sie an diesem Tag verbraucht hatten.

Trotz der Hochstimmung, die tief und still in allen brannte, fühlten sie sich zu erschöpft und müde, um weitere Festlichkeiten zu planen. Nur Charo war unersättlich. Er sprudelte vor Aufregung, füllte sein Glas mit perlendem Wein und hob es hoch, damit es im Feuerschein schimmerte.

»Wir haben es geschafft«, erklärte er und salutierte mit dem Glas. »Wir haben es tatsächlich geschafft!«

Kieran blickte fragend zuerst Melsyr an, dann Anghara und dann wieder Charo, aber er behielt seine Meinung für sich. Schließlich antwortete Anghara ihrem jüngsten Ziehbruder. Sie drehte das Glas in ihren Händen.

»Es bleibt noch etwas zu tun«, erklärte sie. »Das Schwerste.«

»Was denn?«, fragte Charo, wie immer ungeduldig. »Was ist noch übrig, das wir nicht bereits erreicht haben?«

Anghara blickte in die Flammen, und ihre Stimme klang langsam und wie aus der Ferne, wie das Echo einer weit entfernten großen Glocke. Ihre Antwort fasste die Ewigkeit in ein einziges Wort.

»Warten«, sagte sie schlicht.

16

Die Tage blieben mild, aber in der Nachtluft spürte man den Biss des Frostes, und die Morgennebel, die über die Berge herabquollen, brachten schon das Versprechen der Winterkälte. Das Laub im Innenhof hinter dem Königlichen Turm färbte sich bunt, einige Äste waren schon kahl. In der Festung zündete man Feuer an. Das alte Gemäuer speicherte die Kälte und atmete sie wieder aus – nirgendwo war es kälter für jemanden, der wie Anghara dafür ein Gespür hatte, als in den königlichen Gemächern im Turm. In diesem Raum war Anghara gezeugt worden, wo Rima gestorben war, wo die tragische Senena Sifs ungeborenen Erben unter dem Herzen getragen hatte. Anghara saß am Feuer und zitterte, obwohl sie in einen Umhang aus Wolfspelzen gehüllt war. Zu viele Geister teilten das Gemach mit ihr.

Die Geister der Toten – und der Lebenden. Vor Tagen hatte das Feuer ihr eine Vision von Sif geschenkt, wie er von seinem Schiff mit dem Schwan am Bug in Calabra mit wild entschlossener Miene an Land gegangen war. Die Flammen zeigten ihr, dass er sich jetzt auf dem Weg nach Miranei befand. Die Nachricht, dass sie Miranei in Besitz genommen hatte, dürfte ihn am Anleger erreicht haben; allerdings musste es ein tapferer Mann gewesen sein, der es gewagt hatte, sie ihm zu überbringen. Sif hatte keine Zeit verloren, seine Männer gesammelt – er verfügte noch immer über genügend, um den Kern einer beachtlichen Armee zu formen – und sie nach Norden geführt. Und die Männer, die er führte, würden ihn als rechtmäßigen König sehen, der sein Reich wiederherstellen wollte. Nach anfänglicher Vorsicht hatte sich das gesamte Land für die junge Königin entschieden, die es als tot beweint hatte, aber Sif sah sich immer noch als den wahren König unter dem Berge. Und deshalb konnten seine Männer es nicht anders sehen. Ein menschlicher König über ein menschliches Volk, der sich bemüht hatte, die Seelen seines Volkes vom Gift des Zweiten Gesichts zu befreien – und der, falls er seinen Thron nicht wiedererlangen und seinen Anspruch nicht betätigen konnte, all seine Pläne als gescheitert sehen musste. Nicht nur war die »Hexen-Königin«, die er sicher unter der Erde glaubte, nach Miranei zurückgekehrt; sie war auch Teil eines neuen Glaubens geworden – und ein neuer Gott, den zu erschaffen sie teilweise mitgeholfen hatte, begrüßte ihn in Roisinan bei seiner Rückkehr.

Sif war immer eine gewaltige Ablenkung. Anghara war so vertieft, dass Kieran zweimal klopfen musste, ehe sie ihn hereinbat. Mit einem neckischen Lächeln schaute sie zu ihm auf. Sie hielten die Festung zu allen Zeiten verteidigungsbereit. Kieran trennte sich nie von seinem Schwert, nicht einmal, wenn er die Gemächer der Königin betrat. Der Anblick des weißen Schwertgurts aus ki'thar-Leder um seine Hüften hatte Anghara lächeln lassen – für einen Mann aus Shaymir war dieser Schwertgurt absolute Ironie. »Khelsie!« Jeder Shaymiri, der etwas auf sich hielt, würde bei diesem Anblick ausspucken. Aber Kieran war – wie Anghara – von der mächtigen Kraft in Kheldrin berührt und verwandelt worden. Seit Monaten hatte er das Wort »Khelsie« nicht mehr ausgesprochen. Er dachte nicht mehr mit dieser Bezeichnung an die Leute dort.

»Hast du etwas gegessen?«, fragte Kieran und schlüpfte sofort wieder in seine alte Beschützerart, als er sie so allein und zusammengerollt im Sessel vor dem Kamin sitzen sah. »Hier sitzen und aus dem Feuer das Zweite Gesicht holen, lässt Sif auch nicht schneller kommen. Und wenn du so weitermachst, bist du ein Gespenst, wenn er eintrifft. Eine feine Königin wärst du bei seiner Begrüßung.«

»Ich begrüße ihn, und er wird wissen, wer ich bin«, entgegnete Anghara ein bisschen boshaft lächelnd. Es gab Zeiten, in denen sie ihre Seele durchforscht hatte und in denen sie gar nicht sicher war, ob sie die Königin sein konnte, die Roisinan brauchte – aber diese Zweifel lagen hinter ihr. »Und er wird früher hier sein, als wir denken.«

»Nun, alle Seitentore sind von loyalen Männern bewacht«, erklärte Kieran ruhig. »So leicht wird er Miranei kein zweites Mal einnehmen.« Er zögerte – zwischen ihnen war in diesen Tagen eine Grenze, um die beide sehnsüchtig herumtanzten. Doch dann ließ er sich anmutig zu Angharas Füßen nieder. Sie blickte auf die Schatten, welche die tanzenden Flammen auf sein Gesicht malten.

»Du siehst müde aus«, sagte sie unerwartet. »Machst du alles selbst – wie immer?«

Kieran schaute auf und fuhr sich mit den Fingern durchs dunkle Haar. »Nein«, antwortete er. »Viele gute Männer helfen. Adamo und Charo bilden ein großartiges Gespann; mit Zwillingen an der Seite kann man buchstäblich einen Mann an zwei Orten gleichzeitig haben. Diesen Vorteil habe ich schon vor langer Zeit bemerkt. Rochen hat nicht immer die beste Laune – es ist die Frustration wegen seiner Wunde und das Wissen, dass er selbst schuld ist, dass er sie bekommen hat. Bei den Göttern. Er ist so stürmisch aus der Deckung gerast, dass ich ihn beinahe für Charo gehalten habe! Aber wenn er er selbst ist, ist er wie ein Fels. Und Melsyr ... Melsyr hat es sich in den Kopf gesetzt, Erster General zu werden.«

»Ich dachte, das wärst du?«

»Ich?«, fragte Kieran echt verblüfft. Die Frage offizieller Titel war nie aufgekommen.

»Du bist es seit Jahren, wenn auch nicht mit dem Titel«, sagte Anghara. »Willst du behaupten, dass du den Posten nicht willst?«

»Ich weiß nicht«, antwortete Kieran. Er war ... etwas anderes. Er war Freund und Beschützer. Er war derjenige, der den Weg zu ihrem Thron geebnet hatte. Er hatte sie im Anblick ihres Volkes gekrönt, wenngleich nur mit einem Blumenkranz. Er war weniger als ein General – gleichzeitig aber auch viel mehr. Die meisten Männer unter seinem Kommando waren während seiner Jahre als Gesetzloser seine Kameraden gewesen und folgten ihm mehr aus Freundschaft als in festgelegten Kommandostrukturen. Kieran spürte einen eigenartigen Widerwillen, diese Beziehungen jetzt zu formalisieren. Aber er lächelte zu ihr auf. »Ernennst du mich?«

»Irgendjemanden muss ich wohl ernennen«, sagte Anghara. »Früher oder später.«

Kieran schaute ins Feuer. »Es ist immer besser, einen Wachposten mit dem Zweiten Gesicht am Feuer zu haben, als hundert Spione im Feld«, meinte er mit einem Hauch Ironie. »Ich bezweifle nicht, dass du mir die genaue Stunde sagen wirst, in der Sif Kir Hama unter Miraneis Mauern auftauchen wird. Zeigt dir deine Vision auch, was danach geschieht?«

Es war eher eine rhetorische Frage, aber Angharas einsilbige Antwort schockierte Kieran. Mit einem Ruck schaute er zu ihr auf.

»Nein«, sagte sie nur.

Ein Dutzend Gedanken explodierten in Kierans Kopf gleichzeitig, wie ein aufgescheuchter Schwarm Tauben. Plötzlich spürte er beklemmende Angst, dass Kheldrin die Aufgabe doch nicht vollständig gelöst hatte, und ein Teil von Anghara für immer verloren sein könnte. Er fand keine Worte. Dann lächelte Anghara in das Schweigen und es schien nicht mehr so schlimm.

»Nein, alles ist verschlossen und neblig. Seit Stunden versuche ich daran vorbeizukommen, aber es scheint so, als sei es nicht gut, wenn ein Sterblicher gewisse Dinge voraussieht.«

»Du hast mal gesagt, dass du keine gewöhnliche Sterbliche mehr bist«, sagte Kieran und vergaß, dass er sie damals deswegen getadelt hatte.

»Stimmt, aber nur bis zu einem gewissen Grad«, pflichtete Anghara ihm bei. »Einiges ist zu einem geflügelten Geist von Kheldrin geworden.«

»Und Keruns Nachfolgerin hier in Roisinan«, sagte Kieran nachdenklich. »Das ist viel, was man von sich verlieren kann.«

»Ich habe ein uraltes Orakel eingerissen und ein neues errichtet«, sagte Anghara, eher laut denkend als gesprächsweise. »Ich habe mit den alten Göttern gesprochen, nur um Zeuge zu werden, wie sie bei meiner Berührung verschwunden sind; und dennoch … das alles ist fort, ist Vergangenheit, und mir ist nur das Zweite Gesicht geblieben – die schlichte Vision in einer unbedeutenden Dorfhütte in Roisinan, wo eine angeblich weise Frau das Feuer liest. Und irgendwie reicht es nicht.« Sie hob die strahlenden Augen zu Kieran. »Ich bin mir nicht sicher, was als Nächstes geschehen wird.«

Kieran kannte diese Launen. Sie wurde wieder entrückt, weniger gefährlich als damals, als der Wahnsinn sie vor langer Zeit auf die Ebenen Shaymirs getrieben hatte, aber es war derselbe Geisteszustand. Sie brauchte den gleichen bedingungslosen Glauben als Gegenmittel.

Er griff nach ihrer Hand auf der Pelzdecke. »Ich brauche das Zweite Gesicht nicht. Ich weiß, was kommt. Die Sterne sind auf deiner Seite; du bist dort, wo du sein solltest, und nichts wird dir im Weg stehen.«

»Nicht einmal Sif und seine Armee?«

»Mit Sif und seiner Armee werden wir schon fertig«, meinte er zuversichtlich.

»Na, dann treff lieber deine Vorbereitungen«, sagte Anghara. »Du solltest den Staub seiner Armee sehen noch ehe der Mond in drei Tagen voll ist.«

»Wir werden bereit sein«, sagte er.

»Und bist du bereit, es auch mit Favrin Rashin aufzunehmen?«

Kieran blickte sie völlig verständnislos an. »*Favrin?* Was hat er damit zu tun?«

»Ich habe ihn in Miranei gesehen«, sagte Anghara so ruhig, dass es ihm kalt über den Rücken lief. »Die Flammen zeigen mir jetzt sehr wenig, aber ich habe Favrin in der Großen Halle von Miranei gesehen. Ich habe keine Ahnung, wie er herkommt oder was er will. Ich vermute aber, dass er Sif direkt auf den Fersen folgt.«

»Kerun und Avanna!«, stieß Kieran hervor und nahm Zuflucht zu den alten vertrauten Göttern, obwohl er genau wusste, dass sie zu weit entfernt waren, um seine Gebete zu erhören. »Ich nehme an, wir können immer noch hoffen, dass die beiden sich gegenseitig zerfleischen.«

»Das würde Favrin zu meinem Verbündeten machen«, sagte Anghara. »Und ich bin keineswegs sicher, dass er das ist.«

»Ich halte ihn durchaus für fähig, erst Sif zu helfen, und sich dann gegen ihn zu wenden, wenn sie mit uns fertig sind«, erklärte Kieran hilflos. Aber dann schüttelte er nach kurzem Nachdenken den Kopf. »Nein. Das wäre eine Intrige nach Duerins Geschmack. Was man auch über Favrin sagen mag, er fällt einem nicht in den Rücken. Er geht direkt vor.«

»Vielleicht hat er beim dauerhaften Aufenthalt am Hof seines hinterlistigen Vaters seinen Geschmack für Intrigen entdeckt«, gab Anghara zu bedenken. »Das dürfte nicht allzu schwierig gewesen sein. Immerhin ist er seines Vaters Sohn.« Sie schauderte unwillkürlich, als ihr Favrins letzter zweischneidiger Vorschlag einfiel. Hätte sie angenommen, wäre sie diese langen Wochen womöglich in seinem *kaiss* eingesperrt gewesen, anstatt Miranei zu erobern und darin auf Sif zu warten, der es mit Blut und Donnerschlag zurückhaben wollte. Es hätte so viel angenehmer sein können, stattdessen in Samt und Seide auf einen Gemahl zu warten, der die Planung übernommen und für sie seinen starken Arm erhoben hätte.

Und für sich selbst.

Das geistige Bild von Favrin Rashin auf dem Thron ihres Vaters und sie als verschleierte und bescheidene Prinzgemahlin an seiner Seite genügte, um das Bild platzen zu lassen. Aber sie hatte Favrin das Messer an die Brust gesetzt, und jetzt war er Kierans Problem. Und Kieran war inzwischen mit seinen Gedanken weit weg. Er organisierte seine Pläne im Licht zweier Armeen, nicht einer. Schon bald zog er sich zurück, um sich mit seinen Hauptleuten zu besprechen. Zu Favrin hatte Anghara einst gesagt, dass in einem Krieg ihr Vorteil sei, eine Frau zu sein – sie konnte das Kämpfen ihren Generälen überlassen. Jetzt, da diese Bemerkung um sie herum tatsächlich Gestalt annahm, erkannte sie die Wahrheit mit bitterer Deutlichkeit. Wenn die Generäle einer Königin gleichzeitig ihre Freunde waren, dann bedeuteten Kriege für die Frau, die auf dem Thron zurückblieb, Einsamkeit. Feor hatte nur allzu gute Arbeit geleistet – er hatte zwischen seinen Schülern keinen Unterschied gemacht, daher war Anghara in Strategie ebenso versiert wie Kieran und die Zwillinge. Damals in Cascin hatte sie einen wichtigen Beitrag leisten können, als sie die Strategie planten, mit der sie Miranei erobern wollten. Doch in der gegenwärtigen Situation gab es für sie sehr wenig zu tun, abgesehen von warten. Die Dinge wurden so gut wie möglich von denen erledigt, denen sie die Verteidigung der Festung übertragen hatte. Um ein weiser Herrscher zu sein, musste man wissen, wann man eine Aufgabe denen überließ, die dafür besonders geeignet waren. Für sie gab es nur das Feuer und den widerspenstigen Schleier, der die Zukunft vor ihrem Zweiten Gesicht verbarg.

Bezüglich Sifs Ankunft hatte sie sich um einen Tag geirrt; es war am vierten Tag nach ihrem Gespräch mit Kieran, dass man seine Armee sichtete. Adamo brachte ihr die Meldung. Schnell stieg sie mit ihm und Kieran auf den Wehrgang. Es war ein grauer bedeckter Tag, der kalten gleichmäßigen Herbstregen versprach, und Anghara zitterte, als sie ihren mit Pelz gefütterten Umhang fester um sich zog. Vielleicht war es der Wind, der ihr die Tränen in die Augen trieb, als sie das Herannahen des Erstgeborenen ihres Vaters beobachtete – ihres Bruders, ihres Feindes.

»Das sieht nach einer ziemlich großen Armee aus«, meinte Adamo.

»Wir haben bereits einige Späher entdeckt«, sagte Kieran und wandte sich an Anghara. »Einige ritten beinahe in Schussweite unserer Pfeile, ehe sie umdrehten. Ich bin mir nicht sicher, was Sif vorhat. Schließlich reitet er nicht her, um einen unbekannten Ort zu erobern, den er zuvor auskundschaften muss.

»Er lässt uns nur wissen, dass er kommt«, meinte Anghara.

»Als ob mich jemand daran erinnern müsste«, murmelte Kieran.

»Wir können einer beliebig langen Belagerung standhalten«, erklärte Adamo und schaute Anghara an. »Wir müssen lediglich alles aussitzen.«

»Wenn es Favrin nicht gäbe«, meinte Kieran mit düsterer Miene.

»Und wenn es die nicht gäbe, die nicht innerhalb der Festung sind«, sagte Anghara. »Ich könnte nicht sicher in Miranei sitzen, wenn ich wüsste, dass Sif seinen Ärger an denen auslässt, die sich nicht so gut verteidigen können.«

»Was meinst du damit?«

»Die Stadt unter uns ist in viel größerer Gefahr als die Festung; und dann gibt es noch die Dörfer dahinter. Es muss einen Weg hinaus geben, wenn wir ihn angreifen.«

Kieran wechselte schnell einen Blick mit Adamo über Angharas Kopf hinweg. »Irgendwie wusste ich, dass du das sagen würdest«, meinte er. »Wir haben bereits daran gedacht. Im Wald jenseits des westlichen Seitentors sind Männer aufgestellt. Sif marschiert nicht in die Berge hinter uns, und dort haben wir einen Ausgang. Aber unsere Stärke ist diese Festung. Wenn wir Sif die Chance einräumen, eine offene Feldschlacht zu führen, bin ich nicht sicher, dass wir ihn besiegen können. Besonders wenn …« Mitten im Satz brach er ab und blickte wieder auf Sifs heranrückende Armee. Anghara hob die Brauen und schaute auf sein Profil.

»Besonders wenn Sif alles auf eine Karte setzt«, beendete sie den Satz für ihn. »Es tut mit leid, Kieran. Ich habe keine tröstlichen Versprechen für dich. Was auf diesem Feld geschieht, wird geschehen. Es übersteigt meine Fähigkeiten, es vorauszusehen.«

Sie legte ihm zärtlich die Hand auf den Arm. Er drehte sich um und legte seine Hand auf ihre. »Nun, wir haben es früher schon entgegen aller Erwartungen geschafft«, sagte er ergeben. »Es hat sich nicht viel geändert.«

Etwas in seiner Stimme bewegte Adamo, ihn scharf zu mustern, aber er sagte nichts dazu. Er hielt es für besser, Kieran nicht zu unterbrechen. Wäre es sein Bruder gewesen, hätte er eine spitze Bemerkung gemacht. Doch so wollte er den Moment nicht zerstören, als er sah, wie seine königliche Cousine und sein Ziehbruder einander anschauten. Es hätte leicht ein weiterer Eintrag in Kierans Buch verpasster Gelegenheiten sein können. Stattdessen lächelte Anghara nur und blickte fest in die blauen Augen, die sich in ihre hefteten.

»Wenn jemand es kann, dann du«, erklärte sie. »Ich habe immer an dich geglaubt.«

Um Kierans Mundwinkel zuckte es. »Ich dachte, das sei mein Text.«

Jetzt meldete sich Adamo zu Wort. »Charo sollte aus der Stadt zurück sein, und Rochen und Melsyr erwarten uns. Kommst du, Anghara? Zweites Gesicht oder nicht, du bist immer noch diejenige, die diesen Ort am besten kennt, von innen ... und die Einzige, die Sif je so nahe war, dass sie seine Gedanken erraten kann.«

»Du könntest ebenso gut Kieran fragen. Er hat schließlich mehrere Jahre gegen ihn gekämpft«, entgegnete Anghara. »Ich weiß, dass er wütend ist und frustriert. Das hätte dir aber jeder sagen können. Aber ich komme.« Sie zögerte. »Kannst du mir noch einen Moment Zeit geben?«

»Wir sind in der Kleinen Halle«, sagte Adamo. Er nickte kurz zum Abschied und schickte sich an zu gehen. »Kieran?«

»Ja, komme schon«, sagte Kieran. Er schloss die Finger um die kleine Hand, die er immer noch hielt, und führte sie an die Lippen, um sie zart zu küssen. Es war eine ganz spontane schlichte Geste. »Bleib nicht zu lange«, sagte er zärtlich. Er hätte die äußerlichen Gegebenheiten meinen können – den kalten Wind und den nahenden Regen; doch beide wussten, dass er über die größere Torheit sprach, zu lange zu bleiben und auf das zu starren, was kam, um ihre Seele mit düsteren Vorahnungen zu verdunkeln. Mehr sagte er nicht; das war auch nicht nötig. Beide waren so aufeinander abgestimmt, dass es zwischen ihnen keiner Worte bedurfte. Dann ließ er ihre Hand los und folgte Adamo die unebenen Steinstufen vom Wehrgang hinab.

Allein gelassen stützte Anghara sich auf eine Zinne und legte das Kinn in die gefalteten Hände. So starrte sie in die Ferne, in die Richtung, aus der sich Sif näherte.

»O Vater«, flüsterte sie und beschwor das gespenstische Bild des Roten Dynan vor ihrem geistigen Auge herauf. »Was hast du hier nur angerichtet ... Ich weiß, du hast dieses Land geliebt, aber du hast eine böse Saat für seine Zukunft gepflanzt. Nur einer von uns kann auf dem Thron unter dem Berge sitzen; Sif will nicht aufgeben, und ich – ich kann nicht, nicht jetzt, nicht angesichts des Glaubens und der Opfer, welche mir hier gebracht wurden. So ist es so weit gekommen – dein Blut kämpft gegen dein Blut. Und alles, was ich habe ... alles, was ich habe, sind die Worte eines Orakels. Ich habe nie seinen Tod gewollt. Aber welche Wahl habe ich, wenn er mich zwingt, zwischen seinem Tod und meinem Leben zu wählen?«

Das Orakel. Die ersten Worte Gul Khaimas am Meer. Es war etwas, das Anghara nicht vergessen konnte, und vieles aus der Prophezeiung war bereits eingetroffen. Alles, was Anghara betraf, war abgeschlossen, abgesehen von einigen unverständlichen Sätzen. *Der Jäger wird erlegt von der Beute, die er hetzt.* Aber wer war der Jäger, wer die Beute? Und was war mit den letzten beiden kryptischen Zeilen? *Ein gebrochener Geist soll liegen geöffnet, um ein bitteres Geheimnis zu erkennen.* Wessen gebrochener Geist und welches bittere Geheimnis? Alles neigte sich dem Abschluss zu, und das Zweite Gesicht war ihr verschlossen, die Zukunft düster und unklar.

Sie seufzte tief und fragte sich, ob Sif auch nur halb so viel an diesen Gedanken litt wie sie. Dann wandte sie sich ab, zurück zur Festung, wo ihre Freunde warteten.

Anghara konnte nicht wissen, dass Sif sich wieder einmal auf eine schlaflose Nacht vorbereitete, als die Armee an diesem Abend ihr Lager aufschlug. Es waren viel zu viele schlaflose Nächte gewesen. Angefangen hatten sie lange ehe er ganz entgegen seinem Instinkt die voreilige Entscheidung gefällt hatte, nach Kheldrin zu reiten, um die Beute zurückzuholen, die man aus seiner eigenen Festung entführt hatte, während er eine sinnlose Verfolgungsjagd anführte, um diejenigen zu bestrafen, die das Haus seiner Mutter angegriffen hatten. Immer wieder hatte er die Ereignisse analysiert. Ja, dieser Überfall war sein erster Fehler gewesen – dass er dem heißen Rachedurst nachgegeben hatte, diesem brennenden Wunsch, den Sprössling Rashins zu finden und ihm eine Lektion zu erteilen, die dieser nie vergessen würde. Selbstverständlich war Favrin, als Sif endlich eintraf, längst verschwunden, und Sif musste sich mit Raubzügen in den Bergen zufrieden geben. Sie hatten eine kleine

Gruppe Männer gefunden, die so dumm waren, in seine Klauen zu fallen – aber es war ein selten sinnloses Unterfangen gewesen. Sein Rachedurst hatte an Biss verloren, als er genügend abgekühlt war, um darüber nachzudenken.

Danach war er zurück nach Miranei geritten, nur um bei seiner Rückkehr Chaos vorzufinden – sein Haushofmeister und seine Königin tot, sein Erbe verloren, und seine Gefangene aus dem Kerker geflohen. Obendrein war ihre Identität bekannt geworden. Wieder überkam ihn weißglühende Wut. Wieder verfolgte er mit seiner Armee die Gefangene mit ihren Begleitern. Beinahe hatte er sie, doch im letzten Moment entkamen sie, als sie den Fluss Hal erreichten und im Land dahinter verschwanden. Sif stattete den nächsten Dörfern grausame Besuche ab und durchwühlte alles auf der Suche nach seiner Beute. Er fand sie nicht und ließ nur rauchende Ruinen mit verstört dreinschauenden Bewohnern zurück.

Kaum nach Miranei zurückgekehrt, ließ er die entflohene Gefangene zur Betrügerin erklären und ging zur Gruft, wo der Rote Dynan und angeblich seine gesamte Familie bestattet waren, um diese öffentlich zu betrauern und zu ehren. Danach ließ man ihm keine Wahl mehr – nie würde er den Morgen vergessen, an dem man ihm meldete, dass Angharas Grab aufgebrochen worden war und jeder, der wollte, sehen konnte, dass es leer war.

Die Staatsbegräbnisse, die er für Fodrun und Senena abhalten ließ, wurden zu einem grimmigen Schauspiel, als Sif gegen das schwer fassbare aber hartnäckige Gerücht kämpfen musste, dass die echte Anghara sehr lebendig sei. Über die Tode von Fodrun und Senena wurde geflüstert, auch über den Verlust des Kindes, dass alles eine Strafe für Sif sei, weil er den Thron gestohlen habe. Viele erinnerten sich, wie Sif auf seine Königsherrschaft Anspruch erhoben und welche Rolle Fodrun dabei gespielt hatte. Es gab sogar ein Gerücht über ein Dokument, das Angharas Krönung in Gegenwart des Kronrats ihres Vaters bezeugen wollte, noch ehe Sif einen Fuß nach Miranei hineingesetzt hatte. Damit wurde sein Anspruch noch dünner. Sif glaubte zu wissen, wer dieses Gerücht in die Welt gesetzt hatte, aber trotz all seiner Bemühungen, Deira zu finden, die einst sein Werkzeug gewesen war, um einer sterbenden Königin die Wahrheit abzupressen, blieb diese unauffindbar und wie vom Erdboden verschluckt.

Ebenso Anghara und ihre Gefährten. Wie früher, als sie erst neun Jahre alt gewesen war, schickte Sif Suchtrupps nach ihr aus – doch mit wenig Erfolg. Er verfluchte sich als weichherzigen Narren und schwor sich, dass er diesmal, sobald er Anghara wieder in Händen hätte, das Problem ein für allemal aus der Welt schaffen würde.

Inzwischen belagerten ihn scharfe Zungen in Miranei, die sich blitzschnell in Dolche verwandeln konnten – wie ihm nur zu bewusst war. Es war schwierig zu bestreiten, was sich immer mehr als offensichtliche Wahrheit entpuppte, nicht wenn er derartig große Aufgebote hinausschickte, um die entflohene Gefangene zu suchen – aber sie nicht zu verfolgen, war undenkbar.

Und dann war Nachricht aus Shaymir gekommen. Sif verfügte schon lange über ein ganzes Netzwerk von Spionen in Kierans Heimatland – das Land, in das der Gesetzlose wahrscheinlich zurückkehren würde. Dieses Netz fing jetzt endlich einen größeren Fisch. Hörensagen, ein Gerücht, lediglich ein Atemzug, der mit Anghara zu tun hatte, und Sif befahl, allem nachzugehen. Lange brauchten seine Männer nicht. Sie fanden ein kleines Dorf am Rande der Wüste und einen Kamelhändler, der sich erinnerte, drei Kamele an einen jungen Mann und eine junge Frau mit hellem Haar als Tausch für drei müde Pferde aus Roisinan verkauft zu haben. Der Wirt der Herberge in diesem Ort erinnerte sich, zwei junge Reisende unter seinem Dach gehabt zu haben, zusammen mit fahrenden Sängern, die für seinen Laden wirklich zu gut gewesen waren. Die Musiker hießen Shev und Keda. Sif stach sofort ins Auge, dass Keda aus demselben Dorf stammte wie Kieran, und dass sie vor ihrer Heirat denselben Namen getragen hatte. Er befahl ihre Gefangennahme.

Ob aufgrund einer Warnung oder durch das selbstlose Opfer ihres Gemahls – jedenfalls entkam Keda. Doch Sheva wurde gefangen genommen. Vielleicht war er selbst schuld daran, denn es war seine lose Zunge gewesen, die das Geheimnis von Angharas Reise verraten hatte. Angharas Reise nach Kheldrin sprach von großer Kraft und Aufopferung; Shev hatte daran teilgehabt und er war ein Sänger. Er konnte der Versuchung nicht widerstehen, ein Lied darüber zu singen, was er an jenem Tag gesehen hatte, welche Form alles annahm. In Sifs Händen hatte Shev anfangs versucht, jegliches Wissen über Anghara abzustreiten, aber Sif musste ihren Aufenthaltsort herausfinden – und das schnell. Seine Männer hatten Befehl, nicht zimperlich zu sein, um diese Information aus Shev herauszuholen. Der Musiker brach zusammen, als sie ihm systematisch jeden Finger der linken Hand zerschmetterten und drohten, mit der rechten zu beginnen. Sif erfuhr von dem Ritt in die Wüste von Shaymir, von dem singenden Stein und der halb übersinnlichen Durchquerung des Gebirges. Schließlich hörte er von Kheldrin. Das erklärte mehr als ein Rätsel – denn Anghara musste früher dort gewesen sein, wenn sie jetzt wieder dorthin ritt. Kheldrin hatte den Ruf, ein Land zu sein, wo Hexen regierten und Magie überall zu Hause war, selbst wenn sie es nicht das Zweite Gesicht nannten. Es ergab einen Sinn, dass Anghara dort Zuflucht suchte. Wieder war er von dem, was er zu zerstören geschworen hatte, geschlagen worden. Nun beging Sif seinen dritten Fehler – er schickte einen Boten nach Kheldrin und verlangte Angharas Auslieferung, ansonsten würde es zum Krieg kommen.

Er schickte diese Botschaft mehrfach an verschiedene Orte. Es gab nur einen Grund, weshalb er derartige Anstrengungen unternahm, die junge Frau zu vernichten – sie konnte kaum eine Hochstaplerin sein, wie er behauptete. Nur die offensichtliche Tatsache, dass er ebenfalls von den Kir Hama abstammte, verhinderte, dass an vielen Orten ein Aufstand aufflammte. Aber Miranei war eine Stadt gewieft in königlichen Intrigen und Politik und wusste, dass ihr, sollte Sif entmachtet werden und Anghara – echte Königin oder nicht – nicht vor Ort war und den Thron bestieg, mit Sicherheit eine Invasion der Tath bevorstand. Das war unvorstellbar. Die schlichte Tatsache, dass Miranei einen Nachkommen der uralten Kir Hama Linie anstelle eines Thronräubers aus der Rashin Familie bevorzugte, rettete Sifs Hals, wie auch immer seine Berechtigung sein mochte. Außerdem folgte die Armee noch immer Sif, und es hätte eines tollkühnen Anführers bedurft, um eine Revolte anzuzetteln, wo die Armee doch nur darauf wartete, ihren angeschlagenen Herrscher zu verteidigen. Als Sif eine Invasion vorschlug, sprangen die Männer vor Freude in die Luft, da sie endlich die Gelegenheit bekamen, ihren Ärger an einem identifizierbaren Feind auszulassen – schlagartig vergaßen sie alles, was man ihnen je über Kheldrin erzählt hatte.

Sa'alah hatten sie schnell eingenommen – es war eine Handelsstadt und genoss die Privilegien dieses Status', deshalb war sie nie gegen einen massiven Angriff befestigt worden. Außerdem war die Stadt erstaunlich leer, beinahe als hätte man sie geopfert als Köder, um den roisinanischen König tiefer ins Land zu locken. Wenn das der Plan gewesen war, ging er großartig auf, denn Sif raste hindurch und nahm die Straße zum Bergpass, dessen Namen ihn jedoch hätte stutzig machen müssen, hätte er sich die Mühe gemacht, ihn herauszufinden. Als er in den gelben Sand jenseits der Ar'i'id Sam'mara einfiel, war es für reifliche Überlegung zu spät. Die Männer hinter ihm drängten vorwärts.

Es gab keinen Angriff, als sie durch die Berge marschierten, obwohl sich dazu unzählige Gelegenheiten boten – eine einzige gut platzierte Steinlawine hätte die sich dahinschlängelnde Linie der Männer in einem engen Pass sehr dezimiert. Aber nichts war geschehen. Jenseits des Passes trafen die Invasoren nur auf Wüste, und schon bald erwies sich Sifs Unerfahrenheit als mehr als ausreichend, um ihn langsam und gnadenlos zu vernichten.

Es gab Männer in seiner Armee, die aus dem Wüstenland im nördlichen Shaymir stammten. Geistesgegenwärtig beförderte Sif sie zu Anführern. Danach herrschte wieder eine gewisse Ordnung in der Truppe. Als Lasttiere waren ihre Pferde nutzlos; Männer wurden zurück nach Sa'alah geschickt, um Kamele zu besorgen, die das Gepäck und die Vorräte tragen und ebenso als Reittiere für die Anführer dienen sollten. Doch das erforderte das Erlernen neuer Reittechniken; in der Zwischenzeit waren die Männer, die

die Wüste zu Fuß durchqueren sollten, immer noch nicht auf einen Feind gestoßen, an dem sie ihre Wut auslassen konnten; außerdem ging ihr Wasser rapide zur Neige.

Eine Vorhut hatte eine hai'r entdeckt und »erobert«, allerdings ohne auf Widerstand zu stoßen. Von Kheldrin hatte niemand jemals eine Karte angefertigt. Keiner von ihnen hatte eine Ahnung, welche Richtung sie einschlagen sollten, und Fehler konnten ihnen in diesem ungastlichen Land teuer zu stehen kommen. Sif bemühte sich um einen klaren Kopf und gesunden Menschenverstand – er wusste, dass es dun'en, Wüstenpferde, gab und wusste, dass diese irgendwo relativ nahe an Sa'alahs Hafen gezüchtet werden mussten, von wo aus sie nach Kheldrin verschifft wurden. Aber Sa'alah lag hinter ihm, jenseits der Berge; der Horizont erstreckte sich weit nach Süden und Westen, ehe er den gleißenden Wüstenhimmel traf. Im Norden aber schien höheres Gebiet zu sein, und Sif führte seine Armee in diese Richtung.

In dieser Wüste gab es keine Wege, und es war nicht Sifs Schuld, dass er den Karawanenpfad nach Kharg'in'dun'an verfehlte. Zum ersten Mal bemerkte er seinen Fehler, als er spürte, wie die Luft sich veränderte, drückend wurde, mit beinahe überwältigender Hitze, die keine Atempause zuließ, und der gelbe Sand langsam in schwarzes Gestein überging. An diesem ersten Tag starben zehn Männer, sechs durch Hitze oder Erschöpfung und vier nach Begegnungen mit tödlichen Rautenhaut-Eidechsen, ehe Sif sich aus der Khar'i'id befreien konnte – und das war lange bevor irgendein Feind gesichtet wurde. Am nächsten Tag gingen zwanzig nach Glas Coil und danach war nicht einmal mehr Sifs Charisma genug. Jeden Tag stolperten weniger Männer hinter Sif her. Wenn die Armee ihre Schritte zurückverfolgte stießen sie zuweilen auf sterbliche Überreste, die bewiesen, dass Männer, die der Armee den Rücken kehrten, kaum Chancen hatten, auf eigene Faust durch die Wüste zu kommen. Aber vielleicht fanden sie die Chancen dennoch annehmbar, denn die Wüste erwies sich als ein ungemein würdiger Feind. Wie Anghara vor ihm sah Sif die tödliche Schönheit, die anzog und verzauberte, dann aber mit der Leichtigkeit wahrer Macht tötete. Als sie endlich den richtigen Weg aus der Arad gefunden hatten, war allen seinen Männern die Kampfeslust vergangen. Es war äußerst zweifelhaft, ob sie sich einem feindlichen Heer erfolgreich entgegenstellen könnten, sollte dieses plötzlich auftauchen. Wie auch immer – als sie zum ersten Mal auf Kheldrini trafen, war das keine Armee gewesen, sondern eine verschleierte Frau, deren goldene Augen wie Bernsteine voll kalten Feuers über dem blauen Burnus funkelten, der ihre untere Gesichtshälfte verdeckte.

»In diesem Reich gibt es nichts, das dir gehört, König von Sheriha'drin, und es gibt auch nichts, zu dem du gehörst«, teilte die Erscheinung dem verblüfften Sif und seinen Hauptleuten in makellosem Roisinanisch mit einem leichten Akzent mit. »Geht nun, und der Geist des Landes wird Gnade mit euch haben.«

Sif hatte sein Reittier vorwärts getrieben, wenige Schritte vor seine Hauptleute. Seine Augen verengten sich beim Anblick dieser Wüstenvision. »Ihr habt etwas ... jemanden, den ich suche«, hatte er geantwortet. Er wollte sich nicht einschüchtern lassen. »Ich werde bekommen, weshalb ich hergekommen bin.«

»Du wirst einen wasserlosen Sommer in der Wüste, der Arad Khajir'i'id, bekommen«, erklärte die Frau mit dem melodischen Akzent ihrer eigenen Sprache. »Du hast bereits dem Tode ins Antlitz geschaut – und hier in Kheldrin hat der Tod tausend Gesichter.«

Sif lockerte sein Schwert in der Scheide. »Wer bist du?«, wollte er wissen. »Sprichst du für deinen König?«

»Wir haben keinen König«, antwortete die Frau. Sie warf ihren schwarzen Umhang zurück über die Schultern und enthüllte ihr goldenes Gewand und mehrere *say'yin'en* aus Bernstein und Silber. Sie hob die schlanken Arme mit den vielen Silberreifen zum Himmel empor. »Wir sind die Menschen der Wüste und folgen dem Weg. Unsere Herrscher regieren nicht allein aufgrund des Geburtsrechts. Sie werden erwählt, die Karawanen der Leben ihres Volkes zu führen. Und wir, die *an'sen'en'thari*, stehen zwischen dem Volk und den Göttern, denen dieses Land heilig ist. Verlasse uns, Sif Kir Hama. Kheldrin ist keine Beute für dich.«

»Ich will es ja nicht«, erklärte Sif mürrisch. »Aber ich will das haben ... weshalb ... ich ... hergekommen bin.« Er sprach langsam und betonte jedes Wort. Ein Sonnenstrahl ließ sein Schwert aufblitzen, als er es aus der Scheide zog. Sogleich waren rings um ihn ein Dutzend gezückt. Die Augen der Frau glänzten noch goldener als zuvor.

»*A ar'i'id akhar'a, rah'i'ma'arah na'i smail'len*«, sagte sie. Ihre Stimme klang sanft, trug jedoch weit. Die fremden Worte klangen bedeutungsschwer, nach der düsteren Macht eines uralten Landes, vermischt mit etwas, das irdischer war – Verachtung. Die Worte waren kein Fluch, aber für diejenigen, die ihre Bedeutung nicht verstanden, hätte es durchaus einer sein können. Es war eine Beschwörung, aus der Zauberkraft eines Hexenlandes geboren. Viele machten unauffällig Schutzzeichen gegen das Böse; und einer, der vielleicht die Verachtung verstanden hatte und darüber in Wut geraten war, hielt den Moment bis in alle Ewigkeit fest, sodass er Teil der Legende wurde. Er schleuderte seinen Speer, musste jedoch mitansehen, wie dieser nur einen leeren schwarzen Umhang in den Sand heftete. Die Frau schien sich in Luft aufgelöst zu haben.

Schließlich stießen die Bewohner der Wüste doch noch mit Sif zusammen, auf einem sich dahinschlängelnden Pfad, der zum Kharg'in'dun'an-Plateau hinaufführte. Sie hatten das Gelände gewählt und alle Vorteile bei diesem Zusammenstoß lagen auf ihrer Seite. Dass Sif diesen Kampf nicht verlor, musste man seinen Fähigkeiten zuschreiben und dem Kampfesmut, den seine Anwesenheit immer noch seiner siechen Armee einflößte. Sie behaupteten sich. Aber es war schwierig, gegen einen Feind zu kämpfen, der so geschickt war, schlagartig zu verschwinden und in seinem Land unterzutauchen, als sei er Wasser, das man in den durstigen Wüstensand gegossen hatte. Das Scharmützel war kurz, blutig und unergiebig. Vor ihnen lag anscheinend nur noch mehr leeres Land, Sand und Steine, und ein mächtiges Volk, das ein Reich des Zwielichts bewohnte und jederzeit meisterhaft zuschlagen konnte. Sif war zwar stur, aber klug genug, um zu wissen, wann er die Linie ziehen und eine Beute aufgeben musste, um sie an einem anderen Tag zu erlegen. Der Anblick seiner leidenden und entmutigten Armee reichte, um ihm zu sagen, dass er das Ende dieses Weges erreicht hatte. Nur wenige Tage nach seinem ersten und letzten Kampf in Kheldrin erklärte Sif, dass sie nach Roisinan zurückkehrten.

»Wir kommen wieder«, rief er grimmig. Der Sommerfeldzug war ein Fehler gewesen, auch wenn er aus frustrierter Wut geboren war im Licht der Tradition, dass Kir Hama Könige im Sommer unbesiegbar waren. Dennoch fiel es ihm schwer, sich den Fehlschlag einzugestehen; und noch schwieriger war die eiskalte Gewissheit tief in Sifs Herzen, dass sie, die er suchte, Kheldrin längst verlassen hatte und irgendwo hinter ihm war und den Platz eingenommen hatte, den er leer zurückließ. Bei seiner Rückkehr nach Roisinan hatte er die Nachricht von Angharas Einzug in Miranei mit müder Resignation aufgenommen, was den unglücklichen Hauptmann, der sie ihm überbrachte, völlig überraschte. Sif tat, was er noch tun konnte. Er sammelte die Reste seiner Armee und führte sie zurück, um das zurückzuerobern, was er aufgrund seiner maßlosen Wut und seiner Angreifbarkeit durch Angharas berechtigte Ansprüche verloren hatte.

Jetzt, im Schatten der Festung, die für beide Kinder des Roten Dynan ein Heim gewesen war, erinnerte sich Sif daran, wie er Anghara zum letzten Mal gesehen hatte – sicher verwahrt im tiefen Kerker Miraneis. Dünn, abgehärmt – und wenn sie sich nicht lethargisch zusammengerollt hatte, starrte sie halb schlafend, halb wachend mit leeren Augen in die mit Schatten gefüllte Dunkelheit, wahnsinnig wegen des Verlustes von irgendetwas. Sif hatte sie nie verstehen können. Wenn jemand ihm gesagt hätte, dass dieses Geschöpf vor ihm kein Jahr später über sein eigenes Schicksal entscheiden würde, hätte er gelacht. Aber es war die Wahrheit. Sie hatte immer sein Schicksal in der Hand gehalten. Und erst jetzt – am Ende – fand er genügend Kraft – oder war verzweifelt genug – um es zu beenden. So oder so!

Er erinnerte sich an das vernichtende Dokument über ihre Krönung und verdrängte diese Erinnerung mit seiner eigenen – die

Nacht, als der Rote Dynan am Ronval gestorben war, das Gesicht des Zweiten Generals Fodrun, wie er zu seinen Füßen gekniet war und ihm die Krone angeboten hatte. Es war so herrlich gewesen, sie anzunehmen, nicht länger in die Festung seines Vaters als der uneheliche Sohn sondern als ihr Lord, ihr gekrönter König, zu kommen. Doch ein Schatten lag auf dieser wunderschönen Erinnerung, den Sif stur zu sehen sich weigerte – eine düstere Vorahnung, dass die Zeit verstrich und der Preis für den Biss vom Apfel der Versuchung, den er getan hatte, jetzt von ihm verlangt würde. Er spürte den eiskalten Atem von etwas, das hinter ihm ritt und – vielleicht zum ersten Mal in seinem Leben – hatte er Angst.

17

Die Belagerung Miraneis dauerte schließlich nicht lange, und zwar aus genau dem Grund, den Anghara vorausgesehen hatte. Sie war in dem Augenblick vorbei, als eine Schar von Sifs Männern sich Zugang zur Stadt unterhalb der Burg verschaffte. Sie überfielen die schreckensstarre Stadt und versuchten, sich einen Weg zu den Seitentoren der Festung zu bahnen. Die Mauern von Miranei waren dick, aber Anghara musste die Schreie derer nicht hören, die Sifs Schwertträgern in den Weg kamen und sofort niedergemäht wurden. Als Kieran und Charo ihr die Nachricht brachten, hob sie die brennenden Augen und gebot ihnen mit einem einzigen Blick auf der Schwelle zu ihren Gemächern stehen zu bleiben.

»Geht!«, sagte sie, bevor die Männer zu Wort kamen. »Jetzt liegt es in der Hand Gottes. Geht, denn das Schicksal wird seinen Lauf nehmen, und das, was auf uns wartet, wird uns finden – in der Festung oder außerhalb der Mauern. Geht ihm entgegen!«

Nach kurzem Schweigen nickte Charo nur und ging fort. Kieran blieb noch einen Herzschlag länger und tauschte mit der Frau, die in dieser Stunde ganz Königin war, einen langen Blick aus. Danach ging auch er wortlos. Zu viel musste gesagt werden, und das reichte nicht einmal; es war eine einfache Wahl – schweigend sich zurückziehen oder ein Leben lang bleiben und von all dem sprechen, was so lange unausgesprochen war.

Dann waren alle von Angharas Rittern fort; selbst Rochen, dessen Schulter verbunden war. Zwischen seinem Körper und der Schlinge um seinen linken Arm hielt er den Schaft des Kir Hama Banners. Die Armee, gegen die sie hinausritten, kämpfte unter dem gleichen Banner.

Anghara schickte auch die gesamte Dienerschaft aus ihren Gemächern und setzte sich allein vors Feuer. Sie hoffte, diesmal würde sich ihr Zweites Gesicht klären und ihr einen Blick auf die Vorgänge am Fuß von Miraneis Mauern gestatten. Die Flammen loderten an diesem Tag hell und leuchteten mit einer Art brüniertem Kupferschein. Sie waren so hell, dass sie immer wieder den Kopf abwenden und Tränen entfernen musste. Aber in ihnen sah sie nichts außer dicken Nebelschwaden und Rauch. Am Ende entfloh Anghara der erstickenden Atmosphäre ihres Gemaches und stieg auf die Verteidigungsanlagen hinauf, um mit eigenen Augen zu sehen, was ihr widerspenstiges Zweites Gesicht ihr zu sehen verwehrte. Die kupfernen Flammen vom Kamin schienen ihr zu folgen, Schmerzen pochten hinter ihren Schläfen. Der Anblick unter ihr war verwirrend. Mindestens ein Gebäude in der Stadt stand in Flammen; und draußen auf dem Moor tobte ein tödlicher Tanz, obwohl es schwierig war, seine Formation genau zu erkennen. Die kalte Luft trug Anghara entfernte, beinahe spöttische Lautfetzen zu – Schwerterklirren, ein unverständlicher Schrei, das Donnern von Hufen in der Ferne. Sie vermochte keine individuellen Gestalten zu erkennen, bemühte sich aber, ihr Zweites Gesicht anzustrengen, um wenigstens Kieran inmitten des Gewühls da unten zu sehen. Endlich fand sie ihn. Seine Gedanken waren intensiv auf den kräftigen Soldaten gerichtet, der einen schweren Zweihänder gegen ihn schwang, und das mit einer Leichtigkeit, als sei das Schwert aus Weidengerten gemacht und nicht aus angelassenem Stahl geschmiedet. Ein Schlag und alles wäre vorbei. Anghara erinnerte sich mit außergewöhnlicher Deutlichkeit an eine Vision, in der eine nackte Klinge auf Kieran herabsausen wollte. Damals … es war in Bresse … es schien tausend Jahre zurückzuliegen … hatte sich die Vision entschieden, dass er auf einem fernen Schlachtfeld zum Ritter geschlagen worden war. Jetzt würde keine Gnadenfrist gewährt werden. Anghara hörte den Schrei einer Stimme und wusste gleich darauf, dass es ihre eigene gewesen war. Doch auch Kieran schien etwas zu hören, wenngleich nur für einen winzigen Moment. Er zögerte – vielleicht zu lang. Das große Schwert senkte sich herab; Kierans zischte empor um zu parieren. In Kierans Gegenschlag war nicht genug Kraft, um die tödliche

Klinge abzuwehren, außerdem erfolgte er zu spät. Stahl traf klirrend auf Stahl. Funken stoben, als die beiden Klingen sich kreischend aneinanderrieben. Doch die Kraft, mit welcher der Schlag geführt worden war, reichte nicht aus. Gleich darauf wurde klar, weshalb. Der Hüne ließ sein großes Schwert fallen und fiel seitlich vom Pferd, aus seinem Rücken ragte der Schaft eines Eschenspeers. Kieran blickte in die Richtung, aus der er geflogen war. Charo winkte fröhlich, ehe er sein Pferd mit den Knien wendete und das wiehernde Ross in den nächsten Zweikampf jagte. Anghara stieß oben auf der Brustwehr einen eigenartigen Laut aus, irgendetwas zwischen Lachen und Schluchzen. Sie lehnte sich gegen die Mauer, denn die Beine versagten ihr den Dienst. Sie spürte eher als dass sie hörte, wie eine Dienerin herbeieilte, und winkte ab, ohne sich umzudrehen. »Ich brauche keine Hilfe.«

»Mylady ...«

»Verlass diesen Ort«, befahl Anghara leise aber deutlich. »Ich möchte allein sein.«

»Jawohl, Mylady«, sagte die Dienerin nach einem Moment beredtem missbilligendem Schweigen. Obwohl die junge Königin noch nicht offiziell gekrönt worden war, befolgte man ihre Befehle. Dann war Anghara wieder allein auf dem Wehrgang, wie sie es wünschte; aber die kurze Unterbrechung hatte sie abgelenkt, und die Schlacht war wieder ein einziges Kampfgetümmel. Widerspenstig und ausdauernd tanzte der Kupferschein, den sie vom Kamin mitgenommen hatte, weiter in ihrem Kopf. Auch die Schmerzen vergingen nicht. Immer wieder rieb sich Anghara die Schläfen und versuchte, den Schmerzknoten aufzulösen, aber es waren keine körperlichen Schmerzen, nur ein ständiger heißer Schein, der alles in eigenartigem Licht erscheinen ließ, als würde sie die Dinge gleichzeitig durch ...

Durch ein anderes Paar Augen sehen.

Plötzlich herrschte Stille. Selbst der Wind hatte sich gelegt, als wolle die Welt schweigen in diesem winzigen Augenblick des Verstehens, ein Augenblick, in dem die Worte des Orakels von Gul Khaima schlagartig Form und Gestalt annahmen.

Durch ein anderes Paar Augen. Durch ein anderes Zweites Gesicht.

Ein gebrochener Geist soll liegen geöffnet, um ein bitteres Geheimnis zu erkennen. Ja, Rima hatte das Zweite Gesicht gehabt, und Sif hatte sie deshalb gehasst. Aber Feor hatte Recht behalten mit seiner Vermutung, dass Angharas kostbare Gabe nicht allein das Erbe ihrer Mutter war. Auch Dynan hatte die Gabe des Zweiten Gesichts in sich getragen. Und Dynan hatte außer Rimas Tochter ein zweites Kind gezeugt.

Sif, der unversöhnliche Feind des Zweiten Gesichts, hatte ein Seelenfeuer, das mit dem Schein von brüniertem Kupfer in der Dunkelheit des Wahnsinnskampfes dort unten brannte. Ein Seelenfeuer, das ebenso hell war wie das Gold seiner Halbschwester, die von der Festung hinunterblickte, die beide ihr Heim nannten. Ein Seelenfeuer des reinsten und stärksten Zweiten Gesichts.

Als Anghara dies bewusst wurde, stockte ihr der Atem. In ihrem Kopf schwirrten so viele Bilder umher, das ihr schwindlig wurde und sie sich wieder an Miraneis Mauer festhalten musste.

Jetzt ergab alles einen Sinn. Sifs frappierende Macht als Anführer seiner Männer war mehr als nur Charisma; sein grausamer Kampf gegen alle mit dem Zweiten Gesicht in Roisinan entsprang dem unbewussten Wunsch, etwas auszurotten, das in ihm selbst war, wie er tief in seinem Innern spürte. Wahrscheinlich verdankte Anghara ihr Leben der Tatsache, dass er das nicht wusste und seine übernatürliche Energie nicht in die richtigen Kanäle leiten konnte. Er hatte seine Untergebenen ausgeschickt, die jahrelang ergebnislos nach ihr gesucht hatten, obgleich er es selbst leicht hätte erledigen können. Für Anghara wäre alles vorbei gewesen, noch ehe es richtig begonnen hatte. Stattdessen hatte Sif dieses Erbe abgestritten und diese Ablehnung hatte ihn schließlich zu seinem letzten Kampf geführt. Selbst jetzt kämpfte er im Schatten der Festung, in welcher sein eigenes Seelenfeuer begonnen hatte; ein Ort, der Zeuge seiner frühen Erniedrigungen gewesen war und wo er die Krone getragen hatte, die das einzige Vermächtnis seines Vaters war, das anzuerkennen er bereit war.

Angharas erster Instinkt war, ihr Pferd zu rufen und in das Gewühl hinunterzureiten, um ihren Bruder zu suchen. Aber er würde im schlimmsten Getümmel sein, und wenn sie mit diesen Nachrichten vor ihn trat, würde er ihr wahrscheinlich das Schwert in den Leib rammen. Sie bezähmte den selbstmörderischen Impuls, aber ein geheimnisvolles Lächeln umspielte ihre Lippen. Schließlich würde es nicht nötig sein, in Fleisch und Blut vor Sif zu treten – nicht wenn sie seine Gedanken so deutlich und stark vor sich hatte. Gern wäre sie neben ihm gewesen, wenn sie ihn mittels der höheren Sinne berührte, die er mit so grausamer Härte aus den Seelen seines Volkes hatte treiben wollen. Ja, gern hätte sie sein Gesicht in dem Moment gesehen, in dem es ihm klar wurde. Anghara fand es zu berechnend und kalt, wenn sie ihm aus der Entfernung die Augen öffnete, ihm einen solchen Schock versetzte und ihn öffnete für – nur Gott allein weiß was alles –, während sie hier oben in sicherer Entfernung auf die Konsequenzen wartete. Doch waren in ihrem Kopf noch andere Stimmen, Stimmen, die aus menschlicher Qual schrien und dann so schlagartig zum Schweigen gebracht wurden, dass ihr das Mark gefror. Es gab so viel Tod. Es war an der Zeit, dem Einhalt zu gebieten – jetzt – und es lag in ihren Händen, das zu tun.

Jetzt, da sie den kupfrigen Schein von Sifs Seelenfeuer erkannt hatte, ragte er aus den übrigen Kämpfern heraus, als sei er mit einem Zeichen versehen. Anghara fand den Ursprung der kupfernen Flammen und konzentrierte sich darauf. Ihr eigenes Seelenfeuer loderte als strahlende goldene Aura um ihren Kopf und ihre Schultern, sodass jeder, der Bran der Morgenröte anbetete, sie sofort erkannt hätte.

* * *

Sif hatte diesen Kampf erzwungen. Die Zeit arbeitete gegen ihn, und er konnte sich eine langsame oder gemächliche Lösung nicht leisten. Er kannte Miranei zu gut; viele Verbesserungen in den Verteidigungsanlagen waren sein Werk, und er wusste, dass sie unüberwindlich waren. Jetzt lag seine einzige Chance darin, die Verteidiger hinaus ins offene Gelände zu locken, wo er sie blitzschnell angreifen konnte, weil er nicht Miraneis gewaltige Mauern zwischen sich und dem Feind hatte.

Vielleicht weil er noch immer von den Dämonen seiner düsteren Vorahnungen gepeinigt wurde, kämpfte er wie ein Besessener, als Angharas Männer herauskamen und auf seine Armee trafen. Sein Schwert schien ein Eigenleben zu haben, es tanzte und sauste durch die Luft und säte Tod, wo immer es niederkam. Schon bald war es bis zum Heft rot verfärbt vom Blut anderer Männer. Obwohl Sif ohne Rücksicht auf eigene Verletzungen kämpfte, blieb er unversehrt. Es war, als ritte der Tod selbst mit ihm, er verlieh seinem Arm Stärke und hielt andere davon ab, ihm bedrohlich nahe zu kommen. Er suchte nach den Anführern, den besten in der Armee, die ihn bekämpfte; aber die Umstände hatten Kieran und die Zwillinge in die andere Richtung geschickt. Sif trug in einer Schlacht nie Rangabzeichen, sondern die gleiche verschrammte Rüstung wie die meisten seiner Männer. Daher war es schwierig, den König in seiner Armee zu erkennen. Er musste sich mit geringeren Soldaten zufrieden geben.

Bis Kerun ein bekanntes Gesicht in seinen Weg schickte.

Der andere hatte seinen Helm verloren und an seiner rechten Schläfe klaffte bereits eine lange Wunde, aus der Blut quoll. Doch schienen ihn der Verlust und die Wunde kaum zu behindern; seine Waffe war ebenso blutig wie Sifs, als die Wogen der Schlacht beide Männer aufeinander zu trieben. Sif hatte die außergewöhnliche Begabung bei seinen Männern jedes Gesicht und jeden Namen zu kennen. Jetzt tauchte beides aus der Erinnerung auf.

»Melsyr.«

Die Augen des Gegners verengten sich, als er die Stimme hörte. Er fasste sein Schwert fester, das unterhalb seines Panzerhandschuhs glitschig vor Blut war. Impulsiv löste Sif die Riemen, die seinen Helm hielten und schleuderte ihn beiseite. Damit gab er seine Haarfülle frei, die Angharas so ähnelte.

»Du hast die Seiten gewechselt, wie ich sehe«, sagte Sif ruhig.

Im Kampfeslärm waren seine Wort eigentlich unhörbar für jeden außer ihm selbst, aber Melsyr hatte sie verstanden und seine Wangen erröteten unter den blutigen Striemen über sein Gesicht.

»Ich war stets ein getreuer Untertan.«

Sif lachte verbittert. »Kalas' Sohn. Ich hätte es wissen müssen. Ich erinnere mich nur allzu gut an Kalas. Ich hätte dieses starre Rückgrat des Idealismus in dem Moment erkennen müssen, in dem ich dich zum ersten Mal sah. Ich nehme an, du hast die Flucht organisiert, die meine Königin getötet hat?«

Melsyr zuckte zusammen, hielt aber dem Blick stand. »Ich würde niemals einer Frau ein Leid wünschen, besonders nicht einer in Königin Senenas Zustand – nicht als Preis für Dinge, die ich ihrem Gemahl vorhalten sollte. Sie war für Eure Taten nicht verantwortlich. Nein, Ihr irrt Euch. Ich habe die Flucht nicht geplant. Ich habe lediglich Hilfestellung gegeben, als sie gekommen sind, um die junge Königin aus Eurem Kerker zu holen.«

»Du wusstest die ganze Zeit über, wo sie war, oder?«, sagte Sif wütend. »Auch später, als ich das ganze Land nach ihr abgesucht habe – hast du es die ganze Zeit über gewusst ...«

Melsyr lächelte; seine Zähne waren überraschend weiß in dem schmutzigen blutigen Gesicht. »Glaubt mir oder nicht, König unter dem Berge, ich habe es nicht gewusst. Meine Rolle endete, als er sie aus Miranei fortbrachte. Wohin, habe ich nicht gefragt. Das Letzte, was ich tun wollte, war zu riskieren, ihr Geheimnis zu verraten. Aber selbst wenn ich es gewusst hätte ... eher wäre ich gestorben, als es Euch zu sagen.«

»Das wärst du auch«, sagte Sif. »Du bist einer von diesen Fanatikern und du hast dieselbe verdrehte Auffassung von Ehre wie Kalas, verdammt sei er. Von seinem Sohn habe ich nichts anderes erwartet.« Er legte eine kurze Pause ein, dann lächelte er. »Und du kannst aufhören, Kieran Cullen zu beschützen. Ich weiß genau, dass nur er den Mut hat, ein solches Risiko einzugehen.«

»Verdreht!«, wiederholte Melsyr und überging Sifs letzte Worte. Die Verunglimpfung seines Vaters war ihm wichtiger. Immer noch lag das grimmige Lächeln auf seinem Gesicht. »Lieber so als einige der Wege, auf die Eure Ehre Euch geführt hat.«

Sif hob das Schwert. »Wir alle tun das, was wir müssen«, sagte er ruhig und schlug ohne weitere Warnung zu.

Melsyrs Lächeln verschwand in dem Moment, als er die Klinge hob, um den Hieb zu parieren. Zwei weitere Male gelang ihm das. Sif legte seine gesamte Wut in die Schläge und auch die Trauer – denn unerwarteterweise und überraschend hatte er bitterlich getrauert, als er vom Tod der kleinen Königin erfahren hatte, die er für so selbstverständlich hingenommen hatte. Sein Schwert sang, als er Melsyr zurückdrängte. Melsyr musste feststellen, dass er ins Hintertreffen geriet und gegen einen Meister um sein Leben kämpfte. Er kassierte einen Hieb, aber es gelang ihm, seinen Gegner zu verwunden, was offenbar noch keinem vor ihm geglückt war – doch selbst als er sich kurz über diese Leistung freute, war ihm bewusst, dass das alles war, was ihm gelingen würde. Seine Götter hatten ihn in einen Kampf geworfen, in dem er nicht siegen konnte; er würde den neuen Hüter des Tores treffen und mit seinem Vater in Glas Coil umherwandern, noch ehe dieser Tag vergangen war.

Gerade als er das dachte, durchbrach Sif seine Deckung. Sifs Klinge traf ihn seitlich in den Hals. Blut spritzte heraus, auch über Sifs Gesicht und Rüstung. Melsyr schwankte im Sattel, seine eigene Klinge entglitt seiner Hand und schnitt beim Hinabfallen noch in den Hals des Pferdes. Durch den Blutgeruch und den Kampflärm war das Tier ohnehin schon wie wahnsinnig. Es wieherte, warf seinen Reiter ab und preschte mit hängenden Zügeln und mit Blut besudeltem Sattel über das Schlachtfeld. Melsyr war tot, noch ehe er den Boden berührte.

Sif blickte kurz auf den früheren Gegner mit beinahe neidischer Hochachtung. »Getreu bis zum Letzten«, murmelte er. Dann richtete er sich auf und berührte mit den Fingern die geringfügigen Wunden, die Melsyr ihm zugefügt hatte, ehe er nach dem nächsten Gegner Ausschau hielt. Doch dann taumelte Sif unter einem Angriff, der aus einer völlig unerwarteten Richtung kam.

Sif! Halt ein! Es ist Zeit aufzuhören. Du hast geschworen, alle mit dem Zweiten Gesicht zu vernichten, aber in wessen Namen bekämpfst du uns? Du selbst bist einer von denen, die du vernichten willst!«

Das war undenkbar. Unmöglich. Unglaublich. Es war die schwarze Blume seiner Vorahnungen, die sich öffnete, um ihn zu verschlingen. Sein Kopf war ein großer Kessel, gefüllt mit Wut, Furcht. *Was ... Wer ...*

Es ist Anghara. Du und ich haben denselben Vater. Er hat uns beiden die gleiche Macht hinterlassen. Ich habe das Zweite Gesicht . . . und du ebenfalls. Du auch, mein Bruder.

Im Herzen des Kupferscheins war ein Moment gefrorenen Schweigens, doch dann loderte er noch heller auf. Ein kaltes Feuer, wie ein Bronzeschwert, das den leeren Raum zwischen ihnen zerteilte und sich wie ein Dolch in Angharas Kopf bohrte. Darin lag grimmige Anerkennung, ebenso Verstehen, Wut und bittere Niederlage. *Ich hätte dich töten sollen, als ich die Möglichkeit dazu hatte.*

Anghara stockte ob dieser eiskalten Brutalität der Atem, ihr versagten die Worte. Und Sif fand inmitten des Kampfgetümmels zu sich und suchte nach ihr, allerdings nicht ausgebildet, durch den Weg, den sie gebahnt hatte. Mit dem wenigen, was er wusste, formulierte er seine eigene Botschaft. Seine Gedankenstimme war stark und deutlich. *Ich wusste, dass das kommen würde*, sagte er freudlos. *Ehe dieser Kampf begann, wusste ich, dass es kommen würde. Ich bin alles, was ich immer verachtet und gefürchtet habe . . . Ich bin das Krebsgeschwür, das ich herausschneiden wollte! Eine Niederlage ist bitter; ich habe sie auf dem Feld selten kennengelernt, aber ich weiß, dass diese wahr ist. Nun denn, du hast jetzt alles, kleine Schwester. Die Warterei war lang, aber wie geschrieben stand, so muss es am Ende sein. Und ich . . . ich bin nichts außer einer Sternschnuppe am Firmament der Geschichte.*

Sie wusste, was er vorhatte, und schrie oben auf dem Wehrgang von Miranei seinen Namen laut heraus. Es war ihr gleichgültig, wer sie hörte oder was die Leute davon halten mochten. Sie stand hoch und weit entfernt vom Moor da unten. Sif war Herr seines Schicksals. Am Ende war er eigenartig sanft.

Nimm es dir nicht so zu Herzen, kleine Schwester. Ich habe dir zwar den Tod gewünscht, aber was ich jetzt tue, tue ich nicht, um dir wehzutun. Wir können nicht beide in diesem Roisinan leben, das wir zwischen uns geschaffen haben; deine Vision siegt, und ich kann – und will – nicht danach leben. Ich habe immer gewusst, dass ich das Ende erkennen würde, und jetzt sehe ich es vor mir. Lebwohl, Königin von Roisinan. Ich kann dir nur mehr Glück wünschen, als mir beschieden war. Dann Schweigen und schließlich seine letzten Worte, schwach wie ein Echo, als hätte er gehört, was Melsyr vor wenigen Augenblicken durch den Kopf gegangen war: *Möge der Geist meines Vaters Mitleid mit meiner Seele haben, wenn wir uns in den Schatten von Glas Coil begegnen ...*

Als Anghara wieder durch die heißen Tränen schauen konnte, die ihr die Sicht trübten, schien sich das Chaos unten verändert zu haben. Alles schien sich umgruppiert zu haben. Diesmal dachte Anghara nicht an die Konsequenzen, rannte in den Hof und rief nach ihrem Pferd. Jetzt war nicht die Zeit, hinter verriegelten Türen und hohen Mauern in Sicherheit zu bleiben. Unten auf dem Schlachtfeld entschied sich das Geschick einer Nation, und wenn sie nicht die Kraft und den Mut fand, sich dem zu stellen, verdiente sie nicht die Krone ihres Vaters.

Im Stall widersetzte man sich störrisch ihren Befehlen; schließlich half ihr mehr das Zweite Gesicht als die Macht des Königtums ein Reittier und freie Bahn aus der Festung zu bekommen. Sie hatte das schnellste Tier gewählt und war sich der Ironie nicht bewusst, dass dieses ein reinrassiges dun war, als sie wie eine Wahnsinnige durch das Festungstor stürmte, das gerade so weit offen war, dass sie hindurch passte. Es hatte angefangen zu regnen, aber das bemerkte sie kaum – der Umhang, den sie trug, blähte sich wie eine Flagge hinter ihr, bot aber nur wenig Schutz gegen die Elemente. Sie preschte hinaus, wo gerade noch das Schlachtfeld gewesen war und jagte verwirrte Männer, die wie Schafe zusammengelaufen waren, auseinander. Unbeirrt jagte sie auf fliegenden Hufen zu der Stelle, wo das kupferne Seelenfeuer jetzt auf der Schwelle zwischen Leben und Tod flackerte. Ein loser Knoten Männer hatte sich darum geschart und öffnete sich bei ihrem Kommen. Sie brachte das Ross wenige Handbreit vor den Stiefeln der Gestalt zum Stehen, die in voller Rüstung auf dem Boden lag. Einer der drei Männer, die daneben im Schlamm des Schlachtfelds knieten, erhob sich bei ihrem Kommen. Mit einer Hand ergriff er die Zügel des duns, mit der anderen half er Anghara aus dem Sattel.

»Wir haben alle gespürt, wie er es getan hat«, sagte Kieran und stützte Angharas Arm. Dann gab er die Zügel ihres dun in andere Hände. »Ich habe es gespürt, als es geschah – es war, als wäre die Erde erbebt ...« Er klang irritiert. Ein ähnliches Gefühl hatte ihn zeitweise auf der Reise nach Kheldrin begleitet – eine Zeit, an die er nicht gerne dachte.

»Das Zweite Gesicht macht dich zu einem Teil des Landes, und er war der Gesalbte ...«, sagte Anghara. Doch dann begann sie unter Kierans Hand zu zittern, blickte an ihm vorbei und sank neben ihrem Halbbruder auf ein Knie, ohne auf den blutigen Schlamm zu achten, der den Saum ihres Gewandes und Umhangs beschmutzte. »Er lebt noch«, flüsterte sie und ergriff Sifs Hand mitsamt Panzerhandschuh. Sie löste die Riemen des Handschuhs und fühlte den schwachen Puls an seinem Handgelenk. Er leistete kraftlosen Widerstand, als sie die andere Hand vom Heft des königlichen Schwerts lösen wollte, das zwischen seinen Rippen steckte. Es ragte blutig aus dem Rücken heraus, da wusste selbst Anghara, dass die Wunde tödlich war. Langsam öffnete Sif die Augen und bemühte sich zu sehen, aber ein hauchdünner Film hatte sich bereits darübergelegt. Zu sprechen überstieg seine Kräfte. Doch immer noch schimmerte sein kupfernes Seelenfeuer, jetzt nur noch wie ein Geist. Als sich ihre Augen trafen, waren keine Worte nötig.

Ich habe dieses Land geliebt, sagte er. Sie hörte es in Gedanken. Seine Worte kamen bereits aus weiter Ferne, als spräche er aus einer anderen Welt.

Ich weiß, sagte sie. Tränen schwammen in ihren Augen, als das letzte kupferne Flämmchen noch einmal aufflackerte und dann verlosch.

Das Zweite Gesicht – verbreitete sich unter den versammelten Männern. *Er hatte das Zweite Gesicht. Sif hatte auch das Zweite Gesicht.*

Doch das war noch nicht die letzte Überraschung.

»Ihr weint um ihn«, sagte einer von Kierans Hauptleuten, der ganz nahe stand, völlig verblüfft.

Anghara schloss einen Moment lang die Augen, als würde sie beten. Dann legte sie behutsam Sifs Hände auf seine Brust. Kieran half ihr auf die Beine, und sie schaute beinahe blind um sich. Die Männer ringsum respektierten ihr Schweigen, bis ein mit Blut verschmierter Soldat plötzlich vorwärts trat, um vor ihr niederzuknien. Dann bot er ihr sein Schwert mit dem Heft zuerst dar.

»Mylady«, sagte er mit einer Stimme, die vom Schlachtenstaub und Gefühlen rau klang. »Wir legen unsere Waffen nieder und geben uns in Eure Hände.«

Anghara nahm mit beiden Händen die dargebotene Waffe. »So endet es hier«, sagte sie leise, aber ihre Stimme trug weit in dem Schweigen, das sich schlagartig über das Moor ausgebreitet hatte. Sie rammte das Schwert, das sie hielt, in den Boden vor ihren Füßen. »Es ist vorbei. Die Welt hat sich gewandelt. Morgen fangen wir neu an.« Sie drehte sich um und schaute lang in Sifs Gesicht. Jemand hatte seine Augen geschlossen. Der Regen hatte seine Haare aus dem Gesicht gespült. Plötzlich sah er sehr jung aus. »Bringt ihn in die Festung. Heute Abend werden wir Nachtwache bei ihm halten und seinen Übergang zum Tor beleuchten. Morgen werden wir ihn in der königlichen Gruft zur ewigen Ruhe betten.«

»Er war ein Tyrann«, meinte jemand, kaum lauter als ein Flüstern.

Angharas Kopf hob sich bei diesen Worten. Sie drehte sich nicht um, um zu sehen, wer gesprochen hatte, aber ihre Stimme war kühl und tadelnd. »Er war ein Nachkomme von Königen und selbst König unter dem Berge«, erklärte sie. »Er war ein Kir Hama und von königlichem Geblüt. Daran werden wir uns vor allem anderen bei ihm erinnern.« Sie blickte zu Kieran, der stumm und fest an ihrer Seite stand, und was er plötzlich in ihren Augen las, war allein für ihn bestimmt, eine völlige Abkehr von der königlichen Pose und der festen Stimme, die soeben diese Worte ausgesprochen hatte. Er spürte ihr Zittern unter seiner Hand. »Kieran«, sagte sie leise und beinahe verzagt. »Bring mich nach Hause.«

Kieran wusste, worum sie ihn bat – sie zurück in die Festung zu bringen, ohne zu enthüllen, wieviel sie in dieser Stunde vorspielen musste. Von diesem Schlachtfeld, das die Nation gespalten hatte, und dessen plötzliche Tragödie ihm heilige Bedeutung verlieh, mussten diejenigen, die gekämpft hatten, eine Botschaft der Hoffnung und Stärke mitnehmen. Anghara durfte nicht zeigen, wie erschüttert sie war von dem, was geschehen war. Sie brauchte ihre Kraft und einen Stab, auf den sie sich stützen konnte; und wie immer war er da, wenn sie ihn brauchte.

»Adamo«, sagte er leise, ohne sich zu dem Ziehbruder umzudrehen, der hinter ihm stand. »Mein Pferd und ihr dun. Und hol Rochen mit dem Banner. Ich helfe ihr in den Sattel, und Rochen und ich werden mit ihr reiten. Du und Charo, ihr übernehmt hier alles. Hat jemand Melsyr gesehen?«

Anghara drehte ein wenig den Kopf, und Kieran folgte instinktiv ihrem Blick – da war seine Frage beantwortet. Er biss die Zähne zusammen, als er die mit Blut getränkte zusammengekrümmte Gestalt wenige Schritt von Sifs Leiche entfernt liegen sah, eine Gestalt, die einst ein Mann gewesen war ... und ein Freund.

»Bringt ihn mit«, sagte Anghara. »Heute Nacht wird es eine Totenwache für den König geben, aber für Melsyrs bleiben wir unter uns.«

Man brachte ihr dun, das nach ihrem wilden Ritt noch immer unruhig tänzelte. Kieran hob sie in den Sattel, schwang sich auf sein Ross und nickte kurz Rochen zu, der herbeigekommen war und immer noch tapfer das Banner der Kir Hama hielt, das er in den Kampf getragen hatte. Es hatte zwar schwer gelitten, war aber immer noch in einem Stück. Der kalte Herbstwind hatte aufgefrischt und trieb den Regen seitlich heran. Dabei hob es das nasse schlaffe Fahnentuch und ließ es flattern. Kieran drückte seinem Pferd die Hacken in die Flanken. »Anghara, komm!« Damit gab er ihr das Zeichen, sich in Bewegung zu setzen.

Sie gehorchte, trabte an und war ihrer Eskorte einen Schritt voraus. Ihr Haar war nass und lag schwer auf ihren Schultern, Strähnen hingen ihr ins Gesicht. Ihre Hände waren von Sifs Blut und dem zertrampelten Boden des Schlachtfelds besudelt, auf dem sie gewonnen hatte. Aber nur wenige würden sich daran später erinnern. Stattdessen würden die Geschichten von dem Glanz der Macht erzählen, der die junge Königin eingehüllt hatte, und von der Tiefe der völlig unerwarteten Trauer, die sie für den gezeigt hatte, der ihr Verwandter gewesen war – und ihr Erzfeind. Ihr Recht auf Roisinan war besiegelt. Mit der Geste eines Staatsbegräbnisses hatte niemand gerechnet. Das war eine Überraschung, die zu einem Teil ihrer Legende werden würde, da man sie nicht unerwähnt lassen konnte.

Rochen murmelte etwas vor sich hin, als er an ihrer Seite ritt. Seine Miene war leicht aufsässig, während er den glatten Schaft des edlen Banners fest umklammert hielt.

Anghara blickte ihn nach dem Murmeln an. »Was war das?«

»Ich habe gesagt, dass das mehr ist, als er für Euch getan hätte«, antwortete Rochen.

»Du vergisst, dass er es bereits für mich getan hat, als ich viel jünger war«, sagte sie bissig. »Er hat mich in der Familiengruft vor Jahren mit allem königlichen Pomp bestattet.«

»Damals hat er versucht, seine Fehler zu bestatten«, erklärte Rochen widerspenstig.

Anghara hob eine Hand und schob sich eine nasse Haarsträhne aus dem Gesicht. Dann schenkte sie ihm ein trauriges Lächeln, das nie ihre Augen erreichte. »Das tue ich ebenfalls«, sagte sie leise.

18

Der Tag nach der Schlacht dämmerte angemessen düster. Der Regen blieb aus, aber der Himmel war ein Trauertuch aus dunklem Purpurrot, das schwer auf den weißen Gipfeln der Berge über Miranei lag, als Roisinans toter König in der Familiengruft zu Grabe getragen wurde, ironischerweise neben einem aufgebrochenen leeren Grab, auf dem der Name seiner Nachfolgerin stand.

Anghara, ganz in Purpur gekleidet, stand während der gesamten Zeremonie stumm und barhäuptig da, abgesehen von einem schmalen Reif aus geschlagenem Gold auf der Stirn. Sie hatten das Schwert aus Sifs Herzen gezogen und ihm auf die Brust gelegt, seine Wunden waren durch das Gewand verdeckt, er sah aus, als schliefe er. Man hatte ihm das Haar zurückgekämmt, bar jeglicher königlicher Glorie. Es war die Entscheidung der Priester gewesen, dass er so demütig begraben werden sollte. Sie hatten sogar auf das Schwert verzichten wollen, aber darin war Anghara unnachgiebig geblieben – es war zwar das Schwert ihres Vaters, aber auch Sifs, und ein bedeutsamer Teil dessen, was Sif hatte sein wollen. Indem er es für sich beanspruchte, hatte er gewissermaßen seine Verbindung zu Dynan zerschnitten. Trotz all der Erinnerung an seine Tyrannei strahlte er an diesem Tag edle Ruhe aus, die durch das Schweigen zum Ausdruck kam, das ihm zur Gruft folgte. Aus respektvoller Entfernung, für die die Palastgarde mit unbewegter Miene sorgte, hätte die Menge auch jubeln können, als sie ihren Unterdrücker auf seinen Weg zu Gheat Freicadan an den Schattentoren von Glas Coil geleitete.

Doch selbst welchen Gott Sif dort treffen würde, blieb ein Mysterium. Die Meinungen darüber gingen auseinander. Zwei Gruppen von Priestern waren bei der Feier. Keruns Trio blickte hasserfüllt auf die beiden Männer, die in schlichten Gewändern

Bran dienten. Anghara hatte das gestattet; es glich einer königlichen Unterstützung für den neuen Gott, und Keruns Priesterschaft war ernsthaft beunruhigt. Sie bemühten sich sehr, den Anschein von Würde und Anstand zu wahren, als sie die uralten Riten durchführten, die ihrem Gott heilig waren. Die beiden anderen schienen eher heiter und unbesorgt zu sein. Ihre Riten waren wenige und verglichen mit den vorigen überraschend schlicht; ein paar geflüsterte Worte, ein seltsames Zeichen von der weißen Hand des Jüngeren über dem Leichnam. Dann legten sie einen der allgegenwärtigen gelben Blumenkränze auf Sifs Brust, ehe sie sich mit einer letzten Verneigung von der Totenbahre zurückzogen.

Die vier Ritter, deren Aufgabe es war, die Totenbahre in die Grabnische zu schieben, traten jetzt vor, doch eine Geste der jungen Königin gebot ihnen Einhalt. »Wartet«, sagte Anghara. »So ist es nicht richtig.«

»Mylady ...« Einer der Priester Keruns, der wenige Schritte links von Anghara stand, blickte sie scharf an. »Alle nötigen Riten sind durchgeführt, wie der Gott befohlen hat; ist da noch etwas ...«

»Anghara«, sagte Kieran so leise, dass nur sie es hören konnte. Er stand direkt neben ihr. »Gib ihm nicht zu viel Ehre. Das macht aus ihm einen unruhigen Geist.«

»Wie ich es war«, entgegnete sie lächelnd. Doch diese zusätzlichen Sekunden hatten ihr Zeit zum Nachdenken gegeben und den ursprünglichen Plan zu verwerfen. Zugegeben unbesonnen hatte sie ihren eigenen Goldreif Sif ins Grab geben wollen, als ein Unterpfand seiner königlichen Abstammung. Aber wenn sie jetzt nachdachte, dann war das wohl keine gute Idee. Brans und Keruns Priester blickten sie erwartungsvoll an. Irgendetwas musste sie tun.

Die Ritter an Sifs Totenbahre traten beiseite, als sie herbeikam. Dann betrachtete sie Sif einen Moment lang mit unergründlicher Miene. Sie seufzte und schaute hinauf zu den Bergen von Miranei, als suche sie dort eine Eingebung. Dann legte sie behutsam die Hand auf Sifs Stirn. »Schlafe wie ein König«, sagte sie leise, dennoch hörten alle ihre Worte.

Unter ihrer Handfläche entzündete sich ein goldener Schein, der durch ihre Finger drang, als das Licht stärker wurde. Langsam zog sie die Hand weg und trat zurück. Aus tausend Kehlen wurde hörbar nach Luft gerungen, als die Menge sah, was Anghara bewirkt hatte. Es war eine Illusion und würde nur so lang währen, bis der Stein gehoben und Sifs Grab versiegelt wurde – aber jetzt – für sein Volk deutlich zu sehen – trug er eine Krone aus flackernden goldenen Flammen.

Kierans Miene war beinahe belustigt, als er mit sich rang. »Ich weiß nicht, ob es nicht vielleicht besser gewesen wäre, ihn mit einer Krone zu bestatten, die mehr von dieser Welt ist«, flüsterte er Anghara zu, als sie auf ihren Platz zurückkehrte. »So etwas lebt in den Köpfen der Menschen lange weiter; du hast gerade aus dem Tyrannen einen Heiligen gemacht. Sieh dir die beiden Priester Brans an!«

Anghara sah das glückselige Lächeln der Priester. Dann blickte sie hinüber, wo Sifs Totenbahre in die Grabnische gehievt wurde. »Sie werden sich daran erinnern, dass er damit bestattet wurde, aber sie werden wahrscheinlich nicht vergessen, wer ihm das gegeben hat.«

Kieran beschloss die Kir Hama Arroganz zu ignorieren, denn in diesem Fall tat sie der Wahrheit keinen Abbruch. Anghara hatte Recht – die Menge würde sich erinnern. Er seufzte, als er wieder die Priester anschaute und die düsteren Mienen der von Kerun Gesalbten sah, obwohl sie diese verbergen wollten – nach dieser Demonstration würden sich noch viel mehr für Bran von der Morgenröte versammeln. Kurz überlegte Kieran ob das ewige Glas Coil noch wie früher sein würde, nachdem Kerun diesem neuen strahlenden Gott Platz gemacht hatte, aber dann schüttelte er den Gedanken ab. Das waren trübsinnige Gedanken, geboren aus der feierlichen Atmosphäre der Beerdigung. Er, Kieran, war von Glas Coil noch weit entfernt.

Der Grabstein wurde an den rechten Platz gehoben; endlich verschwand der goldene Schein. Die Menschen in der Menge, die anscheinend alle den Atem angehalten hatten, ließen in einem gewaltigen Seufzer die Luft heraus – dann brach jemand in einen

Jubelruf für die Königin aus. Es war eine beinahe unheimliche Wiederholung ihres Einzugs nach Miranei. Der Ruf wurde schnell aufgegriffen, bis die gesamte Menge Angharas Namen rief. Als sie sich zum Gehen anschickte, verneigten sich die Priester Keruns stumm, wie es ihr Rang erforderte, aber der junge Priester Brans ignorierte sämtliche Regeln, hielt seine Hand über Angharas Stirn und blickte der jungen Königin direkt in die Augen. Ihrem Gefolge stockte der Atem – die Priesterschaft verlieh zwar einige Vorrechte, doch kaum dieses – aber seine Miene war so ernst und verzückt, dass ihn die Folgen nicht kümmerten.

»Ihr gehört Bran«, sagte der junge Priester mit ehrerbietiger Stimme. »Ihr seid von Bran gesegnet. Das Gold, das ihm gehört ... es ist Eures. Es fließt durch Eure Hände ... Bran möge Eure Tage segnen, Königin, jetzt und immer. Brans Segen für Euch.«

Dann fiel er auf die Knie, aber es war nicht Verehrung, sondern eher, als hätte ihn eine Axt gefällt. Er hätte sich auf dem Boden hingestreckt, wäre sein Freund ihm nicht zuvorgekommen und hätte sich neben ihn gekniet und ihn aufrecht gehalten. Auch er hob jetzt das Gesicht. »Er hatte schon immer Visionen, Mylady ... das Zweite Gesicht. Es ist keine Ungehörigkeit, aber wenn das Zweite Gesicht zu ihm kommt, weiß er nie, was er tut. Ich bitte um Vergebung für seinen Verstoß.«

»Ich fühle mich nicht beleidigt«, sagte Anghara und blickte beinahe mitleidig auf den verängstigten Priester. »Schließlich hat er mich gesegnet ... und ich weiß, was er durchmacht. Ihr seid von euren Brüdern weit entfernt; falls ich oder einer meiner Leute euch an ihrer Stelle helfen kann, wendet euch an uns.«

»Mylady«, stammelte der andere Priester verwirrt und neigte den Kopf. Diese neuen Priester hatten sich eine Tonsur scheren lassen, jetzt glänzten die fein säuberlich rasierten runden Stellen auf den Köpfen, als Anghara auf das kniende Paar hinabschaute. Dann ging sie weiter.

Nicht weit entfernt lächelte eine Gestalt in einem weiten Umhang über diese Szene und folgte ihr in gebührendem Abstand; auch er wurde von einer schattenhaften Gestalt verfolgt. Sie schlüpften auf den Fersen der königlichen Prozession durch das Tor in die Festung, ohne angehalten zu werden. Danach blickte der erste Vermummte in einen Bogengang zu seiner Rechten und betrat einen stillen Innenhof im Schatten einer knorrigen alten Kiefer. Sein Gefährte nahm etwas entgegen, das in weiße Seide gewickelt war, und eilte zum königlichen Turm.

Diesmal war der Eingang versperrt – die Torgarde senkte die Speere überkreuz, um den Boten abzuhalten. »Was ist dein Begehr dort drinnen?«

»Ich überbringe eine Botschaft«, antwortete der Mann. Er warf Kapuze und Umhang zurück, sodass man sehen konnte, dass er keinen Schwertgurt trug – in der Tat hatte er keine Waffen bei sich, abgesehen von einem kleinen Dolch in seinem Stiefel. Jetzt bückte er sich, holte ihn heraus und gab ihn dem nächsten Wachsoldaten. Dieser wog ihn in der linken Hand. »Und deine Botschaft?«

»Das hier«, sagte der Mann und holte aus einem Beutel am Gürtel das Seidenpaket.

»Was ist damit?«

»Ich muss es der Königin übergeben.«

Der eine Gardesoldat zog misstrauisch eine Braue empor. »Ach ja? Und dann?«

»Dann sicheres Geleit für meinen Herrn, der mit ihr sprechen möchte.«

»Und wer ist dein Herr?«

»Das zu sagen, ist mir nicht erlaubt«, erklärte der Bote mit kühler Würde.

Der Soldat musterte ihn durch verengte Augen. »Aus dem Süden, dem Akzent nach«, sagte er. »Ebenso die Hautfarbe. Was willst du so weit im Norden?«

»Das ist allein Sache meines Herrn«, sagte der Bote. »Bitte, die Botschaft.«

»Also, ich weiß nicht«, meinte der Wachsoldat und schaute seinen Kameraden an. »Ich bin nicht sicher, ob ich so einen dahergelaufenen Abenteurer, der nicht einmal seinen Namen nennen will, in den Turm lassen sollte.«

»Aber du hast das nicht zu entscheiden«, fuhr der andere ihn an, der immer noch den Dolch hielt. »Du, komm herein, in die Wachstube!«, sagte er zu dem Boten und zeigte den Weg mit einem Kopfnicken. Dann wandte er sich an seinen Kameraden. »Wer hat heute oben Dienst?«

»Adamo Taurin, glaube ich.«

»Bring ihm das. Mal sehen, was er sagt. Mit Eurer Erlaubnis, Mylord?« Seine Stimme tropfte vor Sarkasmus, als er nach dem Seidenpaket griff. Einen Augenblick lang schien der Überbringer bereit, sein Leben zu riskieren, um es zu behalten. Aber dann übergab er es mit einer höflichen Verbeugung. Der Soldat neigte grinsend den Kopf. »Ich behalte unseren Gast im Auge.«

Der Wachsoldat verschwand mit dem Päckchen im Schatten. Der Bote marschierte in die Wachstube und setzte sich still, mit den Händen auf den Knien, auf einen der Stühle in dem kleinen Raum, der nur von Schießscharten erhellt wurde. Der Soldat, der zurückgeblieben war, blieb an der Tür der Wachstube stehen und grinste mürrisch.

»Verdammt, du hast wirklich Stil«, erklärte er. »Ich weiß nicht, wer dein Herr ist, aber es kann niemand sein, den wir besonders mögen, sonst würden er und du nicht zu einem Geheimpäckchen greifen, um Zugang zu erlangen. Und trotzdem sitzt du hier und hast nicht mal ein stumpfes Messer zwischen dir und der Palastgarde.«

Der Fremde musterte ihn mit der Arroganz von Generationen von Aristokratie und lächelte. »Was das betrifft, brauche ich keine Klingen. Wo ich herkommen, benutzen wir Hände und Füße als Waffen.«

Dem Wachsoldaten verging das Lächeln, als seine Augen zu den schmalen braunen Händen wanderten, die entspannt und harmlos im Schoß des Mannes lagen. »Aber du musst dir keine Sorgen machen«, erklärte der Besucher, seine obsidianschwarzen Augen funkelten belustigt. »Mein Herr hat mich mit der Anweisung hergeschickt, meine Kunst nicht einzusetzen.« Er macht eine Pause, gerade lang genug, um diese Worte wirken zu lassen. »Es sei denn zur Verteidigung meiner Freiheit – oder meines Lebens.«

Der Gardesoldat brauchte einen Herzschlag, um sein Selbstbewusstsein wiederzufinden – und begann zu fluchen, ganz im Gegensatz zu der ruhigen und gelassenen Art seines Gastes. Als ihm das bewusst wurde, geriet er noch mehr in Wut und musste zurück auf seinen Posten an der Tür, um nicht ganz die Fassung zu verlieren. Er versuchte es mit Einschüchterung. »Was für ein dummes Geschwätz ...« Doch dann versagten ihm die Worte. Die Miene seines Gegenübers hatte sich nicht verändert, doch das machte alles noch schlimmer – der Gardesoldat brauchte die stille Belustigung gar nicht zu sehen, um tief gedemütigt zu sein. Er war bei der Garde des königlichen Turms und es wurmte ihn ohne Ende, dass der andere ihn auf hauchdünnes Eis gelockt hatte, in das er prompt eingebrochen und untergegangen war. Er hätte es ignorieren müssen. Vor dem Tor tobte er vor Wut und wünschte, Adamo käme herunter und würde den aufmüpfigen Fremden hochkant hinauswerfen. Er schämte sich umso mehr, weil er selbst diese Situation herbeigeführt hatte.

Als der zweite Gardesoldat zurückkam, brachte er einen Kameraden mit. Der Bote empfing sein viereckiges Paket aus weißer Seide samt Inhalt mit einer höflichen Verbeugung zurück. Dann richtete der Mann sich auf und blickte in ein Paar durchdringende blaue Augen. »Und wenn wir dir sicheres Geleit zusagen?«, fragte der junge Mann mit den blauen Augen.

»Mein Herr wartet, Mylord, um hereingeführt zu werden – mit dem Wort der Königin, ihm Schutz zu gewähren.«

»So wie er seines einst gegeben hat«, antwortete Kieran mit leisem Lächeln.

Der Bote verneigte sich stumm. »So ist es«, erklärte er.

»Er hat ihr Wort«, sagte Kieran nach kurzem Zögern. »Wenn du mich zu ihm bringst – oder ihn hierher – werde ich ihn persönlich zur Königin geleiten.«

»Ich werde Eure Botschaft überbringen«, sagte der Fremde. »Wenn Ihr hier warten wollt – es wird nicht lange dauern.«

Kierans Gesicht leuchtete auf. »Er ist hier in der Festung? Nun, anders habe ich es eigentlich auch nicht erwartet. Mein Kompliment an Euren Herrn. Ich erwarte ihn.«

Der Bote verstaute das Seidenpaket wieder im Beutel und bat mit einem beredten Blick, dass man ihm seinen Dolch zurückgäbe. Auf ein Zeichen Kierans hin geschah das. Dann verschwand er draußen im grauen Tag und zog sich die Kapuze des Umhangs über den Kopf. Kieran blieb im Tor stehen, geflankt von den beiden Wachposten, die sich größte Mühe gaben, ihre unangemessene Neugier im Zaum zu halten. Kurze Zeit später schritten zwei Gestalten, ebenso in dunkle Umhänge gehüllt wie der Bote, langsam über den Hof. Beim Tor zog der eine Mann einen Handschuh aus weißem Kalbsleder aus und zeigte eine Hand mit einem schweren goldenen Siegelring.

Kieran neigte knapp den Kopf. »Lasst sie herein«, befahl er der Wache. Diese hoben die Speere, um den Weg freizugeben, und bemühten sich, die Augen geradeaus gerichtet zu halten. »Hier entlang, Mylord«, sagte Kieran nur zu dem Mann mit dem Ring. Der Besucher trat ein und zog auch den anderen Handschuh aus. Seine Hände hatten lange kräftige Finger und waren von einer heißen südlichen Sonne gebräunt; mit der rechten Hand hielt er die Handschuhe und schlug sie lässig gegen den Schenkel. Kieran nickte langsam. »Eure Chirurgen haben hervorragende Arbeit geleistet«, sagte er.

Unter der Kapuze hörte man leises Lachen. »Ich muss zugeben, dass mich dieser Rat völlig verblüfft hat, besonders, als ich herausfand, wer ihn mir erteilt hatte. In gewisser Weise warst du der Feind meines Feindes, Kieran Cullen, was dich – laut einer alten Volksweisheit – zu meinem Freund hätte machen sollen; aber dann warst du kein geringerer Dorn für mich als für Sif. Ich hatte keine Ahnung, wie du aussiehst – sonst wäre ich nicht so überrascht gewesen, als deine junge Königin auf meiner Schwelle erschien.«

»Vielen Dank«, sagte Kieran, als habe man ihm soeben ein Kompliment gemacht – was stimmte, allerdings musste man in der weitschweifigen Verpackung, in der es präsentiert worden war lang danach suchen. Die drei, die beiden Besucher immer noch gegen neugierige Blicke durch die Umhänge geschützt, waren eine schmale Treppe hinaufgestiegen, ehe sie einen breiten mit Teppich ausgelegten Korridor erreichten. Kieran blickte kurz zurück. »Ich entschuldige mich für die Hintertreppe«, sagte er. »Aber aufgrund der Art Eures Kommens nehme ich an, dass Ihr nicht am Haupteingang angekündigt werden wollt. Tretet hier ein. Ich muss Euch um das Gleiche bitten, das Ihr von mir erbeten habt. Eure Waffen sind hier absolut sicher.«

»Ich trage nur diese.« Der Gast schlug den Umhang zurück und zeigte Kieran zwei schmale Degen. Kieran verneigte sich und nahm sie entgegen. Dann schaute er zu der zweiten verhüllten Gestalt. Es war niemand anderer als der Bote mit den obsidianschwarzen Augen, der das Paket überbracht hatte.

»Euer Freund hat sich in der Wachstube selbst als Waffe bezeichnet.«

»Das ist er auch«, erklärte Favrin Rashin ungerührt. »Aber er schlägt nur auf meinen Befehl hin zu und diesen werde ich nicht geben, da ich ja unter sicherem Geleit hier hergekommen bin. Doch wenn du dich dann besser fühlst, kann Qi'Dah hier bleiben – mit den anderen Klingen.«

Kieran zögerte kurz und erinnerte sich genau, wie er in Favrins Gemächern nach einer versteckten Waffe gesucht hatte – wie er die Weinkaraffe gemustert hatte, in der Erwartung grüne giftige Dünste aus ihr aufsteigen zu sehen. Seine persönliche Einschätzung Favrins: *Dieser Mann spielt nicht falsch.* Er straffte die Schultern und setzte auf Vertrauen. »Das ist nicht nötig«, sagte er. »Aber sollte er etwas versuchen ... bei allen Göttern, ich bin schneller als jeder Todesstreich, den er austeilt – und ich werde ihn nicht aus den Augen lassen.«

Favrin wechselte mit ihm Blicke wie Schwerthiebe. »Ich weiß«, sagte er nur.

Kieran öffnete die innere Tür der Wachstube. »Seine Königliche Hoheit, Favrin Rashin, König von Tath.«

In ihrem Gemach drehte Anghara sich um. Die purpurne Seide ihres Gewandes raschelte. Es war eine gedeckte, aber dennoch kämpferische Farbe, geeignet für die Beerdigung eines Bruders, der für sie immer noch gefährlich ambivalent war. Sie hatte keine Zeit gehabt, sich für den unerwarteten Besucher umzuziehen.

Dabei *hatte* sie ihn kommen sehen; in den Flammen. Sein Erscheinen war daher nicht so überraschend – nur der Zeitpunkt.

»Ich habe Euch erwartet«, sagte sie ruhig als Begrüßung. »Allerdings nicht in dieser Verkleidung. Ich hatte nicht erwartet, dass Ihr allein nach Miranei kommt.«

Favrin nestelte an der Fibel seines Umhangs, um sie zu lösen, dann schaute er sie lächelnd an. »Ihr seid zu Fuß in meinen Palast gekommen. Unsere Vorfahren haben dieselbe Krone getragen; erwartet Ihr von einem Prinz, von einem König, dass er weniger wagt?«

»Ja, aber mir half eine günstige Prophezeiung und ich glaubte damals, einen Krieg abwenden zu können. Was sind Eure Beweggründe? Einfach zu zeigen, dass Ihr mehr wagt, weil Ihr bei hellem Tag kommt, während ich mich im Zwielicht hereinschleichen musste?«

»Ihr tut mir Unrecht«, rief er. Seine Stimme hätte zuckersüß geklungen, wäre da nicht die übliche Ironie gewesen. »Konnte ich nicht einfach herkommen, um Euch zu sehen?«

»Nein, Favrin«, sagte Anghara und schaute ihm direkt in die Augen.

Einen Moment lang trafen sich ihre Blicke, dann schien Favrin die Rolle zu wechseln. Er war nicht länger frivol, sondern sehr ernst. Vor Kierans Augen verwandelte sich der Hofnarr in einen König.

Er wandte sich an Kieran. »Mit deiner Erlaubnis – ich würde gern mit der Königin unter vier Augen sprechen«, sagte er ernst.

Das hatten sie auch in Algira getan, und dort war es viel gefährlicher gewesen. Hier befand sich Anghara auf eigenem Territorium, loyale Männer in Hörweite ... Dennoch empfand Kieran einen Stich. Etwas, das nicht unbedingt mit ihrer Sicherheit zu tun hatte ...

Kieran senkte die Wimpern und verschleierte kurz seine Augen, bis er sich wieder unter Kontrolle hatte. Dann schaute er Anghara an. Sie nickte.

»Ich bin im Vorzimmer, wenn du etwas brauchst«, sagte er. »Mylord.« Er verabschiedete sich mit der Ehrbezeugung, die einem

König gebührte, und zog sich zurück, gefolgt von dem stummen dunklen Mann, den Favrin Qi'Dah genannt hatte … um zu warten, wie so oft zuvor.

Im königlichen Gemach war jetzt Anghara Gastgeberin, wie Favrin einst Gastgeber gewesen war, und ging zu einem kleinen Tisch aus Rosenholz. »Wein?«, fragte sie und griff nach der Karaffe. »Ich bedauere, dass ich nicht diesen wunderbaren südlichen Jahrgang habe, den Ihr mir angeboten habt; unsere nördlichen Weine sind viel … kräftiger.«

Favrin trat zu ihr, um das angebotene Getränk in Augenschein zu nehmen. »Vielen Dank«, sagte er. »Ich bin sicher, dass ich ihn … belebend finden werde.«

»Nehmt doch Platz.« Sie zeigte anmutig auf einen Sessel, nachdem er ihr das Weinglas abgenommen hatte.

Favrin setzte sich, ließ jedoch ihr Gesicht nicht aus den Augen. Es war, als sammelte er seine Kraft, um sich loszureißen, brächte jedoch nicht den Mut auf. Schließlich schaffte er es und blickte lang und tief in den Wein, als suche er etwas auf dem Grund des Glases.

»Ich hatte erwartet, dass Ihr mit einer Armee kommt«, brach Anghara das Schweigen.

»Und wenn ich so gekommen wäre …?«

»Dann könntet Ihr jetzt auf meinem Thron sitzen«, meinte Anghara mit entwaffnender Ehrlichkeit. »Wir hätten nur eine geringe Chance gehabt, Euch aufzuhalten.«

»Ihr habt Sif besiegt, und sein Ruf war ebenso gewaltig wie der meine.«

»Wir haben Sif nicht besiegt«, erklärte Anghara mit düsterer Miene. »*Sif* hat Sif besiegt. Er hat etwas erfahren, mit dem er nicht leben konnte, deshalb ist er gestorben. Das war das Ende.«

»Ich war bei der Beerdigung«, sagte Favrin. Ein eigenartiges Licht funkelte in seinen Augen. »Das war ein ziemlich großes Geschenk für einen besiegten Feind.«

»Er war ein Kir Hama. Er war König«, antwortete Anghara. »Er war auch mein Bruder«, fügte sie hinzu und schaute in die Flammen. »Und … ich habe es auch teilweise für Senena getan.«

»Die kleine Königin?«, fragte Favrin ehrlich überrascht. »Man sagt, sie sei so ein entrücktes, scheues Ding gewesen ... wie ein scheues Kitz aus den Bergen.«

»Was wisst Ihr über Senena?«, fragte Anghara, jetzt ihrerseits verblüfft.

Favrin verzog einen Mundwinkel. »Genug«, antwortete er. »Habt Ihr geglaubt, mein Vater hätte keine Spione am Hof von Miranei?«

»Habt Ihr welche?«, fragte Anghara und musterte ihn eindringlich.

Favrin lachte. »Wenn ich welche hätte, wäre es politisch wohl kaum klug, Euch das jetzt zu sagen. Wie auch immer – ich befasse mich nicht mit Geschwätz. Ich habe Ohren, keine Spione. Ich weiß, dass Sif in Algira Ohren hatte. Es war ein Spiel zwischen uns, zwischen seinem Haus und meinem. Hätte man mich gefragt, hätte ich vielleicht die Spielregeln geändert – aber es war das Spiel meines Vaters. Doch dann starb er, und Ihr seid aufgetaucht. Das hat alles verändert.«

Anghara stellte ihr Weinglas ab. »Favrin, was wollt Ihr hier?«

»Was würdet Ihr sagen, wenn ich Euch erklärte, dass ich gekommen bin, um Euch noch einmal zu fragen, ob Ihr mich heiraten wollt?« Er lächelte über ihre Miene. »Ich würde es auch nicht glauben. Das ist selbst für mich zu aalglatt. Und außerdem ...«

Seine Augen wanderten kurz zur Tür des Vorzimmers, und Anghara stellte fest, dass sie plötzlich aus unerfindlichem Grund errötete – wegen der Dinge, die er nicht gesagt hatte. Dieser stumme Augenblick sagte mehr als jede Rede. Er war so dicht und vielsagend, dass beide den Zwang spürten, ihn nicht zu brechen, den Ballon nicht auszupacken und den Inhalt sicher verstaut zu lassen. Doch dann übernahm Favrin die Kontrolle. Ihm hatte es noch nie an Mut gemangelt. Er griff wieder auf seine Lieblingslist zurück.

»Würde es Euch das Herz brechen, junge Königin, wenn Ihr hören würdet, dass ich eine andere heiraten will?«, fragte er mit unterdrücktem Lachen in der Stimme.

Doch auch Anghara hatte sich erholt. »Mit all diesen Frauen im königlichen *kaiss* ...«

»Das waren die Frauen meines Vaters«, erklärte Favrin und wischte ein Dutzend exotischer Frauen lässig beiseite. »Außerdem sind sie zu alt. Einige könnten meine Mutter sein. Eine davon *war* meine Mutter.« Er grinste. »Ich habe sie alle in den Ruhestand geschickt und fange neu an. Später wird noch genug Zeit sein, um zu sammeln. Ich brauche einen Erben, und um einen Erben zu bekommen, brauche ich eine verheiratete Königin. Und es gibt Frauen, die die Aussicht über einen königlichen *kaiss* zu herrschen, keineswegs verachten.«

»Glückwunsch«, sagte Anghara lakonisch. Aber sie musste unwillkürlich grinsen, und gleich darauf lachten beide lauthals.

»So, ich habe also mein gebrochenes Herz überwunden und eine wunderschöne Lady gefunden ... und während wir uns hier unterhalten, scheint die Thronfolge von Tath gesichert«, erklärte Favrin. »Wenn es sich herausstellt, dass sie einen Knaben unter dem Herzen trägt, werde ich sie heiraten und sie wird Königin. Ist es ein Mädchen – nun, dann wird sie immer die Erste im *kaiss* bleiben. Was auch geschieht, sie wird die Mutter meines Erstgeborenen sein. Und es ist noch genügend Zeit für Söhne, die erben können.«

Völlig ohne Absicht hatte Favrin einen Stachel abgeschossen, mit dem er nie hatte verwunden wollen. Die Angelegenheit der Nachfolge war Anghara bis jetzt noch nie in den Sinn gekommen, doch jetzt erhob sie sich schlagartig wie eine Kobra – und ebenso giftig. Sif war ohne Erben gestorben, und ihr eigenes Königreich brauchte ein Versprechen für die Zukunft. Sie war die letzte Kir Hama.

Favrin sah, wie sich die grauen Augen umwölkten, und wich zurück. »Aber ich bin nicht gekommen, um darüber zu sprechen«, sagte er. »Ich wollte über Königreiche reden.«

Anghara faltete die Hände im Schoß. »Ach ja. Der Zweck Eures Botengangs scheint fast der gleiche zu sein wie der, mit dem ich zu Euch kam.«

»In der Tat.« Er schaute sie mit seinen blauen Augen fest und ernst an. »Ich will Frieden zwischen uns.«

»Roisinan hat nie einen Krieg begonnen«, sagte Anghara und wählte ihre Worte sorgfältig.

Leicht erregt sprang er auf. »Ich bin nicht hergekommen, um mich zu ergeben!«, erklärte er scharf.

»Nein, nicht wenn ein Erbe unterwegs ist.« Auch sie hatte sich erhoben und stellte sich neben ihn vor den Kamin, wo er in die tanzenden Flammen blickte. »Was dann?«, fragte sie, ebenfalls mit fester und ernster Stimme. »Glaubt mir, ich wünschte, es gäbe eine Lösung, ohne den königlichen Stolz so sehr zu verletzen.«

»Ich weiß«, sagte er. Wieder standen sie sehr nahe beieinander; ihre Augen trafen sich und hielten sich fest. Um ein Haar hätte Favrin die Hand ausgestreckt und an ihre Wange gelegt. Bei allen Göttern, er hatte die Wirkung vergessen, die die Augen dieser jungen Frau auf ihn hatten.

»Aber wie immer Ihr es auch ausdrücken mögt, wenn Ihr Euer Streben aufgebt, nach dem was ich habe, ist es eine Kapitulation. Und es gibt nichts, womit ich das abmildern kann«, sagte Anghara eindringlich. »Ich kann Euch keinen Titel anbieten, weil Ihr bereits einen habt, der fast so hoch ist wie meiner. Ich kann Euch kein Land anbieten, weil Ihr bereits das in Besitz habt, was einst Roisinan gehört hat. Ich kann Euch keinen Ausgleich in Form einer königlichen Ehe anbieten, weil …«

»Weil nur Ihr das sein könntet, und das Thema haben wir bereits abgehakt.« Er fand die Stärke für sein altes Was-zum-Teufel-Lächeln. »Aber was für ein Paar hätten wir abgegeben, Ihr und ich! Und dennoch – wenn ich in Euren Hof reite und meinen Anspruch auf den Thron unter dem Berge aufgebe, so wird man mich in meinem Land dafür verachten, dass ich mich dem Willen einer Frau beuge, anstatt mich auf dem Schlachtfeld mit ihr zu messen.« Er fuhr sich mit der Hand durch die Haare, eine Geste völliger Erschöpfung. »Ich bin der Kriege so müde … Obwohl mein Anspruch auf den Thron Miraneis doppelt so berechtigt ist wie der meiner Vorfahren, bin ich es müde, diesem widerspenstigen Biest nachzujagen ...«

»Doppelt?«, fragte Anghara.

Favrin musterte sie scharf. »Ihr wisst es wirklich nicht?«

»Was weiß ich nicht?«

»Setzt Euch«, sagte er. In seinen Augen spiegelten sich Humor und ein Hauch Bosheit. »Es gibt eine Lücke in Eurer Kenntnis der Familiengeschichte, die ich jetzt schließen werde.«

Anghara war nicht geneigt, einem so entschiedenen Befehl zu folgen, aber dennoch setzte sie sich, mit dem Weinglas in der Hand, während Favrin sich über sie beugte in einer Art, bei der Kieran sofort nach dem Schwert gegriffen hätte.

»Ihr erinnert Euch doch, dass mein Vater eine Frau aus dem Norden geheiratet hat«, sagte Favrin. »Wisst Ihr, woher sie kam? Wer sie war?«

»Ich kenne ihren Namen – Isel Valdarian«, antwortete Anghara. »So steht es niedergeschrieben. Was hat das zu tun mit ...«

Favrin schüttelte den Kopf. »Es steht *falsch* niedergeschrieben. Als mein Vater nach Miranei kam, um sie zu heiraten, war sie zwar als die Tochter von Ras Valdarian erzogen worden, der einst Kanzler und Mitglied des Kronrats war – aber das war nur, um Ras Valdarians Frau vor einem Skandal zu schützen. Er hatte das Kind angenommen und sich vom Hof zurückgezogen, um zu retten, was noch zu retten war – denn Isels Mutter hatte sehr viel mehr erreicht, als Ras je gehofft hatte.«

Schlagartig dämmerte Anghara die schockierende Wahrheit. Favrin sah, wie sie blass wurde, und nickte. »Ich sehe, Ihr habt die Verbindung begriffen. Ihr und ich sind Vetter und Cousine, Anghara, Königin von Roisinan. Meine Mutter war eine Halbschwester des Roten Dynan.«

»Aber dann ... wenn es mich nicht gäbe ... wärt Ihr der rechtmäßige Erbe von Roisinan«, stammelte Anghara. »Ihr seid mehr Kir Hama König, als ein Rashin je erstreben könnte.«

Favrin konnte nicht anders; er musste laut lachen. »Das war das indirekteste Kompliment, das ich je gehört habe«, sagte er. »Ich sollte mich entschuldigen. Ich wollte nie meine Mutter als Waffe verwenden. Ich wünschte lediglich ...«

»Aber damit ... der ganze Krieg ... Ihr hättet die Identität Eurer Mutter in Roisinan bekanntmachen können, und Euer Vater hätte viel mehr erreicht, wenn er ...«

»Mein Vater hat die Wahrheit nie erfahren«, sagte Favrin. »Er nahm sich eine Frau, die ihm schenken konnte, was er wollte – und wusste nicht, wen er in Wirklichkeit geheiratet hatte. Er hat Ras Valdarians Tochter geheiratet, nicht König Connach Kir Hamas. Hätte er es gewusst, dann hätte er die Wahrheit skrupellos ausgenutzt, glaubt Ihr das nicht auch?«

»Aber Ihr wisst es.«

Favrin zuckte mit den Schultern. »Meine Mutter hatte ein Holzkästchen, das sie als junge Braut von zu Hause mitgebracht hat«, erklärte er. »Nach Vaters Tod, als sie neue Gemächer bezog, fiel einem Träger ein Bündel aus der Hand und rollte eine Treppe hinunter. Es landete direkt vor meinen Füßen. Ich hob es auf, und entdeckte das Wappen unter den Intarsien. Was tat meine Mutter mit einem verborgenen Geschenk der Kir Hama? Ich schickte einen Mann aus und fand die Wahrheit heraus. Ich weiß das alles nur wenige Wochen länger als Ihr.«

»Und mit dieser Wahrheit bewaffnet kommt Ihr allein nach Miranei und bietet sie mir umsonst an?«

Er zögerte. Offenbar war er sich seiner eigenen Motive nicht sicher. Sie hatte eine ungemein vernünftige Frage gestellt, aber wie er feststellen musste, kannte er die Antwort nicht. »Ich wollte nur ...«

»Aber seht Ihr denn nicht?«, unterbrach ihn Anghara. »Ihr habt uns gerade den Ausweg dieser unmöglichen Situation gezeigt!«

»Habe ich das?« Favrin schaute sie verständnislos an.

»Ihr habt eine ehrenhafte Möglichkeit für Euch aufgezeigt, diesen unseligen Krieg zu beenden«, erklärte Anghara und umfing seinen Arm.

»Nun mal langsam«, sagte er und legte seine auf ihre kleine Hand. »Was denkst du, Hexlein?«

Sie lächelte ihn verschmitzt an. »Wenn Dynan das Zweite Gesicht besaß, dann gewiss auch Isel – und das bedeutet, dass auch Ihr Hexerblut in Euch tragt. Passt gut auf Euren Erben auf.« Favrin verzog das Gesicht und nahm diesen Schlag hin. »Ich soll bald gekrönt werden. Was ist, wenn ich laut königlicher Proklamation erkläre, dass ich Euch zu meinem Erben einsetze, falls ich kinderlos bleibe?«

Jetzt blickte er nicht mehr verständnislos, sondern völlig verblüfft drein. »Was?«

»Wollt Ihr nicht Roisinans Erbe sein?«

»Ich war schon viel zu lang ein Erbe«, antwortete Favrin aufgebracht. »Außerdem werden viele bemerken, dass ich als nominierter Erbe lediglich Euch beseitigen muss, damit alles mir gehört.«

»Wärt Ihr mit Tath zufrieden?«

»Ja, verdammt!« Das Zugeständnis fiel ihm schwer – zumindest ihr gegenüber, die das Geburtsrecht über ein Reich besaß, das sehr viel größer und reicher als sein eigenes war.

»Dann nehmt es und haltet es!«

»Und wenn Ihr einen anderen Erben bekommt?«

»Seid Ihr immer noch König in Algira«, erklärte Anghara. Ihre Stimme klang ruhig, aber sie errötete heftig. »Und Ihr bleibt zweiter in der Thronfolge.«

Favrin grinste wie ein gefährliches Raubtier, was in völligem Gegensatz zu der Fröhlichkeit stand, die in seinen Augen tanzte. »Noch mehr Leute zu beseitigen«, neckte er.

Anghara brauchte einen Moment, bis sie es begriff, dann lachte sie laut. »Das meint Ihr nicht ernst – Ihr seid stark genug, Eure Barone in Schach zu halten. Als Ihr euch nach Miranei hereingeschlichen habt, habt Ihr bestimmt nicht daran gedacht, ein Gewand mitzubringen, das dem Erben einer Königin würdig ist, oder?«

19

»Angeblich war Sifs Krönung so prachtvoll, dass sie alle bisherigen in den Schatten gestellt hat«, sagte Anghara. »Schach.«

»Ihm blieb nichts anderes übrig«, sagte Favrin über das Spielbrett gebeugt und runzelte die Stirn. »Er musste das Bild von ihm als Dynans Sohn und siegreichem Helden verstärken und die Erinnerungen an seinen Einzug nach Miranei, deinen angeblichen Tod und Königin Rimas blutiges Ende auslöschen. Das war eine Menge, das die Menschen vergessen sollten. Dazu war ein grandioses Spektakel notwendig.« Favrin grinste hämisch und wischte Angharas angreifende Figur mit einer lässigen Handbewegung vom Brett. »Und Schach!«, sagte er. »Ich glaube, ich gewinne schon wieder.«

Anghara blickte ihn finster an. »Ihr mit euren südländischen Tricks«, sagte sie. »Sie sind so hinterhältig ... und es dauert immer so lange.«

»Für ein entscheidungsfreudiges Volk wie eures im Norden gewiss. Ihr rennt in engeren Kreisen herum als eine Katze, die den eigenen Schwanz verfolgt. Wir faule Menschen aus dem Süden brauchen vielleicht länger, um an ein Ziel zu gelangen, aber zumindest wissen wir, wohin wir gehen.«

Anghara schaute ihn an und war bereit, ihr Volk und ihr Reich zu verteidigen, besann sich dann aber und lachte lauthals. Seit Sifs Beerdigung waren zehn Tage vergangen, und dieser Abend mit Favrin war ihre erste Gelegenheit, den endlosen Plänen für ihre Krönung zu entkommen. Diese schienen ihre gesamte Zeit zu beanspruchen; ständig war sie in irgendwelche endlosen Besprechungen verstrickt. Diejenigen, die die Krönungszeremonie organisierten, stritten über jede Kleinigkeit. Sämtliche Vertreter der verschiedenen Götter Roisinans hatten eine unterschiedliche

Version des günstigsten Datums vorgetragen, und jeder hatte eigene Vorstellungen bezüglich der Gästeliste. Alles und jedes schien Angharas Einsatz und Billigung zu erfordern. Sie hatte sich bereits beschwert, weshalb man vier Mal ihre Maße für die Krönungsgewänder nehmen musste. Favrin hielt sich mit lobenswerter Geduld abwartend im Hintergrund. Schließlich hatte er aber Kieran gebeten, die junge Königin zu fragen, wann sie eine oder zwei Stunden für ihn erübrigen könne. Anghara kam. Sie hatte alles andere erwartet als das – einen ruhigen Abend am Feuer bei einem Spiel, das *sheh* hieß. Sie verlor jedes Spiel, aber der Zweck des Treffens war erreicht – sie entspannte sich und konnte über das, was sich am Hof abspielte, mit etwas Humor sprechen.

Favrin stellte die Spielfiguren zurück in das Kästchen. »Nähern sich die Dinge irgendeinem Abschluss?«

»Die Götter scheinen die Köpfe zusammenzustecken und sich auf ein für alle annehmbares Datum zu einigen«, sagte Anghara.

»Und das wäre?«

Sie verzog das Gesicht. »Mein Geburtstag.«

»Der ist aber erst in ein paar Wochen von jetzt«, sagte Favrin und schaute sie an. »Ich hatte nicht vor, so lang von zu Hause fern zu bleiben.«

»Ich bin etwas erleichtert«, gab Anghara nach einer kurzen Pause zu und griff nach ihrem Becher, der noch halb voll mit abgekühltem Würzwein war.

»Lass das. Hier ist ein frischer Becher«, sagte Favrin und spielte den Gastgeber für sie in seinen Gemächern. »Erleichtert? Weshalb?«

»Es lässt mir ein bisschen Zeit«, meinte sie rätselhaft und nahm den Becher aus seiner Hand. Er zog fragend eine Braue hoch, aber sie lächelte nur über den Becherrand, als sie einen Schluck trank. »Sie wollen ein Spektakel, das Sifs in den Schatten stellt. Der Aufschub verschafft ihnen Zeit, die Feier mit königlichen Gästen zu zieren ...«

Favrin verneigte sich tief, und Anghara lachte.

»Nein, von dir haben sie noch keine Ahnung. Sie wollen Aise Aymerin von Shaymir einladen.«

»Und was hältst du von diesem Plan?«

»Ich hätte es selbst vorgeschlagen«, antwortete Anghara. »Ich habe ihn zwar nie kennengelernt, aber er herrscht über ein Reich, das nur einen Bergpass von Miranei entfernt ist. Er ist zu klug, um dafür in den Krieg zu ziehen, aber er ist nicht zu Sifs Krönung gekommen und – soweit ich weiß – hat er während Sifs Regentschaft sowohl Reisen als auch Handel mit Roisinan vermieden. Wenn wir ihn jetzt einladen und seine Reaktion beobachten, könnte das aufschlussreich sein.«

»Aber du hast doch gewiss deine eigene Gästeliste«, sagte Favrin und hob den Becher zum Toast. »Eine, von der noch niemand etwas weiß.«

Überrascht schaute sie ihn an. »Was weißt du darüber?«

Favrin blickte ebenso verblüfft. »Ich habe mich selbst gemeint«, antwortete er. »Warum, an wen hast du denn gedacht?«

»Niemand weiß etwas davon ... abgesehen von Kieran«, sagte sie. »Aber Gäste, mit denen niemand rechnet, sind bereits unterwegs.«

Favrin wusste nichts über die Freunde, die Anghara in Kheldrin zurückgelassen hatte. Er runzelte die Stirn und dachte angestrengt nach, auf wen Angharas rätselhafte Beschreibung zutreffen könnte – irgendjemanden. Schließlich musste er sich geschlagen geben. »Nun gut, was hast du vor?«, fragte er.

»An diese Krönung wird man sich lange erinnern«, antwortete sie ausweichend.

Favrin kehrte zu einem früheren Thema zurück. »Wenn man sich auf dieses neue Datum geeinigt hat, könnte ich nach Algira zurückreiten. Ich kann mühelos rechtzeitig für die Zeremonie wieder hier sein, und ich glaube, ich sollte mich in Tath um ein paar Dinge kümmern.«

»Vielleicht besonders um deine Lady?«, neckte Anghara.

»Auch das«, gab Favrin lächelnd zu. »Sie ist noch keineswegs ihrer Zeit nahe, aber ich würde gern wissen, wie es dem Kind geht. Daheim wäre ich nützlicher als bis zu deinem Geburtstag hier in diesen Gemächern festzusitzen – so prächtig sie auch sind.« Nachdenklich schaute er sie kurz an. »Du wirst erst achtzehn«, sagte er schließlich. »Ich vergesse ständig, wie jung du wirklich bist.«

Anghara zog an einer seiner Locken. »Hier ist auch kein Grau drin«, sagte sie.

»Der Unterschied ist, dass ich, seit ich ein Junge war, Armeen angeführt habe.«

»Es gibt viele Wege, erwachsen zu werden«, erklärte Anghara ernst.

Er neigte den Kopf und verbarg ein Lächeln. »Ich wollte dich nicht kränken«, sagte er. »Nun, dann sind wir uns einig – Qi'Dah und ich verlassen dich morgen. Ich bin rechtzeitig zur Krönung zurück ... falls du immer noch deine Proklamation machen willst.«

»Allerdings, Erbe von Roisinan«, erklärte Anghara.

Favrin lachte, und Anghara erhob sich anmutig. »Morgen wird wieder ein schwerer Tag. Ich danke dir für den heutigen Abend und freue mich auf deine sichere Rückkehr.«

»Deine Gäste müssten schon bald eintreffen und die Lücke füllen, die ich hinterlasse«, sagte Favrin lässig, aber mit einem leicht boshaften Funkeln in den Augen.

Aber Anghara schluckte den Köder nicht. »Ja, schon möglich«, meinte sie vergnügt.

Und die Gäste kamen. Eines Tages waren sie einfach da. Angharas Freunde aus Kheldrin, als wären sie in der Festung direkt aus dem Nichts aufgetaucht. Sie kamen auf die kalten Winterwinde Miraneis vorbereitet in ungewöhnlichen Gewändern und *shevah*-Pelzen, dazu trugen sie Umhänge aus gegerbtem *haval'la*-Leder. Trotzdem blieben sie beinahe unsichtbar. Anghara hätte fast einen alten Freund überrannt, ohne ihm einen Blick zu schenken. Er stand unauffällig an der Seite und hatte ihr Platz gemacht. Dann sprach er sie von hinten an. Ein Name genügte, um sie erstarren zu lassen, denn er war in einer Sprache ausgesprochen – und einer Stimme –, die den heißen Atem der Wüste in die kalten Steinmauern der Festung brachte.

»Sei gegrüßt, ai'Bre'hinnah«, sagte al'Tamar ruhig.

Ganz langsam drehte Anghara sich um. Tränen stiegen ihr unerwartet in die Augen. »Willkommen«, sagte sie und streckte ihm die Hände entgegen. »O, herzlich willkommen!«

»Ich dachte, du wärst hier in Sheriha'drin anders«, sagte al'Tamar nach einer Pause. »Aber ich hätte es wissen müssen – es ist die Natur der Wandlerin stets unverändert zu bleiben.«

»O, ich habe mich verändert«, widersprach Anghara und lächelte sanft.

Anfangs sah es so aus, als wolle al'Tamar widersprechen, doch dann verhüllte er die Augen unter goldenen Wimpern und verneigte sich zustimmend tief nach Art der Wüste.

»Wo sind die anderen?«, fragte Anghara aufgeregt.

»Sie warten. Komm! Ich bringe dich zu ihnen.«

Es waren weniger gekommen, als Anghara erwartet hatte. Nur eine Handvoll. Als Erster begrüßte sie al'Jezraal. Er war unverändert, sein Haar vielleicht einen Hauch goldener, aber ansonsten sah er genauso aus, wie an dem Morgen, als sie mit ihrer Traumvision zu ihm gegangen war – vor einem halben Leben. Er begrüßte sie mit der gleichen ernsten Höflichkeit.

»Es ist viel geschehen, seit du in der Harim Khajir'i'id warst«, sagte er. »Es erfreut mein Herz, dich so wohl zu sehen und dass du bekommen hast, was dir zusteht. Gul Khaima hat uns gesagt, das würde so kommen. Aber ich bringe auch traurige Nachrichten. Eine, von der du dir gewünscht hast, sie hier zu sehen, spürt jetzt ihr Alter und ist nicht länger imstande zu reisen. Ich befürchte, sie wird ihre hai'r nicht mehr verlassen.«

Ai'Jihaar . . .

Von irgendwo aus weiter Ferne kam das Echo einer Antwort auf den Namen, den Angharas Gedanken hinausgeschickt hatten.

Es gibt Dinge, die selbst eine Wandlerin nicht zweimal tun kann. Ich habe mein Leben aus deinen Händen empfangen, als du al'Khur in der Khar'i'id begegnet bist, aber al'Khur ist fort. Du bist alles, was übrig geblieben ist, und du kannst nicht allein kämpfen. Ich hatte ein gutes

Leben – und jetzt ist meine Stunde schließlich gekommen. Bleib gesund, werde glücklich, Kind meines Herzens …

»Ich hätte mir gewünscht, dass sie sieht wie …«, murmelte Anghara.

»Sie muss nicht anwesend sein, um zu sehen«, sagte eine andere bekannte Stimme. Gold blitzte, als ai'Farra ma'Sayyed vortrat, um Anghara zu begrüßen. Die Augen der Priesterin waren weicher als sonst und in ihnen stand Mitgefühl. Sie trug sämtliche Insignien ihres Rangs und hatte die Annehmlichkeiten eines warmen Umhangs zurückgewiesen. In ihrem goldenen Gewand und einer Masse von say'yin'en bot sie einen prächtigen Anblick. An ihrem Gürtel steckte der schwarze Dolch ihres Amtes in der Scheide. Sie lächelte ein wenig schief, als sie sah, wie Angharas Blick darauf fiel.

»Ja, die Alten Götter sind tatsächlich fort«, erklärte sie. »Aber es gibt Zeiten, da ich noch immer versuche auf die alte Art mit ihnen zu sprechen. Sie antworten nie … aber vielleicht werden sie eines Tages zurückkehren. Doch wir sind nicht in Kheldrin, und hier gibt es andere Götter. Ich werde keine unwillkommene Anwesenheit in diesem Land heraufbeschwören.«

»Sie sind nicht fortgegangen, *an'sen'thar*«, erklärte al'Tamar unvermittelt. »Sie sind in uns – wie all die Dinge, welche dahinscheiden. Nichts ist vollständig verschwunden. Die Alten Götter schlafen, bis ihre Zeit wiederkehrt.«

Er hatte das Gold aus Angharas eigener Hand verliehen bekommen. Jetzt war er mit der Priesterin gleichrangig, vor deren Aufmerksamkeit seine Familie ihn einst listenreich versteckt hatte. Er blickte ihr fest in die Augen, und es war ai'Farra, die wegschaute – al'Tamar war kein Junge mehr.

Die Nachricht vom Eintreffen der Delegation aus Kheldrin verbreitete sich schnell – Angharas Gäste wurden von Dienern mit großen Augen in ihre Gemächer geleitet, die keine Zeit verloren, den Klatsch weiterzutragen. Man hatte den Kheldrini jegliche Bewegungsfreiheit in der Festung zugestanden, aber die blanke Neugier des Hofes setzte dieser Freiheit natürliche Grenzen. Zu lange hatte sich die Erfahrung Miraneis mit den Kheldrini auf gelegentliche Händler mit Seide, dun'en und die Pferdeknechte beschränkt, die zurückblieben, um für die edlen Wüstentiere zu sorgen. Zwar war sofort offensichtlich, dass Angharas Gäste keiner dieser Gruppen angehörten, aber es gab doch etliche am Hof, die alle »Khelsies« als Diener ansahen. Allerdings war es unmöglich, al'Jezraals ruhige Würde und ai'Farras Stolz zu ignorieren. Es war schwierig zu sagen, wer größeren Schaden anrichtete – diejenigen, die herumscharwenzelten, um zu gaffen, oder die, welche Abstand vorzogen, wohl wissend, dass ihre selbstherrliche Haltung sowohl die Kheldrini als auch die Königin ärgerte. Einige wenige versuchten sich wirklich zu nähern, aber im Großen und Ganzen fanden die Besucher, es sei besser, unter sich zu bleiben und dem Hof Miraneis Zeit zu geben, sich an ihre Gegenwart zu gewöhnen.

Anghara war sich über die Situation im Klaren und wusste, dass die Kheldrini lieber direkte Begegnungen mit den Einheimischen vermieden. Wahrscheinlich war das unvermeidlich, wenn man an die uralte Kluft dachte, die zwischen den beiden Ländern existierte. Doch die Überbrückung dieser Kluft war ein Grund, weshalb sie die Kheldrini eingeladen hatte. Man hatte ihr die Chance gegeben, ein Teil der Welt Kheldrins zu werden. Jetzt wollte sie, dass sie auch ein Teil ihrer wurden. Sie gab sich besondere Mühe, sich von lästigen Pflichten zu befreien und mehr Zeit mit ihnen zu verbringen. Als al'Jezaar eine angebotene Besichtigung der Verteidigungsanlagen der Festung unter dem Vorwand ablehnte, die kalte Luft würde seine Lunge reizen, blieb auch ai'Farra beim *Sa'id*. Nur al'Tamar wollte mitgehen. So war er allein mit Anghara auf der Brustwehr, lehnte sich auf die Schießscharten und blickte auf die Reihen der schneebedeckten Berge.

»In der Nacht, als wir uns zum ersten Mal begegnet sind, hast du von einem See erzählt, irgendwo in den Bergen, in der Nähe der Festung, der von einer heißen Quelle gespeist wird.«

»Ich erinnere mich«, sagte Anghara. Sie rief sich die unglaubliche Freude zurück, als die Palmen der Fihra Hai'r, der ersten Oase in der Kadun Khaji'i'id vor dem Sonnenuntergang in Sicht kamen, nachdem sie die brütende Hitze der Schwarzen Wüste durchgestanden hatten; das sinnliche Gefühl des kostbaren Wassers, das über ihre ausgetrocknete Haut rann. Und die Erinnerung an jenem ausgedörrten Ort an Miraneis Bergsee – wo sie in vergangenen Sommern gebadet hatte, da der See von heißen Quellen erwärmt wurde. Und dann waren in der Nacht drei Reiter gekommen ...

»Ich würde ihn gern sehen«, sagte al'Tamar und riss sie aus ihren Träumen.

»Jetzt?«, fragte Anghara fassungslos. »Es ist Winter. Selbst wenn der Weg durch den ersten Schnee noch begehbar ist, sieht man um diese Jahreszeit fast nichts.«

»Wasser ist in jeder Jahreszeit heilig.«

»Aber im Winter?«, meinte Anghara verblüfft.

»Ich möchte trotzdem den See sehen«, wiederholte er. »Ich kann immer noch nicht glauben, dass ich in Sheriha'drin bin – aber du hast mich hergeholt, wie du versprochen hast. Und jetzt, in diesem fremden Land ... es ist der Weg, es ist, was du Zweites Gesicht nennst, das mich antreibt, diesen See zu sehen. Dort ist etwas, das sehr wichtig ist, aber ich kann es nicht deutlich sehen ...«

Anghara blickte ihn kurz an, dann nickte sie. »Nun gut, ich werde sehen, was ich tun kann. Wenn ich eine Gruppe mitnehme ...«

»So wenige wie möglich«, unterbrach sie al'Tamar, ruhig aber beharrlich. »Am liebsten möchte ich, dass wir allein gehen, aber wenn das nicht möglich ist ...«

»Ist es nicht«, fiel Anghara ihm mit liebenswürdigem Lächeln ins Wort. »Der Hof wäre allein schon bei dem Gedanken völlig entsetzt. Und bei einem Notfall hättest du keinen blassen Schimmer, was im Schnee zu tun ist.« Sie machte eine Pause und musterte al'Tamar. »Na schön. Ich bin neugierig. Außerdem hat mich das Leben gelehrt, sich dem Zweiten Gesichts nie in den Weg zu stellen. Wir nehmen nur einen mit, und er ist ein Freund.«

»Deinen Kieran?«

Sie wollte den Besitz kokett bestreiten, aber etwas in al'Tamars Stimme ließ sie diese Absicht herunterschlucken. Stattdessen nickte sie nur.

»Das ist gut«, meinte al'Tamar ernst. »In letzter Zeit hast du ihn sehr wenig gesehen.«

»Ja, nicht viel«, gab sie zu. »Ich scheine nie einen Augenblick für mich zu haben – sobald ich den Fuß aus meinem Gemach setze, werde ich von jemandem gestellt, und alles scheint wichtig zu sein ...«

»Dann ist er nicht mehr die ganze Zeit bei dir?«

Sie schüttelte schuldbewusst den Kopf. Sie hatte sich immer ganz auf Kieran und die Taurinzwillinge verlassen; aber jetzt hatte Kieran eigene Verpflichtungen, weitgehend aufgrund ihrer Erwartungen. Ihre Wege kreuzten sich nicht mehr so oft, wie Anghara es sich gewünscht hätte. Es war nicht so, als würde er sie meiden, aber er schien öfter Dienst zu haben als sonst, und selbst, wenn er nicht Dienst hatte, gab es immer etwas, um das er sich kümmern musste.

»Dann ist es gut, dass er mitkommt«, sagte al'Tamar. »Wie weit ist es zum See?«

»Im Sommer vielleicht etwas mehr als eine Stunde – ein lockerer Ritt. Jetzt ... ich habe keine Ahnung. Und wir müssen auf das Wetter achten. Ich will nicht auf dem Berg von einer heranziehenden Sturmfront erwischt werden.«

»Das überlasse ich dir. Du kennst dieses Land«, sagte er. »Wenn du Bescheid gibst, bin ich bereit.«

Kieran hatte schon längst gelernt, von nichts mehr überrascht zu sein, das Anghara tat, und nahm die Neuigkeit von dem Ausflug mit erstaunlicher Gelassenheit auf. Anghara würde die Expedition den richtigen Weg führen, aber Kieran trug die Verantwortung. Er traf die entsprechenden Vorbereitungen.

Die Berge über Miranei waren in Angharas Blut, und sie kannte deren Launen. Aber schließlich war es Kieran, der den Zeitpunkt für den Aufbruch festlegte und eine Atempause des Winterwetters nutzte. Für einen Wintertag war es warm; aber die Nächte im Gebirge waren eisig. Als sie am frühen Morgen bei Fackelschein im perligen Halblicht der Morgendämmerung die Festung verließen, lag noch ein Hauch dieser Eiseskälte in der Luft. Es war irgendwie albern, dass al'Tamar über der unteren Gesichtshälfte seinen Wüstenschleier trug. Die kalte Luft, die ihm im Hals schmerzte, wenn er atmete, würde noch schärfer werden, je höher sie stiegen. Kierans und Angharas Atem bildete dicke Wolken vor ihren Gesichtern.

»Das ist verrückt«, murmelte Kieran immer wieder während der ersten Stunde des Ritts. Die Sonne war aufgegangen und schien durch die Bäume über ihnen auf die riesigen weißen Flächen. »Stellenweise muss der Schnee hüfttief sein – al'Tamar, bist du sicher, dass du nicht lieber nach der Schneeschmelze zurückkommen willst? Dieser Ort ist keine flüchtige hai'r, die verschwinden könnte. Auch im Frühjahr ist das Wasser noch da und du kannst es sehen.«

»Im Frühling ist es zu spät.«

»Zu spät wofür?«, fragte Kieran.

»Für euch«, antwortete al'Tamar und blickte ihn mit unergründlicher Miene an. Seine goldenen Augen funkelten unter der Kapuze aus weißem Fuchspelz.

Kieran musterte ihn mit einem langen besorgten Blick. Das klang nach Zweitem Gesicht, und Kieran wusste, dass alle Maßnahmen gegen das Zweite Gesicht völlig wirkungslos waren; außerdem traf ihn die Bemerkung bis ins Mark. Er hatte einen Punkt erreicht, an dem eine schmerzliche Entscheidung anstand, und al'Tamar klang, als kenne er die Gedanken, die Kieran während der langen Winternächte wachhielten.

Der Weg war für die Pferde schwierig, aber nicht unpassierbar. Sobald Kieran sich vergewissert hatte, dass das Abenteuer sicher durchgeführt werden konnte, entspannte er sich ein wenig und genoss den klirrend kalten Wintertag. Der Himmel war intensiv blau, im jungfräulichen Schnee sah man nur die Spuren von Rehen, die im Sonnenschein glitzerten. Die Luft war immer noch eisig, aber der Tag hatte sich etwas erwärmt, sodass al'Tamar seinen Schleier abgenommen hatte. Sie ritten hintereinander, Anghara voraus. Gelegentlich lächelte sie, wenn sie sich umdrehte, um den faszinierten Ausdruck auf al'Tamars Gesicht zu sehen. Er erinnerte sie lebhaft daran, wie sie wohl geschaut hatte, als al'Jezraals kleine Karawane zu dem Ort aufgebrochen war, aus dem später Gul Khaima wurde. Für Anghara war die Wüste unvorstellbar gewesen; für al'Tamar waren es diese endlosen weißen Schneefelder, die am Berge schimmerten, nur unterbrochen von den tiefgrünen Fichten unter schweren Schneeladungen. Einmal überraschten sie einen Schneehasen, der auf ihrem Weg sich fein säuberlich die langen Löffel putzte. Mit einem Angstquieken verschwand er blitzschnell hinter einem Baum.

»Ein Schnee-*shevah*«, sagte al'Tamar. »So unterschiedlich sind unsere Welten gar nicht.«

Trotz der Jahreszeit kamen sie flott vorwärts und erreichten ihr Ziel am Vormittag. Der Großteil des Sees war zugefroren, abgesehen von einer kleinen Fläche, wo warmes Wasser den Himmel spiegelte.

»Dort«, sagte Anghara und deutete auf das Wasser, als sie sich auf wenige Schritte genähert hatten. »Das ist der warme Teich. Hier haben wir ...«

»Warte!«, unterbrach sie al'Tamar und hob die Hand. »Hört mal. Sie kommt.«

Anghara und Kieran schauten sich an, dann hinauf zum bewaldeten Hang über dem See. Der Wald schien stumm und leer. »Ich höre nichts ...«, flüsterte Anghara, doch Kieran nahm schnell ihr Handgelenk und deutete auf die Bäume.

»Es ist eine weiße Hirschkuh«, sagte er leise.

Es war kaum zu glauben, dass al'Tamar dieses Tier gehört haben konnte. Es bewegte sich anmutig und stellte die Hufe vorsichtig in den fesseltiefen Schnee. Die Hindin schenkte den drei Reitern, die nur wenige Fuß entfernt waren, keinerlei Beachtung, sondern ging zum Wasser und senkte den Kopf, um zu trinken. Dann schaute die Hirschkuh auf, musterte sie langsam und königlich und wandte sich ab.

Plötzlich zuckte Kieran zusammen, als das weiße Schweigen von einem dumpfen Grollen aus dem Wald unterbrochen wurde. Er sah, wie das Tier innehielt, unsicher wurde. Die schlanken Ohren flatterten. Sie versuchte herauszufinden, woher die Gefahr drohte ... als sie sich umdrehte, war es bereits zu spät. Ein riesiger Wolf mit großen goldenen Augen und einem dichten weißen Fell machte sich gerade zum Sprung auf die weiße Hindin bereit, um ihr mit aufgerissenem Schlund den Hals zu zerfetzen ... »*Nein!*«

Anghara sah, wie die weiße Hirschkuh davonging, den Kopf senkte, als hätte sie Schmerzen, und dann langsam verblasste. Sie konnte die Bäume hinter dem Körper der Hindin durchschimmern sehen. Das Tier verblasste zu einem Geist ... »*Nein!*«

Der Schrei kam aus zwei Kehlen gleichzeitig. Kieran griff bereits nach seinem Schwert, als sein Pferd unter dem Schenkeldruck vorwärtssprang. Die Waffe blieb im Wolf stecken. Kieran wusste, dass jede Sekunde zählte, ließ sie dort und zückte seinen Dolch. Unbesonnen sprang er aus dem Sattel, um den Wolf aufzuhalten. Er sah den roten Rachen mit den spitzen Fängen näherkommen und hob instinktiv die Hand, um ihn abzuwehren.

Auch Anghara war von ihrem Pferd abgestiegen und rannte mit ausgestreckten Händen zu Fuß zu der Geisterhirschkuh.

Sie erwartete, weiches weißes Fell zu spüren; Kieran wappnete sich für den Angriff der scharfen Zähne. Stattdessen berührten sich ihre Hände, Handfläche gegen Handfläche, instinktiv die Finger verschlingend – und die Geistergestalten, die sie berühren wollten, flatterten und lösten sich auf. Der große Wolf war weg, aber unter der Brücke der beiden Hände hob die weiße Hindin den Kopf, der nicht länger zart war, sondern groß und stolz, und von einem mächtigen Geweih geziert wurde, dessen Gehörn golden glänzte und einer Krone glich. So blickte das Tier zuerst Anghara dann Kieran an, ehe es ganz langsam zurück in den Wald schritt. Kieran glaubte, einen grauen Schatten unter den Bäumen verschwinden zu sehen, vielleicht alles, was von dem gefährlichen Wolf noch übrig war.

Wie betäubt schauten sie der Hirschkuh mit dem goldenen Geweih nach, dann einander in die Augen. Ihre Finger waren immer noch fest ineinander verschlungen.

»Du möchtest Miranei verlassen?«, ertönte plötzlich eine Stimme aus weiter Ferne. Kieran schaute al'Tamar überrascht an.

»Du möchtest Miranei verlassen, Kieran?«, wiederholte al'Tamar. »Und was ihr soeben gesehen habt, würde dem anderen zustoßen, wenn du es tätest. Ohne dich würde Anghara den Wölfen ganz allein gegenüberstehen – und es wird Wölfe geben, denn sie ist erst achtzehn, eine gekrönte Königin, die einen Erben braucht, um ihren Thron zu festigen. Es gibt immer Männer, die ganz erpicht darauf sind, ihren Samen für eine königliche Dynastie zu geben. Und wenn Kieran jetzt geht, Anghara, und sein Glück in fernen und fremden Orten sucht, wird die Erinnerung an Miranei und die Frau, die er dort zurückgelassen hat, für immer an ihm fressen, bis seine Seele verblasst – wie die weiße Hindin. Aber gemeinsam ...«

»Verlassen?«, fragte Anghara mit großen Augen. »Warum?«

Er drückte noch einmal ihre Finger, dann ließ er ihre Hand los. »Wie kann ich bleiben?«

»Ich dachte, es sei vorüber. Ich dachte, die Trennungen seien vorbei und dass wir jetzt zusammenbleiben«, sagte sie leise.

Jetzt erst schaute er sie direkt an. Schmerz stand in seinen Augen. »Anghara«, stieß er verzweifelt vor. »Ich liebe dich. Es hat vielleicht schon angefangen, als wir noch Kinder waren und ich für dich wie für eine Schwester empfunden habe – aber ich weiß schon seit Langem, dass es nicht die Schwester war, nach der ich all diese Jahre gesucht habe. Und jetzt – jetzt bist du Königin, wirst bald gekrönt, und ich kann keinerlei Anspruch auf dich erheben.«

»Aber du warst derjenige, der geholfen hat, mich hierher zu bringen«, sagte sie.

»Ich weiß«, sagte er. »Aber das ist, wohin du gehörst.«

»Und wohin gehörst du?«

Er schaute beiseite. »Ich weiß es nicht«, antwortete er mit düsterer Miene. »Ich bin der Sohn eines Bergarbeiters, ein Soldat, ein Ritter. Die Umstände haben mich gezwungen, eine Gruppe Männer anzuführen, um gegen einen Tyrannen zu kämpfen. Ich wurde nicht für eine Krone geboren, wie du. Und diese Krone schränkt deine Möglichkeiten sehr ein. Königinnen können nicht ...«

»*Diese* Königin kann«, erklärte sie und zog mit dem Zeigefinger liebevoll seine Kinnlinie nach.

Er griff blitzschnell nach ihrer Hand. Seine Absicht war nicht klar. Wollte er die Hand festhalten oder wegwischen. Als Anghara in seine Augen blickte, waren ihre voll Tränen.

»Du warst immer für mich da und bei mir«, flüsterte sie. »Als Sif meine Seele gestohlen hatte, hast du sie für mich getragen. Wo waren meine Augen, dass ich es nicht gesehen habe? Kieran ... wie könnte ich ohne dich weiterleben?«

Er hatte sie in vielen Erscheinungen erlebt. Da war die junge Brynna gewesen, der seine brüderliche Zuneigung gegolten hatte; dann die geflügelte Göttin, ai'Bre'hinnah, bei deren Erschaffung er selbst mitgeholfen hatte. Dann war sie die königliche Erbin, die letzte der Kir Hama Dynastie. Doch dazwischen war sie immer und ewig seine Anghara geblieben, Teil seines Herzens, Teil seiner Seele. Und jetzt hier an einem weißen Wintertag in den Bergen Miraneis gehörte sie niemandem außer ihm.

Du bist der Falke, den ich aussende, um sie zu suchen ...

Bist du ihr qu'mar?

Ich sehe eine große Liebe, beinahe verloren ... und gewonnene Schlachten ... und dann ... dann ist da eine Krone.

Bitte mich um alles, was ich habe, denn es hat schon immer dir gehört ...

Sie wird einen Freund brauchen ...

So sei es.

Er blickte in ihre Augen und lächelte.

Glossar

Einige Namen und Ideen stammen aus verschiedenen Teilen der Welt und sind der Einfachheit halber erläutert z. B.
Kheldrin (K); Roisinan (R); Shaymir (S); Tath (T)

Adamo Taurin: Zwilling von Charo Taurin, Chellas jüngere Söhne, später wichtig für Anghara

afrit (fem. afrita; Pl. afriti) böser Wüstengeist

-ah (K) feminines Suffix, an Wörter angehängt, um weibliches Geschlecht zu kennzeichnen; manchmal auch innerhalb eines Worts (wie in havallah), Hinweis auf angeborene Anmut, Schönheit oder weibliche Qualität des Begriffs, den das Wort beschreibt.

ai'Dya (K): kheldrinische Göttin, Herrin der Winde

ai'Farra ma'Sayyed: Archivarin in Al'haria, höchste an'sen'thar im Turm von Al'haria

ai'Jihaar ma'Hariff: blinde kheldrinische Priesterin (vgl. *an'sen'thar*); Angharas Freundin und Lehrerin

ai'Lan(K): Sonnengöttin: vergleichbar mit Avanna in Roisinan, abgesehen davon, dass ihre Verehrung blutrünstiger ist – kann für ein angemessenes Opfer große Macht und Schutz gewähren

ai'Ramia: Braut al'Tamars

ai'Raisa: junge sen'thar in grauem Gewand, die als Stimme des Orakels von Gul Khaima zurückbleibt

ai'Shahn, oft bekannt als ai'Shan al'Sheriha (K): Gottesbote, Wassergeist, heiliges Wesen

Akka! (K): Befehl für ki'thar: vorwärts!

Algira (T): eine wunderschöne Kanalstadt in Tath, einst Stolz von Roisinan; Ausbildungszentrum für die mit dem Zweiten Gesicht, ähnlich wie das in der Nähe gelegene Schloss Bresse

Al'haria: rote Stadt in Kheldrin, Ort, wo die Archive aufbewahrt werden, Stadt der Gelehrten, Priesterinnen und Handwerker

al'Jezraal ma'Hariff: Lord von Al'haria, ai'Jihaars Bruder

al'Khur (K): Gott des Todes und der Träume, die im kleinen Tod, dem Schlaf, kommen; halb Mensch, halb Wüstengeier

al'Shehyr ma'Hariff: Sohn al'Jezraals

al'Tamar ma'Hariff: Neffe al'Jezraals, Sohn seines Bruders, sen'thar-begabt, aber nicht ausgebildet, da er der Erbe einer großen Silbermine der Hariffs ist

al'Zaan, Sa'id-ma'sihai (K): al'Zaan, der Einäugige, Lord des Leeren Viertels, Kheldrins oberster Gott, kann nicht in Räumen sondern nur im Freien angebetet werden

Anghara Kir Hama (ma'Hariff): Prinzessin von Roisinan und an'sen'thar in Kheldrin, Erbin des Roten Dynans, dessen Krone ihr Halbbruder Sif an sich gerissen hat, nachdem der Vater in der Schlacht am Fluss Ronval fiel, mit starkem Zweiten Gesicht begabt, zentrale Figur der Handlung

Ansen Taurin: Angharas ältester Ziehbruder und Vetter, Sohn ihrer Tante Chella

an'sen'thar (Pl. an'sen'thari) (K): Träger des goldenen Gewandes in der sen'thar Priesterinnenkaste von Kheldrin; hohe Priesterin, sowohl als Substantiv wie auch als förmliche Anrede verwendet

arad (K): Süden

Arad Khajir'i'id: Südliche Wüste, manchmal auch Mal'ghaim Khajir'i'id genannt

ar'i'id (K): Wüste

Ar'i'id Sam'mara: Wüstentor, Schlucht, durch die der Weg zwischen Kheldrins Küstenebene und Arad Khajir'i'id führt.

Avanna der Türme (R): Göttin der Lichter, Roisinans Erntegöttin, Patronin von allem, das hell ist und wächst; sie erschuf Sonne, Mond und Sterne und segnet alles unter diesen; in Roisinan werden in ihren Türmen die Säuglinge den Göttern vorgestellt

Aymer: Hauptstadt Shaymirs, unabhängiges Fürstentum in der

Halbwüste nördlich von Roisinan, die Aymer Harfe stammt von hier

Aymer Harfe: ein schwieriges Musikinstrument aus Shaymir

Beit al'Sihaya (K): das Leere Viertel, aus beit (geographisch Viertel) + sihaya (leer)

Beku: Stadt in Kheldrin

Bodmer Wald: Großer Wald im Herzen Roisinans

Brandar Pass: Bergpass von Roisinan nach Shaymir durch die Bergkette hinter Miranei

Bresse: siehe Schloss Bresse

Brynna Kelen: Anghara Kir Hamas Alter-Ego, der Name, unter dem sie in Cascin bekannt war

Calabra: Haupthafenstadt in Roisinan, an der Mündung des Flusses Tanassa

Cascin (Cascin von den Quellen): das Herrenhaus der Familie von Angharas Mutter Rima, Angharas Zufluchtsort in den ersten Jahren ihres Exils; Besitzer ist Lord Lyme, verheiratet mit Rimas Schwester Chella

Cerdiad (R): Erntefest zur Sommersonnenwende mit Anspielungen auf uralte Fruchtbarkeitsriten, wenn die Felder geerntet werden und die Ernte am Abend vor der Sommersonnenwende von einer Priesterin Avannas von den Türmen gesegnet wird, der göttlichen Patronin des Festes, den Rest der Nacht wird gefeiert. Es gibt in dieser Nacht romantische abergläubische Bräuche von den Mädchen, um herauszufinden, wen sie einmal heiraten werden.

Charo Taurin: Zwilling von Adamo Taurin, Chellas jüngeren Söhnen, Angharas Ziehbruder

cheta (R): eine militärische Kompanie in der roisinischen Armee

chud! (K): kheldriniser Ausruf der Frustration

colhot (S): Kreuzung zwischen Löwe und Kojote – ein faules aber gefährliches Raubtier in der Wüste Shaymirs

Colwen: Sifs erste Königin, verstoßen, weil sie ihm keinen Erben schenken konnte *dan* (fem.: dan'ah) (K): allein

djellaba (K): Wüstenobergewand

Duerin Rashin: König von Tath, Nachkomme der Rashin-Sippe, die einst den legitimen Herrschern Kir Hama den Thron unter dem Berge entreißen wollten. Duerins Ahnen versagten, aber Duerin wollte Roisinan noch immer und zog deshalb in den Krieg.

dun (Pl: dun'en) (K): Wüstenpferde aus Kheldrin, nach Roisinan, Tath und Shaymir exportiert, aber nur sehr Reiche können sie sich leisten, wunderschöne, anmutige Tiere, schneller als der Wind, Dungestüte hauptsächlich in der Provinz der Sayyed-Sippe

Dynan (›Roter Dynan‹) Kir Hama: Angharas Vater, König von Roisinan, gefallen in der Schlacht gegen Duerin Rashin aus Tath

Favrin Rashin: Prinz von Algira, Sohn Duerins Rashins von Tath

Feor: Ex-Priester von Kerun und Nual, Tutor mit Zweitem Gesicht im Haushalt von Cascin, erzieht Anghara Kir Hama für die Herrschaft als Königin

Fihra Hai'r (K): wörtlich: die erste Oase; die erste Wasserstelle, die ein Reisender findet, wenn er aus der Khar'i'id kommt – kommt er aus der anderen Richtung kann die Oase auch Shod Hai'r heißen

Fodrun: Dynans zweiter General, der während der Schlacht von Ronval das Kommando übernimmt, nachdem Dynan gefallen und Kalas, der erste General, schwer verwundet ist. Er sieht den bevorstehenden Konflikt und schlägt sich, wenngleich mit Skrupeln, auf die Seite von Sif Kir Hama, Dynans erwachsenem Sohn, den er der legitimen Erbin, der neunjährigen Anghara, vorzieht. Auch bekannt als Fodrun der Königsmacher

fram'man (Pl.: fram'man'en) (K): Fremder

Glas Coil (R): Grauer Wald, ähnlich dem keltischen Tír na nóg, dem Land der Jugend – Roisinani glauben daran als Leben nach dem Tode

Gul Khaima (K): Orakel, das Anghara in Kheldrin aufstellt, eine Steinsäule am Meer, ein menschliches Orakel

Gul Qara (K): das uralte Orakel im Leeren Viertel, das Anghara den Namen seines Nachfolgers nennt

had'das (K): Fischart, die an der Küste in Kheldrin gefangen wird

Hai! Hai haddari! (K): ein Ausdruck des Staunens oder der Bewunderung

hai'r (Pl.: hai'ren) (K): Oase

Hama dan ar'i'id (K): Kheldrinisches Sprichwort. »In der Wüste bist du nie allein.«

han (R): Herberge, wie in Halas Han (Herberge am Fluss Hal)

hari: rot (Kadun Khajir'i'id manchmal als Harim Khajir'i'id bezeichnet)

Hariff: mächtige Sippe in Kheldrin mit Silbermine; Wurzel hari, rot, deutet vielleicht darauf hin, dass sie aus der Roten Wüste stammen

Harim Khajir'i'id: die Rote Wüste (siehe Kadun Khajir'i'id)

iri'sah (K): heißer Wüstenwind

jin'aaz Spinnen (K): große Wüstenspinnen, die ihre Larven in eine Puppe aus Seide einspinnen; Kheldrini benutzen Seidensucher, um die Nester der jin'aaz-Spinnen aufzuspüren und die Seide herauszuholen, die sehr kostbar und teuer ist – eines der Hauptexportgüter Kheldrins

kadun (K): Norden

Kadun Kharjir'i'id: die nördliche Wüste, manchmal auch Harim Khajir'i'id genannt

kaiss (T): (ausgespr. kish, die beiden ss = engl. sh.) Eine weit angelegte Haremsanlage in der Kultur Taths, wohin sich verheiratete Frauen zurückziehen. Zwangsehen unter Hochgeborenen üblich.

kaissan (T): (pl. kaissen; ausgespr. kishan, kishen) (T): eine Frau, die in einem kaiss lebt.

kaissar (T) (ausgespr. Kishar): Eunuche, der über den kaiss herrscht

Kalas: Dynans erster General, schwer verwundet in der Schlacht von Ronval

Keda Cullen: Schwester Kieran Cullens, begabte Musikerin aus Shaymir

Kerun (R): roisinanischer Gott, auch bekannt als der Gehörnte; er ist der Wächter an den Toren nach Glas Coil. Er ist der Avatar, der verantwortlich ist für Tod und Leben durch Tod. Er ist der Gott des Krieges, der Zerstörung, der Katastrophe; er muss zu Beginn eines jeden Jahres durch ein Wagnis beschwichtigt werden, sonst holt er sich selbst ein Opfer. Seine Opfer bestehen oft aus Gold; er hat seinen eigenen Weihrauch, der eigens für die Priesterschaft hergestellt wird.

khai'san (K): heißer Sturmwind in der Wüste

khajir (K): Sand

khar (K): Stein, Fels

Khar'i'id: schwarze Steinwüste in Kheldrin; tödlich, heiß und giftig, aber auch eigenartig und großzügig mit obskuren und hermetischen Giften; manchmal bekannt als Rah'honim Ar'i'id, Schwarze Wüste

kharkhajir (K): grober Sand

Kheldrin: Land des Zwielichts, von khel (dunkel, Zwielicht) + drin (Land); Wüstenland, westlich von Roisinan, für viele Jahre für Ausländer verboten, abgesehen von einem schmalen kultivierten Streifen im Lee der Küstenberge, wo die Bewohner von Roisinan den Handelshafen Sa'lah besuchen, um Seide, esoterische Drogen oder dun'en zu kaufen

khimar (K): großes Kopftuch, mit dem man auch das Gesicht verschleiern kann

khi'tai (K): medizinische Pflanze, senkt Fieber und stillt leichtere Schmerzen; kann zusammen mit lais auch zur Betäubung verwendet werden

Kieran Cullen: ein Junge aus Shaymir, Angharas Ziehbruder, der bereits in Cascin lebt, als sie dorthin kommt; später Ritter

ki'thar (Pl.: ki'thar'en) (K): Kamel, Wüstentier in Kheldrin

lais (K): niedriger, hässlicher kleiner Busch, hauptsächlich in der Kadun Khajir'i'id verbreitet; *lais*-Tee, einschläfernd, leichtes Opiat, macht möglicherweise abhängig, kann entweder aus dem ganzen Blatt oder pulverisierten getrockneten Blättern gebraut werden, manchmal von Kheldrin nach Roisinan und Tath exportiert; gut bekannt in Shaymir, wo die Pflanze *selba* heißt

mal'gha (K): gelb (Arad Khajir'i'id manchmal als Mal'ghaim Khajir'i'id bezeichnet)

Melsyr: Sohn des Ersten Generals Kalas. Durch dessen Verwundung in der Schlacht am Ronval, wo der Rote Dynan fiel, kamen die Streitmächte unter das Kommando des Zweiten Generals Fodrun.

Miranei: Roisinans Hauptstadt und Königsresidenz, eine mächtige Festung, die nie mit Gewalt erobert wurde – und nur wenige Male aufgrund von Verrat

Morgan von Bresse: Oberhaupt der Schwesternschaft von Bresse. Sie wählte den Märtyrertod von Sifs Hand in dem Wissen, dass dies die Rückkehr des Zweiten Gesichts zu den verfolgten Menschen Roisinans beschleunigen würde.

Nual (R): roisinanischer Wassergott; nicht so mächtig wie Kerun und Avanna, aber wichtig, weil seine Tempel Zufluchtsorte sind, die nicht verletzt werden können. Manche bleiben ein Leben lang. Nual ist auch der Gott der Verbannten. Seine Tempel stehen immer in der Nähe von Wasser, und alles, was im oder am Wasser gefunden wird, gehört ihm; jedes Schiffswrack wird von seinen Priestern geborgen; für gewöhnlich ist er mit kleinen Opfern zufrieden; eine Blumengirlande in einen Fluss zu werfen, genügt ihm. Seine Priester sind ebenso schlichten Gemüts wie die Keruns hinterhältig und verschlagen; sie kleiden sich in Blau, zu Ehren seines Elements.

omankhajir (K): weicher Sand

pa'ha (K): fermentierter Saft der *pahria*-Frucht

pahria-Palmen (K): Wüstenpalme mit großen hartschaligen Früchten, im Inneren weich und saftig, aber herb – Geschmack ist gewöhnungsbedürftig, wird manchmal angebaut, wächst üblicherweise aber wild in Wüstenoasen.

qu'mar (fem. qu'mar'ah) (K): Gemahl, Gemahlin, Gefährte, Gefährtin

Qi'Dah: Favrin Rashins Leibwächter

Rab'bat Rah'honim (K): Schwarze Trommeln, werden von den sen'en thari eingesetzt, um einen tranceähnlichen Zustand herbeizuführen und so die Kommunikation mit den Göttern zu erleichtern

rah'hon (K): schwarz

Rah'honim Ar'i'id (K): siehe Khar'i'id

Rashin: Sippe aus Tath, Thronbewerber für Roisinan

Rima von den Quellen: Königin des Roten Dynan, Angharas Mutter; stirbt während Sifs Eroberung, ist aber maßgeblich an der Rettung Angharas vor seiner Rache beteiligt

Rautenhaut: tödlich giftige Eidechse, lebt in der Khari'i'id; kein Gegenmittel gegen das Gift bekannt, das beinahe augenblicklich tötet; grau mit schwarzem Rautenmuster auf der Haut

Rochen: Kieran Cullens Freund und Offizier der Rebellen, kämpft in Angharas Namen gegen Sif

Roisinan: uraltes Land, üppige Wälder und Felder, beherrscht von der Kir Hama Dynastie, bis die Rashin-Sippe im Süden Roisinans rebelliert und sich des Throns blutig bemächtigt, als der König der Kir Hama, Connach Kir Hama, in der Schlacht getötet wird. Sein Sohn Garen suchte zuerst in einem Nualheiligtum Asyl, ging danach in die Berge und lebte als Gesetzloser, während er die verstreute Armee seines Vaters sammelte. Zweieinhalb Jahre später eroberte er sein Königreich in einem erfolgreichen Sommerfeldzug zurück. Der Rashin-Thronräuber wurde getötet, aber sein Sohn floh nach Süden in eine Provinz, die früher zu Roisinan gehört hatte. Er erklärte diese für unabhängig und gab ihr den Namen Königreich Tath, mit der Hauptstadt Algira, einem Juwel Roisinans. Shaymir im Norden, war auch einst Teil Roisinans. Es spaltete sich ebenfalls ab, blieb aber ein Vasallenfürstentum, mit Garen Kir Hama als oberstem König in Miranei. Tath wurde nicht zerstört, aber unterworfen und gezwungen, Tribut zu leisten. Die Grenze, markiert durch den Fluss Ronval, ist stets unruhig. Garen folgte sein Sohn Connach II, und diesem sein Sohn Dynan, wegen seiner roten Haare »der Rote« genannt; diesen ereilte wie sein Urgroßvater der Tod von den Händen der Tath.

Saa! (K): Befehl an ki'thar, halt!

Sa'alah: Haupthafen in Kheldrin und Handelsstadt auf der Küstenebene

Sabrah: Kheldrini Sippe

sa'hari (K): Bist du da? (Entspricht Klopfen an eine Tür mit der Bitte, eintreten zu dürfen.)

Sa'id (K): Lord, Herr

Sa'ila: Strom in der Nähe von Sa'alah, das einzige fließende Gewässer in Kheldrin

saliha (K): danke

sali'al'dayan (K): Ritual der Danksagung an die Götter

sarghat (K): eine Wüstenwurzel, an der Oberfläche nur durch unauffällige Blätter kenntlich, von unerfahrenen Reisenden leicht übersehen, kann für lange Zeit das Leben retten

Say'ar'dun: Stadt in Kheldrin, Hauptsitz der Sayyed Sippe, Zentrum der Zucht von dun'en

Sayyed: Kheldrini Sippe

say'yin (Pl.: say'in'en) (K): Talisman, Kette zur Rangbezeichnung, oft aus Bernstein und Silber

Schloss Bresse (R): Ausbildungsstätte für die mit dem Zweiten Gesicht begabten Mädchen, wo Anghara zum ersten Mal lernt, ihre Gabe zu kontrollieren. Von Sif dem Erdboden gleich gemacht als erster Schlag seiner Verfolgung aller Menschen mit dem Zweiten Gesicht.

Seidenvorhang: (T) Euphemismus für die Sitte des *kaiss* in Tath, der Harem als Grenze, wo Frauen ihre eigenen Reiche regieren. Betritt ein Fremder einen Harem (kaiss) durch den Seidenvorhang ist sein Leben in Gefahr. Es ist nicht ungewöhnlich, dass ein Reich durch eine außergewöhnlich kluge Frau von hinter dem Seidenvorhang regiert wird und der sogenannte König lediglich eine Marionette ist.

Seidensucher: goldgelber und weißer Vogel, den die Kheldrini einsetzen, um die Nester von jin'aaz-Spinnen zu finden. Der Vogel ernährt sich von den Larven der Spinnen. Ausgewachsene jin'aaz-Spinnen können einen Seidensucher zur Gänze auffressen. Wilde Seidensucher gelten als Vögel der Götter und sind streng geschützt.

se'i'din (K): Wüstenpflanze, schnell wirkendes Gift, kein bekanntes Gegenmittel (roisinanischer Name Rosenfluch)

Sen'en Dayr (K): mit Willen der Götter

Senena Shailan: Sifs zweite Königin

sen'thar (Pl.: sen'en'thari) (K): Priesterkaste in Kheldrin, für gewöhnlich weiblich, selten männliche Novizen, nicht einem einzigen Gott geweiht – alle gehören allen Göttern, und müssen alle Rituale kennen; es gibt vier Ebenen: Novize, weißes Gewand (erster Kreis); graues Gewand (zweiter Kreis); goldenes Gewand (an'sen'thari). (Linguistische Wurzeln: sen oder sen'en bedeutet Gott oder Gottheit, und thar, thari – dienen, Diener, Dienst)

sessar (pl. sessi; ausgesprochen seshar, seshi) (T) Münzen in Tath

Shadir: Kheldrini Sippe

Sheriha'drin (K): Kheldrini Name für Roisinan, Land des fließenden Wassers

Shod Hai'r (K): wörtlich die Letzte Oase – die letzte Wasserstelle, ehe man die Khar'i'id betritt; es gibt zwei, eine in der Kadun und eine in der Arad, abhängig davon aus welcher Richtung der Reisende kommt, beide auch als Fihra Hai'r bekannt.

Sif Kir Hama: Angharas Halbbruder, Sohn des Roten Dynan von einer Frau namens Clera; Sif bemächtigt sich des Throns, als dieser ihm angeboten wird, nachdem sein Vater in der Schlacht fällt. Er hasst und fürchtet das Zweite Gesicht und sieht den Grund für seine eigene uneheliche Geburt allein darin, dass Dynan Rima geheiratet hat (die das Zweite Gesicht besaß) anstatt von Clera (die dieses nicht hatte). Das spielt eine große Rolle in seiner späteren brutalen Verfolgung aller mit dem Zweiten Gesicht.

Seelenfeuer: Aura um Menschen mit dem Zweiten Gesicht, nur für diejenigen sichtbar, die ebenfalls das Zweite Gesicht besitzen. Die Farbe ist für jeden unterschiedlich und einzigartig. (Angharas ist golden, ai'Jihaars weiß, ai'Farras karmesinrot.)

Stehende Steine (R): Große, behauene Steine, oft, aber nicht immer aufrecht stehend, über ganz Roisinan verteilt. Man hält sie für Teile eines uralten Steinkreises. Manchmal als Mittelpunkt bei einem Opfer von heimlichen Anhängern der Alten Götter verwendet, die auch Schwarze Magie praktizieren. Doch auch ohne diese Assoziation besitzen sie Macht und sollten nachts gemieden werden, besonders zu großen Feiertagen wie dem Cerdiad.

tamman (R): ursprünglich ein medizinischer Heiltrunk, aber von Sif als Konzentrat rücksichtslos bei seinem Ausrottungsversuch des Zweiten Gesichts eingesetzt. Bei hohen Dosen gefährliche Nebeneffekte, außerdem suchtgefährdend.

Tanz (R): Kreise aus riesigen behauenen Steinen mit uralter oft gefürchteter Macht. In Roisinan gibt es vier: in den Bergen am Fluss Tanassa, in der Mitte der Zentralebene in Shaymir, am Rand des Vallensumpfs in Tath und auf den Mabin Inseln (jetzt weitgehend Ruinen); die drei Tänze auf dem Festland sind mehr oder weniger intakt, ihr ursprünglicher Zweck oder die Erbauer sind unbekannt. Vielleicht gab es früher mehr, da an anderen Orten einzelne Steine stehen, die etwas von der Macht und der Kraft der Tänze ausstrahlen, bekannt als Stehende Steine. Sowohl Tänze wie auch Stehende Steine sollte man nachts meiden, besonders während der Zeiten von hohen Feiertagen, da dann dort Geister spuken sollen.

Tath: alte Provinz von Roisinan, jetzt unabhängiges Königreich, über das die Rashin Sippe herrscht, die sich gern des Thrones unter dem Berge bemächtigen würde.

Thron unter dem Berge: uralter Name für den Thron Roisinans in der Bergfestung Miranei

Ul'khari'ma: Dorf von al'Talip ma'Shadir, wo al'Tamar aufgewachsen ist; eine Verballhornung von »Der Platz des Steines« – der Ort, den Anghara als Gul Khaima kennt, wo sie das zweite Orakel in Kheldrin errichten ließ

Vallen Fen (T): auch Vallensumpf, großer, übelriechender Sumpf an der Mündung des Flusses Ronval, größtenteils auf der Seite der Tath.

Wirrow (R): Medizinpflanze in Roisinan

Wüstensalbei: ein Kraut mit herbem, süßbitterem Geruch, das in der Wüste Shaymirs wächst

Zweites Gesicht (R): eine Macht, die im Zweiten Gesicht oder dem Vorherwissen verwurzelt ist, das manchen Menschen mit der Geburt geschenkt wird – üblicherweise, aber nicht ausschließlich, Frauen. Der derzeitige Gebrauch schließt zahllose Begabungen ein, einige davon sind sehr selten; ein Mensch mit dem Zweiten Gesicht ist manchmal fähig, Gespräche zu »belauschen«, die viele Meilen entfernt stattfinden, oder Objekte zu bewegen, ohne sie zu berühren. Wahrträume, die Fähigkeit zu erkennen, ob jemand die Wahrheit sagt (oder was noch wichtiger ist: wann nicht), zuweilen auch die Kontrolle über die direkte Umgebung (Gewitter heraufbeschwören zum Beispiel). Einige dieser Gaben werden Novizen mit dem Zweiten Gesicht auf Schloss Bresse und ähnlichen Einrichtungen in Tath, in der Nähe von Algira, gelehrt. Geleitet werden die Schulen von einer Schwesternschaft, die alle das Zweite Gesicht besitzen und ihr gesamtes Leben dem Unterrichten geweiht haben. Bei Einzelnen wird diese Begabung oft als Tatsache des Lebens akzeptiert – in Roisinan haben viele Frauen das Zweite Gesicht –, aber in größerer Zahl werden sie gefürchtet.

Eine andere Welt liegt gleich um die Ecke.
Folge nur dem geraden Pfad.

Stephen R. Lawhead
DIE ZEITWANDERER
Die schimmernden Reiche
Roman
Aus dem Englischen
von Dr. Arno Hoven
432 Seiten
ISBN 978-3-404-20648-3

Ley-Linien. Uralte Pfade, die sich schnurgerade von einem mystischen Ort zum anderen ziehen. Nur eine verrückte Theorie? Oder sind es tatsächlich Tore zu anderen Zeiten und Welten?
Als der junge Kit Livingstone eines Tages seinem Urgroßvater begegnet, der sich bester Gesundheit erfreut, schenkt er dessen Erklärungen keinen Glauben. Doch dann verschlägt es Kits Freundin Wilhelmina auf einem dieser Pfade ins Unbekannte, und Kit macht sich auf eine abenteuerliche Suche durch Raum und Zeit.

Erster Band der fünfteiligen Saga *Die schimmernden Reiche*

Bastei Lübbe Taschenbuch

»High Fantasy in ihrer Bestform!«

FEENFEUER FANTASY BLOG

über *Lichtbringer*

Alexander Lohmann
RING DER ELEMENTE
Roman
368 Seiten
ISBN 978-3-404-20563-9

Cidos ist ein junger Magier. Kurz nach seiner Ausbildung erhält er auch schon seinen ersten Auftrag: Im Namen der Obrigkeit und des eigenen Ordens soll er eine Gruppe Schmuggler ausschalten, die für einen dunklen Erzmagier arbeiten. Cidos spürt die Schmuggler auf, trifft dabei jedoch auch unversehens auf den Erzmagier. Der ist ein Experte der Manipulation und nimmt ihn mit auf eine waghalsige Reise zu magischen Orten. Ehe Cidos weiß, wie ihm geschieht, ist er zum unfreiwilligen Komplizen des dunklen Zauberers geworden …

Bastei Lübbe Taschenbuch

Heilen ist eine Gabe. Und eine Waffe im Kampf um die Freiheit.

Janice Hardy
KRIEG DER HEILER
Roman
Aus dem amerikanischen
Englisch
304 Seiten
ISBN 978-3-404-20011-5

Die junge Nya besitzt ein besonderes Talent: Sie kann Menschen den Schmerz nehmen und diesen auf andere übertragen. Darum versucht der tyrannische Herzog von Baseer, ihrer habhaft zu werden, um sie für seine finsteren Zwecke zu benutzen
Um ihre Schwester, ihre Familie und ihr Volk zu schützen, muss Nya den Plänen des Herzogs immer einen Schritt vorausbleiben. Und sie muss sich entscheiden, welche Rolle sie in diesem Konflikt spielen will: Ist sie nur ein Symbol des Widerstands, oder ist sie bereit, das Heer der Rebellen selbst in den Kampf zu führen?
Abschlussband der Trilogie »Die Heilerkriege«.

Bastei Lübbe Taschenbuch